Roger Grenier

Albert Camus

soleil et ombre

Une biographie intellectuelle

Gallimard

Roger Grenier a été journaliste à *Combat* avec Albert Camus et Pascal Pia. Son premier livre, *Le rôle d'accusé* (1948), a été publié par Albert Camus dans la collection « Espoir » qu'il dirigeait chez Gallimard. Il a reçu le prix Femina en 1972 pour *Ciné-roman,* le prix de la Nouvelle de l'Académie française en 1976 pour *Le miroir des eaux,* le Grand Prix de la littérature de l'Académie française en 1985 et le prix Novembre 1992 pour *Regardez la neige qui tombe.* Il a reçu le prix 30 millions d'amis 1998 pour son livre *Les larmes d'Ulysse.* Il est membre du comité de lecture des Éditions Gallimard.

INTRODUCTION

Soleil et ombre. Si j'emploie ces deux mots, en pensant bien sûr aux origines espagnoles de Camus, et à son goût pour l'Espagne, qui ne s'est jamais démenti, c'est qu'ils peuvent aussi résumer sa pensée et son œuvre, sa façon de comprendre la vie, le sens de son combat. Dans une plaza de toros, le soleil est la place des pauvres. L'auteur de *Noces* a dit lui-même qu'il a passé sa jeunesse « à mi-distance de la misère et du soleil ». L'ombre, c'est le côté des nantis. On peut y retrouver le pouvoir, l'injustice, tout ce qui fait le malheur des hommes. Camus n'a jamais supporté cette perversion de la nature humaine. Il l'appelle nihilisme.

Peut-être parce qu'il était d'origine très humble et qu'il avait dû se battre pour conquérir le droit à la culture, il ne pouvait se contenter d'être un artiste. Il n'a rien d'un dilettante, ni d'un sceptique, ni d'un cynique. Il cherche à se faire du monde une vision cohérente, dont découlera une morale, c'est-à-dire une règle de vie. Si sa première analyse le conduit à conclure à l'absurde, ce n'est pas pour s'y complaire, mais pour chercher une issue, la révolte, l'amour.

Quant à la littérature, elle n'est pas seulement pour lui une façon d'exprimer des idées, ou un art auquel il s'adonne. Elle est un monde dont lui, humble enfant de Belcourt, né dans une famille d'illettrés, a rêvé, en le croyant inaccessible. Parlant de Gide, il dira qu'il lui paraissait le « gardien d'un jardin où j'aurais voulu vivre ».

On retrouve ce respect dans le souci de bien écrire. Le style ne connaît ni négligence, ni laisser-aller. Au contraire, un goût prononcé pour les mots, les phrases, une certaine rhétorique.

Tel est l'univers de Camus. C'est le mot qui convient. Il a souligné que l'écrivain contemporain « a renoncé à raconter des histoires afin de créer son univers ».

Ce besoin de mettre de l'ordre dans le monde, pour y asseoir ses certitudes sur des fondations solides, l'a amené à construire sans cesse des plans d'ensemble où il s'efforçait de classer toute son œuvre, à assigner une place à chaque titre, comme à une pièce d'un vaste édifice architectural. Il le répète à Stockholm, quand il reçoit le prix Nobel :

« J'avais un plan précis quand j'ai commencé mon œuvre : je voulais d'abord exprimer la négation. Sous trois formes. Romanesque : ce fut *L'Etranger*. Dramatique : *Caligula*, *Le Malentendu*. Idéologique : *Le Mythe de Sisyphe*. Je prévoyais le positif sous trois formes encore. Romanesque : *La Peste*. Dramatique : *L'Etat de siège* et *Les Justes*. Idéologique : *L'Homme révolté*. J'entrevoyais déjà une troisième couche autour du thème de l'amour. »

Sans reprendre tous les textes où il essaie de

systématiser ainsi la succession de ses livres, on peut citer, dans les *Carnets*, en 1947, un plan d'ensemble qui va encore plus loin. Il est vrai qu'il porte une sorte de titre empreint de doute : « Sans lendemain. » Voici ce plan :

« 1re série : Absurde : *L'Etranger* – *Le Mythe de Sisyphe* – *Caligula* et *Le Malentendu*.

« 2e – Révolte : *La Peste* (et annexes) – *L'Homme révolté* – Kaliayev.

« 3e – Le Jugement – Le Premier Homme.

« 4e – L'amour déchiré : Le Bûcher – De l'Amour – Le Séduisant.

« 5e – Création corrigée ou Le Système – grand roman + grande méditation + pièce injouable. »

Curieusement, ces plans, s'ils semblent annoncer plus ou moins des œuvres lointaines, comme *La Chute* (Le Jugement) et même ce *Premier Homme* qui fut interrompu par la mort, commencent par *L'Etranger*, en oubliant les livres publiés à Alger : *L'Envers et l'Endroit* et *Noces*. Rentrent-elles mal dans le schéma? Camus a été très long à accepter qu'on les fasse connaître en métropole. Quand *Noces* est réédité, en 1945, on y trouve une note de l'éditeur qui est en fait une note de l'auteur :

« ... Cette nouvelle édition les reproduit sans modifications, bien que leur auteur n'ait pas cessé de les considérer comme des essais, au sens exact et limité du terme. »

Je crois me souvenir qu'il aimait à dire que longtemps il avait fait des gammes. C'est pourtant avec *L'Envers et l'Endroit* et avec *Noces*, et même plus haut, que commence son itinéraire d'écrivain. La présente étude n'a pas d'autre objet que de l'accompagner dans cet itinéraire, et pour ainsi dire pas à pas. Plutôt que de suivre les plans architecturaux qu'il se plaisait à composer, il m'a semblé qu'on retrouvait mieux le courant de l'œuvre en la suivant tout simplement du premier au dernier livre, comme on suit une rivière depuis sa source.

Mais, nous l'avons dit, Camus n'est pas un esthète fabriquant de gracieux objets littéraires. Chacun de ses livres exprime l'engagement de sa pensée, est inséparable des événements de sa vie, où il ne s'est jamais tenu, bien au contraire, à l'écart des combats, des souffrances, des convulsions du monde. C'est pourquoi cette étude sur ses livres m'a souvent entraîné à faire référence à la biographie, à dire où il en était de sa vie quand il écrivait telle ou telle œuvre. Prendre parti pour ou contre Sainte-Beuve est une démarche un peu naïve. Il ne faut rien exclure de ce qui est utile à la connaissance d'une œuvre.

Dans le discours de Stockholm, à l'occasion du prix Nobel, le lauréat déclarait, en citant Emerson :

« L'obéissance d'un homme à son propre génie, c'est la foi par excellence. »

Camus était habité de cette foi. Il ne s'est jamais écarté de sa route. C'est ce qui donne à son œuvre une telle cohérence.

Cet essai doit beaucoup à Catherine et Jean Camus qui, avec Claude et Robert Gallimard, m'avaient demandé de composer l'album Camus de la Pléiade, et à Luce et Marion Fieschi qui m'ont permis de préfacer et d'annoter les œuvres complètes d'Albert Camus pour Le Club de l'Honnête Homme. Sans eux, je n'aurais pas accompli les travaux qui m'ont servi de base pour le présent ouvrage.

Les premiers écrits

(1932-1934)

Le premier texte imprimé au bas duquel figure la signature de Camus date de 1932. Il a dix-huit ans et le chemin qu'il a déjà parcouru est considérable. Il déclarera à l'universitaire Carl A. Viggiani, qui étudie son œuvre :

« Personne autour de moi ne savait lire. Mesurez bien cela. »

Albert Camus était né le 7 novembre 1913, à deux heures du matin, dans un domaine viticole appelé le Chapeau de Gendarme, près de Mondovi, à quelques kilomètres au sud de Bône (aujourd'hui Annaba), dans le département de Constantine. Son père, Lucien Camus, avait été envoyé là par son patron, un grand négociant en vins d'Alger, Ricôme. Les ancêtres, venus de Bordeaux (et non d'Alsace comme le croyait l'écrivain), étaient parmi les premiers colons d'Algérie. Du côté maternel, les Sintès (un des personnages de *L'Etranger* portera ce nom) viennent de Minorque. Catherine, la mère d'Albert, était la deuxième d'une famille de neuf enfants. Tous ces gens étaient parmi les plus pauvres.

En 1914, Lucien Camus, mobilisé au 1ᵉʳ Zoua-

ves, est blessé pendant la bataille de la Marne.
Atteint à la tête par un éclat d'obus qui l'a rendu
aveugle, il est évacué sur l'école du Sacré-Cœur, de
Saint-Brieuc, transformée en hôpital auxiliaire, et
il meurt moins d'une semaine après, le 11 octobre
1914. Un enfant de Saint-Brieuc, Louis Guilloux,
montrera en 1947 à Albert Camus où se trouve la
tombe de ce père qu'il n'a pour ainsi dire pas
connu.

Albert Camus est élevé à Alger, dans le quartier
populaire de Belcourt, chez sa grand-mère maternelle. La veuve de Lucien Camus est revenue là,
avec ses deux enfants, alors que son mari allait
partir pour la guerre. Trois pièces sans eau cou-
rante et sans électricité où vivent en outre deux
frères de Catherine Camus et, pendant quelque
temps, une nièce.

Comment émerger d'un milieu si démuni maté-
riellement et intellectuellement? Le mérite en
revient à un instituteur, M. Louis Germain, qui
faisait la classe au cours moyen, 2e année, à l'école
communale de garçons, rue Aumerat. Il reconnaît
l'intelligence de l'enfant, le fait travailler en dehors
des heures de classe, triomphe des réticences de la
grand-mère qui veut qu'Albert gagne sa vie le plus
tôt possible, le présente au concours des bourses
pour les lycées et collèges.

Au lycée, le boursier, pupille de la nation,
découvre qu'il est pauvre. Avant, il l'ignorait,
parce qu'à l'école communale de Belcourt tout le
monde était misérable. Il a honte, puis honte
d'avoir eu honte. A quatorze ans, il se passionne
pour le football. Il débute à l'Association sportive
de Montpensier, puis devient gardien de but de
l'équipe junior du R.U.A., le Racing Universitaire

d'Alger. En 1953, dans une période d'amertume, il écrit, dans le journal du R.U.A. :

« J'appris tout de suite qu'une balle ne vous arrivait jamais du côté où l'on croyait. Ça m'a servi dans l'existence et surtout dans la métropole où l'on n'est pas franc du collier. »

En souvenir de ce temps-là, il aura un faible pour le Racing Club de Paris, parce qu'il porte le même maillot, cerclé de bleu et de blanc, que le R.U.A. Il avoue aussi :

« Je ne savais pas que vingt ans après, dans les rues de Paris ou de Buenos Aires (oui, ça m'est arrivé), le mot R.U.A. prononcé par un ami de rencontre me ferait encore battre le cœur, le plus bêtement du monde. »

Dans *La Peste*, notamment, il parlera du football en connaisseur.

En 1930, à dix-sept ans, alors qu'il est en classe de philosophie, se manifestent les premiers signes de la maladie qui va modifier le cours de sa vie. Il se met à cracher le sang. Adieu le football. A l'hôpital Mustapha, qu'il appelle dans un de ses écrits de jeunesse « l'hôpital du quartier pauvre », on diagnostique une tuberculose pulmonaire caséeuse droite. Cette maladie qui, à l'époque et pour longtemps encore, signifiait une menace de mort, va exercer une influence sur sa philosophie. Aimer la vie à la passion, et se la voir retirer sans motif, voilà une des premières manifestations de l'absurde. Dans l'essai *Le Vent à Djemila*, de *Noces*, se fait jour une autre idée. Un homme jeune « n'a pas eu le temps de polir l'idée de mort ou de néant dont il a pourtant mâché l'horreur ». Sauf s'il tombe malade. « Rien de plus méprisable à cet égard que la maladie. C'est un remède contre la mort. Elle y prépare. Elle crée un apprentissage dont le premier stade est l'attendrissement sur soi-même. Elle appuie l'homme dans son grand effort qui est de se dérober à la certitude de mourir tout entier. »

Chez beaucoup d'écrivains, la maladie est une occasion, ou un moyen, de se mettre à l'abri du monde, pour pouvoir accomplir son œuvre. Il suffit de citer Flaubert et Proust. Camus n'avait pas les moyens de s'offrir une maladie bénéfique. Elle ne faisait qu'ajouter « d'autres entraves, et les plus dures, à celles qui étaient déjà les miennes », écrit-il dans la préface de 1958 de *L'Envers et l'Endroit*. Il ajoute quand même :

« Elle favorisait finalement cette liberté du cœur, cette légère distance à l'égard des intérêts humains qui m'a toujours préservé du ressentiment. »

Quand il parle de sa maladie, ce qui est rare, ce n'est pas pour s'y abandonner, ou s'en accommoder. Il veut mener une vie normale, ce qu'il réussira à faire, sauf dans quelques très pénibles périodes de crise. Il écrit en août 1934 à Jean Grenier :

« Un être jeune ne saurait d'ailleurs renoncer totalement. Toutes les lassitudes réunies ne viennent pas à bout des forces de recommencement qu'il porte en lui. J'ai trop longtemps méconnu la vitalité que je porte en moi. Ceci va peut-être vous étonner, mais je m'aperçois sans complaisance aucune que je suis capable de résistance – d'énergie – de volonté. Et puis, à côté de cela, il y a des matins si beaux et des amis si chers. Ne soyez donc pas trop inquiet. Mon état physique laisse, il est vrai, à désirer. Mais j'ai le désir de guérir. »

Jean Grenier, à qui il s'adresse, est son professeur de philosophie, par ailleurs écrivain, ami d'adolescence de Louis Guilloux, lié à la N.R.F. La correspondance entre Camus et Jean Grenier a été publiée par Marguerite Dobrenn[1].

Outre M. Germain, l'instituteur, et Jean Grenier, le professeur de philosophie, un troisième homme marque l'esprit de l'enfant et de l'adolescent. C'est un oncle, Gustave Acault, mari d'une sœur de sa mère. Il est boucher de son état, mais un boucher voltairien, et même anarchiste. Fou de lecture, il choisit des livres pour son neveu. Il va aussi tous les jours discuter et jouer aux cartes au café de la Renaissance. Il a pour partenaire à la belote et pour interlocuteur le recteur de l'Académie d'Alger, M. Taillard. Quand se déclare la maladie du lycéen, il le prend chez lui, où il a plus de confort que rue de Lyon. La maison a un jardin. La nourriture est meilleure. « Ce fut un oncle qui s'occupa de lui, et sa mère n'y trouva pas à redire », peut-on lire dans une ébauche d'*Entre oui et non*. Chez Acault, le jeune Camus découvre une « différence essentielle » avec le monde des pauvres :

« Chez nous les objets n'avaient pas de nom, on disait : les assiettes creuses, le pot qui est sur la cheminée, etc. Chez lui : le grès flambé des Vosges, le service de Quimper, etc.[2] ».

A la mort de Gustave Acault, Camus dira :

« Il était le seul homme qui m'ait fait imaginer un peu ce que pouvait être un père. »

Quand il entre en philosophie au grand lycée de

1. Gallimard, 1981.
2. *Carnets II*.

garçons d'Alger, appelé un peu plus tard lycée Bugeaud et rebaptisé aujourd'hui Abd-el-Kader, du nom du noble ennemi du général à la casquette, Jean Grenier vient d'y être nommé professeur. Jean Grenier (1898-1971) avait connu jusque-là une carrière faite de voyages : Alger déjà, Avignon, Naples, puis des fonctions à la N.R.F., puis une sorte d'année sabbatique consacrée à parcourir l'Europe. Enfin, avant de gagner son poste à Alger, des vacances à Lourmarin où la Fondation Laurent-Vibert accueillait des artistes dans le château, au pied du Luberon. Ce village lui plaisait. Il s'y était marié, le 22 octobre 1928, y avait séjourné plusieurs fois et avait même écrit un texte, *Sagesse de Lourmarin*, publié dans *Les Cahiers du Sud* en 1936, et réédité en 1939 dans une collection de plaquettes, « Terrasses de Lourmarin », publiées par la Fondation Laurent-Vibert. Cela ne fut pas sans influence sur Camus qui visita peut-être Lourmarin lors de son voyage en France, l'été 1937, et s'y rendit en tout cas en septembre 1946, en compagnie de Jules Roy, Jean Amrouche et Odile de Lalène, sur l'invitation d'Henri Bosco qui y dirigeait alors la fondation. Il finit par y acheter une maison en 1958, de sorte que c'est à Lourmarin qu'il est enterré.

Dans le petit livre de souvenirs que Jean Grenier a consacré à son ancien élève[1], il a raconté leur premier contact :

« Etait-ce qu'il avait l'air naturellement indiscipliné? Je lui avais dit de se mettre au premier rang pour l'avoir mieux sous les yeux. »

Mais bientôt l'élève est absent. Le professeur ap-

1. Jean Grenier, *Albert Camus*, Gallimard, 1968.

prend qu'il est malade. Il décide de lui rendre visite et se fait accompagner d'un condisciple de Camus.

« La maison était d'apparence pauvre. Nous montâmes un étage. Dans une pièce je vis assis Albert Camus qui me dit à peine bonjour et répondit par des monosyllabes à mes questions sur sa santé. Nous avions l'air de gêneurs, son ami et moi. Le silence tombait entre chaque phrase. Nous nous décidâmes à partir. »

Révolte, honte de se montrer dans le décor de la pauvreté, pudeur de malade, il y avait sans doute un peu de tout cela dans l'attitude de l'adolescent. Il ne tardera pas à s'apprivoiser et alors s'établiront, entre le professeur et l'élève, des liens exceptionnels. Mais, pour l'instant, à cause de la maladie, l'année scolaire est perdue et Albert Camus va être obligé de redoubler sa philo.

Par un paradoxe, Jean Grenier, venu du Nord, élevé en Bretagne, va apprendre à ses élèves algérois la leçon de la Méditerranée.

« Il nous fallait, écrit Camus à propos des *Iles* de Jean Grenier, qu'un homme, par exemple né sur d'autres rivages, amoureux lui aussi de la lumière et de la splendeur des corps, vînt nous dire, dans un langage inimitable, que ces apparences étaient belles, mais qu'elles devaient périr et qu'il fallait alors les aimer désespérément. Aussitôt ce grand thème de tous les âges se mit à retentir en nous comme une bouleversante nouveauté. La mer, la lumière, les visages, dont une sorte d'invisible barrière soudain nous séparait, s'éloignèrent de nous, sans cesser de nous fasciner. *Les Iles* venaient, en somme, de nous initier au désenchantement; nous avions découvert la culture. »

Dans la chanson que le jeune Camus écrivit sur

« la Maison devant le monde », ce lieu d'Alger où il était heureux, il y a ce vers :

« Miracle d'aimer ce qui meurt. »

A l'époque où Jean Grenier enseigne la Méditerranée aux élèves du lycée d'Alger, l'esprit méditerranéen est un concept à la mode. En avril 1936, Paul Valéry vient faire une conférence à Alger : « Impressions de Méditerranéen ».

Jean Grenier fait lire à Camus *La Douleur*, d'André de Richaud. Pour la première fois, une lecture donne au jeune Camus l'envie d'écrire :

« ... je n'ai jamais oublié son beau livre, qui fut le premier à me parler de ce que je connaissais : une mère, la pauvreté, de beaux ciels. Je lus en une nuit, selon la règle, et, au réveil, nanti d'une étrange et neuve liberté, j'avançais, hésitant, sur une terre inconnue. Je venais d'apprendre que les livres ne versaient pas seulement l'oubli et la distraction. Mes silences têtus, ces souffrances vagues et souveraines, le monde singulier, la noblesse des miens, leurs misères, mes secrets enfin, tout cela pouvait donc se dire... *La Douleur* me fit entrevoir le monde de la création, où Gide devait me faire pénétrer. »

C'est bien de ce moment que date sa vocation, puisqu'il a déclaré d'autre part à Jean-Claude Brisville [1] :

« J'ai eu envie d'être écrivain vers dix-sept ans, et, en même temps, j'ai su, obscurément, que je le serais. »

Grâce à Jean Grenier, aussi, le jeune Camus entrera en correspondance avec Max Jacob qui lui enverra, quand il paraîtra en 1932, son livre

1. Jean-Claude Brisville, *Camus,* Gallimard, 1959.

Bourgeois de France et d'ailleurs. Il juge cette correspondance « tout à fait profitable ».

De même qu'il lui remettait ses dissertations, Camus va soumettre tout ce qu'il écrit à son professeur, qui se montre d'ailleurs sévère. Dès les premières pages, en 1932, s'instaure un dialogue où le jeune auteur n'est pas ménagé.

Camus publiera son premier livre, *L'Envers et l'Endroit*, en 1937. Mais, à partir de 1932, il ne cesse pas d'écrire. Ces textes de jeunesse, du moins ceux qui ont pu être retrouvés, ont fait l'objet d'une publication par Paul Viallanneix, dans les « Cahiers Albert Camus », sous le titre de *Le Premier Camus*[1]. On ne doit pas les juger pour leur valeur propre. Mais ils méritent d'être lus pour connaître les toutes premières étapes de la formation d'un écrivain. Et aussi parce que certains apportent de précieux renseignements autobiographiques.

L'année 1932, on trouve quatre articles dans *Sud*. Cette revue mensuelle était dirigée par un condisciple de Camus, Robert Pfister, et patronnée par Jean Grenier. Les deux premiers sont consacrés à deux poètes, Verlaine et Jehan Rictus. Il semble qu'ils intéressent l'étudiant par leurs contradictions. Verlaine est « l'homme qui a prié Dieu avec son âme et péché avec son cerveau », écrit-il dans *Un nouveau Verlaine*. *Jehan Rictus, le poète de la misère*, « c'est le contraste entre la vie boueuse et sale du Pauvre et l'azur naïf de son âme ».

Le troisième article, *Le Philosophe du siècle*, dit la déception d'un étudiant en philosophie devant le livre tant attendu de Bergson *Les Deux Sources de la*

1. Gallimard, 1973.

morale et de la religion. Bergson était à l'époque au sommet de sa gloire, à la fois par l'originalité de sa pensée et parce que jamais un philosophe n'avait écrit un français aussi pur, aussi élégant. Ses analyses des données immédiates de la conscience, rompant avec le vieux rationalisme, paraissaient valables à ceux qui, après la guerre, deviendraient à leur tour les vedettes de la philosophie, comme Sartre et Merleau-Ponty. La déception de Camus, en lisant *Les Deux Sources*, ne lui est pas propre. Elle fut assez générale.

Essai sur la musique, paru dans *Sud* en juin 1932, n'est rien d'autre qu'une dissertation de philosophie un peu remaniée. Il y est avant tout question de Schopenhauer et de Nietzsche. L'étudiant s'y montre péremptoire. Au passage, il dit d'un mot en quel mépris il tient Zola. Son professeur, Jean Grenier, avait annoté cette copie et, pour la version donnée à *Sud,* Camus en a souvent tenu compte. La dissertation se terminait par :

« La musique devra nous faire oublier tout ce qu'il y a de trouble dans notre existence et en nous permettant l'accès d'un monde spirituel, nous faire mépriser les bas appétits et les instincts grossiers que nous portons en nous. Alors seulement la musique sera, en même temps que l'art le plus parfait, un instrument de rédemption et de régénération sociale. »

En marge, le professeur écrivit :

« Superflu... Inintéressant... Sottise... »

Dans la version définitive, on ne retrouve pas les phrases ainsi contestées.

Camus s'est-il jamais vraiment intéressé à la musique? On peut en douter, bien que sa seconde femme, Francine, ait été une excellente pianiste et bien que, après la Libération, il ait été l'ami de René Leibowitz. Comme ce remarquable musicien et théoricien de la musique était dans une situation matérielle difficile, il fit lui-même une collecte, parmi la rédaction de *Combat*, pour lui payer un piano.

En 1959, Jean-Claude Brisville interroge Camus :

« Et la musique ?

– Jeune, je m'en suis littéralement soûlé. Aujourd'hui très peu de musiciens me touchent. Mais, toujours, Mozart. »

J'avoue que cette déclaration tardive me laisse un peu sceptique. Dans son œuvre, dans ses cahiers de notes, il ne fait que très rarement référence à la musique. Une fois, il lui arrive de citer la *Quatrième Symphonie* de Mahler. Il consacrera un éditorial de *L'Express* à Mozart.

Daté aussi de 1932, l'ensemble de textes qui portent le titre général d'*Intuitions*, un titre qui renvoie à Bergson, que Camus a admiré avant d'être déçu par *Les Deux Sources de la morale et de la religion*. Mais le débutant se place surtout sous le double signe de Gide et de Nietzsche. De Gide par l'épigraphe et par le mot ferveur, emprunté au vocabulaire des *Nourritures terrestres*. De Nietzsche en parlant de lassitude, un mot qui apparaît dès le prologue de *Ainsi parlait Zarathoustra*. On ne saurait trop souligner l'importance intellectuelle et affective de Nietzsche pour Camus. Jusqu'à *La Mort heureuse*, l'influence nietzschéenne sera dominante. Le philosophe du renversement des valeurs aura une place de choix dans *L'Homme révolté*. Et, tant qu'il vivra, Camus portera une véritable tendresse au génie foudroyé. Quand il va à Turin, en 1954, c'est en pensant que c'est la ville où Nietzsche perdit la raison, où il tomba en sanglotant dans les bras de son ami Overbeck. On connaît la légende selon laquelle Nietzsche, le visage noyé de larmes, se jette au cou d'un cheval de fiacre battu par son cocher. Dans *Crime et Châtiment*, Raskolnikov fait un long rêve : il est enfant et il voit, impuissant, des ivrognes battre à mort une pauvre vieille petite jument. Il l'étreint, pleure, l'embrasse. Je ne peux m'empêcher d'être frappé par l'analogie des deux scènes, où l'on retrouve les deux écrivains qui, avec Melville, comptent le plus pour Camus.

Pour en revenir à *Intuitions*, c'est justement un fou qui parle dans le premier des textes, *Délires,* et il n'est pas sans ressembler à Zarathoustra. Chacune des *Intuitions* est d'ailleurs un dialogue philosophique, à deux ou à trois. En fait, l'auteur discute avec lui-même, examinant déjà, en toutes choses, « l'envers de l'endroit ». Dans *Incertitude*, il vend la mèche, en avouant à la fin qu'il a créé les deux hommes qu'il vient de faire parler. La troisième « intuition », *La Volonté de mensonge*, est une préfiguration de « la voix de l'homme qui était né pour mourir », dans *Les Voix du quartier pauvre.* Mais le très jeune auteur a éprouvé le besoin d'un effet d'antithèse et de se montrer, avec ses attentes et ses espoirs, en face du vieil homme qui n'a plus ni passé, ni présent, ni avenir. La jeunesse est volontiers péremptoire. Camus, dans ses *Intuitions*, a au moins pour mérite de prendre comme sujet ses doutes, ses incertitudes, son attente.

Les *Notes de lectures*, d'avril 1933, ressemblent déjà à ce que seront les *Carnets* que Camus commence à tenir à partir de 1935. Il y parle de Stendhal, Eschyle, Gide, Chestov, Jean Grenier. Il enregistre l'évolution de sa propre pensée et de son caractère, qu'il s'efforce de modifier : il se propose ainsi de dompter sa sensibilité et de la laisser voir dans son œuvre, et non plus dans sa vie. Enfin, il note l'état de l'œuvre en cours. Et il peut écrire : « Terminé ma *Maison mauresque* », comme il écrira dans ses *Carnets*, en mai 1940 : « *L'Etranger* est terminé. »

Cette *Maison mauresque* est une méditation qui s'élargit, à partir d'un lieu bien précis, la maison mauresque construite dans le jardin d'Essai d'Alger, à l'occasion du centenaire de la conquête. Endroit familier pour Camus, le jardin d'Essai est au bout de la rue de Lyon, où il a passé son enfance. Ce n'est pas le pittoresque et la couleur locale que cherche l'auteur de *La Maison mauresque*, mais des jeux d'ombre et de lumière qui l'aident à édifier une architecture mentale et émotionnelle. Du jardin d'Essai, on domine la ville et la mer, ce qui lui inspire une page comparable à celles où il parle de la Maison devant le monde, dans *La Mort heureuse*. Sa visite rêverie lui fait aussi évoquer le port, les boutiques arabes, leurs étoffes et leurs harmonies de couleurs, un petit cimetière musulman, une mosquée et même des horizons plus lointains, la campagne algérienne, Cherchell et les vallées de Kabylie. La maison arabe, avec ses contrastes, ses secrets faits de l'alternance du soleil et des retraites obscures, est opposée à la « maison grise qui masque le drame capital de la médiocrité ». Mais son charme est celui même de la rêverie. L'auteur ne s'y complaît que tant qu'elle reste, comme dirait Rilke, « quelque part dans l'inachevé ».

Sur le cahier où était écrite *La Maison mauresque*,

les quatre dernières pages sont occupées par un texte intitulé *Le Courage,* plus une page qui semble une préface pour un futur recueil d'essais, dont le texte final aurait été justement *Le Courage* :

« Ça ennuie les gens qu'on soit lucide et ironique. On vous dit : " Ça montre que vous n'êtes pas bon. " Je ne vois pas le rapport. Si j'entends dire à quelqu'un : " Je suis immoraliste ", je traduis : " J'ai besoin de me donner une morale "; à un autre : " Sus à l'intelligence ", je comprends : " Je ne peux pas supporter mes doutes. " Parce que ça me gêne qu'on triche. Et le grand courage c'est de s'accepter soi-même, avec ses contradictions.

« Ces essais sont nés des circonstances. Je crois qu'on y sentira la volonté de n'en rien refuser. C'est vrai que les pays méditerranéens sont les seuls où je puisse vivre, que j'aime la vie et la lumière; mais c'est aussi vrai que le tragique de l'existence obsède l'homme et que le plus profond silence y reste attaché. Entre cet envers et cet endroit du monde et de moi-même, je me refuse à choisir. Si vous voyez un sourire sur les lèvres désespérées d'un homme, comment séparer ceci de cela? Là l'ironie prend une valeur métaphysique, sous le masque de la contradiction. Mais c'est une métaphysique en acte. Et c'est pour cela que le dernier essai porte le titre : *Le Courage.* »

Ce bref texte est déjà un concentré de la pensée de Camus : sentiment tragique de la vie, nécessité de se forger une morale, méfiance envers le rationalisme, mystique de la Méditerranée, révolte et acceptation, envers et endroit. Quant au *Courage,* qui porte en sous-titre « fragment », c'est tout simplement la dernière partie de *L'Ironie,* telle qu'on la retrouvera dans *L'Envers et L'Endroit.*

Méditerranée est un poème – genre dans lequel Camus n'a pas persévéré – daté d'octobre 1933. « Midi... cimetières marins... », on sent l'influence de Valéry, rendue obligatoire par le sujet même.

Devant la morte, récit introspectif, est représentatif du Camus jeune et nietzschéen qui donne la priorité aux forces de la vie. C'est le premier texte où un personnage imagine ou décrit un enterrement. Ce ne sera pas le dernier. Camus montre un goût, au moins littéraire, pour les enterrements. On en trouve dans *L'Etranger*, *La Peste*, *L'Eté*, *La Chute* et aussi dans ses *Carnets*. En octobre 1933, *Perte de l'être aimé* reprend le thème de *Devant la morte*, sur un ton plus philosophique. A noter l'emploi d'un mot grec familier aux lecteurs des *Fleurs du Mal* : héautontimoroumenos.

Dialogue de Dieu avec son âme et *Contradictions* sont des variations qui reprennent, sur un mode ironique, les thèmes du doute, de la douleur, de l'immanence de la vie, de la révolte et du désespoir.

L'Hôpital du quartier pauvre est inspiré par le bref séjour à l'hôpital Mustapha. L'écrivain utilisera un fragment de ce texte dans le chapitre II de la première partie de *La Mort heureuse* quand, dans le restaurant de Céleste, la conversation vient sur la tuberculose. Dans ces pages, au-delà d'une peinture qui veut retrouver une humble sagesse, faite de la vie de tous les jours, familière, où alternent le malheur et l'espérance, il ne peut étouffer entièrement l'amertume et l'angoisse d'un garçon de dix-sept ans qui sait soudain que ses jours sont menacés, et qui a été jeté brutalement parmi ces hommes « dont la plupart sont morts et quelques-uns guéris ».

L'Art dans la communion ressemble fort à une dissertation. Le jeune philosophe rassemble ses idées, et étudie la fonction de l'Art, de tous les arts. L'Art est arrêt, tandis que la vie ne cesse de courir. Mais vers quoi court la vie, si ce n'est vers la mort? L'Art qui est communion, parce qu'il provoque l'émotion, fixe un instant de vie, et par conséquent triomphe de la mort. Parlant d'architecture, Camus reprend les idées de *La Maison mauresque*. Il s'inspire aussi de Plotin qui, deux ans et demi plus tard, sera au centre de son diplôme d'études supérieures. Il répète ce qu'il disait de Dante et de Musset dans l'*Essai sur la musique*. Mais, depuis ce texte, qui date de l'année précédente, l'étudiant a eu le temps de réviser ses idées sur Zola et ses « pauvres œuvres ». Voici l'auteur de *L'Assommoir* élevé au rang des romantiques.

De ce temps-là date aussi un texte, *Bériha*, qui est perdu et que nous ne connaissons qu'indirectement, par une réponse que fait Camus à des critiques de Max-Pol Fouchet, lui aussi étudiant à Alger, de quelques mois son aîné. Il explique que Bériha n'est pas un logicien. Bériha est le Rêveur.

Le 16 juin 1934, Albert Camus épouse Simone Hié, qui passait justement pour être la fiancée de Max-Pol Fouchet. Il n'avait pas encore atteint sa majorité. Douze jours plus tôt, il avait obtenu son certificat de psychologie. Depuis le début de l'année, il assurait la critique d'art dans *Alger-Etudiant*, sous la houlette du directeur de l'Association, Paul Robert, le futur lexicographe. Il y traite, par exemple, du Salon des Orientalistes. Il découvre un jeune sculpteur, Louis Bénisti, qui deviendra son ami. Dans le compte rendu d'une exposition du peintre Richard Maguet, il a l'occasion de parler de paysages qui ne cesseront de l'habiter, de l'inspirer lui-même :

« C'est dans les toiles de M. Maguet que j'ai retrouvé l'exquise lumière de la colline du jardin d'Essai – cette lumière aérée, d'un bleu profond, qui coule entre les pins; que j'ai mieux compris la campagne de Tipasa dans l'éclaboussement du soleil d'été; que je me suis plongé à nouveau dans la plénitude qui monte de la baie chaleureuse vers les terrasses ensoleillées qui la dominent. »

L'oncle Acault, chez qui Albert Camus habitait, était opposé au mariage avec Simone Hié. Il pensait qu'un étudiant pauvre n'a rien à gagner de bon à vouloir s'unir avec une fille riche. Le boucher anarchiste rejoignait ainsi, sans le savoir, une des idées favorites de Scott Fitzgerald. Il posa un ultimatum à son neveu et celui-ci choisit de quitter sa maison. Camus resta seul, assez désorienté. Il trouva refuge chez son frère Lucien, 117 bis rue Michelet. Grâce à la mère de Simone, l'ophtalmologiste Marthe Sogler, il put ensuite s'installer avec sa jeune femme dans un logement situé dans une villa du parc d'Hydra, sur les hauteurs d'Alger, appelée Frais Cottage. On a gardé un mot du jeune mari, laissé le matin à son épouse qui dormait encore : « A bientôt, mon enfant. Je pars un peu plus tôt, mais c'est pour économiser 1,50 F » (de tramway). Il était entré à la Préfecture, au service des cartes grises. Mais, après un mois et demi de travail, son état de santé s'aggrave. On constate que le deuxième poumon est atteint. Pendant deux mois, il est condamné à la chaise longue. Il commence à écrire *Les Voix du quartier pauvre*. Pour Noël, il offre à Simone un cahier d'écolier au papier rayé, sur lequel il a écrit pour elle *Le Livre de Mélusine*. Etranges contes de fées où ce qui semble importer, ce n'est pas le conte, mais ce que pense l'auteur en l'écrivant.

Pour ce même Noël 1934, Camus dédie à sa femme *Les Voix du quartier pauvre*. Ces textes, refondus, deviendront *L'Envers et l'Endroit*. Ils en disent encore plus que *L'Envers et l'Endroit* sur l'enfance à Belcourt, sur « la femme qui ne pensait pas », c'est-à-dire la mère. En réécrivant, Camus n'a plus osé tout dire. Il est difficile de lire ces pages sans avoir la gorge serrée par cette confidence d'une femme malheureuse et qui n'arrive peut-être à raconter ses malheurs que parce qu'elle est aidée par la musique sotte et pathétique d'un disque. Dans *Les Voix du quartier pauvre*, le bonheur ne peut être que « le sentiment apitoyé de notre malheur ».

Le fragment manuscrit qui était destiné à *Entre oui et non*, et qu'on a retrouvé sur un cahier noir en moleskine, en dit beaucoup sur les rapports de la mère et du fils. Non seulement une description, mais une réflexion :

« Il semblait qu'entre ces deux êtres existât ce sentiment qui fait toute la profondeur de la mort... Un attachement si puissant qu'aucun silence ne peut l'entamer... »

Dans ce fragment, comme dans *Les Voix du quartier pauvre*, comme dans *L'Envers et l'Endroit*, le fils note une attitude de la mère, « fixant anormalement le parquet ». Murée dans le silence, sans pensée peut-être, et pourtant il ne peut s'empêcher de croire qu'il y a en elle, à ce moment, un sentiment de toute la dureté de son existence.

Le Temps du mépris

(1936)

Dans cet essai où je me propose de suivre pas à pas l'activité créatrice de Camus, le moment est venu de parler du théâtre. Cela peut sembler paradoxal, puisque le premier texte qu'il écrit pour la scène, son adaptation du *Temps du mépris*, est perdu. On ne peut s'en faire une idée qu'à travers les témoignages de ceux qui assistèrent à la représentation. Mais on doit en parler parce qu'il s'agit d'un épisode important de l'évolution du jeune Camus, celui de son passage par le communisme.

« Pourquoi je fais du théâtre? Eh bien, je me le suis souvent demandé, déclare Camus en 1959 à la télévision. Et la seule réponse que j'aie pu me faire jusqu'à présent vous paraîtra d'une décourageante banalité : tout simplement parce qu'une scène de théâtre est un des lieux du monde où je suis heureux. »

Dans la même interview, voulant expliquer sa longue fidélité au théâtre, qui fut sa passion la plus durable, il affirme : « Le théâtre est mon couvent. »

Il veut dire par là qu'il peut s'y retirer à l'écart des fâcheux :

« Il suffit d'annoncer qu'on est en répétitions pour qu'aussitôt un délicieux désert s'installe autour de vous. Et quand on a l'astuce, comme je le fais, de répéter toute la journée, et une partie de la nuit, là, franchement, c'est le paradis. »

Mais, un peu plus loin, il donne une raison plus profonde :

« Je préfère la compagnie des gens de théâtre [...] à celle des intellectuels, mes frères. Pas seulement parce qu'il est connu que les intellectuels, qui sont rarement aimables, n'arrivent pas à s'aimer entre eux. Mais voilà, dans la société intellectuelle, je ne sais pourquoi, j'ai toujours l'impression d'avoir quelque chose à me faire pardonner. J'ai sans cesse la sensation d'avoir enfreint une des règles du clan. Cela m'enlève du naturel, bien sûr et, privé de naturel, je m'ennuie moi-même. Sur un plateau de théâtre, au contraire, je suis naturel, c'est-à-dire que je ne pense pas à l'être ou à ne l'être pas et je ne partage avec mes collaborateurs que les ennuis ou les joies d'une action commune. Cela s'appelle, je crois, la camaraderie, qui a été une des grandes joies de ma vie, que j'ai perdue à l'époque où j'ai quitté un journal que nous avions fait en équipe, et que j'ai retrouvée dès que je suis revenu au théâtre... »

On reconnaît aussi l'idée exprimée si tôt, sans doute dès l'apparition de la maladie et dès l'enseignement de Jean Grenier : « Miracle d'aimer ce qui meurt. » Un spectacle, une manifestation sportive aussi, sont des moments de bonheur placés d'avance sous le signe de l'éphémère :

« Les communautés de bâtisseurs, les ateliers collectifs de peinture à la Renaissance ont dû connaître la sorte d'exaltation qu'éprouvent ceux qui travaillent à un grand spectacle. Encore faut-il ajouter que les monuments demeurent, tandis que le spectacle passe et qu'il est dès lors d'autant plus aimé de ses ouvriers qu'il doit mourir un jour. Pour moi je n'ai connu que dans le sport d'équipe, au temps de ma jeunesse, cette sensation puissante d'espoir et de solidarité qui accompagne les longues journées d'entraînement jusqu'au jour du match victorieux ou perdu. Vraiment, le peu de morale que je sais, je l'ai appris sur les terrains de football et les scènes de théâtre qui resteront mes vraies universités. »

A rapprocher de ce passage de *La Chute* :

« Je n'ai vraiment été sincère et enthousiaste qu'au temps où je faisais du sport, et, au régiment, quand je jouais dans les pièces que nous représentions pour notre plaisir. Il y avait dans les deux cas une règle du jeu, qui n'était pas sérieuse, et qu'on s'amusait à prendre pour telle. Maintenant encore, les matchs du dimanche, dans un stade plein à craquer, et le théâtre, que j'ai aimé avec une passion sans égale, sont les seuls endroits où je me sente innocent. »

On peut remarquer en passant que, dans le sport, Camus a cherché quelque chose de théâtral. Dans l'équipe du R.U.A., il n'occupe pas n'importe quel poste. Il est gardien de but et la cage des buts ressemble à une scène. Le sportif s'y tient comme un acteur.

Camus assurait que la passion du théâtre ne lui était pas venue d'un spectacle, il n'y en avait guère à Alger, ni d'une retransmission, car il n'y avait pas de radio. Il aurait été influencé par des lectures : l'histoire du Vieux Colombier et les écrits de Jacques Copeau. On a retrouvé un court texte de Camus, non daté, intitulé *Copeau, seul maître.* Les idées de Camus sur Copeau et le théâtre sont répétées dans la *Conférence prononcée à Athènes sur l'avenir de la tragédie,* en 1955. Quand il fondera le Théâtre de l'Equipe, il le placera sous le signe de Copeau, et reprendra une partie de son répertoire.

Malgré les déclarations que l'on vient de lire, le théâtre, au début, n'est pas un couvent. C'est une façon de militer. Camus appartient au Parti communiste et au comité Amsterdam-Pleyel. Il est secrétaire général de la Maison de la culture d'Alger, créée sur l'initiative de la direction parisienne du Parti communiste. La Maison de la culture va fournir les premiers fonds pour la compagnie qui est baptisée tout naturellement Théâtre du Travail.

On peut se demander pourtant si la conception qu'une recrue si active et entreprenante se fait du communisme est bien dans la ligne. La Maison de la culture édite un bulletin que Camus a intitulé *Jeune Méditerranée,* par référence au livre de Gabriel Audisio *Jeunesse de la Méditerranée.* Audisio influence sans conteste toute cette génération de jeunes intellectuels algérois. Dans une conférence du 8 février 1937, publiée dans le numéro 1 de *Jeune Méditerranée,* le nouveau militant s'emploie à concilier, de façon paradoxale, deux objectifs qui semblent très loin l'un de l'autre : culture méditerranéenne et collectivisme. Il en a conscience, puisqu'il commence ainsi :

« La " Maison de la culture ", qui se présente aujourd'hui devant vous, prétend servir la culture méditerranéenne. Fidèle aux prescriptions générales concernant les Maisons du même type, elle veut contribuer à l'édification, dans le cadre régional, d'une culture dont l'existence et la grandeur ne sont plus à démontrer. A cet égard, il y a peut-être quelque chose d'étonnant dans le fait que des intellectuels de gauche puissent se mettre au service d'une culture qui semble n'intéresser en rien la cause qui est la leur, et même, en certains cas, a pu être accaparée (comme c'est le cas pour Maurras) par des doctrinaires de droite. »

La Méditerranée, pour le jeune Camus, ce n'est pas Rome et la latinité, pour qui il a un jugement plus que sévère. C'est la Grèce et aussi l'ouverture vers l'Orient :

« Bassin international traversé par tous les courants, la Méditerranée est de tous les pays le seul peut-être qui rejoigne les grandes pensées orientales... C'est de l'Orient qu'elle se rapproche. Non de l'Occident latin. »

Déjà Hölderlin appelait la Grèce « l'oriental ». Et Heidegger, commentant, en 1959, la troisième version du poème *Grèce*, écrira :

« La Grèce, l'oriental, est le grand commencement dont la venue a lieu sur le mode, encore, du possible. »

Pour Camus, « chaque fois qu'une doctrine a rencontré le bassin méditerranéen, dans le choc d'idées qui en est résulté, c'est toujours la Méditerranée qui est restée intacte, le pays qui a vaincu la doctrine. »

Partant de là, il écrit, avec témérité :

« ... le même pays qui transforma tant de doctrines doit transformer les doctrines actuelles. Un collectivisme méditerranéen sera différent d'un collectivisme russe proprement dit. La partie du collectivisme ne se joue pas en Russie : elle se joue dans le bassin méditerranéen et en Espagne à l'heure qu'il est. »

Il ne faut pas oublier le contexte de l'époque. Au moment où Camus prononce ce discours, l'Italie de Mussolini a écrasé l'Ethiopie et la guerre d'Espagne fait rage :

« Ce n'est pas le goût du raisonnement et de l'abstraction que nous revendiquons dans la Méditerranée, mais c'est sa vie – les cours, les cyprès, les chapelets de piments – Eschyle et non Euripide – les Apollons doriques et non les copies du Vatican. C'est l'Espagne, sa force et son pessimisme, et non les rodomontades de Rome – les paysages écrasés de soleil et non les décors de théâtre où un dictateur se grise de sa propre voix et subjugue les foules. Ce que nous voulons, ce n'est pas le mensonge qui triompha en Ethiopie, mais la vérité qu'on assassine en Espagne. »

N'empêche que ce jeune militant communiste, avec son collectivisme à la méditerranéenne, sent déjà fortement le fagot.

Opposant François d'Assise à Luther et, dans une certaine mesure, l'Italie qui reste humaine en dépit du Duce, à l'Allemagne qui emboîte le pas à Hitler, il ébauche dans ce texte la doctrine de la « pensée de midi », qui sera la conclusion de *L'Homme révolté*.

Plus étonnant encore que ce discours : à la même Maison de la culture communisante, il organise une conférence sur Gide et son *Retour d'U.R.S.S.*

Malgré sa profession de foi sur un collectivisme sublimé par l'esprit méditerranéen, c'est sans beaucoup d'illusions qu'il était entré au Parti, à la fin de 1935. Mais le Parti était un des seuls endroits où l'on pouvait agir. Il allait jusqu'à écrire à Jean Grenier, en juillet 1936 :

« Une position que je comprendrais sans sourire est, pour être précis, une action communiste forcenée, doublée d'un pessimisme total à l'égard du communisme et de la question sociale. »

Presque un an plus tôt, le 21 août 1935, il confiait au même correspondant d'étranges propos :

« Ce qui m'a longtemps arrêté, ce qui arrête tant d'esprits je crois, c'est le sens religieux qui manque au communisme. C'est la prétention qu'on trouve chez les marxistes d'édifier une morale dont l'homme se suffise. Cela sent trop le " laïque et obligatoire ", l'humanisme à la Edouard Herriot. Mais peut-être aussi peut-on comprendre le communisme comme une préparation, comme une ascèse qui préparera le terrain à des activités plus spirituelles. En somme une volonté de se dérober aux pseudo-idéalismes, aux optimismes de commande, pour établir un état de choses où l'homme puisse retrouver le sens de son éternité. Je ne dis pas que ceci est orthodoxe. Mais précisément, dans l'expérience (loyale) que je tenterai, je me refuserai toujours à mettre entre la vie et l'homme un volume du *Capital*. »

Il est difficile d'adhérer au Parti communiste en étant plus loin du matérialisme historique. Et on n'en finit pas de s'étonner de trouver, à cette étrange occasion, le texte le plus religieux jamais écrit par Camus. Tout est surprenant, dans cet épisode, y compris la position de l'homme à qui il demande conseil, Jean Grenier. Le professeur n'hésite pas à lui conseiller d'adhérer. Il nuançait seulement son avis d'une interrogation :

« Toute la question est celle-ci : pour un idéal de justice, faut-il souscrire à des sottises? »

Après tout, le même problème se posait aux chrétiens. On peut être croyant sans admettre l'Arche de Noé ou défendre l'Inquisition.

Mais en ce mois d'août 1935, au moment même où Jean Grenier conseille à Camus d'entrer au Parti communiste, non seulement il s'abstient de le faire lui-même, mais il est en train d'écrire l'*Essai sur l'esprit d'orthodoxie* qui dénonce le communisme, et sera publié en 1938. Des extraits en paraissent dans plusieurs numéros de la *N.R.F.*, dès 1936.

Dans son livre sur Albert Camus, Jean Grenier s'est expliqué sur le conseil qu'il avait donné à son élève :

« Je partais de cette maxime générale que les hommes avaient droit au bonheur, pas forcément à la vérité. La recherche de la vérité, les scrupules qu'elle entraîne, les tourments qu'elle procure doivent être réservés, pensais-je alors, à quelques-uns dont le sort n'est pas enviable et qui n'attendent rien du monde. »

A cette époque, Jean Grenier considérait que « le Parti communiste était " l'aile marchante " du Front populaire, le plus attirant de tous par son énergie conquérante et disciplinée. Il pouvait assurer une carrière digne de ce nom à un nouveau Julien Sorel. »

Carrière, Julien Sorel... Voilà des mots qui, avec leur charge de mépris, restent en travers de la gorge.

Le samedi 18 juin 1938, Camus écrit une longue et importante lettre. Il s'y explique sur les critiques formulées par Jean Grenier à propos de *La Mort heureuse* et qui l'ont touché au point qu'il demande s'il doit continuer à écrire. J'y reviendrai. Et puis, l'*Essai sur l'esprit d'orthodoxie* vient de paraître. Et Camus déclare :

« Vous étiez dans le vrai. Je crois qu'à cet égard j'étais sincèrement dupe l'an passé. Mais ce qui m'était le plus dur c'était votre opposition et les jugements (sans doute déformés) qu'on vous prêtait. Je ne vous en voulais pas. Je ne pensais pas que vous ne m'estimiez pas à ma valeur. C'eût été ma réaction spontanée devant n'importe qui. Pas avec vous. J'avais seulement de la peine.

« J'ai lu votre livre il y a quelques jours. Il m'a fait un peu honte. Le courage n'était pas de notre côté. Il était du vôtre. Ma seule excuse, si j'en ai une, est que je ne peux me détacher de ceux parmi lesquels je suis né et que je ne pouvais abandonner. Ceux-là, le communisme en a injustement annexé la cause. Je comprends maintenant que si j'ai un devoir, c'est de donner au mieux ce que j'ai de meilleur, je veux dire essayer de les défendre contre le mensonge. Mais le temps n'est pas encore venu, parce que toutes les cartes sont brouillées. »

Il faut attendre septembre 1947 pour que Jean Grenier écrive à Camus au sujet de cette vieille histoire. Il commence par s'excuser de ne pas avoir mis à son élève les bonnes notes qu'il méritait, en philosophie. C'est qu'il le jugeait sur des critères purement scolaires. Et c'est là qu'il ajoute :

« Même chose pour la politique. Le divorce entre le conseil donné à un autre et l'attitude personnelle est flagrant et devait vous paraître scandaleux. Je me mettais trop – je croyais me mettre trop à la place des autres – il y avait là-dedans un désir de rendre service, de s'effacer, le sentiment aigu de ma solitude, l'impossibilité d'arriver à une croyance pleine et agissante, je veux dire de faire l'unité en moi, bref un peu de tout. »

Camus fit partie de la cellule du Plateau-Saulière. On y retrouve avec lui notamment Jeanne Sicard, Claude de Fréminville et le peintre Maurice Girard. Il n'est pas étonnant qu'elle ait été surnommée « cellule des intellectuels » et qu'elle ait donné du fil à retordre aux dirigeants du Parti communiste algérien.

A l'intérieur même de la Maison de la culture, Camus est mis en accusation par un militant, Gabriel Prédhumeau. Il contre-attaque et c'est Prédhumeau qui sera expulsé. Menu incident qui ne mériterait pas d'être signalé s'il ne s'agissait pas de la première fois où les attaques se déchaînent contre Camus. Tout au long de sa carrière publique, elles ne cesseront pratiquement pas. Dès le lendemain de la Libération, ce sont les démocrates-chrétiens du journal *L'Aube* et, quelques semaines plus tard, les communistes. *L'Homme révolté*, le prix Nobel : autant d'occasions ensuite aux ennemis de se déclarer, de se déchaîner. Camus savait faire front, mais il était de ceux que chaque parole blesse, et il n'a cessé d'en souffrir.

L'action de Camus, au sein du Parti communiste algérien, était condamnée d'avance, puisqu'il s'occupait surtout des militants arabes, et qu'à ce moment même, Pierre Laval, alors président du Conseil, s'était entendu avec Staline pour qu'il soit mis une sourdine à l'anticolonialisme du parti. Sur place, cela provoque bientôt de sérieux remous. Le centralisme démocratique finira par mettre au pas le Parti communiste algérien. Des incidents opposent militants communistes et membres du Parti du peuple algérien, de Messali Hadj. Camus quittera le Parti, ou sera exclu, en juillet 1937.

Longtemps après, en septembre 1951, dans une lettre à Jean Grenier, dont il vient de lire des souvenirs, il expose comment il a rompu avec le Parti. Il évoque aussi une blessure vieille de quinze ans :

« Je ne comprenais pas que vous ayez pu me conseiller de devenir communiste et que vous preniez ensuite position contre le communisme [...] A ce sujet laissez-moi vous dire comment j'ai quitté le parti. [...] On m'avait chargé de recruter des militants arabes et de les faire rentrer dans une organisation nationaliste (L'Etoile nord-africaine, qui devait devenir P.P.A). Je l'ai fait et ces militants arabes sont devenus mes camarades dont j'admirais la tenue et la loyauté. Le tournant de 36 est venu. Ces militants ont été poursuivis et emprisonnés, leur organisation dissoute, au nom d'une politique approuvée et encouragée par le P.C. Quelques-uns, qui avaient échappé aux recherches, sont venus me demander si je laisserais faire cette infamie sans rien dire. Cet après-midi est resté gravé en moi; je me souviens encore que je tremblais alors qu'on me parlait; j'avais honte; j'ai fait ensuite ce qu'il fallait. J'ai reconnu que vous aviez raison dans ce que vous écriviez. Mais alors vous ne pouviez avoir raison dans ce que vous m'aviez conseillé; je ne comprenais pas. Je puis témoigner cependant que je ne vous en ai jamais voulu. J'avais seulement un chagrin d'amitié, comme d'autres ont des chagrins d'amour. Depuis, j'ai compris; parce que je vous connais mieux d'abord, et aussi parce que j'ai mieux mesuré tout ce que j'ai appris alors, que je n'aurais jamais appris sans cela. »

Revenons au Théâtre du Travail. Quand il est fondé, en 1936, sa profession de foi est de « prendre conscience de la valeur artistique propre à toute littérature de masse et démontrer que l'art peut parfois sortir de sa tour d'ivoire. Le sens de la beauté étant inséparable d'un certain sens de l'humanité ». Les recettes sont versées au Secours ouvrier international. La troupe est composée d'amateurs. « Trois mois de travail et deux mois de répétitions pour jouer deux fois : il fallait y croire! » a déclaré Camus en évoquant cette époque. Il ajoutait :

« J'ai d'abord voulu faire du théâtre d'agitation, directement. Ensuite, j'ai compris que c'était une voie fausse. »

Dans le même temps, pour gagner un peu d'argent, Albert Camus s'engage dans la troupe de Radio-Alger, dirigée par Alec Barthus, qui tourne dans les villes et les campagnes. Il tient les rôles de jeune premier. On a gardé de lui une incroyable photo où il est déguisé en Olivier le Daim, dans *Gringoire* de Théodore de Banville, qui fut longtemps une pièce increvable du répertoire des tournées de sous-préfecture. Un vieux comédien, Max Hilaire, de son vrai nom Gaston Brise, lui apprend à respirer et à poser le pied.

Le premier spectacle du Théâtre du Travail est *Le Temps du mépris*, d'après le roman de Malraux. Œuvre au destin étrange et contradictoire, puisque le titre a fait fortune, mais que son auteur la reniait au point d'en interdire la réimpression. Dans *André*

Malraux, entretiens et précisions[1], Roger Stéphane dit à l'écrivain que les communistes apprécient ce livre et Malraux réplique :

« Naturellement, c'est un navet. »

Il n'y a que la préface qu'il ne désavouait pas. Elle s'achève sur cette phrase :

« Il est difficile d'être un homme, mais pas plus de le devenir en approfondissant sa communion qu'en cultivant sa différence. »

Malraux confiait à ses amis une boutade à laquelle il semblait accorder une certaine vérité. Il prétendait qu'il ratait un livre sur deux : *Les Conquérants* réussi, *La Voie royale* raté, *La Condition humaine* réussi, *Le Temps du mépris* raté, *L'Espoir* réussi...

Le Temps du mépris avait au moins le mérite d'être la première œuvre littéraire, en France, à traiter du nazisme et de ses horreurs. Le livre était paru en 1935. En juillet de la même année, Malraux était venu parler à Alger contre la menace fasciste. *La Lutte sociale*, bimensuel communiste algérois, en rendit compte. Jacqueline Lévi-Valensi, dans un article de la *Revue des lettres modernes* (1972), a montré qu'il y a de bonnes raisons de croire que cet article est de Camus. Le meeting de Malraux se tenait dans un cinéma de Belcourt, le quartier même où s'est déroulée l'enfance du jeune militant. A-t-il approché Malraux et lui a-t-il fait part du projet théâtral ? On ne saurait l'affirmer.

Quelques mois plus tard, le 25 janvier 1936, on pouvait lire dans *L'Echo d'Alger* :

« C'est ce soir, à 21 h 15, salle Padovani, à

1. Gallimard, 1984.

Bab-el-Oued, que le Théâtre du Travail ouvre ses portes. Au programme, *Le Temps du mépris*, d'André Malraux, au profit des chômeurs. Participation aux frais : 4 francs. Entrée gratuite pour les chômeurs à la bourse du travail. »

La salle Padovani, ou plutôt les bains Padovani, était un endroit des plus pittoresques. Dans l'essai *L'Eté à Alger*, de *Noces*, Camus en donne une description marquée d'une intense sensualité :

« ... Dans cette immense boîte rectangulaire ouverte sur la mer dans toute sa longueur, la jeunesse pauvre du quartier danse jusqu'au soir. Souvent, j'attendais là une minute singulière. Pendant la journée, la salle est protégée par des auvents de bois inclinés. Quand le soleil a disparu, on les relève. Alors, la salle s'emplit d'une étrange lumière verte, née du double coquillage du ciel et de la mer. »

Mais cette mise en scène et ces éclairages magiques n'ont pour but que de mettre en valeur un corps de femme.

« Je me souviens du moins d'une grande fille magnifique qui avait dansé tout l'après-midi. Elle portait un collier de jasmin sur sa robe bleue collante, que la sueur mouillait depuis les reins jusqu'aux jambes. Elle riait en dansant et renversait la tête. Quand elle passait près des tables, elle laissait après elle une odeur mêlée de fleurs et de chair. Le soir venu, je ne voyais plus son corps collé contre son danseur, mais sur le ciel tournaient les taches alternées du jasmin blanc et des cheveux noirs, et quand elle rejetait en arrière sa gorge gonflée, j'entendais son rire et voyais le profil de son danseur se pencher soudain. »

Le Théâtre du Travail se veut collectif et pratique l'anonymat. Le nom des acteurs ne figure pas au programme, et ils ne viennent pas saluer à la fin du spectacle. Cette règle ascétique aura cours aussi dans la seconde compagnie que dirigera Camus à Alger, le Théâtre de l'Équipe. Le nom de l'auteur ne paraît pas davantage. Pour *Le Temps du mépris*, les initiés savent que c'est Camus.

Un témoin, Charles Poncet, a raconté, dans la revue *Simoun*, ce que fut cette première représentation :

« Nous étions peut-être deux mille, en cette nuit du printemps 1936, venus des quartiers et de la grande banlieue d'Alger, dangereusement serrés, un grand nombre debout, sur le plancher habituellement piétiné par les danseurs du dimanche. Comment les fenêtres, supportant chacune cinq ou six spectateurs assis, debout ou péniblement agrippés, ne se sont-elles pas effondrées, c'est assurément un miracle... La mer, qui devait jouer dans la vie spirituelle et affective de Camus un rôle essentiel, était là présente comme le symbole d'un de ses plus profonds attachements... Le roman de Malraux avait été découpé en de nombreux tableaux qu'animait une mise en scène aux mouvements rapides, utilisant sur les côtés et au fond de la salle, à l'exemple de Piscator, des emplacements inattendus qu'un éclairage fugitif révélait brusquement. »

Charles Poncet dit aussi que le débit des comédiens semblait s'accorder naturellement au rythme des vagues venant mourir sur le sable.

Les décors de Louis Miquel étaient, par force, d'une grande simplicité. Pas de costumes, sauf les uniformes des S.S. Mais quelle ferveur dans la salle !

« Pendant la scène du meeting pour la libération de Thaelmann, rapporte *La Lutte sociale*,
l'auditoire, soulevé, entonna *L'Internationale*. Cette
collaboration de la salle et des acteurs était magnifique, et montrait combien compréhensif était le
jeu de ce groupe.

« Quand on sait que ces jeunes gens ont tout
créé par leurs propres moyens : estrades, décors, et
qu'ils ont réussi à monter une telle pièce, on est
enthousiasmé. En définitive, jeu admirable et sans
recherche de " mise en vedette ". »

L'Echo d'Alger, qui n'a rien d'un journal de
gauche, parle, dans son compte rendu, du succès
obtenu « auprès d'un public appartenant à toutes
les classes de la société ».

Révolte dans les Asturies

(1936)

Pour son deuxième spectacle, le Théâtre du Travail décide de monter une pièce sur l'insurrection ouvrière de 1934, à Oviedo. Un communiqué, vraisemblablement rédigé par Camus, l'annonce dans *La Lutte sociale*, le 15 mars 1936 :

« Le Théâtre du Travail, qui a donné avec tant de succès l'adaptation à la scène du *Temps du mépris* d'André Malraux, prépare la représentation prochaine d'une nouvelle pièce : *Révolte dans les Asturies*, pièce en 4 actes, créée, jouée et réalisée par lui.

« Il est inutile d'insister sur l'intérêt de notre nouvelle entreprise, la première de ce genre à Alger. Nous avons trouvé dans la révolution d'octobre 1934 à Oviedo un exemple de force et de grandeur humaines. Nous avons rendu l'action plus directe et plus immédiate par une mise en scène qui rompt avec les données traditionnelles du théâtre. Nous avons pensé, écrit, et réalisé cette œuvre en commun, selon notre programme. »

Ils s'étaient mis à quatre pour écrire la pièce : Jeanne Sicard, Camus, Poignant, professeur d'allemand au lycée, Bourgeois, professeur d'anglais, celui-là même qui, l'été 1936, allait accompagner Camus et sa femme Simone dans leur désastreux voyage en Europe centrale.

Dans un travail aussi collectif que celui du théâtre, il est vain de chercher, scène après scène, quelle est la part de chacun. Selon le témoignage de Jeanne Sicard, les séances d'écriture avaient lieu à la maison Fichu, sur les hauteurs d'Alger, surnommée « la Maison devant le monde ». D'après elle, les bulletins de la radio sont de Poignant, l'interrogatoire de Bourgeois, et presque tout le reste de Camus. Il suffit de citer le texte de présentation qui parle d'une « certaine forme de grandeur qui est particulière aux hommes : l'absurdité », pour reconnaître un vocabulaire familier. Quant aux évocations de la nature : chaleur, pierres sèches, lézards, absinthes odorantes, il est évident qu'elles ont été suggérées aux auteurs par leur propre pays plutôt que par les Asturies qui sont humides et verdoyantes.

La pièce porta d'abord pour titre *La Neige*, puis *La Vie brève*. Le titre définitif fut trouvé par Jacques Heurgon, professeur à l'Université, à qui sera dédié plus tard *L'Eté à Alger*, dans *Noces*. Une certaine nostalgie pour le titre *La Neige* apparaît dans le texte de présentation. Les auteurs avaient trouvé beaucoup de détails qui leur furent utiles dans un numéro spécial de *Monde*, l'hebdomadaire dirigé par Henri Barbusse, consacré à l'Espagne, en novembre 1934, en particulier dans l'article d'André Ribard *Oviedo, la honte du gouvernement espagnol*.

Révolte dans les Asturies était donc une œuvre militante, de propagande. La scène à l'italienne était abandonnée pour que le spectateur soit placé au cœur de l'action, comme s'il se trouvait dans les rues d'Oviedo. On est entre Brecht et un *auto sacramental* à la Calderón, même s'il y a peu de chances qu'à l'époque ses jeunes auteurs aient connu Brecht. On retrouvera la veine Calderón dans *L'Etat de siège*, et Camus adaptera *La Dévotion à la Croix*. Mais s'il revendique toujours une filiation avec le théâtre espagnol, il marquera ses distances par rapport à Brecht. Il déclare dans une interview, en 1958 :

« Je suis pour la tragédie et non pour le mélodrame, pour la participation totale et non pour l'attitude critique. Pour Shakespeare et le théâtre espagnol. Et non pour Brecht. »

La pièce aurait dû être représentée un peu avant les vacances de Pâques. On répète à Belcourt, dans le local de la société musicale L'Africaine, dont le directeur s'appelait Spermato. Mais, coup de tonnerre, elle est interdite par le maire d'Alger. (Ce maire, Augustin Rozis, sera une des cibles favorites de Camus quand celui-ci sera devenu journaliste à *Alger-Républicain*.) Le prétexte était que le sujet était dangereux en période électorale. *L'Algérie ouvrière* protesta en ces termes :

« Plus de deux mois d'efforts perdus par plusieurs douzaines de camarades, des frais rendus inutiles. Ajoutons que la pièce devait se jouer au profit de l'enfance malheureuse européenne et indigène. Voilà la contribution de M. Rozis à la première manifestation populaire, vivante, intelligente du théâtre algérien. Ceci, et 800 000 francs de subvention à l'Opéra pour monter *Carmen* et autres chefs-d'œuvre de la bourgeoisie. Chaque société a l'art qu'elle mérite. »

Sous l'effet de la colère, le journal de gauche

accable de son mépris l'opéra de Bizet. Il est vrai que, de *Carmen* à *Révolte dans les Asturies*, deux représentations scéniques de l'Espagne s'opposent. Moins de trois mois plus tard, le 17 juillet, éclatait l'insurrection, la guerre civile.

La pièce non jouée fut publiée par un jeune homme de vingt et un ans, Edmond Charlot, qui s'apprêtait à ouvrir une librairie, dont l'enseigne « Les Vraies Richesses » serait un hommage à Giono. Il avait déjà édité un ouvrage, l'histoire d'un club d'aviation locale. *Révolte dans les Asturies* serait le deuxième livre des éditions Charlot, si l'on peut dire, car les éditions Charlot n'existaient pas encore. On pouvait seulement lire sur la couverture :

Essai de création collective

RÉVOLTE DANS LES ASTURIES

pièce en quatre actes

e.c. à Alger

Pour les Amis du Théâtre du Travail.

Malgré l'interdiction, un extrait de la pièce fut représenté à diverses occasions sous le titre de *Espagne 1934*, à partir du mois d'avril 1937. A la même époque, et dans un tout autre esprit, le Théâtre du Travail jouait *L'Article 330*, de Courteline. Cette petite pièce met en scène le jugement par un tribunal correctionnel de La Brige qui, selon un constat d'huissier, a montré son derrière à 13 697 personnes, excédé qu'il était par le trottoir roulant de l'Exposition de 1900, sur lequel donnaient ses fenêtres. Voir Albert Camus, dans le rôle de La Brige, baisser son pantalon dans la scène finale, tel fut le privilège des spectateurs de ce temps-là.

En décembre 1936, pour la fête de *L'Algérie ouvrière*, la troupe crée *Le Secret* de Ramon Sender, le romancier réaliste espagnol. Une pièce montée en six jours. En 1937, outre *L'Article 330*, le Théâtre du Travail joue, à la salle Bordes, *Les Bas-fonds* de Gorki, *La Femme silencieuse* de Ben Jonson, le *Prométhée enchaîné* d'Eschyle. Enfin, le 24 mars 1937, le *Don Juan* de Pouchkine est interprété par Camus. Telle fut l'activité de cette troupe d'amateurs et de militants qui s'efforçait de combler un vide alors que, selon l'expression de Camus, « Alger était un Sahara théâtral ».

Le théâtre restera la passion la plus durable de Camus. En juin 1938, il écrit à Jean Grenier :

« Je voudrais faire un métier d'acteur. »

Au moment de sa mort, il était en pourparlers pour disposer d'un théâtre et avoir une troupe à lui.

L'Envers et l'Endroit

(1937)

L'Envers et l'Endroit est le premier livre d'Albert Camus. Pour la première fois, on peut lire ce nom sur une couverture. Il paraît grâce au jeune éditeur d'Alger Edmond Charlot. C'est le deuxième ouvrage de la collection « Méditerranéennes ». Le premier était *Santa-Cruz*, de Jean Grenier, et c'est d'ailleurs à Jean Grenier qu'est dédié *L'Envers et l'Endroit*. Le dépôt légal est du 10 mai 1937. Le tirage est de 350 exemplaires, plus 5 exemplaires hors commerce et 30 destinés au service de presse. Ce livre restera inconnu en France, longtemps après que Camus fut devenu un auteur célèbre. Il fallut attendre 1958, plus de vingt ans, pour qu'il accepte de faire franchir la Méditerranée à cette œuvre de jeunesse. *L'Envers et l'Endroit* fut alors publié dans la collection « Les Essais », chez Gallimard, avec une importante préface. Nous avons déjà noté que, pendant longtemps, dans les classements qu'il fait de son œuvre, Camus commence toujours à *L'Etranger*, premier ouvrage du cycle de l'absurde. *Révolte dans les Asturies, L'Envers et l'Endroit* et *Noces* sont omis. (Cela peut se comprendre à la rigueur pour *Révolte dans les Asturies* qui est donné comme un ouvrage collectif.) Sans parler de *La Mort heureuse*, roman qui resta dans ses tiroirs sans qu'il cherche à le publier.

Il semble que *L'Etranger* ait marqué pour lui une telle étape que ce n'est qu'à partir de là qu'il entend assumer son œuvre. Il l'écrit explicitement à Jean Grenier dans une lettre que je citerai à propos de ce roman.

Longtemps après, alors qu'il est, sans le savoir, proche du terme de sa vie et de son œuvre, Camus révise son jugement sur *L'Envers et l'Endroit*. Il y voit la source secrète qui a alimenté, ou aurait dû alimenter tout ce qu'il écrit. Retrouver les origines, c'est-à-dire ce premier livre, devient une sorte d'idéal qui, comme tout idéal, semble inaccessible.

La genèse de *L'Envers et l'Endroit* remonte à 1934. Sans parler du texte de 1933, *Le Courage*, qui est repris dans le chapitre *L'Ironie*. Camus, en 1934, est étudiant. Il passe cette année-là les certificats de psychologie et d'études littéraires classiques. Il a épousé Simone Hié le 16 juin. Il sera licencié ès lettres, section philosophie, en 1935. Il soutiendra l'année suivante un diplôme d'études supérieures qui a pour titre : *Métaphysique chrétienne et néoplatonisme* et qui traite de Plotin et de saint Augustin. Ce simple mémoire d'étudiant débute de façon fulgurante :

« Dans les peintures des Catacombes, le bon Pasteur prend volontiers le visage d'Hermès. Mais, si le sourire est le même, le symbole a changé de portée... »

On dirait Malraux. L'étudiant obtient la mention « Bien ».

Cette année 1934, il écrit *Les Voix du quartier*

pauvre, et ce sont ces textes qui, développés, refondus, redistribués, vont devenir *L'Envers et l'Endroit*. Le plan en était le suivant :

1. « C'est d'abord la voix de la femme qui ne pensait pas. »

2. « Puis c'est la voix de l'homme qui était né pour mourir. »

3. « Et puis c'est la voix qui était soulignée par de la musique. »

4. « Puis c'est la voix de la femme malade qu'on abandonne pour aller au cinéma. »

5. « Les hommes bâtissent sur la vieillesse à venir. »

On reconnaît déjà en 1 le chapitre *Entre oui et non*, de *L'Envers et l'Endroit*, et, en 2 et 4, celui intitulé *L'Ironie*.

Le quartier pauvre, c'est Belcourt, bien entendu, celui où Camus a passé son enfance entre sa mère, sa grand-mère, son oncle tonnelier, celui dont il a fréquenté l'école primaire et l'hôpital qu'il décrit dans *L'Hôpital du quartier pauvre*. Toutes ces pages en disent très long sur la formation d'une sensibilité, et sur les leçons, parfois définitives, qu'un enfant va recevoir de cette vie misérable, souvent incompréhensible, mais malgré tout heureuse.

L'Envers et l'Endroit marque une étape de plus. Toute l'expérience d'un garçon de vingt-deux ans y est contenue. Ce n'est pas rien. A Belcourt, à l'étrange foyer familial dominé par la terrible grand-mère s'ajoutent un voyage aux Baléares, et Prague, où le jeune homme se retrouve « la mort dans l'âme », après le naufrage de son premier mariage.

Dans sa préface de 1958, Camus s'explique trop bien sur *L'Envers et l'Endroit* pour qu'il soit nécessaire d'y ajouter des commentaires qui ne seraient qu'une paraphrase. C'est aussi pour lui l'occasion de faire un bilan et, après tant de combats idéologiques, d'aspirer à retrouver la simplicité d'un temps qui n'avait jamais été effleuré par le désespoir, une certaine forme d'amour proche du silence. On peut toutefois remarquer qu'on trouve déjà, dans ce premier essai, la notion d'absurde : « toute l'*absurde* simplicité du monde », écrit-il dans *Entre oui et non*, en soulignant lui-même le mot « absurde ». La fin de ce texte préfigure ce qui sera l'essence de *L'Etranger*, en parlant d'une « indifférence sereine et primitive à tout et à moi-même », ou en affirmant : « Oui, tout est simple. Ce sont les hommes qui compliquent les choses. » Et, dans ces quelques lignes, on rencontre même Meursault et sa mort : « Qu'on ne nous dise pas du condamné à mort : " Il va payer sa dette à la société ", mais : " On va lui couper le cou. " Ça n'a l'air de rien. Mais ça fait une petite différence. »

Il y a plus. *L'Ironie* (et déjà son brouillon de 1933 intitulé *Le Courage*) raconte la mort de la grand-mère et la réaction du petit-fils devant cette mort et l'enterrement :

« Et il s'interrogeait sur la peine qu'il ressentait, il n'en décelait aucune. Le jour de l'enterrement seulement, à cause de l'explosion générale des larmes, il pleura, mais avec la crainte de ne pas être sincère et de mentir devant la mort... »

N'est-ce pas déjà Meursault, son insensibilité à la mort de sa mère, et son refus de mentir, qui va lui coûter si cher? Ainsi la source du début de *L'Etranger* serait le souvenir des propres sentiments de Camus, au moment de la mort de sa grand-mère.

Mais, ce qui est capital dans *L'Envers et l'Endroit*, c'est que l'on met le doigt sur le thème qui, tantôt ouvertement, tantôt secrètement, tantôt consciemment, tantôt inconsciemment, est la racine de l'imaginaire et de l'inspiration de Camus : celui de la mère silencieuse. Dans la préface de 1958, il confie :

« Si, malgré tant d'efforts pour édifier un langage et faire vivre des mythes, je ne parviens pas un jour à récrire *L'Envers et l'Endroit*, je ne serai jamais parvenu à rien, voilà ma conviction obscure. Rien ne m'empêche en tout cas de rêver que j'y réussirai, d'imaginer que je mettrai encore au centre de cette œuvre l'admirable silence d'une mère et l'effort d'un homme pour retrouver une justice ou un amour qui équilibre ce silence. »

La vie de Catherine Camus, et de ses enfants, chez sa mère, était faite de ce silence. Il y avait là aussi Etienne Sintès, frère de Catherine, tonnelier, qui est peint dans *Les Voix du quartier pauvre* : « sourd, muet, méchant et bête ». Il va faire obstacle à un amour que sa sœur essaie de construire comme un refuge, avec un homme lui aussi éprouvé par la vie. La grand-mère est autoritaire, comédienne, brutale. Elle « fait l'éducation des enfants avec une cravache. Quand elle frappe trop fort, sa fille lui dit : " Ne frappe pas sur la tête. " Parce que ce sont ses enfants. Elle les aime bien. Elle les aime d'un égal amour qui ne s'est jamais révélé à eux ».

Quand il y a des visites, la grand-mère se plaît à demander à l'enfant, en présence de sa mère : « Qui préfères-tu, ta mère ou ta grand-mère? » L'enfant est obligé de répondre : « Ma grand-mère. » A ce moment, il éprouve « dans son cœur, un grand élan d'amour pour cette mère qui se taisait toujours ». Lorsqu'on demande à la mère à quoi elle pense, elle répond : « A rien. »

« Sa vie, ses intérêts, ses enfants se bornent à être là, d'une présence trop naturelle pour être sentie. Elle était infirme, pensait difficilement. »

Elle ne sait pas caresser ses enfants.

Voilà tout ce que nous confie *L'Envers et l'Endroit* sur ces pauvres gens qui vivaient à cinq, dans trois pièces, rue de Lyon, à Belcourt. Dans *Entre oui et non*, on lit, souligné par l'auteur, « *L'indifférence de cette mère étrange!* ». Mais une nuit où elle est malade et où son fils la veille, ils se sentent « seuls contre tous », malgré ce silence, et peut-être à cause de ce silence. Cette bizarre relation entre mère et fils est analysée dans un brouillon de *Entre oui et non* :

« Il semblait qu'entre ces deux êtres existât ce sentiment qui fait toute la profondeur de la mort. Et non pas l'attirail de tendresse, d'émotion et de passé qu'on prend trop souvent pour l'amour, mais bien ce qui fait le sens profond de ce sentiment. Un attachement si puissant qu'aucun silence ne le peut entamer... »

Dans ce même fragment, Camus s'interroge sur la réaction, ou plutôt l'absence de réaction de sa mère, quand on découvre qu'il est malade :

« Une chose encore qu'il ne s'était jamais expliquée, c'est l'attitude singulière de sa mère lors d'une maladie assez grave qui avait atteint son fils. Lors des premiers symptômes, des crachements de sang très abondants, elle ne s'était guère effrayée; elle avait certes marqué une inquiétude – mais celle qu'un être de sensibilité normale porte au mal de tête qui afflige un de ses proches. Il la savait pourtant d'une émotivité bouleversante, il savait d'autre part qu'elle avait pour lui un grand sentiment. Par la suite encore, elle ne s'occupa pas de cette maladie qui devait durer très longtemps. Ce fut un oncle qui s'occupa de lui, et sa mère n'y trouva pas à redire. Elle allait le voir chez cet oncle, s'enquérant de son état. " Tu vas mieux. " Oui. Elle se taisait alors et, restés face à face, tous deux s'épuisaient en efforts pour trouver quelque chose à dire. On lui disait qu'on l'avait vue pleurer. Mais jusqu'ici ces larmes lui semblaient de conviction moyenne. Elle n'ignorait pourtant pas la gravité de son mal mais elle promenait ainsi sa surprenante indifférence. Plus surprenant encore à la réflexion était ce fait qu'il n'avait pas songé à le lui reprocher. Une entente tacite les liait. »

Comment s'étonner, après cela, de l'importance du thème de la mère silencieuse dans l'œuvre de Camus. « Aujourd'hui, maman est morte. » Quatre mots, et le ton de *L'Etranger* est donné. En même temps, la mère entre dans un silence définitif. Un peu plus loin, une phrase suffit à dire ce que fut sa vie :

« Quand elle était à la maison, maman passait son temps à me suivre des yeux en silence. »

Il est plus que probable que Meursault doit à sa mère sa manière d'être sans parole, sans pensée, se contentant des évidences initiales : l'existence, la solitude égale à « l'immense solitude du monde ». On condamne Meursault pour son apparente indifférence, mais c'est celle qu'il a apprise de sa mère, et sur laquelle se fondent leurs rapports, avec une grande honnêteté. Rappelons-nous *Entre oui et non* et la phrase soulignée : « *L'indifférence de cette mère étrange!* » Indifférence qui n'est qu'apparente

61

puisque la mère et le fils se rejoignent dans le silence. Comme dans *Entre oui et non*, ils sont « seuls contre tous ». Les juges et le prêtre peuvent reprocher à Meursault son attitude. Ils ne comprennent rien. Il n'avait pas besoin de pleurer à l'enterrement pour que celle qu'il appelle « maman », jamais « ma mère », soit le seul être avec qui il se sente en communion immédiate, au-delà des mots, de la pensée, et même des larmes. Au moment où il s'apprête à mourir, dans les dernières lignes de *L'Etranger*, Meursault rejoint sa mère dans une sorte de bonheur, ou tout au moins d'acceptation de « la tendre indifférence du monde » :

« Si près de la mort, maman devait se sentir libérée et prête à tout revivre. Personne, personne n'avait le droit de pleurer sur elle. Et moi aussi, je me suis senti prêt à tout revivre. »

C'est comme s'il avait enfin réussi à retrouver « La voix de la femme qui ne pensait pas », qui est la première des « voix du quartier pauvre ».

Sans beaucoup chercher, on rencontre un peu partout, dans les écrits de Camus, la présence silencieuse de la mère. Dans le plan d'un roman qu'il projetait en 1946 et qu'il désigne comme « Roman Justice », la dernière partie est un « retour à la mère » :

« Retour à la mère. Prêtre? " Ce n'est pas la peine. " Elle n'avait pas dit que non. Mais que ce n'était pas la peine. Il savait qu'elle ne trouvait jamais que c'était la peine de déranger quelqu'un pour elle. Et même sa mort... »

Dans *Le Malentendu*, la mère parle. Elle parle même presque trop et sa fille, Martha, une ou deux fois, l'invite à se taire, à ne pas faire de confidence au voyageur étranger. Et pourtant c'est un silence fondamental, entre la mère et le fils, qui provoque la tragédie. Jean n'avait qu'à dire : « Me voici, je suis votre fils. » Mais à la place s'installe un dialogue en porte à faux, selon l'expression même de Camus. Comme si, une fois de plus, toute parole entre mère et fils était impossible.

Dans *La Peste*, ce sont le docteur Rieux et sa mère qui représentent le couple silencieux de la mère et du fils :

« Ainsi sa mère et lui s'aimeraient toujours dans le silence. Et elle mourrait à son tour – ou lui – sans que, pendant toute leur vie, ils pussent aller plus loin dans l'aveu de leur tendresse. »

A travers toute l'œuvre ne se laisse jamais oublier la note par laquelle Camus commence ses *Carnets*, en mai 1935, à l'âge de vingt et un ans :

« Ce que je veux dire : Qu'on peut avoir – sans romantisme – la nostalgie d'une pauvreté perdue. Une certaine somme d'années vécues misérablement suffisent à construire une sensibilité. Dans ce cas particulier, le sentiment bizarre que le fils porte à sa mère constitue *toute sa sensibilité*. »

Le premier article sur *L'Envers et l'Endroit* est publié dans *Oran-Républicain*. Il est signé Henri Hell, un jeune homme qui fera partie de la troupe de Camus dans le Théâtre de l'Equipe. Un premier article, c'est un petit événement, un auteur qui commence à exister aux yeux des autres. On connaît presque toujours, par les *Carnets*, par des réponses, des lettres, la réaction de Camus à la façon dont ses livres sont reçus. C'est vrai dès

L'Envers et l'Endroit. Il écrit alors à son ami Jean de Maisonseul :

« Voyez-vous, Jean, j'ai eu des critiques dans les journaux, je n'ai pas à me plaindre; l'accueil qu'on a fait à ces pages a été inespéré. Mais je lisais chez ces gens les mêmes phrases qui revenaient : amertume, pessimisme, etc. Ils n'ont pas compris – et je me dis parfois que je me suis mal fait comprendre. Si je n'ai pas dit tout le goût que je trouve à la vie, toute l'envie que j'ai de mordre à pleine chair, si je n'ai pas dit que la mort même et la douleur ne faisaient qu'exaspérer en moi cette ambition de vivre, alors je n'ai rien dit. »

Dans cette lettre, il évoque son œuvre future et ne la voit paÀodifférente de ce premier livre. Ce sera « une œuvre d'art. Je veux dire bien sûr une création, mais ce seront les mêmes choses que je dirai, et tout son progrès, je le crains, sera dans la forme – que je voudrais plus extérieure. Le reste, ce sera une course de moi-même à moi-même ».

Evidemment, il se trompe. Il ne va pas écrire les mêmes choses. En particulier, sa philosophie va changer. Dès le livre suivant, *Noces*, Camus n'est plus le même. Mais, dans la préface de 1958, il rejoint le débutant de 1937, et rêve qu'il réussira à écrire de nouveau *L'Envers et l'Endroit*.

Noces

(1939)

Tandis que paraît *L'Envers et l'Endroit*, le jeune auteur est en train d'écrire quatre nouveaux essais qui composeront *Noces*. Edmond Charlot en sera cette fois encore l'éditeur. Le livre est publié à Alger, le 23 mai 1939, tiré à 225 exemplaires. Il sera réimprimé en 1941, 1945, 1946, pour être repris en 1950 par Gallimard, où il rejoint, dans la collection « Les Essais », *Le Mythe de Sisyphe*.

Les *Carnets* permettent de suivre l'élaboration des quatre textes de *Noces*. Dès 1936, on trouve des images qui serviront pour *Noces à Tipasa*. En 1937, il est question du *Vent à Djemila*. Les notes concernant le voyage en Toscane, en septembre 1937, vont inspirer *Le Désert*. A partir de septembre, octobre, novembre, viennent des observations qui seront utilisées dans *L'Eté à Alger*. Vers la fin de 1938, Camus ébauche, dans les *Carnets*, les dernières phrases de *Noces*.

On ne peut qu'être frappé par le contraste entre le premier livre de Camus et le deuxième. La tristesse de *L'Envers et l'Endroit*, le monde du quartier pauvre, la désolation de Prague, compensés tout au plus par l'amour sans parole, presque minéral de la mère, et un sentiment existentiel d'acceptation de l'absurdité du monde, ne sont pas de mise dans *Noces*. Le titre même invite au lyrisme, à la communion avec le soleil et la mer. Il dit l'accord de l'homme avec son destin mortel. Ce contraste est celui même qui a existé entre deux périodes de la vie de l'auteur. Les années 1934-1936, au cours desquelles il écrit *L'Envers et l'Endroit*, ont été sombres. Il se débat dans des difficultés matérielles. La carrière universitaire se ferme à lui en raison de sa santé. Il s'est marié en juin 1934 pour se séparer de sa femme à peine deux ans plus tard. Il est entré au Parti communiste fin 1934 et a déjà eu le temps d'être déçu. Tout va mieux en 1937 et 1938, alors qu'il écrit *Noces*. Il est plus sûr de sa vocation littéraire. Il fait des projets d'avenir. Il mise sur ses « chances de vraie vie », au point de refuser un poste de professeur au collège de Sidi-Bel-Abbès.

« J'ai reculé devant le morne et l'engourdissement de cette existence, écrit-il dans ses *Carnets*, en octobre 1937. Si j'avais dépassé les premiers jours j'aurais certainement consenti. Mais là était le danger. J'ai eu peur, peur de la solitude et du définitif. »

A la fin de l'année, il monte le Théâtre de l'Equipe, pour remplacer le Théâtre du Travail, et il est sans doute plus satisfaisant de se placer, comme il le fait à l'Equipe, sous le signe de Jacques Copeau, que de se cantonner dans des spectacles d'agitation révolutionnaire, ce qui était l'objectif du Théâtre du Travail. A Alger, son quartier général est maintenant la maison Fichu, sur les hauteurs de la ville, qu'il appelle « la Maison devant le monde » et qui est peuplée de jeunes femmes. « Ce n'est pas une maison où l'on s'amuse, mais une maison où l'on est heureux. » Pour le pain quotidien, de décembre 1937 à octobre 1938, il est employé de l'Institut de météorologie et de physique du globe, où l'a embauché le professeur Jean Coulomb. Il y travaille sur des statistiques, probablement fausses, concernant la pluie, la température, la pression atmosphérique. Il visite la Toscane, campe en Kabylie avec ses amis Robert et Madeleine Jaussaud. Il va souvent à Tipasa, en bande, avec des camarades. Dessinatrice, peintre et aviatrice, Marie Viton loue le petit avion de l'aéro-club d'Alger pour l'emmener à Djemila. « Seul l'avion permet une solitude plus sensible à l'homme que celle qu'il découvre dans l'auto », écrira-t-il dans *La Mort heureuse*.

Il collabore régulièrement avec son ami, le jeune libraire-éditeur Edmond Charlot. On le trouve souvent, assis sur les marches de l'escalier intérieur de la librairie, en train de lire un manuscrit. Ses fiches de lecture ont malheureusement été détruites lors du plasticage de la librairie, en 1961. Il dirige pour Charlot une collection, « Poésie et Théâtre ». Il rédige les manifestes de la plupart des collections. Il fonde avec Charlot et leurs amis la revue *Rivages*, qui n'aura que deux numéros avant son interdiction par Vichy. En 1938, Edmond Charlot dut interrompre son activité d'éditeur. Camus prit le relais. Claude de Fréminville venait de créer une petite imprimerie, rue Barbès, à Alger. Avec lui, il fonda les éditions Cafre (Camus-Fréminville), qui publièrent quelques titres du programme préparé par Charlot : *André Gide* et *L'Iran de Gobineau* par Jean Hytier, *33 Coplas populaires andalouses* par Léo-Louis Barbes, *A la vue de la Méditerranée* par

Claude de Fréminville, *La ville chante* par Christian de Hastyne, *La Sève des jours* par Blanche Balain et un volume écrit par Hodent, l'homme dont Camus avait pris la défense au cours d'un procès célèbre. Quand Charlot retrouva ses activités, il reprit l'exploitation de ces titres.

Noces à Tipasa célèbre « un jour de noces avec le monde ». Ce site exceptionnel, où les ruines romaines descendent en allées majestueuses jusqu'à la mer, ce parc odorant, entre les rochers de la côte et les pierres antiques qui, en ce temps-là, n'était pas encore clos et d'accès réglementé, mais où l'on pouvait s'attarder librement, le jour et même la nuit, devait paraître un don des dieux. Le jeune homme s'y sent le fils d'une « race née du soleil et de la mer ». Comment s'étonner qu'au sommet d'un tel bonheur, il cherche à retrouver cet accord entre le silence et l'amour, ce thème maternel dont on a déjà vu, avec *L'Envers et l'Endroit*, qu'il était l'aspiration majeure de toute son œuvre :

« Non, ce n'était pas moi qui comptais, ni le monde, mais seulement l'accord et le silence qui de lui à moi faisait naître l'amour. »

Pas entièrement satisfait de *Noces à Tipasa* où Jean Grenier avait trouvé quelque chose de « forcé », il écrit à son ancien professeur :

« Il y a en moi un retrait et une méfiance, qui compromettent tout. (Elle est cause d'ailleurs que je suis souvent dépassé par mon corps et que je n'arrive pas à trouver le commentaire intérieur exact de ma vie physique...) »

Le Vent à Djemila, plus exotique, peint une ville

morte traversée par le vent. L'essai commence en prenant à contre-pied la célèbre formule de Barrès : « Il est des lieux où souffle l'esprit. » Djemila inspire l'idée contraire : « Il est des lieux où meurt l'esprit pour que naisse une vérité qui est sa négation même. » Dans la lointaine Kabylie, la ville romaine inspire à l'auteur la « certitude consciente d'une mort sans espoir ». Sa méditation sur la mort garde encore, dans ce texte, quelques traits de confidence personnelle. Finalement, la leçon amère que lui donne Djemila est de mettre au premier rang la lucidité.

Un bonheur naturel, pour ne pas dire nature, telle est l'impression qui se dégage de la description d'Alger et de la vie des Algérois, dans *L'Eté à Alger*. Ce bonheur est si simple que le jeune écrivain, dans une note insolente, tient à se démarquer de la joie des corps telle que l'a exaltée Gide, et qui lui paraît trop compliquée :

« Puis-je me donner le ridicule de dire que je n'aime pas la façon dont Gide exalte le corps? Il lui demande de retenir son désir pour le rendre plus aigu. Ainsi se rapproche-t-il de ceux que, dans l'argot des maisons publiques, on appelle les compliqués ou les cérébraux. »

Mais que l'on ne se trompe pas sur le sens de la leçon de bonheur :

« Tout ce qui exalte la vie, accroît en même temps son absurdité. Dans l'été d'Algérie, j'apprends qu'une seule chose est plus tragique que la souffrance et c'est la vie d'un homme heureux. »

A la même époque, dans sa critique de *La Nausée*, Camus fait cette réserve :

« ... L'erreur d'une certaine littérature, c'est de croire que la vie est tragique parce qu'elle est misérable. Elle peut être bouleversante et magnifique, voilà toute sa tragédie. Sans la beauté, l'amour ou le danger, il serait presque facile de vivre. »

L'homme algérois n'a ni le sens du péché, ni celui de l'éternité. Il ne connaît que le présent, une joie de vivre sans avenir. Camus en tire une leçon où l'on reconnaît déjà l'absurde et la révolte du *Mythe de Sisyphe* et de *L'Homme révolté* :

« De la boîte de Pandore où grouillaient les maux de l'humanité, les Grecs firent sortir l'espoir après tous les autres, comme le plus terrible de tous. Je ne connais pas de symbole plus émouvant. Car l'espoir, au contraire de ce qu'on croit, équivaut à la résignation. Et vivre, c'est ne pas se résigner. »

A la même époque, aussi, Camus songe à approfondir le travail sur Plotin qu'il avait fait à l'occasion de son diplôme d'études supérieures. Dans *L'Eté à Alger*, en sollicitant un peu le philosophe des *Ennéades*, il trouve dans la terre, la mer, le soleil algériens, la « patrie de l'âme », et même « l'Un ». Il est vrai que Plotin a souvent recours à des métaphores qui évoquent la chaleur, les odeurs, la lumière, l'eau qui court.

L'Eté à Alger est dédié à Jacques Heurgon. Ce latiniste, professeur à l'Université, participait à la vie intellectuelle algéroise. Il fit partie, avec Camus, du comité de rédaction de la revue *Rivages*. Il était un ami de Gide, et le gendre de l'organisateur des Décades littéraires de Pontigny, Paul Desjardins. Lorsque Camus revint à Alger, en avril 1945, c'est chez Heurgon qu'il rencontra Gide pour la première fois. Absent de France, Gide avait prêté le studio de sa fille Catherine, rue

Vaneau, à Camus, pendant les derniers mois de l'Occupation. Mais il ne l'avait jamais vu. Une sympathie immédiate s'établit entre le vieil écrivain et son cadet. Gide venait de lire *Noces*, trouvées dans la bibliothèque de ses hôtes, et avait déclaré :

« J'aime beaucoup la manière dont c'est écrit, c'est vraiment quelqu'un qui a le sens de la langue. »

Il ne semblait pas s'être offusqué de la note qui concerne sa conception du désir.

Parmi les premiers lecteurs de *Noces*, il faut compter aussi Montherlant, qui écrivit à Camus, lequel y trouva « un grand encouragement ».

Le quatrième et dernier essai de *Noces*, *Le Désert*, est dédié à Jean Grenier. Il n'est pas étonnant de trouver son nom dans un recueil qui célèbre de façon si lyrique l'accord de l'homme et de la nature méditerranéenne. J'ai déjà cité le texte où Camus assure que c'est l'auteur des *Iles*, venu d'un pays du Nord, qui lui a appris la leçon de la Méditerranée. Visitant Alger dès 1923, Jean Grenier n'écrivait-il pas à son ami Louis Guilloux :

« Nous aimons nos contraires. Il me plaît que le triste Fromentin et le sombre Gide aient trouvé ici l'objet de leur exaltation. »

Dans *Le Désert*, écho de son voyage en Toscane, Camus se démarque explicitement de Montherlant, le « voyageur traqué ». Il développe l'idée d'une « double vérité du corps et de l'instant qui doit nous enchanter mais périr à la fois ». L'accord auquel doit parvenir celui qu'habite « la double conscience de son désir de durée et son destin de mort », voilà ce que Camus retrouve une fois de plus, alors qu'il admire les paysages de Toscane et les grands peintres, de Cimabue à Piero della Francesca. Il cherche « une vérité qui allait des petites roses tardives du cloître de Santa Maria Novella aux femmes de ce dimanche matin à Florence, les seins libres dans des robes légères et les lèvres humides ».

Le détachement des personnages de Piero, montrant par leur froideur même qu'ils vivent dans l'éternel présent de l'homme sans espoir, le cloître des Morts de la Santissima Annunziata de Florence vont dans le sens de la philosophie de Camus. Chez les peintres florentins, il reconnaît une version noble de l'homme sans passé ni avenir qu'il a cru voir dans les plus frustes de ses compatriotes, ceux de Belcourt et de Bab-el-Oued qui parlent le cagayous dans *L'Eté à Alger*. Mais, en Toscane, les villes, les collines, les femmes dans la rue font chanceler sa révolte :

« Florence! Un des seuls lieux d'Europe où j'ai compris qu'au cœur de ma révolte dormait un consentement. »

Ainsi, le jeune écrivain qui affirme, au début de *Noces*, que le bonheur immédiat et terrestre apporte la certitude du tragique, parce qu'il est périssable, en est moins sûr à la fin. Il a beau répéter : « Plongée dans la beauté, l'intelligence fait son repas du néant », en Toscane, le bonheur est si fort qu'il arrive à lui faire oublier l'absurde.

La Mort heureuse

(1936-1939)

Il est possible que Camus ait écrit un roman avant *La Mort heureuse*, c'est-à-dire vers 1936. Dans une lettre à Christiane Galindo, datée d'Embrun, en août 1937, il fait allusion à un manuscrit qu'il aurait détruit. Mais il n'en reste pas trace et les *Carnets*, qui permettent de suivre l'élaboration de ses œuvres, n'y font pas allusion. Il nous faut donc considérer *La Mort heureuse* comme le premier roman de Camus. Rien n'y manque, pas même le côté « la marquise sortit à cinq heures », dont parlait Valéry pour caricaturer à jamais le genre. « Il était dix heures du matin et Mersault marchait d'un pas régulier... » Ainsi commence l'histoire qui, en son premier chapitre, va nous raconter un meurtre, très romanesque aussi, et qui fait un peu penser à celui commis par Tchen au début de *La Condition humaine*.

Camus a commencé à prendre des notes pour *La Mort heureuse* dans le courant de 1936. Mais le livre n'eut qu'une publication posthume, dans les « Cahiers Albert Camus[1] », en 1971. Camus en avait gardé deux versions dactylographiées, pré-

1. Gallimard.

sentant quelques variantes, et aussi les dossiers préparatoires. Pourquoi l'auteur renonça-t-il à publier son roman? On serait tenté de répondre : parce qu'il a trouvé le sujet de *L'Etranger* et qu'il s'est mis à écrire ce nouveau récit. On peut lire en effet des notes qui montrent que, dès avril 1937, l'idée de *L'Etranger* commence à l'habiter :

« Récit, l'homme qui ne veut pas se justifier... »

Un peu plus tard, en juin, une scène entre un aumônier et un condamné à mort. En août, il envisage un roman sur un homme « étranger à sa vie ». Mais, s'il commence à travailler sur *L'Etranger*, Camus continue à écrire *La Mort heureuse*. La lettre qu'il envoie à Jean Grenier, le 18 juin 1938, laisse penser que le roman est terminé et qu'il l'a soumis à son ancien professeur, qui l'a condamné. Mais, le même mois de juin, il note dans ses *Carnets*, parmi ses projets pour l'été : « Récrire roman. » Jusqu'en janvier 1939, il est encore question de Mersault, dans les *Carnets*, sans que l'on sache bien s'il s'agit toujours du héros de *La Mort heureuse*, ou s'il est question de celui de *L'Etranger* qui n'aurait pas encore trouvé son nom définitif.

Ces observations chronologiques suffisent à empêcher de considérer *La Mort heureuse* comme un brouillon de *L'Etranger*. Les deux romans se sont développés presque simultanément. Mais il a dû arriver un moment où le premier a été mis de côté au profit du second. Et, de même que, dans *La Mort heureuse*, l'écrivain reprenait des thèmes développés dans *L'Envers et l'Endroit* et dans *Noces*, il n'hésite pas à utiliser dans *L'Etranger* un long passage, la description de l'après-midi du dimanche, emprunté à *La Mort heureuse.*

Il n'en reste pas moins que, d'ordinaire, un jeune auteur ne renonce pas si facilement à son premier roman. Il fallait toute l'exigence de Camus pour en arriver là. Ou encore la conscience qu'avec *L'Etranger*, il était en train de construire une œuvre si forte, si cohérente, où tout se tient, que la construction lâche, le côté fourre-tout de *La Mort heureuse*, ne pouvait plus le satisfaire. Il peut y avoir eu aussi des circonstances accidentelles. On a parlé de la publication d'un roman de Jean Merrien, le frère de l'ami de Camus, Claude de Fréminville, intitulé *La Mort jeune*, et dont le sujet aurait présenté des similitudes avec celui de *La Mort heureuse*, ce qui aurait achevé de dissuader Camus de publier le sien. Quoi qu'il en soit, sur le moment, le jeune romancier éprouve un sentiment d'échec. Il s'en ouvre à Jean Grenier, qui n'aura épargné ses critiques à aucun des premiers écrits de Camus, de *L'Envers et l'Endroit* au *Malentendu*, en passant par *L'Etranger et Caligula*. Il lui écrit, le 18 juin 1938 :

« Aujourd'hui ce que vous me dites est tout à fait juste. Ce livre m'a coûté beaucoup de peine. Je l'ai écrit en sortant de mon bureau, quelques heures tous les jours. Je n'en ai pas fait lire une ligne jusqu'à la fin. Et maintenant que j'en suis éloigné, je n'ai pas besoin de beaucoup réfléchir pour comprendre que je me suis noyé et aveuglé et qu'en bien des endroits ce que j'avais à dire a cédé la place à ce qu'il me flattait de dire. Tant pis pour moi – et tant pis pour ce sujet qui aujourd'hui me tient tant à cœur. »

Il doute tellement qu'il adresse à Jean Grenier une terrible interrogation :

« Croyez-vous sincèrement que je doive continuer à écrire? Je me pose la question avec beaucoup d'anxiété. Vous entendez bien qu'il ne s'agit pas pour moi d'en faire un métier ou d'en recueillir des avantages. Je n'ai pas tellement de choses pures dans ma vie. Ecrire est une de celles-là. Mais, en même temps, j'ai assez d'expérience pour comprendre qu'il vaut mieux être un bon bourgeois qu'un mauvais intellectuel ou un médiocre écrivain. C'est plus digne, et en tout cas, je voudrais savoir. »

Dans la même lettre, il avoue sa solitude morale :

« Je suis un peu gêné de vous parler avec cette liberté, mais, pendant ces deux années, je n'ai communiqué avec personne. »

Nous ne possédons pas les lettres de Jean Grenier antérieures à 1940, Camus les ayant détruites. Il est permis de se demander quelles critiques il avait adressées à son ancien élève pour que celui-ci en vienne à douter de sa vocation. Car, s'il y a bien des défauts dans *La Mort heureuse*, le talent est évident. On ignore aussi quelle fut la réponse. En juillet, Camus écrit :

« Je vous remercie pour votre lettre. Elle me montre un certain nombre de voies. Je tâcherai de les suivre de mon mieux. »

Le principal défaut de *La Mort heureuse* est celui des premiers romans. L'auteur y entasse toute son expérience, comme s'il n'écrirait plus jamais d'autre livre, comme s'il voulait tout dire. Il suffit d'en faire un bref résumé pour que le lecteur reconnaisse la plupart des épisodes de la jeunesse de

Camus. A part le crime du début, bien entendu. Patrice Mersault, employé pauvre, fait la connaissance d'un riche infirme, Zagreus, que lui présente Marthe, leur maîtresse commune. Mersault tue Zagreus dans des circonstances qui l'assurent de l'impunité et s'empare de sa fortune. Il part en voyage, visite Prague et revient à Alger par Gênes. Là, il vit heureux en compagnie des trois « petites bourriques », dans « la Maison devant le monde ». Il épouse une autre jeune femme, Lucienne, mais la renvoie bientôt. Il va s'installer seul dans le Chenoua, « à quelques kilomètres des ruines de Tipasa », dans une maison face à la mer. Il y tombe malade et meurt. Il a appris que le bonheur est volonté, et il meurt heureux.

On n'en finirait pas de relever les éléments autobiographiques utilisés dans le roman. C'est la peinture de Belcourt, le quartier populaire où Camus passa son enfance. Un personnage raconte de façon ridicule la bataille de la Marne. Mersault l'interrompt par : « Tu nous emmerdes », et on peut voir dans ce passage un côté iconoclaste, puisque c'est à la Marne que le père de Camus fut mortellement blessé. Pour faire bonne mesure, au paragraphe suivant, on trouve des railleries sur un tuberculeux qui est mort de trop faire l'amour à sa femme. Cette fois, l'auteur a dirigé la flèche contre lui-même. Mersault a pour voisin le tonnelier Cardona, « sourd, à demi muet, méchant et brutal ». On a déjà rencontré, dans *Les Voix du quartier pauvre*, un homme « sourd, muet, méchant et bête ». Les deux ont pour modèle l'oncle Sintès, le tonnelier. Cardona se conduit avec sa sœur comme le personnage des *Voix du quartier pauvre*, et comme

le faisait Etienne Sintès avec la mère de Camus.
« Il l'empêchait de voir l'homme qu'elle aimait. »
Quand on se rappelle l'importance de la mère dans
l'inspiration romanesque de Camus, on ne peut
s'étonner du retour de ce thème du frère de la
mère, qui, dans l'œuvre comme dans la vie, se
montre tyrannique, jaloux, brutal. On en retrouve
un écho jusque dans *L'Etranger* : si le drame se
produit, c'est parce que le frère de la maîtresse de
Raymond poursuit celui-ci.

La Mort heureuse reprend le récit du voyage à
Prague, marqué de désespoir, comme il l'était déjà
dans *La Mort dans l'âme*, et comme il l'avait été
dans la réalité, en juin 1936, après la rupture avec
Simone Hié. Il avait même fait une allusion dis-
crète à cette malheureuse équipée, pour en tirer
argument en faveur de la Méditerranée, dans son
discours à la Maison de la culture d'Alger, en
février 1937 :

« J'ai passé deux mois en Europe centrale, de
l'Autriche à l'Allemagne, à me demander d'où
venait cette gêne singulière qui pesait sur mes
épaules, cette inquiétude sourde qui m'habitait.
J'ai compris depuis peu. Ces gens étaient bouton-
nés jusqu'au cou. Ils ne connaissaient pas le laisser-
aller. Ils ne savaient pas ce qu'est la joie, si
différente du rire. »

L'affreuse tristesse de Mersault, à Prague, le met
dans un état proche de la nausée existentialiste :
c'est la vie inconnue qui monte d'un passage,
l'odeur des concombres, « tout ce que le monde lui
offrait d'étrange et de solitaire ». Il va trouver un
homme mort dans la rue. (Dans *La Mort dans l'âme*,
le mort était découvert dans une chambre d'hôtel
et, dans la réalité, Camus avait été témoin d'un

78

incident semblable à Alger.) Puis vient une réminiscence d'Italie, une vision des femmes, dans la rue, à Florence, transportée ici à Gênes. On la retrouve dans une notation des *Carnets*, déjà utilisée dans *Le Désert*. Mais, curieusement, Camus ne se sert pas de ce qu'il écrivait en sortant du cloître des Morts, à la Santissima Annunziata :

« Un prêtre m'a souri. Des femmes me regardaient avec curiosité. Dans l'église, l'orgue jouait sourdement et la couleur chaude de son dessin reparaissait parfois derrière les cris des enfants. La mort! A continuer ainsi, je finirais bien par *mourir heureux*. » (C'est moi qui souligne.)

Tout le chapitre III de la deuxième partie est une évocation, d'une grande exactitude, de la vie qu'ont menée Camus et ses amis dans « la Maison devant le monde », dont j'ai déjà parlé. Deux jeunes Oranaises, Jeanne Sicard et Marguerite Dobrenn, l'avaient louée à un certain M. Fichu. « La Maison devant le monde » lui inspira même une chanson qui reste un des très rares témoignages sur un Camus versificateur.

> *J'avais des camarades,*
> *Une maison devant le monde.*
> *Dans le matin et le soir immenses*
> *La journée tournait ronde*
> *Autour de notre silence.* (Bis.)
>
> *Là où s'arrête un monde,*
> *Prend naissance une amitié,*
> *Désir têtu de transparence*
> *Qui définit la liberté.*
> *Notre maison avance.* (Bis.)

79

Mais dans tout le ciel bleu,
Le monde rit, indifférent.
Camarades de quelques heures,
La vie est un sourire errant,
Miracle d'aimer ce qui meurt. (Bis.)

« La Maison devant le monde », que l'on appelait aussi « la maison des étudiantes », devint un quartier général pour les activités de Camus et de ses camarades. Nous avons vu qu'elle servit notamment de lieu de travail pour l'élaboration de *Révolte dans les Asturies*. Une autre Oranaise, Christiane Galindo, vint habiter là, et trouva un emploi à Alger comme sténo-dactylo. C'est elle qui va d'ailleurs taper le manuscrit de *Caligula*. Albert Camus, après la séparation d'avec sa femme, occupa des domiciles de fortune et passa ses journées de liberté à « la Maison devant le monde ». La vue admirable qui justifie le surnom de la maison, les bains de soleil, la cuisine faite à tour de rôle, les deux chats Cali et Gula, les conversations, tout, dans le roman, est très proche de la vérité. Il est facile de reconnaître Jeanne Sicard dans Claire, Marguerite Dobrenn dans Rose et Christiane Galindo dans Catherine. (Des trois, Jeanne Sicard devait avoir le destin le plus étrange. Elle devint chef de cabinet du ministre des Finances René Pleven, et fut tuée en voiture, le 15 septembre 1962, deux ans et demi à peine après son camarade de « la Maison devant le monde ».)

Si l'on va plus avant dans le livre, on aperçoit Tipasa et, dans une version primitive, Djemila tenait la place du Chenoua. Même lorsque la trame romanesque devrait contraindre l'auteur à s'écarter du réel, il n'y arrive pas. Mersault tue

Zagreus parce qu'il est persuadé que, contrairement au dicton, l'argent fait le bonheur. Mais quelle vie mène-t-il, une fois riche? Quelques voyages, une habitation partagée avec des étudiantes, enfin l'achat d'une petite maison sur le Chenoua... Rien de bien différent, si l'on excepte la maison achetée, de la vie que Camus, étudiant pauvre, arrivait à mener lui-même.

L'auteur ne s'est pas servi seulement de sa jeune expérience. Il s'est souvenu aussi de ses précédentes tentatives littéraires. *L'Envers et l'Endroit* racontait déjà le quartier pauvre et Prague. *Entre oui et non* parle de la « mort naturelle », titre donné à la première partie de *La Mort heureuse*.

Mais bientôt, ce sera *La Mort heureuse* qui, à son tour, fournira des matériaux à *L'Etranger*. Cela mérite qu'on s'y attarde, car c'est à travers les ressemblances et les différences entre les deux œuvres que l'on saisit ce qui fait l'originalité de *La Mort heureuse* et quelle étape unique de la pensée de Camus elle illustre.

Tout tient dans une lettre. Mersault devient Meursault. Dans Mersault, il y a mer et peut-être aussi soleil. Dans Meursault, il y a meurtre, il y a mort. Il faut y voir plus que du hasard. Camus choisissait très soigneusement les noms de ses personnages.

La Mort heureuse est écrite à la troisième personne, alors que son héros, par bien des traits, est proche de l'auteur. *L'Etranger*, où il y a si peu de lui – au premier degré tout au moins –, est écrit à la première personne. J'aurai l'occasion de commenter tout l'intérêt du « je » dans *L'Etranger*. Le « il » de *La Mort heureuse* semble le produit d'une timidité, ou d'une maladresse narrative, puisque l'auteur est obligé de décrire les faits et gestes de Mersault, mais aussi de nous révéler ses pensées. Il est tantôt à l'intérieur, tantôt à l'extérieur de son héros. Tous les romans de Camus, à quelques passages près, sont vus d'ailleurs à travers un personnage privilégié, qu'il soit ou non le narrateur. C'est vrai pour *La Mort heureuse*, pour *L'Etranger*, pour *La Peste*, pour *La Chute*.

Dans *La Mort heureuse* comme dans *L'Etranger*, nous trouvons le bistrot Céleste, et l'ami Emmanuel. Nous trouvons aussi le thème de la mort et de l'enterrement d'une mère. La mort de la mère se trouve même deux fois dans le premier ouvrage, d'abord celle de Mersault, ensuite celle de Cardona. Quant à l'indifférence de Mersault, lors de l'enterrement de sa mère, elle est mentionnée en passant. C'est dans *L'Etranger* que ce thème atteindra une importance capitale. De même Camus reprend d'un roman à l'autre la description du dimanche (« Les dimanches d'Alger sont parmi les plus sinistres », est-il déjà affirmé dans *Noces*), y compris l'anecdote du découpage dérisoire des publicités pour les sels Kruschen, et la réflexion finale : « Encore un dimanche de tiré. » Mais un tel passage, purement anecdotique dans *La Mort heureuse*, se charge de sens dans *L'Etranger*. Il souligne l'indifférence de Meursault, son imperméabilité au monde :

« J'ai pensé que c'était toujours un dimanche de tiré, que maman était maintenant enterrée, que j'allais reprendre mon travail et que, somme toute, il n'y avait rien de changé. »

A noter que « vivre à son balcon le dimanche après-midi », va revenir une troisième fois, dans *La Peste*, sous la plume de Tarrou.

La supériorité de *L'Etranger* sur *La Mort heureuse*, c'est que rien n'y est inutile. Tout concourt vers le but que s'est donné l'auteur. Et s'il utilise des fragments ou des épisodes de *La Mort heureuse*, ils prennent leur vraie place et leur fonction.

Il est vrai que parfois, Mersault se sent déjà un « étranger ». Il confie à Zagreus :

« Il y a quelques années, j'avais tout devant moi, on me parlait de ma vie, de mon avenir. Je disais oui. Je faisais même ce qu'il fallait pour ça. Mais alors déjà, tout ça m'était étranger. M'appliquer à l'impersonnalité, voilà ce qui m'occupait. Ne pas être heureux, " contre ". »

Bien d'autres livres vont suivre où reviennent des idées, des images, des réminiscences de *La Mort heureuse*. Le docteur Bernard Rieux, de *La Peste,* emprunte quelque chose au docteur Bernard, et pas seulement le fait de se faire un prénom de son nom. Les amandiers sont en fleur comme dans *L'Eté.* Et l'idée des *Justes* est déjà présente, qu'une mort en rachète une autre. On rencontre aussi le thème de la jalousie sexuelle, développée dans *La Chute.*

Une grande différence entre *La Mort heureuse* et les autres romans de Camus est la place réservée aux femmes. Dans *L'Etranger*, il n'y en a qu'une, Marie Cardona, et elle est une des pièces importantes qui sert à montrer l'attitude de Meursault en face du monde. Dans *La Peste*, elles sont absentes, ailleurs, laissant les hommes d'Oran à leur exil, à leur confinement. Dans *La Chute*, elles ne sont guère individualisées. Le genre féminin appartient au passé de Clamence, qui, à un moment de sa vie, s'est appliqué à être un don Juan. Mais, dans *La Mort heureuse*, les femmes sont partout, au point que le jeune romancier a quelques difficultés à distribuer un rôle à chacune, que leur fonction dans la progression du récit n'est pas toujours évidente, qu'il y a des doubles emplois.

C'est une femme, Marthe, qui introduit Patrice Mersault chez Zagreus. Et comme l'infirme a été son amant, et qu'elle le voit encore, il va se laisser atteindre non par l'amour – il n'aime pas Marthe et elle ne l'aime pas – mais par la jalousie. Une jalousie purement sexuelle. Il veut savoir le nom de ses anciens amants, les voir, les connaître. Cette jalousie disparaît seulement devant Zagreus, l'homme aux jambes coupées.

Lors du périple de Mersault en Europe centrale, après son meurtre, il y a la nuit passée avec Helen, l'entraîneuse viennoise. Selon un schéma un peu conventionnel, c'est une putain honnête qui finit en embrassant son partenaire sur les deux joues, de bon cœur, ce qui émeut Mersault.

De retour à Alger, les « trois petites bourriques », Rose, Claire et Catherine, représentent ce que l'amitié féminine peut offrir de meilleur, avec quand même, en ce qui concerne Catherine, une nuance de sensualité. Peut-être plus. Quand Mersault va partir pour le Chenoua, il y a une scène d'adieux avec Catherine où passe une vibration amoureuse. Mais surtout, dans la demeure des jeunes filles, leur « Maison devant le monde », pendant les nuits fraîches et gorgées d'étoiles, il découvre l'ivresse de partager sa communion avec le cosmos. Ils sont là, face à Alger, à la mer et au ciel, « des êtres jeunes, capables de bonheur, qui échangent leur jeunesse et gardent leurs secrets ».

C'est un peu la même chose qu'il cherche avec Lucienne. La ville, la nuit, le port lui donnent « la soif de cette source tiède, la volonté sans frein de saisir sur ces lèvres vivantes tout le sens de ce monde inhumain et endormi, comme un silence enfermé dans sa bouche ».

Tout ce qui aurait pu se produire avec Catherine, le romancier a préféré le transférer sur cette Lucienne, peut-être par un phénomène d'autocensure. Mersault épouse ensuite Lucienne, pour des raisons mal expliquées. D'ailleurs il ne vivra que quelques jours avec elle.

Parmi ces amies, ces amantes, sans doute convient-il de ne pas oublier celle qui les résume toutes, dans cet amour panthéiste qui est celui de *La Mort heureuse*, comme il l'était déjà de *Noces* : la mer. Au dernier chapitre, Mersault plonge dans la mer « pour que se taise ce qui en lui restait du passé et que naisse le chant profond de son bonheur ». Et la mer l'accueille comme si elle était une femme :

« Elle était chaude comme un corps, fuyait le long de son bras, et se collait à ses jambes d'une étreinte insaisissable et toujours présente. »

Dans *Noces à Tipasa*, il y a déjà « la course de l'eau sur mon corps, cette possession tumultueuse de l'onde par mes jambes ». La mer suce les rochers « avec un bruit de baisers ». Et cette comparaison : « Etreindre un corps de femme, c'est aussi retenir contre soi cette joie étrange qui descend du ciel vers la mer. » Dans *La Femme adultère*, bien que l'on soit en plein désert, c'est le thème de l'eau et de la mer qui déclenche la soif d'amour. Dans *L'Etranger*, une baignade provoque le début de la liaison entre Marie Cardona et Meursault. Dans *La Peste*, un bain de mer pris en commun scelle l'amitié de Rieux et de Tarrou. Ce bain se déroule en silence. Dans le symbole féminin et maternel qu'est la mer, Camus retrouve une fois de plus la mère silencieuse, source de toutes ses inspirations.

Bien plus que le nombre et l'importance des personnages féminins, la dissemblance majeure entre *La Mort heureuse* et le reste de l'œuvre de Camus réside dans la philosophie mise en action par Patrice Mersault. La notion d'absurde n'a pas encore vu le jour. Mersault veut vivre et être heureux. Dans très peu de temps, Caligula constatera que les hommes meurent et ne sont pas heureux, et en tirera les plus extrêmes conséquences. La révolte de Mersault, si l'on peut considérer son crime comme un acte de révolte, n'est pas celle exprimée dans *La Peste*, *Les Justes* ou *L'Homme révolté*. Mersault est un nietzschéen qui fabrique lui-même sa liberté et son bonheur. Ce n'est pas un hasard si, dans la première scène du roman, celle du meurtre, Zagreus, qui exerce sans aucun doute une influence sur Mersault, et finit par lui servir de modèle, est en train de lire *L'Homme de cour*, de Baltasar Gracián. Le jésuite espagnol du XVIIᵉ siècle a peint une sorte de surhomme, intellectuel et raffiné. Il est ainsi un des premiers individualistes. Schopenhauer le traduisit et le commenta en allemand. Nietzsche l'admirait. Et d'ailleurs Zagreus, ce nom étrange, Camus l'a trouvé dans l'œuvre de Nietzsche, *La Naissance de la tragédie*, qui, pendant toute cette époque de sa jeunesse, n'a cessé de le hanter. Au chapitre 10, le philosophe évoque Dionysos, « le dieu qui sur lui-même fait l'épreuve des souffrances de l'individuation, et dont d'admirables mythes racontent qu'enfant, il fut déchiqueté par les Titans et qu'on le vénère, ainsi mutilé et dispersé, sous le nom de Zagreus. »

Si l'on veut être précis, autant que cela se peut en mythologie, on peut ajouter qu'il y a en effet identification entre Zagreus, fils de Zeus et de Perséphone, et Dionysos. Mais Zagreus, les Titans le déchirèrent avec leurs dents et mangèrent sa chair crue, tandis que, dans le cas de Dionysos, la chair consommée était cuite. Simple détail qui n'a pas empêché une contamination entre ces deux mythes de mort et de résurrection. En tout cas, le nom est choisi à dessein par le jeune écrivain. De même que le Zagreus de la mythologie est réduit en morceaux, celui du roman est mutilé, « une moitié d'homme ».

Comme Nietzsche, Camus rêve à la Grèce. (Comme Nietzsche aussi, Mersault a aimé la route qui domine Gênes, cette route où il « laissa monter vers lui toute la mer chargée de parfum et de lumières, dans un long gonflement ».) Il a tendance à voir, dans l'esprit qui est en train de se développer en Afrique du Nord, un héritage des Grecs. Parfois, il pousse très loin l'assimilation. Dans son enquête sur la Kabylie, en 1939, il dit qu'il a rencontré « la Grèce en haillons ». Pendant des années, il fait des projets pour aller visiter Athènes et les îles grecques. Chaque fois, il y a un contretemps. Il lui faudra attendre le printemps de 1955 pour accomplir son premier voyage vers le pays des dieux et des philosophes. Il ne sera pas déçu. On peut dire qu'à Athènes, à Epidaure, à Nauplie, à Mycènes, à Delphes, à Mykonos, à Délos, à Olympie, à Egine, tout au long des vingt jours de son périple, il n'a cessé d'être possédé par une ivresse sacrée.

Dans *L'Eté à Alger*, Camus remarque que « pour la première fois depuis deux mille ans, le corps a été mis nu sur les plages. Depuis vingt siècles, les hommes se sont attachés à rendre décentes l'insolence et la naïveté grecques, à diminuer la chair et compliquer l'habit. Aujourd'hui et par-dessus cette histoire, la course des jeunes gens sur les plages de la Méditerranée rejoint les gestes magnifiques des athlètes de Délos ».

Cela veut dire que Camus n'est pas loin de penser que le paganisme est en train de renaître. Dans *La Mort heureuse*, ce goût de se mettre nu au soleil est incarné par Catherine, jeune femme dionysiaque. Mais le vrai païen est Mersault. Retrouvant les présocratiques à la lumière de Nietzsche, il pense que le bonheur est affaire de volonté :

« L'erreur, petite Catherine, c'est de croire qu'il faut choisir, qu'il faut faire ce qu'on veut, qu'il y a des conditions du bonheur. Ce qui compte seulement, tu vois, c'est la volonté du bonheur, une sorte d'énorme conscience toujours présente. »

Ailleurs, il a une comparaison empruntée à une expérience enfantine :

« Lécher sa vie comme un sucre d'orge, la former, l'aiguiser, l'aimer enfin. Là était toute sa passion. »

L'unique supériorité de Mersault sur sa victime Zagreus, c'est de mourir heureux. Au moment de sa mort, Zagreus avait des larmes dans les yeux. C'est que l'infirme n'avait pas pu vivre pleinement. Mersault, lui, sait qu'il n'aura pas cette faiblesse :

« Car lui avait rempli son rôle, avait parfait

l'unique devoir de l'homme qui est seulement d'être heureux. »

Telle est l'explication du titre de ce premier roman, attachant et riche, même si, trop juvénile, il est mal maîtrisé. Même si son ambition est trop grande, qui est de vouloir exprimer une extase lucide. Pour Mersault, comme pour Camus à cette étape de sa pensée, la mort n'est qu'un « accident du bonheur ».

L'Étranger

(1942)

En mai 1940, peu avant l'offensive allemande, Albert Camus note dans ses *Carnets* :

« *L'Etranger* est terminé. »

Il a vingt-six ans. Il vit à Paris, à l'hôtel. Il travaille à *Paris-Soir*, comme secrétaire de rédaction, c'est-à-dire qu'il est chargé de la mise en pages de la page 4. Avant, il y avait Alger où il était un des garçons les plus connus de la jeunesse intellectuelle : écrivain, militant politique, acteur, auteur, metteur en scène, un peu don Juan aussi. Mais qui le sait à Paris, cette ville dure, grise? Il faut beaucoup de temps pour aimer Paris et s'en faire aimer.

A partir du printemps 1937, alors que Camus s'efforce de terminer ce qui aurait dû être son premier roman, *La Mort heureuse*, apparaissent dans ses *Carnets* des notes concernant de façon de plus en plus précise un autre ouvrage qui, un jour, sera *L'Etranger*. Un roman qui ira jusqu'à prendre au premier le nom de son héros, à une lettre près : Mersault est devenu Meursault.

En août 1937, on lit dans les *Carnets* :

« Un homme qui a cherché la vie là où on la

met ordinairement (mariage, situation, etc.) et qui
s'aperçoit d'un coup, en lisant un catalogue de
mode, combien il a été étranger à sa vie (la vie
telle qu'elle est considérée dans les catalogues de
mode).

« Ire Partie – Sa vie jusque-là.

« IIe Partie – Le jeu.

« IIIe Partie – L'abandon des compromis et la
vérité dans la nature. »

Pendant cette gestation de *L'Etranger* se déroule
une étape nouvelle de la vie de Camus, et une
rencontre encore plus importante que ne l'avait été
celle de Jean Grenier. Après l'avènement du Front
populaire, des gens de gauche voulurent doter
Alger d'un journal représentant leurs idées, à
l'image du quotidien qui se faisait dans l'autre
grande ville, *Oran-Républicain*. Ce serait *Alger-Républicain*. Les statuts, de style coopératif, devaient
mettre *Alger-Républicain* à l'abri des puissances d'argent et des partis politiques. Les administrateurs
recrutèrent à Paris un journaliste professionnel,
pour diriger la rédaction. Pascal Pia fut choisi
parmi trois ou quatre autres candidats, peut-être
sur la recommandation d'Aragon et de Jean-
Richard Bloch. Faute d'argent, Pia dut embaucher
des débutants, et parmi eux Albert Camus, qui
devint ainsi journaliste en septembre 1938. Le
premier numéro d'*Alger-Républicain* parut le 6 octobre.

Je parlerai plus loin, à propos des chroniques
algériennes d'*Actuelles III*, des débuts journalisti-
ques de Camus et de son activité à *Alger-Républicain*. Pour l'instant, puisqu'il est question de la
gestation de *L'Etranger*, il faut voir ce qu'a pu
apporter au jeune écrivain et à son livre la rencon-

tre d'un homme qui exprimait des idées proches des siennes sur l'absurde, et même mieux, incarnait l'absurde. Pia était orphelin de guerre, comme Camus. Il avait été élevé dans la misère, comme Camus. Il avait la passion de la littérature, comme Camus. Mais lui, pour qui l'absurde n'était pas un point de départ, mais le dernier mot, avait renoncé à écrire. Son activité littéraire avait consisté en faux : Baudelaire, Apollinaire, Radiguet, d'autres aussi sans doute, et en édition de livres sous le manteau. Cela les jours où il ne tenait pas une loterie de sucre, sur les Boulevards, pour ne citer que l'un des métiers bizarres qu'il avait exercés. Mais André Malraux, le grand écrivain hollandais Eddy du Perron, et bien d'autres, n'ont jamais caché la profonde influence qu'il avait exercée sur eux. Les gens de la N.R.F., comme Paulhan, Arland, Ponge, lui témoignaient estime et amitié. La N.R.F. avait failli publier ses poèmes, *Bouquets d'orties*, mais, fait à peu près unique dans l'histoire de l'édition, le jeune auteur avait retiré son manuscrit au dernier moment. Pia, qui ne croyait à rien, était capable de se battre pour une cause qui n'avait peut-être pas de sens pour lui. C'est ce qu'il fit à *Alger-Républicain*, comme plus tard dans la Résistance. Tel était l'homme, le plus fermement nihiliste et le plus calmement désespéré, qui aurait mis la littérature au-dessus de tout s'il n'avait pensé qu'il y avait quelque chose au-dessus de l'écriture : le silence. Camus n'avait pas attendu Pia pour écrire les mots « absurde » et « absurdité ». On les relève dans ses *Carnets* dès mai 1936. Mais il se trouvait soudain en présence d'un spécimen vivant d'*homme absurde*. Un *homme absurde* qui allait être son meilleur ami, avant de s'éloigner un jour, pour devenir peu à peu un *étranger*.

Camus s'est toujours défendu d'être un philosophe et Pia, par exemple, voyait en lui plutôt un moraliste. N'empêche qu'il emploie le mot « absurde », au moment du *Mythe de Sisyphe* surtout, dans un discours d'allure philosophique. Quand je pense à Pia, dont un des amours les plus constants fut Baudelaire, il me vient à l'esprit une autre façon d'entendre l'absurde. Baudelaire écrivait :

« L'absurde est la grâce des gens qui sont fatigués. »

Ainsi, avec Camus et Pia, on peut relever des différences jusque dans leurs ressemblances. Camus parlera toujours de ses origines pauvres avec fierté, et en tirera argument pour dire aux marxistes, par exemple, qu'il n'a pas de leçons à recevoir d'eux. Une des plus raides répliques de *La Peste* est :

« – Qui vous a appris tout cela, Docteur?

La réponse vint immédiatement :

– La misère. »

Pia, au contraire, a écrit :

« Pauvre, je ne veux pas aimer les pauvres. »

Et il expliquait à son ami Eddy du Perron qu'il n'éprouvait pas la moindre « envie de lire de belles pages sur la dignité, la mission, la nature et tout ce qu'on voudra, du prolétariat; on peut mettre le plus grand talent à m'exposer tout cela, on ne m'ôtera pas de l'idée que cela ne tient pas face au sentiment que j'ai, moi, d'être un prolétaire, de l'avoir toujours été, d'avoir senti dès l'enfance la puanteur attachée à cet état ».

En 1939, dans ses *Carnets*, Camus peint son ami, en trois lignes. C'est d'ailleurs la seule fois où il écrit son nom, si l'on excepte la dédicace du *Mythe de Sisyphe* :

« Pia et les documents qui disparaîtront. L'effritement volontaire. Devant le néant, l'hédonisme et le déplacement continuel. L'esprit historique devient ici l'esprit géographique. »

C'était vrai en 1939. Pia n'a alors que trente-six ans. Presque un jeune homme. Mais, avec les années, l'hédonisme, c'est-à-dire l'insouciance, l'esprit de bohème, qui présidait aux changements constants de lieux et de métier, n'a plus suffi « devant le néant ». La fatigue était venue. Le Pia de la dernière époque était un homme totalement pessimiste, souvent désespéré, infiniment las, qui se comparait lui-même aux vieux chevaux qu'on pousse à Vaugirard.

L'allusion au « déplacement continuel » fait penser à une formule que Pia, tout au long de sa vie, se plaisait à répéter. Il s'agit de la boutade de Baudelaire, préconisant que l'on ajoute à la Déclaration des droits de l'Homme celui de se contredire et celui de s'en aller. (Baudelaire a d'abord parlé du droit de se contredire sur l'album de Philoxène Boyer. Il a complété son propos en ajoutant le droit de s'en aller, dans sa préface aux *Histoires extraordinaires* d'Edgar Poe. Par s'en aller, il entend le suicide.) Camus est assez frappé par ce propos entendu dans la bouche de Pia pour le noter dans ses *Carnets*, en juillet 1939. Il s'en souviendra encore dans un éditorial de *L'Express* du 25 décembre 1955. Quant à Pia, à la fin de sa vie, refusant qu'on parle de lui, interdisant que l'on écrive sur lui après sa mort, le droit qu'il se mit à revendiquer alors, c'était le « droit au néant ».

Quand on a eu la chance d'approcher Pascal

Pia, on ne peut que céder à l'imparable logique de son pessimisme, et à son désespoir raisonné. Il fallait toute la chaleur de Camus, à la fois celle de l'homme et celle de l'œuvre, pour vous ramener à l'idée qu'il existe peut-être des raisons de vivre.

Dans ces années 1938-1939 Camus semble attentif aux aspects que peut prendre le désespoir, d'un homme à l'autre. Il observe un autre ami :

« Chez Pierre, l'obscénité comme une forme du désespoir[1]. »

Vers la même époque, le 30 octobre 1939, comme s'il était conscient d'être entré dans une nouvelle vie, il écrit à Francine Faure, qui, un peu plus d'un an après, deviendra sa femme :

« Je viens de passer mon après-midi à vider deux malles pleines de correspondance et à brûler toutes ces lettres accumulées. Ça a été comme une rage. Je n'ai rien épargné – ceux qui m'étaient les plus chers – ceux qui me flattaient – ceux qui m'attendrissaient – Grenier, Heurgon, Claude, Jeanne, Marguerite, Christiane, tous et toutes. Tout a brûlé. J'ai cinq ans de passé en moins sur le cœur. »

Alger-Républicain dérange les autorités. Il suffit de citer la campagne de Camus en faveur de l'agent technique Hodent, faussement accusé de malversations, et à travers qui on visait les réformes sociales de 1936 et l'Office du blé, ou encore l'enquête *Misère de la Kabylie*. A la faveur de la guerre, le journal est interdit. Mais cela ne suffisait pas. On s'arrangea pour que Camus ne puisse plus trouver de travail en Algérie. Par exemple, un imprimeur voulut l'engager pour faire un magazine, mais dut

1. *Carnets*, juillet 1939.

y renoncer devant la menace du Gouvernement général, qui était son principal client, de lui retirer toutes ses commandes. Pia était retourné à Paris et avait trouvé un emploi de secrétaire de rédaction à *Paris-Soir*. Il obtint de faire embaucher son ami qui arriva le 23 mars 1940.

Camus avait déjà visité Paris en août 1937, après un séjour en Haute-Savoie et avant de descendre à Embrun, et de regagner l'Algérie après un crochet par la Riviera, Gênes et Florence. Ses premières impressions :

« Tendresse et émotion de Paris. Les chats, les enfants, l'abandon du peuple. Les couleurs grises, le ciel, une grande parade de pierre et d'eaux. »

Maintenant qu'il y vient pour gagner sa vie, l'humeur est différente. Il loge à Montmartre, hôtel du Poirier, 16, rue Ravignan, aujourd'hui disparu et, du haut de la butte Montmartre, Paris lui paraît « une monstrueuse buée sous la pluie, une enflure informe et grise de la terre ».

Il note aussi, dans ses *Carnets* :

« Que signifie ce réveil soudain — dans cette chambre obscure — avec les bruits d'une ville tout d'un coup étrangère? Et tout m'est étranger, tout, sans un être à moi, sans un lieu où refermer cette plaie. Que fais-je ici, à quoi riment ces gestes, ces sourires? Je ne suis pas d'ici — pas d'ailleurs non plus. Et le monde n'est plus qu'un paysage inconnu où mon cœur ne trouve plus d'appuis. Etranger, qui peut savoir ce que ce mot veut dire. »

Le mot « étranger » revient trois fois en quelques lignes. A ce moment, tout concourt à nourrir le roman.

Au bout de quelques semaines, Camus quitte

Montmartre pour Saint-Germain-des-Prés, l'hôtel
Madison. De son poste obscur dans la grande
presse, il note :

« Sentir à *Paris-Soir* tout le cœur de Paris et son
abject esprit de midinette. La mansarde de Mimi
est devenue gratte-ciel mais le cœur est resté le
même. Il est pourri. La sentimentalité, le pittoresque, la complaisance, tous ces refuges visqueux où
l'homme se défend dans une ville si dure à
l'homme. »

A Paris, il sera toujours en exil. Même quand il
y aura été reconnu, célébré, qu'il s'y sera fait des
amis (ne parlons pas des ennemis), il suffit qu'il
fasse un voyage dans un pays de soleil, Midi, Italie,
Grèce, Afrique du Nord, pour déplorer les années
passées dans notre capitale, noire, froide et dont il
ne peut s'empêcher de penser qu'elle lui est malé-
fique.

Dans Paris en guerre, quand il sort du journal,
rue du Louvre, il écrit *L'Etranger* et *Le Mythe de
Sisyphe*. La vie à Paris lui permet de rencontrer
« quelques hommes de valeur », dont Malraux,
ami de toujours de Pascal Pia.

A l'exode, *Paris-Soir* se replie sur Clermont-
Ferrand et s'installe dans l'imprimerie du journal
Le Moniteur que lui a louée son propriétaire, Pierre
Laval. (Celui qui sera président du Conseil de
Vichy avait fait des offres de service à tous les
journaux parisiens, et c'est *Paris-Soir* qui avait
traité.) Certaines pages du manuscrit du *Mythe de
Sisyphe* sont écrites sur du papier à en-tête de
Paris-Soir, 57, rue Blatin, l'adresse du *Moniteur*. A
Alger, du temps de « la Maison devant le
monde », Camus avait recueilli un chien perdu,
pauvre animal qui remplissait la demeure de

tiques, et l'avait appelé Kirk, le chien de l'angoisse. Il trouve aussi un chien à Clermont, et le baptiste Blaise Blatin : Blatin à cause de la rue du journal, qui est aussi celle de son hôtel, et Blaise en hommage au plus célèbre des Clermontois, l'auteur des *Pensées*. Il partage sa chambre d'hôtel avec un secrétaire de rédaction, Daniel Lenief, un homme courtois et charmant qu'il emmènera plus tard à *Combat*. Dans une ruelle parallèle à la rue Blatin, se trouve l'asile d'aliénés. Camus peut voir l'étrange horloge, montée sur un échafaudage de fer, et entendre les cris des fous, à l'aube. Il sympathise avec une correctrice, Rirette Maîtrejean. Lui qui admire Victor Serge et marquera toute sa vie de la sympathie aux libertaires, aux anarchistes, dont les idées généreuses sont souvent proches des siennes, découvre qu'elle a été sa compagne, au temps lointain de la bande à Bonnot. Rirette Maîtrejean a même figuré dans le box des accusés, pendant le procès des Vingt, à la fin duquel la cour d'assises prononça quatre condamnations à mort : Dieudonné, Callemin dit Raymond la Science, Soudy et Monnier. (La jeune femme avait été acquittée, et Victor Serge condamné à cinq ans de prison.)

La petite équipe repliée à Clermont-Ferrand, Camus, Rirette Maîtrejean, Lenief et quelques autres, vont excursionner au sommet du puy de Dôme.

En septembre, *Paris-Soir* déménage et s'installe à Lyon. Camus y retrouve Pia, qui avait été mobilisé au printemps de 1940 et qui, au cours de la retraite, avait parcouru six cents kilomètres à pied avant de rejoindre sa famille en Lozère. Ensemble, et en liaison avec Paulhan, Groethuysen, Wahl, Queneau, Limbour, Malraux, ils essaient de mettre sur pied une revue qui, paraissant en zone libre, pourrait faire ce que la N.R.F. n'est plus à même de faire. De retour en Algérie, Camus continuera à s'occuper de ce projet. Mais la revue, qui devait s'appeler *Prométhée*, n'obtiendra jamais les autorisations nécessaires.

A Lyon, une jeune Oranaise, Francine Faure, vient rejoindre Camus. Ils se marient le 3 décembre. A part Pascal Pia, seuls des gens du « marbre », typos et correcteurs, sont présents à la mairie. « Le temps était assez mauvais, raconte l'un d'eux, Lemoine. Nous étions quatre copains qui assistions au mariage : Lemaître, Cormier, Lionet et moi-même. Et peut-être y avait-il aussi Lenief. Nous avons offert aux mariés un bouquet de violettes de Parme. C'était très sympathique. Sa femme était tellement gentille! »

Francine Faure, mathématicienne de formation, et en outre bonne pianiste, avait connu Camus par des amies communes, Liliane Choucroun et Marguerite Dobrenn. Son père, comme celui d'Albert, avait été tué au cours de la bataille de la Marne, ce qui avait laissé sa veuve et ses trois filles dans une situation matérielle difficile. Parmi les ancêtres de la branche maternelle, il y avait des juifs berbères, très anciens occupants de l'Algérie, qui estimaient y avoir précédé les Arabes.

Un mois ne s'était pas écoulé depuis le mariage quand *Paris-Soir* procéda à une compression de son personnel, la troisième depuis l'armistice. Camus fut licencié. Les jeunes mariés gagnent Oran, où l'ancien journaliste d'*Alger-Républicain* découvre qu'il est toujours aussi difficile pour lui de trouver du travail en Algérie. Et sa santé lui donne de nouvelles inquiétudes. Sa femme prend un poste d'institutrice suppléante. Lui va enseigner dans une école privée, Les Etudes françaises, et aussi aux côtés d'André Bénichou, professeur de philosophie exclu de l'enseignement au nom des lois raciales de Vichy, et qui avait organisé des cours en chambre pour les nombreux lycéens juifs d'Oran qui n'étaient plus admis dans les écoles de l'Etat français.

En même temps, il termine *Le Mythe de Sisyphe*, ainsi que *Le Minotaure ou La Halte d'Oran*, commencé en 1939 et qui fera partie de *L'Eté*. Il songe de nouveau à un essai sur la tragédie, dont il avait eu une première idée en 1938. Déjà, *La Peste* est en chantier. On trouvera dans ce roman une description d'Oran qui s'applique à en souligner la laideur. Les carnets de Tarrou, un des protagonistes, « montrent, dès le début », une curieuse satisfaction de se trouver dans une ville aussi laide par elle-même.

« Le Minotaure dévore les Oranais : c'est l'ennui », écrit Camus.

En juillet, il va vivre une semaine sous la tente, dans les dunes, au bord de la mer. Il note :

« Pouvoir écrire : j'ai été heureux huit jours durant. »

Il fait allusion à ce séjour dans la préface de 1958 pour *L'Envers et l'Endroit*.

Pendant ce temps, des manuscrits de *L'Etranger*, du *Mythe de Sisyphe* et de *Caligula* suivent en France des chemins compliqués, entre la zone sud et la zone nord. Par une série de relais : Pascal Pia, Malraux, Marcel Arland, Jean Paulhan, ils finissent par aboutir au comité de lecture de Gallimard. Pia est au point de départ, bien sûr. Malraux, Arland, Paulhan sont de très anciens amis à lui. Ils ont été compagnons de jeunesse, dans les années vingt. Une carte postale d'André Malraux à Gaston Gallimard attire son attention sur le manuscrit d'un jeune auteur, qu'il va recevoir. Une seconde carte postale le prévient que le jeune auteur en question a écrit aussi un essai. A l'époque, la secrétaire du comité de lecture était Janine Thomasset, qui deviendra Janine Gallimard. Elle avait été secrétaire de Pierre Lazareff, à *Paris-Soir*. Elle entend Jean Paulhan qui, de sa voix haut perchée, parle d'un premier roman étonnant, écrit par un certain Albert Camus. Quand il parle devant le comité de lecture, Paulhan est assez impressionnant, parce qu'il ne s'assoit jamais. Il reste debout, dominant tout le monde de sa grande taille. Janine Thomasset se demande s'il s'agit de son ancien camarade du journal. Jean Paulhan, avec son goût du paradoxe, conclut son rapport sur *L'Etranger* :

« C'est un roman de grande classe qui commence comme Sartre et finit comme Ponson du Terrail. A prendre sans hésiter. »

Le bruit chez Gallimard autour du nouvel auteur fait que Drieu la Rochelle demande à publier *L'Etranger* dans *La Nouvelle Revue Française*, mais Camus refuse. De son côté, Jean Grenier a l'étrange idée d'envoyer un manuscrit du *Mythe de Sisyphe* à Gabriel Marcel. Le philosophe chrétien adresse au jeune écrivain, à Oran, une lettre furieuse. Il n'a lu que la moitié de l'essai et se demande comment Camus a pu penser qu'il approuverait une pareille position. Camus répond. Gabriel Marcel se fait plus aimable et propose à son collègue débutant un dialogue sur les thèmes du *Mythe*. Camus, malade, ne donne pas suite.

Quelques années plus tard, les deux hommes s'affronteront violemment, à propos de *L'Etat de siège*.

L'Etranger est un titre volontairement banal. Combien d'œuvres de toutes sortes, et aux sujets les plus divers, se sont appelées ainsi! David Copperfield va au théâtre voir jouer *The Stranger*, de Benjamin Thompson, sans doute, bien qu'il ne précise pas le nom de l'auteur. *L'Etranger* est aussi un opéra de Vincent d'Indy, créé en 1904, fumeux poème religieux où l'Etranger est un être charitable et mystérieux. Mais ce titre, parfaitement adapté au propos de Camus, le résume en un mot. Et s'il est banal, à première vue, il annonce une œuvre tout à fait nouvelle, par le fond comme par la forme. Le narrateur, Meursault, employé de bureau à Alger, apprend que sa mère est morte, dans un asile. Il va l'enterrer sans larmes et trouverait hypocrite de simuler un chagrin qu'il n'éprouve pas. De retour à Alger, il va se baigner avec une jeune fille, Marie Cardona. Ils se rendent au cinéma et elle devient sa maîtresse. Meursault se lie avec son voisin de palier, une sorte de souteneur, Raymond, qui lui demande de rédiger une lettre pour lui. Invité par Raymond à passer un dimanche dans le cabanon d'un ami, au bord de la mer, Meursault s'y rend avec Marie. Deux Arabes qui avaient à se venger de Raymond les trouvent là-bas. Il y a bagarre sur la plage, et Raymond est blessé. Un peu plus tard, Meursault revoit par hasard les Arabes. Sans savoir pourquoi, il tue l'un d'eux, avec le pistolet qu'il avait enlevé à Raymond.

La seconde partie, complètement parallèle à la première, raconte le procès de Meursault. Tous les événements de sa vie, que nous connaissons, sont passés en revue. Son indifférence prouve qu'il a une âme de criminel. Il est condamné à mort, refuse les consolations de la religion, et meurt en s'ouvrant « pour la première fois à la tendre indifférence du monde ».

Le personnage de Meursault est-il entièrement fabriqué, ou doit-il quelque chose à la vie réelle? Camus a écrit :

« Trois personnages sont entrés dans la composition de *L'Etranger* : deux hommes (dont moi) et une femme. »

Ce n'est peut-être qu'une boutade et, sauf exception, il est oiseux de chercher les clés d'un roman.

Bien entendu, même si *L'Etranger* est une fable, une sorte de conte moral, cela ne veut pas dire qu'il s'agisse d'une pure fabrication. Bien des détails ont été apportés au jeune écrivain par les expériences qu'il a déjà pu connaître. Ainsi décrit-il le procès avec beaucoup de vérité, parce qu'il a été chroniqueur judiciaire. Il s'est notamment assis sur les bancs de la presse à l'occasion de l'affaire Hodent, de celle du cheik El Okbi, de celle des « incendiaires » d'Auribeau. Dans *L'Etranger*, au milieu du groupe des journalistes, Meursault remarque le plus jeune. « Dans son visage un peu asymétrique, je ne voyais que ses deux yeux, très clairs, qui m'examinaient attentivement, sans rien exprimer qui fût définissable. Et j'ai eu l'impression bizarre d'être regardé par moi-même. »

Dans ce double de l'accusé, il n'est pas interdit de voir aussi un autoportrait de l'artiste, comme ceux que les peintres placent discrètement dans un coin du tableau.

Au moment de la condamnation à mort, c'est par l'entremise du journaliste, double de lui-même ou de l'auteur, que Meursault éprouve l'ébauche d'une émotion :

« ... Cette singulière sensation que j'ai eue lorsque j'ai constaté que le jeune journaliste avait détourné ses yeux. »

Quand Meursault se souvient que sa mère lui racontait que son père avait voulu voir exécuter un assassin et qu'il avait vomi au retour, il s'agit là aussi d'un emprunt à la réalité. Camus commencera par la même anecdote ses *Réflexions sur la guillotine*, et cette fois, il ne parle pas au nom de Meursault, mais de lui-même. (Le même thème de l'exécution capitale est repris, mais sur un registre tout différent, dans *La Peste*.)

Dans une préface pour une édition universitaire américaine de *L'Etranger*, Camus s'est clairement expliqué sur ses intentions :

« J'ai résumé *L'Etranger*, il y a longtemps, par une phrase dont je reconnais qu'elle est très paradoxale : "Dans notre société tout homme qui ne pleure pas à l'enterrement de sa mère risque d'être condamné à mort." Je voulais dire seulement que le héros du livre est condamné parce qu'il ne joue pas le jeu. En ce sens, il est étranger à la société où il vit, il erre, en marge, dans les faubourgs de la vie privée, solitaire, sensuelle. Et c'est pourquoi des lecteurs ont été tentés de le considérer comme une épave. On aura cependant une idée plus exacte du personnage, plus conforme en tout cas aux intentions de son auteur, si l'on se demande en quoi Meursault ne joue pas le jeu. La réponse est simple : il refuse de mentir. Mentir ce n'est pas seulement dire ce qui n'est pas. C'est aussi, c'est surtout dire plus que ce qui est et, en ce qui concerne le cœur humain, dire plus qu'on ne sent. C'est ce que nous faisons tous, tous les jours, pour simplifier la vie. Meursault, contrairement aux apparences, ne veut pas simplifier la vie. Il dit ce qu'il est, il refuse de masquer ses sentiments et aussitôt la société se sent menacée. On lui demande par exemple de dire qu'il regrette son crime, selon la formule consacrée. Il répond qu'il éprouve à cet égard plus d'ennui que de regret véritable. Et cette nuance le condamne.

« Meursault pour moi n'est donc pas une épave, mais un homme pauvre et nu, amoureux du soleil qui ne laisse pas d'ombres. Loin qu'il soit privé de toute sensibilité, une passion profonde, parce que tenace, l'anime, la passion de l'absolu et de la vérité. Il s'agit d'une vérité encore négative, la vérité d'être et de sentir, mais sans laquelle nulle conquête sur soi et sur le monde ne sera jamais possible.

« On ne se tromperait donc pas beaucoup en lisant dans *L'Etranger* l'histoire d'un homme qui, sans aucune attitude héroïque, accepte de mourir pour la vérité. Il m'est arrivé de dire aussi, et toujours paradoxalement, que j'avais essayé de figurer dans mon personnage le seul christ que nous méritions. On comprendra, après mes explications, que je l'aie dit sans aucune intention de

blasphème et seulement avec l'affection un peu
ironique qu'un artiste a le droit d'éprouver à
l'égard des personnages de sa création. »

Résumant la façon dont les critiques ont compris
son roman, Camus note dans ses *Carnets* :

« L'Impassibilité, disent-ils. Le mot est mauvais.
Bienveillance serait meilleur. »

Ni Camus ni les innombrables commentateurs
n'ont guère cité, peut-être parce que c'était trop
évident, le court poème en prose de Baudelaire qui
ouvre *Le Spleen de Paris* et s'intitule précisément
L'Etranger. Le personnage de Baudelaire n'a ni
famille, ni patrie, n'aime ni la beauté, ni l'or. Il
aime « les nuages qui passent... là-bas... là-bas... les
merveilleux nuages! ». Cet étranger est aussi exemplaire que Meursault, avec cette différence que sa
négation est romantique, veut donner la priorité
au rêve. Tandis que le héros camusien cherche, à
sa manière, un absolu. On pourrait l'appeler « un
héros de notre temps », en lui appliquant un titre
de Lermontov. (Camus pensait que cette appellation convient mieux à Clamence, dans *La Chute*.
« Ce livre, a-t-il déclaré, j'aurais voulu pouvoir
l'intituler : *Un héros de notre temps*. » Et l'un des
manuscrits primitifs porte en épigraphe une phrase
de Lermontov se rapportant à ce titre.)

L'efficacité de *L'Etranger* vient en grande partie
de ce que Meursault est naturel et se déplace dans
un monde familier, où l'irruption de la tragédie
paraît proprement absurde. Dans le chapitre du
Mythe de Sisyphe sur Kafka, Camus écrira bientôt
des phrases qui peuvent s'appliquer à son propre
roman :

« On voit qu'il est difficile de parler de symbole,
dans un récit où la qualité la plus sensible se

trouve être justement le naturel. Mais le naturel est une catégorie difficile à comprendre. Il y a des œuvres où l'événement semble naturel au lecteur. Mais il en est d'autres (plus rares, il est vrai) où c'est le personnage qui trouve naturel ce qui lui arrive. Par un paradoxe singulier mais évident, plus les aventures du personnage seront extraordinaires, et plus le naturel du récit se fera sensible : il est proportionnel à l'écart qu'on peut sentir entre l'étrangeté d'une vie d'homme et la simplicité avec quoi cet homme l'accepte. »

C'est ce qui se passe chez Kafka, dans la tragédie grecque et dans *L'Etranger*. Il s'agit d'exprimer « la tragédie par le quotidien et l'absurde par le logique ».

L'Etranger a beau être un récit d'une logique poussée à l'extrême, jusqu'à la mort, il ne faut pas croire qu'il est totalement linéaire, ou en forme d'équation. De même, *La Princesse de Clèves* qui est le prototype légendaire du roman français, racontant une histoire qui va droit au but, comme l'a montré Camus lui-même, dans son article *L'Intelligence et l'Echafaud*, est en fait d'une composition presque embrouillée, et ne manque pas de digressions. Camus en a fait la remarque :

« Il faut avoir mal lu *La Princesse de Clèves* pour en tirer l'image d'un roman classique, il est fort mal composé au contraire. »

On ne saurait en dire autant de *L'Etranger* dont il est évident qu'il est soigneusement composé. Mais grâce à quelques figures secondaires, parfois de simples croquis, le récit est traversé par l'ange du bizarre. Pour ne citer qu'eux, il y a la petite femme automate entrevue au restaurant, dans le chapitre V, ou encore le vieux Salamano qui a remplacé sa femme par un chien, forme avec lui depuis huit ans un couple inséparable, au point qu'ils finissent par se ressembler. Ce qui ne l'empêche pas d'insulter et de battre la pauvre bête, sans fin. Dans tous ses récits, Camus mettra en scène quelque personnage de ce genre, image non plus de l'absurde, mais de la dérision.

Peindre un type représentatif de notre époque n'aurait peut-être pas suffi pour que *L'Etranger* entrât dans l'histoire de la littérature. Le génie de l'écrivain aura été de trouver des procédés narratifs et stylistiques parfaitement adaptés au sujet. Il y parvient par des moyens assez divers.

Pour commencer, on peut remarquer la subtilité avec laquelle il résout, dans chacune de ses œuvres, la question du « je » et du « il », autrement dit de l'usage des pronoms personnels. Prenons, par exemple, le *Journal de l'année de la peste*, de Daniel Defoe. Il est écrit à la première personne, dans l'intention de faire paraître plus authentique ce remarquable faux. Mais, dans *La Peste*, Camus n'a pas cédé à la facilité de prendre un témoin qui dit « je ». Le narrateur qui se démasque au dernier chapitre, le docteur Rieux, a écrit sa chronique à la troisième personne, parce qu'il « a voulu rejoindre les hommes, ses concitoyens, dans les seules certitudes qu'ils ont en commun et qui sont l'amour, la souffrance et l'exil ». Rieux s'efface et se mêle aux autres. Mais en même temps, malgré l'emploi de la troisième personne, il nous livre des aveux personnels.

De même, il eût été plus naturel, mais moins efficace, que *L'Etranger*, où le héros pose un regard neutre sur le monde et lui-même, fût écrit en disant « il ». Mais Meursault dit « je », et nous

sommes placés au cœur même de son désert intérieur. Camus explique :

« Le récit à la première personne qui sert
d'habitude à la confidence a été mis pour *L'Etranger* au service de l'objectivité. Dans *La Peste*, la
chronique, la relation qui sert à reproduire l'extérieur et l'objet sera utilisé pour une longue confidence créée par les moyens qu'on verra. »

Par un nouveau paradoxe, le « je » de *La Chute*
parle au nom de tous les hommes, de chacun de
nous. Le narrateur de ce récit corrosif, où vacille
tout l'univers de Camus, nous fait avouer qu'être
heureux, c'est déjà être coupables. Ce « je », c'est
« nous ».

Ce problème de la personne n'est qu'un exemple. Camus, dont on a plutôt présente à l'oreille
l'écriture noble, un peu espagnole, dispose d'un
registre beaucoup plus varié. Telle page de *L'Envers et l'Endroit*, où un fils rend visite à sa mère, est
faite de simplicité et de silence, et on pense à
Tchekhov. D'autres fois éclate ce lyrisme qui naît
dans le discours lorsque l'esprit est si assoiffé de
vérité que le raisonnement devient passion. Mais
revenons au style de *L'Etranger*.

« Aujourd'hui, maman est morte. » On a l'impression que le récit démarre au présent. « Maman
est morte » est en fait un passé composé. Mais c'est
l'idée de présent, suggérée par « aujourd'hui », qui
l'emporte. Le second paragraphe est même au
futur : Meursault imagine comment il ira à l'enterrement. Au troisième paragraphe, on entre dans le
récit, avec de nouveau l'emploi du passé composé :
« J'ai pris l'autobus à deux heures. » Le passé
composé est un présent dans le passé. L'histoire
que raconte Meursault va donc se dérouler dans

une sorte de présent. Mais, si on y prête attention, il y a plusieurs moments de narration, le principal se situe à la fin du livre, après la visite de l'aumônier. Ce décalage crée une distance et ajoute au sentiment d'*étrangeté*.

Les premiers lecteurs de *L'Etranger* ont été frappés par l'emploi de la technique du comportement, si fréquente dans un certain roman américain. Au lendemain de la guerre, la vogue de Hemingway, de Steinbeck, mettait la lumière sur ce récit brutal, limité aux faits et gestes des héros, à la reproduction de leurs paroles. On ne fit peut-être pas attention à ce que Camus employait cette technique en la détournant de son objet. Dans *L'Etranger*, elle ne sert pas la rapidité de l'action, elle permet de décrire un homme sans conscience apparente.

Dans la seconde partie du roman, où Meursault prend conscience de la situation, la technique américaine est abandonnée.

Un autre procédé narratif a été mis en lumière par Sartre dans son *Explication de « L'Etranger »*. Sartre se réfère à un passage du *Mythe de Sisyphe* :

« Un homme parle au téléphone, derrière une cloison vitrée, on ne l'entend pas, mais on voit sa mimique sans portée : on se demande pourquoi il vit. »

Sartre ajoute :

« Le procédé de M. Camus est tout trouvé : entre le personnage dont il parle et le lecteur, il va intercaler une cloison vitrée. Qu'y a-t-il de plus inepte en effet que des hommes derrière une vitre ? Il semble qu'elle laisse tout passer, elle n'arrête qu'une chose, le sens de leurs gestes. Reste à choisir la vitre : ce sera la conscience de l'Etranger. »

(Le système de la vitre figure déjà dans les *Carnets*, en 1939, mais avec une coloration romanesque :

« La femme qui vit avec son mari sans rien comprendre. Il parle un jour à la radio. On la met derrière une glace et elle peut le voir sans l'entendre. Il fait seulement des gestes, c'est tout ce qu'elle sait. Pour la première fois, elle le voit dans son corps, comme un être physique, et aussi comme le pantin qu'il est.

« Elle le quitte. " C'est cette marionnette qui monte sur mon ventre tous les soirs. " »)

Dernier procédé narratif, plus inattendu, c'est celui que Roger Quilliot, à qui l'on doit l'édition de la Pléiade de Camus, a trouvé dans certains dialogues de *L'Etranger*. Il y voit une imitation de la langue cagayous. On appelle ainsi une transposition du parler populaire algérois, faite vers 1900 par Augustin Robinet, qui signait Musette. Cette langue cagayous, du nom du héros des histoires de Musette, était déjà une fabrication en quelque sorte littéraire. On peut ajouter, pour l'anecdote, que Camus s'amusait beaucoup de la parodie du *Cid*, écrite en cagayous par le journaliste Edmond Brua (1901-1977), qui fut son ami. (Brua, en 1956, sera le seul de la presse algéroise à soutenir Camus dans sa tentative pour une trêve civile.) L'auteur de *L'Etranger* s'inspire du cagayous pour faire parler certains de ses personnages, sur un rythme de type populaire qui ne joue que sur deux temps : l'imparfait et le passé composé; qui juxtapose les phrases ou ne les coordonne que par des « et » ou des « alors ». Ainsi parle le voisin de Meursault, Raymond Sintès, qui se dit magasinier, mais qui en réalité vit des femmes :

« " Vous comprenez, monsieur Meursault, m'a-t-il dit, c'est pas que je suis méchant, mais je suis vif. " L'autre, il m'a dit : " Descends du tram si tu es un homme. " Je lui ai dit : " Allez, reste tranquille. " Il m'a dit que je n'étais pas un homme. Alors je suis descendu et je lui ai dit : " Assez, ça vaut mieux, ou je vais te mûrir. " Il m'a répondu : " De quoi ? " Alors je lui en ai donné un. Il est tombé. Moi, j'allais le relever. Mais il m'a donné des coups de pied de par terre. Alors je lui ai donné un coup de genou et deux taquets. Il avait la figure en sang. Je lui ai demandé s'il avait son compte. Il m'a dit : " Oui. " »

Camus avait déjà noté des exemples de langage des quartiers populaires algérois dans ses *Carnets* : les propos d'un certain Marcel, en juin 1937, *Tolba et les bagarres*, en avril 1939, et aussi dans une note qui accompagne *L'Eté à Alger*, dans *Noces*.

L'Etranger paraît en juin 1942 et fait rapidement son chemin. Des critiques reconnaissent tout de suite l'importance du livre. Par exemple, Marcel Arland, dont l'article dans *Comoedia* du 11 juillet 1942 a pour titre : *Un écrivain qui vient, Albert Camus*. A Oran, l'auteur n'en a guère connaissance. Il apprend seulement que l'on reproche à son roman d'être immoral, ou amoral. Il note dans ses *Carnets* :

« La " Moraline " sévit. Imbéciles qui croyez que la négation est un abandon quand elle est un choix. »

Et aussi :

« Trois ans pour faire un livre, cinq lignes pour le ridiculiser – et les citations fausses. »

Suit une longue lettre à A.R., c'est-à-dire André Rousseaux, le critique du *Figaro*, « destinée à ne pas être envoyée. » André Rousseaux avait écrit, dans le numéro du samedi-dimanche 18-19 juillet 1942 :

« ... Dans une France dont la poésie révèle les forces et les espérances, le roman paraît avoir le triste privilège de se réserver le passif spirituel et le déchet moral.

« Rien de plus caractéristique, à cet égard, et de plus navrant que *L'Etranger* de M. Albert Camus. »

Dans sa lettre à A.R., le jeune écrivain montre qu'il est blessé d'être mal lu et compris de travers. Raidi dans sa fierté, mais vulnérable, tel apparaît Camus et il en sera ainsi toute sa vie, les nombreuses fois où il sera attaqué.

Mais bientôt, de toutes parts, ce premier roman d'un débutant devient une référence. Sartre, en février 1943, dans *Les Cahiers du Sud*, publie une *Explication de « L'Etranger »*. Pour lui, l'œuvre est « une communion brusque de deux hommes, l'auteur et le lecteur, dans l'absurde, par-delà les raisons ». Après avoir montré toutes les nouveautés du roman, il le ramène soudain à un modèle bien connu :

« Un court roman de moraliste [...] très proche, au fond, d'un conte de Voltaire. »

A la lecture de ce texte, Camus confie à Jean Grenier :

« L'article de Sartre est un modèle de " démontage ". Bien sûr, il y a dans toute création un élément instinctif qu'il n'envisage pas. L'intelligence n'a pas si belle part. Mais en critique, c'est la règle du jeu et c'est très bien ainsi puisqu'à plusieurs reprises il m'éclaire sur ce que je voulais faire. Je sais aussi que la plupart de ses critiques sont justes, mais pourquoi ce ton acide? »

Jean Grenier répondit qu'il ne trouvait pas la critique de Sartre acide.

En 1945, dans un article en anglais, publié dans le magazine *Vogue*, Sartre annoncera au public américain l'importance du nouvel écrivain français :

« ... Il est probable que dans l'œuvre sombre et pure de Camus se puissent discerner les principaux traits des lettres françaises de l'avenir. Elle nous offre la promesse d'une littérature classique, sans illusions, mais pleine de confiance en la grandeur de l'humanité; dure, mais sans violence inutile, passionnée mais retenue... une littérature qui s'efforce de peindre la condition métaphysique de l'homme tout en participant pleinement aux mouvements de la société. »

Nathalie Sarraute, quant à elle, dans *L'Ere du soupçon*, s'efforce de retrouver le psychologique sous le roman objectif. Avec subtilité, elle note que Meursault, tant par la façon dont il s'exprime que par la délicatesse et le raffinement de certaines de ses réflexions, n'est pas le personnage insensible et fruste que l'on veut nous faire croire :

« Telle remarque qu'il laisse échapper, comme : " Tous les êtres sains (ont) plus ou moins souhaité la mort de ceux qu'ils aimaient ", montre bien qu'il lui est arrivé, et plus souvent sans doute qu'à quiconque, de pousser vers des zones interdites et dangereuses quelques pointes assez avancées. »

Quand, à la fin du livre, Meursault sent que

quelque chose a crevé en lui, Nathalie Sarraute s'écrie :

« Enfin! Nous y voilà donc. Ce dont nous nous étions timidement doutés se trouve d'un seul coup confirmé. Ce jeune employé, si simple et si rude, dans lequel on nous invitait à reconnaître l'homme nouveau que nous attendions, s'en trouvait, en réalité, aux antipodes. Son attitude, qui avait pu rappeler, par moments, le négativisme têtu d'un enfant boudeur, était un parti pris résolu et hautain, un refus désespéré et lucide, un exemple et peut-être une leçon... Ainsi, par la vertu de l'analyse, de ces explications psychologiques qu'Albert Camus avait pris, jusqu'au dernier moment, tant de soin d'éviter, les contradictions et les invraisemblances de son livre s'expliquent et l'émotion à laquelle nous nous abandonnons enfin sans réserve se trouve justifiée.

« La situation où s'est trouvé Albert Camus rappelle assez celle du roi Lear recueilli par la moins avantagée de ses filles. C'est à ce " psychologique ", qu'il avait, par un minutieux sarclage, cherché à extirper et qui a repoussé de toutes parts comme l'ivraie, qu'il doit finalement son salut. »

En 1943, Elsa Triolet, réfugiée à Lyon, écrit une petite histoire dont le titre suffit à montrer que le roman de Camus est à la mode : *Qui est cet étranger qui n'est pas d'ici? ou Le Mythe de la baronne Mélanie.*

On n'a pas fini d'essayer de définir et d'expliquer Meursault, personnage qui n'a pas encore livré tous ses secrets et qui, pourtant, correspond si bien à une sensibilité contemporaine. On l'a baptisé raté intellectuel, dieu païen, antihéros et, le plus souvent, héros de l'absurde.

Alors que *L'Etranger* est encore à l'état de manuscrit, des réserves surgissent d'un côté où l'auteur ne les attendait pas. Jean Grenier lui écrit, le 9 avril 1941 :

« *L'Etranger* très réussi – surtout la 2ᵉ partie malgré l'influence de Kafka qui me gêne; on ne peut oublier les pages sur la prison : la 1ʳᵉ est fort intéressante mais l'attention se relâche – personnages épisodiques très bien venus (l'homme au chien, le magasinier, Marie surtout qui est très touchante) – par un certain manque d'unité et des phrases trop brèves, style qui tourne au procédé dans le début : " j'étais content... " par exemple. Mais l'impression est souvent intense. »

Sur *Caligula*, que Jean Grenier a lu en même temps, les critiques sont encore plus nettes. On le verra à propos de cette pièce.

Par-dessus la Méditerranée – Jean Grenier est dans le Vaucluse et Camus à Oran – une discussion s'engage. La réponse du jeune écrivain, datée du 5 mai, est importante :

« Je suis content que vous ayez trouvé de bonnes choses dans *L'Etranger*, je crois comprendre cependant que dans l'ensemble vous n'aimez pas tout à fait ce que je vous ai envoyé. Cela me rend un peu incertain. Mais je n'hésiterai pas à continuer tout ce que j'ai entrepris. Il y a longtemps que j'attendais de pouvoir écrire ce que vous avez lu et ce que j'ai encore à faire. Il y a deux ou trois ans, il m'a semblé que je pouvais commencer. Même si cela est mauvais ou moins bon que je l'attendais, je sais cependant que c'est maintenant à moi et j'accepte d'être jugé là-dessus. C'est un peu pour cela que je voudrais répondre à une seule au moins de vos observations : l'influence de

Kafka. Je me suis posé cette question avant d'écrire *L'Etranger*. Je me suis demandé si j'avais raison de prendre ce thème du procès. Il s'éloignait de Kafka dans mon esprit, mais non dans l'apparence. Cependant, il s'agissait là d'une expérience que je connaissais bien, que j'avais éprouvée avec intensité (vous savez que j'ai suivi beaucoup de procès et quelques-uns très grands, en cour d'assises). Je ne pouvais pas y renoncer au profit d'une construction quelconque où mon expérience aurait moins de part. J'ai donc choisi de risquer le même thème. Mais pour autant qu'on puisse juger de ses propres influences, les personnages et les épisodes de *L'Etranger* sont trop individualisés, trop " quotidiens " pour risquer de rencontrer les symboles de Kafka. Cependant, il se peut que j'en juge mal. »

Il y a surtout deux choses à retenir de cette réplique. Elle met l'accent sur un côté réaliste qui existe dans *L'Etranger*. Camus souligne qu'il a utilisé son expérience de chroniqueur judiciaire à *Alger-Républicain*, ainsi que nous l'avons déjà noté, ce qui lui permet de se démarquer du procès mythique tel que l'a imaginé Kafka. Et, plus important, le jeune écrivain, qui s'est longtemps exercé à l'écriture, annonce que maintenant il est prêt, et sûr de lui. *L'Etranger* marque la naissance d'Albert Camus comme écrivain à part entière. Cela explique qu'il ait longtemps laissé dans une sorte de préhistoire *L'Envers et l'Endroit* et *Noces*.

Pour revenir au reproche d'avoir subi l'influence de Kafka, il est curieux de noter que, dans son *Explication de « L'Etranger »*, que nous avons citée, Sartre en fait justice, ce qui laisse à penser que pas mal de monde avait cru percevoir une analogie :

« On m'avait dit : " C'est du Kafka écrit par Hemingway. " J'avoue que je n'ai pas retrouvé Kafka. Les vues de M. Camus sont toutes terrestres. Kafka est le romancier de la transcendance impossible, l'univers est, pour lui, chargé de signes que nous ne comprenons pas; il y a un envers du décor. Pour M. Camus, le drame humain, c'est, au contraire, l'absence de toute transcendance. »

Depuis, le livre a fait tant de chemin et suscité tant de commentaires qu'il est impossible de le suivre. Il a été étudié du point de vue littéraire, stylistique, dans l'histoire des idées, de la philosophie, de la politique, du colonialisme (Pierre Nora et Henri Kréa ont vu ainsi en Meursault, meurtrier d'un Arabe, et sans doute en Camus, un petit blanc typique). Des psychanalystes, comme Alain Costes et Masud Khan, lui ont consacré des travaux. (Et comment ne pas penser, à propos de psychanalyse, que Hölderlin, dans le poème *En bleu adorable*, appelle Œdipe « fils de Laïus, pauvre *étranger* en Grèce »?) On en a fait un précurseur du nouveau roman et on l'a soumis à l'analyse structurelle et aux jeux de l'intertextualité. On l'étudie dans les lycées, les collèges et les universités du monde entier. Mais d'être devenu un classique n'enlève rien à ce bref roman. Aucune poussière ne s'est déposée sur ses pages. On l'ouvre, on lit :

« Aujourd'hui, maman est morte... »

Et l'on entend la voix d'un jeune homme qui, dans sa volonté de « dire le moins », serre au plus près l'essentiel.

Le Mythe de Sisyphe

(1942)

Bloqué à Oran, Camus n'avait pu assister à la publication de *L'Etranger*. Mais il sera en France pour *Le Mythe de Sisyphe*. En mauvaise santé depuis le mois de mai 1942, supportant mal l'été algérien, bien qu'il soit allé se reposer dans une ferme au bord de la mer, à côté d'Aïn-el-Turk, à seize kilomètres d'Oran, il obtient un sauf-conduit pour venir en métropole, avec sa femme. Au mois d'août, ils s'installent au Panelier, près du Chambon-sur-Lignon. C'est un endroit qu'avait souvent fréquenté la famille Faure. Une tante de Francine était mariée à l'acteur Paul Oettly, qui jouera souvent par la suite dans les pièces de Camus, et les mettra en scène. Et la mère de Paul Oettly tenait là une pension de famille, dans une ancienne ferme fortifiée. Sarah Oettly, que tout le monde appelait Mamouche, descendait d'une famille de protestants alsaciens installés en Algérie peu après la conquête. Le Chambon-sur-Lignon est un fief protestant, et Camus trouvera qu'au Panelier, « il y a trop de pasteurs et de diaconesses ». La nature lui apporte un violent contraste avec celle qu'il vient de quitter :

« Ce bruit de sources au long de mes journées, note-t-il dans ses *Carnets*. Elles coulent autour de moi, à travers les prés ensoleillés, puis plus près de moi et bientôt ce bruit en moi, cette source au cœur et ce bruit de fontaine accompagnera toutes mes pensées. C'est l'oubli. »

Quel changement que ces douces et fraîches montagnes de Haute-Loire, au sortir de l'étouffement d'Oran!

Tous les douze jours, Camus prend un petit train départemental qui le conduit à Saint-Etienne où il reçoit des soins. Dans ce train, il côtoie les misères dues à la guerre, mais aussi à la condition ouvrière.

« Dans les trains les valises sont fatiguées, fermées avec des ficelles, rafistolées avec du carton. Tous les Français ont l'air d'émigrants... Pendant ce temps la pluie noie le paysage crasseux d'une vallée industrielle – le parfum âcre de cette misère –, l'affreuse détresse de ces vies... Saint-Etienne au matin dans la brume avec les sirènes qui appellent au travail au milieu d'un fouillis de tours, de bâtiments et de grosses cheminées portant à leur sommet vers un ciel enténébré leur dépôt de scories comme un monstrueux gâteau sacrificiel... Saint-Etienne et sa banlieue. Un pareil spectacle est la condamnation de la civilisation qui l'a fait naître. »

Il se servira de cette image des émigrants dans *La Peste*. Au Panelier, il prend des notes pour un roman intitulé provisoirement *Enfance pauvre*. Il écrit *Le Malentendu*.

Le Panelier est très isolé. L'exilé cherche à garder le contact avec les quelques relations qu'il a en France. La guerre et l'Occupation ont dispersé ceux qu'il connaissait. Par des lettres, il apprend que Jean Wahl et Rachel Bespaloff, deux penseurs qu'il estime, ont réussi à se mettre à l'abri hors de France, et il s'en réjouit. (Rachel Bespaloff, à qui Hermann Broch a consacré une étude, sera une des lectures de Camus pour *L'Homme révolté*. Il cite *Cheminements et Carrefours*, dans ses *Carnets*. Elle-même écrira dans *Esprit*, en 1950, un article sur la liberté chez Camus : *Le Monde du condamné*.)

Un des correspondants de Camus est Francis Ponge, dont il admire *Le Parti pris des choses*. Ponge vient de lire le manuscrit du *Mythe de Sisyphe*. C'était Pia qui le lui avait communiqué. Pascal Pia se trouvait à Lyon et Ponge non loin, à Coligny, dans l'Ain. Leur amitié était ancienne et leurs carrières, si l'on peut employer ce mot pour deux personnages aussi rétifs au jeu social, avaient présenté des similitudes. Ponge avait été employé à la fabrication chez Gallimard en 1923, et Pia chef de fabrication chez Albin Michel en 1925. Ponge avait eu aussi une expérience de journaliste, car Pia, au début de 1942, l'avait mis en relation avec *Le Progrès de Lyon*, qui avait nommé le poète responsable régional à Roanne, puis à Bourg-en-Bresse. Plus tôt, en 1930, Ponge et Pia avaient signé ensemble un tract, *Conseil de guerre*, pour défendre un objecteur de conscience, l'anarchiste Perrier, dit Odéon. De toute façon, Camus et Ponge étaient destinés à se connaître. Ponge était un protestant des Cévennes et, à partir de 1925, il faisait des séjours au Chambon-sur-Lignon et avait même fréquenté la pension de Mme Oettly. Il y avait vu la petite Francine Faure, future femme de Camus. C'est au Chambon qu'il avait fait la connaissance de sa femme Odette. C'est là qu'il avait écrit, en 1940, *Le Carnet du bois de pins*. Pour être complet, on peut signaler un autre lien entre Camus et Ponge : l'écrivain Jean Hytier, ami de jeunesse de Ponge, et dont Camus a publié à Alger, quand il dirigeait les éditions Cafre, des livres sur Gide et sur Gobineau. Après avoir correspondu, Camus et Ponge se rencontrent à la fin de janvier 1943.

Le Mythe de Sisyphe est publié en octobre 1942, chez Gallimard, numéro XII de la collection « Les Essais ». Il est dédié à Pascal Pia. D'entrée, l'auteur se défend d'être un philosophe :

« Les pages qui suivent traitent d'une sensibilité absurde qu'on peut trouver éparse dans le siècle – et non d'une philosophie absurde que notre temps, à proprement parler, n'a pas connue. »

Plus d'une fois, il devra insister. Il n'est pas un philosophe. Il décrit l'attitude de l'homme confronté à l'absurde de la condition humaine. Il formule à peu près cela dès 1938, quand il publie une critique de *La Nausée*, dans *Alger-Républicain* :

« Constater l'absurdité de la vie ne peut être une fin, mais seulement un commencement. C'est une vérité dont sont partis presque tous les grands esprits. Ce n'est pas une découverte qui intéresse, mais les conséquences et les règles d'action qu'on en tire. »

Ce que répète, en une formule foudroyante, la première phrase du *Mythe de Sisyphe*, une phrase qui semble rayer d'un trait toute la philosophie, toutes les philosophies :

« Il n'y a qu'un problème philosophique vraiment sérieux : c'est le suicide. »

En parlant de l'absurde, Camus ne fait pas de métaphysique. Il décrit « un mal de l'esprit » :

« L'absurde naît de la confrontation de l'appel humain avec le silence déraisonnable du monde. »

Cela ne l'empêche pas, dans le cours de son essai, de citer nombre de philosophes comme Chestov, Jaspers, Heidegger, Kierkegaard. On se souvient qu'à Alger, il avait appelé un chien Kirk, et l'avait surnommé le chien de l'Angoisse. Tous ces noms, soit dit en passant, étaient assez nouveaux en France à cette époque. En « cartésien de l'absurde », la formule est de Sartre, il avance pas à pas à partir de la certitude de l'absurdité de l'existence. Après avoir examiné le problème du suicide, il tire de l'absurde « trois conséquences qui sont ma révolte, ma liberté et ma passion ». L'homme absurde va pouvoir être défini : « Celui qui, sans le nier, ne fait rien pour l'éternel. »

Bien entendu, contrairement aux philosophes classiques qui sortent du constat de l'absurde en faisant le « saut » vers Dieu ou quelque autre transcendance, il refuse le pari de Pascal. Il lui oppose « le pari déchirant et merveilleux de l'absurde. Le corps, la tendresse, la création, l'action, la noblesse humaine, reprendront alors leur place dans ce monde insensé. L'homme y retrouvera enfin le vin de l'absurde et le pain de l'indifférence dont il nourrit sa grandeur ».

Camus donne quelques exemples d'homme absurde : Don Juan, l'acteur, le conquérant. « J'ai choisi les plus extrêmes. » Il aborde alors la création absurde, car on trouve aussi dans l'œuvre d'art « toutes les contradictions de la pensée engagée dans l'absurde ». Et là, deux grands exemples. Le premier est Kirilov, le théoricien du

« suicide logique » dans *Les Possédés* de Dostoïevski. Le second est Kafka :

« En donnant au mot son sens plein, on peut dire que tout dans cette œuvre est essentiel. »

Les dernières pages évoquent Sisyphe, le héros mythologique condamné à rouler éternellement son rocher. Mais sa lutte vers les sommets « suffit à remplir un cœur d'homme ». D'où la phrase volontaire qui clôt l'essai :

« Il faut imaginer Sisyphe heureux. »

Pourquoi? Il y a là une sorte de dialectique :

« On ne découvre pas l'absurde sans être tenté d'écrire quelque manuel du bonheur. »

On lisait déjà, dans *Noces* :

« Il n'y a pas d'amour de vivre sans désespoir de vivre. »

Le Mythe de Sisyphe est le fruit d'une longue maturation. Dès 1936, Camus songe à écrire un essai ayant pour sujet l'absurdité. A Paris, en 1940, il travaille en même temps à *L'Etranger* et au *Mythe*. Le premier est fini en mai, la première partie du second en septembre. Camus continue à écrire le *Mythe* à Clermont-Ferrand, après l'exode. Puis à Lyon. Ce n'est qu'à Oran, le 21 février 1941, qu'il peut noter :

« Terminé *Sisyphe*. Les trois *Absurdes* sont achevés. Commencements de la liberté. »

Les deux autres *Absurdes* sont, bien entendu, *L'Etranger* et *Caligula*.

Dans un essai qui a des racines si profondes et si lointaines, il est possible de retrouver, comme des sédiments, les traces des auteurs qui ont jalonné la formation de Camus. Tout d'abord, à propos du symbole mythologique, comment ne pas se rappeler que Jean Grenier, parlant de mortels punis par les dieux, a écrit, dans l'*Essai sur l'esprit d'orthodoxie* :

« On parle toujours du mythe de Prométhée en oubliant de citer son dénouement, qui en est la principale partie. On ne parle jamais de Sisyphe. »

En 1937, Camus songeait à écrire un essai sur Malraux qui, dans la scène du procès des *Conquérants*, et aussi dans *La Voie royale*, met l'accent sur l'absurde. Dans sa biographie de Malraux, Jean Lacouture voit on ne sait quelle malveillance dans le fait que l'auteur de *La Condition humaine* n'est pas cité dans *L'Homme révolté*. C'est oublier que Camus a toujours témoigné de l'estime à Malraux. Au moment du prix Nobel, il déclare que c'est à lui qu'il aurait dû revenir. Camus a été sans doute plus sensible à l'absurde chez Malraux, comme nous venons de le dire, qu'à la révolte ou à ses déviations.

Il subit aussi l'influence de Montherlant, son goût de la vie mêlé à la conviction que rien n'a de sens, son lyrisme solaire entrecoupé d'accès de cynisme. S'il est assez évident, puisqu'il leur consacre une partie de son essai, qu'il fréquente Dostoïevski et Kafka, il est aussi en train de découvrir Melville. Le combat sans espoir du capitaine Achab fait de lui un héros proche de Sisyphe. *Moby Dick* est le premier titre cité comme exemple d'œuvres « vraiment absurdes ».

Parmi les suicidés que l'essayiste cite dans le chapitre « L'Absurde et le Suicide », on trouve le philosophe grec Peregrinos, qu'il connaît sans doute par le portrait bouffon qu'en a fait Montherlant dans *Aux fontaines du désir*. Célèbre, mais rêvant d'une gloire définitive, Peregrinos, pour l'obtenir, s'est jeté dans le feu, aux jeux Olympiques de 165 ap. J.-C. Les dernières lignes de Montherlant sont en accord avec ce que sera la pensée de Camus, et peut-être même son style :

« ... Il entra, par la porte du feu, dans les majestés de la disparition totale. Par là il se rapproche davantage encore de nous qui, ne pouvant avoir de foi, ni cependant nous passer de grandeur, rêvons à ce que cela pourrait être, de mourir volontairement pour une cause à laquelle nous ne croirions pas. La vraie grandeur, celle qui est complètement vaine, qui ne nous sera comptée nulle part. La vraie duperie, – et ce qui ne trompe pas. »

Camus mentionne aussi le philosophe du XIXᵉ siècle Jules Lequier, dont la vie et la pensée ont été le sujet de la thèse de doctorat de Jean Grenier. Jules Lequier dont la mort étrange est peut-être un suicide, peut-être un défi à Dieu. Il aurait nagé vers la haute mer, avec l'idée que si Dieu existait et s'il le désirait, il le sauverait. Ce qui ne se produisit pas. La mer rejeta son cadavre. (Jules Lequier a fourni quelques traits au personnage de Turnier, dans *Le Sang noir* de Louis Guilloux, cet autre ami de Jean Grenier.)

Dans le chapitre sur Don Juan, Camus cite le *Don Juan* de Pouchkine, parce qu'il a lui-même joué cette pièce, et ce rôle, au Théâtre du Travail, en 1937, pour le centenaire de la mort du poète russe. Le personnage l'obsédera toujours. En 1952, il songe à écrire une mise en scène du *Don Juan* de Molière. En 1956, c'est à celui de Mozart qu'il fait référence, dans un éditorial[1] consacré au deux centième anniversaire de la naissance du musicien :

« Ecoutez les mesures triomphantes qui accompagnent les entrées de *Don Juan*. Il y a dans le génie cette indépendance irréductible, qui est contagieuse. »

Dès avril 1940, il pense à écrire sa propre pièce sur le personnage, prend des notes que l'on retrouve dans les *Carnets*, écrit des bouts de dialogue, et découvre dans le *Larousse* que Don Juan a été assassiné par des moines franciscains qui firent croire qu'il avait été foudroyé par le Commandeur. Dans ses projets, le mythe de Don Juan et celui de Faust se mêlent : Don Faust.

Au chapitre des influences, on pourrait relever aussi des réminiscences, des expressions citées mot pour mot, qui montrent l'emprise sur le jeune écrivain de Kierkegaard, de Nietzsche – si important dans la formation de sa pensée. On retrouve même, curieusement appliquée à Proust et Kafka, « la nostalgie des paradis perdus » de Plotin, le philosophe néoplatonicien qu'il étudia à l'occasion de son diplôme d'études supérieures.

Un passage du chapitre sur « La Liberté absurde » fait une allusion évidente à la célèbre enquête surréaliste de 1925 : « Le suicide est-il une solution? » Camus y ébauche un dialogue avec les surréalistes, dialogue qui tournera mal au moment de *L'Homme révolté*. Ce qui est étrange, c'est qu'en son temps, Pascal Pia, lui aussi, avait répondu à cette enquête. Dans un article publié dans *Le Disque vert*, la revue belge de Franz Hellens, en

1. *L'Express*, 2 février 1956.

cette année 1925, Pascal Pia, alors âgé de vingt-trois ans, commençait par dire :

« J'ignore si le suicide est une solution. »

Si c'en est une, ajoutait-il, elle est « trop facile » :

« On ne résout pas un problème en l'évitant. »

Il affirmait :

« Pauvre, je ne veux pas aimer les pauvres. Ceux que leurs convictions ou leur manque de convictions ont conduits au suicide étaient sans doute nés pour être un jour des victimes. »

Ou encore :

« Les suicidés me paraissent toujours être, en quelque mesure, les victimes expiatoires chargées de payer la rançon, la dette d'un monde à la composition duquel ils n'ont pas eu part. C'est un rôle plutôt dégoûtant, je ne tiens pas à le jouer. »

Refuser ainsi la solution du suicide me paraît la seule forme d'optimisme que l'on puisse trouver chez Pascal Pia, ce désespéré. Et encore, je n'avance cette idée qu'avec beaucoup de prudence et de timidité.

Camus avait-il connaissance de ce texte de son ami ? J'en doute. Pia avait plutôt tendance à cacher ses écrits, et à les renier.

En 1942, c'est-à-dire sous l'Occupation, au moment où le livre va être publié, le chapitre sur Kafka, juif pragois de langue allemande, dut être écarté. Camus le remplaça rapidement par le texte sur le personnage de Kirilov, des *Possédés*. *L'Espoir et l'Absurde dans l'œuvre de Franz Kafka* fut d'abord publié en 1943 dans *L'Arbalète*, une belle revue que faisait Marc Barbezat, à Lyon, et qui offrait aussi, dans le même numéro, les *Recherches d'un chien*, de Kafka. En pleine Occupation, *L'Arbalète* a révélé au public Kafka, Jean Genet, sans parler d'un numéro spécial sur la littérature américaine. Une autre courageuse revue lyonnaise, *Confluences*, commenta ainsi la parution du texte de Kafka :

« *L'Arbalète* a le bon goût d'y ajouter l'admirable étude de Camus sur *L'Espoir et l'Absurde dans l'œuvre de Franz Kafka*, primitivement destinée au *Mythe de Sisyphe* et que de pauvres conjonctures empêchèrent d'y publier. Ce n'est pas ici le lieu de revenir sur l'importance de cet essai, justement célèbre dès sa parution. »

C'est seulement en 1948 que l'étude de Kafka retrouva sa place dans *Le Mythe de Sisyphe*. Plus exactement, l'auteur l'ajouta en appendice, pour ne pas avoir à supprimer le texte sur Kirilov et à remanier son essai.

« ... Cet essai justement célèbre dès sa parution », écrivait *Confluences*. Ce deuxième livre, quelques mois à peine après *L'Etranger*, confirmait qu'un écrivain de première importance venait d'apparaître. Cela n'alla pas sans contresens et erreurs d'interprétation. Rainer Maria Rilke avait déjà parlé, en son temps, de « la somme de tous les malentendus qui se forme autour d'un nom nouveau ». *Le Mythe de Sisyphe* avait l'aspect d'un traité philosophique, et Camus ne cessait de répéter : je ne suis pas philosophe, je me borne à décrire la sensibilité absurde. D'autre part, autour de la célébrité nouvelle de Sartre, le mot « existentialisme » devenait à la mode et Camus fut classé parmi les philosophes existentialistes. Il s'en défendit, tantôt de façon sérieuse, tantôt sur un ton humoristique :

« On n'accepte pas la philosophie existentialiste parce qu'on dit que le monde est absurde. A ce compte, quatre-vingts pour cent des passagers du métro, si j'en crois les conversations que j'y entends, sont existentialistes. »

Il déclara à la journaliste Jeanine Delpech, des *Nouvelles littéraires*, en 1945 :

« Non, je ne suis pas existentialiste. Sartre et moi nous nous étonnons toujours de voir nos deux noms associés. Nous pensons même publier un jour une petite annonce où les soussignés affirmeront n'avoir rien en commun et se refuseront à répondre des dettes qu'ils pourraient contracter respectivement. Car enfin, c'est une plaisanterie. Sartre et moi avons publié tous nos livres, sans exception, avant de nous connaître. Quand nous nous sommes connus, ce fut pour constater nos différences. Sartre est existentialiste, et le seul livre d'idées que j'ai publié : *Le Mythe de Sisyphe*, était dirigé contre les philosophes dits existentialistes... Sartre et moi ne croyons pas en Dieu, il est vrai. Et nous ne croyons pas non plus au rationalisme absolu. Mais enfin, Jules Romains non plus, ni Malraux, ni Stendhal, ni Paul de Kock, ni le marquis de Sade, ni André Gide, ni Alexandre Dumas, ni Montaigne, ni Eugène Sue, ni Molière, ni Saint-Evremond, ni le cardinal de Retz, ni André Breton. Faut-il mettre tous ces gens-là dans la même école? »

De son côté, Sartre répondant, dans le magazine *Paru*, à un journaliste, Christian Grisoli, qui lui demandait ce qu'il pensait du rapprochement que l'on faisait entre son œuvre et celle de Camus :

« Il repose sur une confusion grave. Camus n'est pas un existentialiste. Bien qu'il se réfère à Kierkegaard, à Jaspers et à Heidegger, ses vrais maîtres, ce sont les moralistes français du XVIIe siècle. Il est un classique, un Méditerranéen. Je dirais de son pessimisme qu'il est solaire, en pensant à ce qu'il y a de noir dans le soleil. La philosophie de Camus est une philosophie de l'absurde, et l'absurde naît pour lui du rapport de l'homme et du monde, des exigences raisonnables de l'homme et de l'irrationalité du monde. Les thèmes qu'il en tire sont ceux du pessimisme classique. Il n'y a pas pour moi d'absurde au sens de scandale et de déception où l'entend Camus. Ce que j'appelle absurde est chose très différente : c'est la contingence universelle de l'être, qui est, mais qui n'est pas le fondement de son être; c'est ce qu'il y a dans l'être de donné, d'injustifiable, de toujours premier. Et les conséquences que je tire de ce caractère de l'être se développent sur un plan tout différent de celui où se tient Camus, qui est celui d'une raison sèche et contemplative, à la française. »

Pour un philosophe existentialiste, l'existence précède l'essence. L'homme existe avant de se définir. Au contraire, un objet se définit avant d'exister. On ne peut imaginer un coupe-papier qui aurait existé avant qu'il y ait du papier et des pages à couper. Mais l'homme, lui, est ce qu'il se fait. Il est donc responsable et libre. Chaque acte individuel engage toute l'humanité. Pour l'existentialisme, l'homme n'est pas sa propre fin, puisqu'il n'existe qu'en se projetant hors de lui-même, ce que l'on appelle la transcendance. Tandis que, pour Camus, l'homme est sa propre fin.

Il y a entre l'absurde de Camus et l'absurde de Sartre toute la différence entre le *cogito* cartésien (le monde existe par ma propre conscience) et le *je pense* des existentialistes qui, dans leur propre conscience, ne se découvrent pas seulement eux-mêmes, mais eux-mêmes en face de l'autre, et l'autre est aussi certain qu'eux-mêmes.

L'œuvre de Camus, dans ses débuts, apparaît, selon la formule d'Emmanuel Mounier, « un rationalisme de l'irrationnel, une philosophie sombre des lumières ».

Caligula

(1944)

La rupture avec le Parti communiste, au printemps de 1937, avec pour conséquence de sérieux remous à la Maison de la culture, amena la fin du Théâtre du Travail. Mais, dès octobre, Camus et ses amis fondent le Théâtre de l'Equipe. Son nom aurait été inspiré par *La Belle Equipe*, le film de Julien Duvivier, d'esprit Front populaire. Mais, cette fois, la vocation proclamée n'est plus celle d'un théâtre de propagande. Dans le manifeste inaugural, intitulé *Pour un théâtre jeune*, et qui est très vraisemblablement de la plume de Camus, il est écrit que le Théâtre de l'Equipe « demandera aux œuvres la vérité et la simplicité, la violence dans les sentiments et la cruauté dans l'action ».

Ce qui est une allusion on ne peut plus directe à Artaud.

« Ainsi se tournera-t-il vers les époques où l'amour de la vie se mêlait au désespoir de vivre. »

Formule éminemment camusienne et par laquelle il a résumé d'autres fois sa philosophie. Et il cite, parmi ces époques :

« La Grèce antique (Eschyle, Aristophane),

l'Angleterre élisabéthaine (Forster, Marlowe, Sha-kespeare), l'Espagne (Fernando de Rojas, Calde-rón, Cervantes), l'Amérique (Faulkner, Caldwell), notre littérature contemporaine (Claudel, Mal-raux). »

La nouvelle troupe va monter *La Célestine*, de Fernando de Rojas. Elle hésite ensuite entre *La Mandragore*, de Machiavel, et *L'Annonce faite à Marie*, de Claudel, et opte pour un spectacle composé du *Retour de l'enfant prodigue*, de Gide, et du *Paquebot Tenacity*, de Charles Vildrac. Pour la première pièce, adaptation en un acte, fidèle à une ligne près et que Gide avait autorisée grâce à l'intervention de son ami Jacques Heurgon, « la mise en scène devait rendre visible ce jeu entre le plan humain et le plan de la foi ». A propos de la seconde, Camus n'hésite pas à écrire dans le programme que « le texte a vieilli ». Il ajoute :

« Mais du moins, ce qu'il y a de simple, d'émouvant et d'absurde dans la vie s'y réfu-gie. »

Le Paquebot Tenacity était une œuvre d'inspira-tion populiste, écrite en 1920. Elle avait été portée à l'écran par Julien Duvivier en 1933, dans un style qui annonce le « réalisme poétique », qu'illus-treront Prévert et Carné. Camus y jouait le rôle de Segard, un chômeur qui veut s'embarquer pour le Canada, avec son meilleur copain. Mais celui-ci lui prend la femme qu'il aime, une serveuse du Havre, et disparaît avec elle avant le départ.

Les 28 et 29 mai 1938, salle P. Bordes, l'Equipe s'attaque ambitieusement aux *Frères Karamazov*, dans l'adaptation de Copeau. Dans un tract publi-citaire, la pièce est ainsi résumée :

« Un drame policier mis au service d'une

conception à la fois chrétienne et hérétique de la condition humaine, c'est l'essentiel des *Karamazov*. »

Camus était Ivan Karamazov.

Nous avons vu que, depuis l'automne 1938, il travaille à *Alger-Républicain*. Le journal rendra compte de l'activité de la troupe théâtrale. En janvier 1939, il publie le *Manifeste* du Théâtre de l'Equipe. Le 29 mars de la même année, un article sur *Le Théâtre de l'Equipe et « Le Baladin du monde occidental »*, « farce cynique en trois actes », de John Millington Synge, qui sera le dernier spectacle monté par la compagnie. Car la guerre approche.

Dans les projets de l'Equipe, il y avait aussi *Othello* :

« J'ai traduit *Othello*, déclare Camus, parce que je pensais et continue de penser que les traducteurs de Shakespeare ne se soucient jamais de le traduire en fonction du comédien, de la diction, de l'action et du mouvement, et nous le répétions quand la guerre est arrivée. C'était une autre comédie. Et l'Equipe s'est dispersée. »

En août 1939, il note dans ses *Carnets* un projet de pièce inspiré de la mythologie grecque :

« Crésus et Kallirohé (pièce).

« Sacrifié, sacrifiée. Se frappe sur cette preuve d'amour. »

Ces quelques mots indiquent le sens qu'il donne à la légende du Crétois Crésus, qui aime Kallirohé, laquelle le repousse. En représailles, Dionysos rend fous les habitants de Calidon. Pour les guérir, l'oracle ordonne que Kallirohé soit sacrifiée. Crésus préfère se tuer. Touchée par cette preuve d'amour, Kallirohé se tue à son tour.

Mais déjà, et surtout, le jeune animateur de l'Equipe avait commencé à écrire *Caligula*. Avec l'idée de le mettre en scène et de jouer le rôle. C'est dans « la Maison devant le monde » que, dès 1937, selon le témoignage de Marguerite Dobrenn, il se met à imaginer sa pièce sur l'empereur fou. S'il en fallait une preuve, les deux chats de la maison étaient baptisés Cali et Gula, et j'ai signalé qu'on les voit apparaître sous ce nom dans *La Mort heureuse*.

Evoquant ce projet de monter et de jouer *Caligula*, Camus explique, dans la préface qu'il a écrite pour l'édition américaine de son théâtre[1] :

« Les acteurs débutants ont de ces ingénuités. Et puis j'avais vingt-cinq ans, l'âge où l'on doute de tout, sauf de soi. »

La jeunesse de l'auteur se retrouve dans le personnage de Caligula. « *Vixit annis viginti novem, imperavit triennio et decem mensibus diebusque octo* », écrit Suétone. (« Il vécut vingt-neuf ans et fut empereur pendant trois ans, dix mois et huit jours. »)

Dans la continuité des entreprises du Théâtre de l'Equipe qui s'était attaqué à de grands classiques, il considérait que *Caligula* n'était qu'un essai, et, par certains côtés, une pièce d'acteur et de metteur en scène. Mais par ailleurs, il lui fixait une place dans l'œuvre qu'il était en train de construire. Dans une lettre à Christiane Galindo, citée par Marguerite Dobrenn, en juillet 1939, il affirme :

« ... Je ne peux détacher mon esprit de *Caligula*. Il est capital que cela soit une réussite. Avec mon roman et mon essai sur l'Absurde, il constitue le

1. *Caligula and Three Other Plays,* Knopf, 1958.

premier stade de ce que maintenant je n'ai pas peur d'appeler mon œuvre. Stade négatif et difficile à réussir mais qui décidera de tout le reste. »

A l'intérieur du cycle de l'absurde, la pièce traite plus spécialement de la liberté. La mort de sa sœur et amante Drusilla fait découvrir à Caligula que les hommes meurent et ne sont pas heureux. C'est l'image inversée de Mersault qui, dans *La Mort heureuse*, avait pour but de vivre et d'être heureux. (Toutefois, la célèbre formule : « Les hommes meurent et ne sont pas heureux », n'apparaît en toutes lettres dans la pièce que dans la version de 1944.) Caligula va en tirer toute la logique et, obsédé d'impossible, va se livrer à une liberté sans frein. L'auteur pense que cette liberté « n'est pas la bonne ». Pourquoi? Parce que « son erreur est de nier les hommes. » Aussi la scène se dépeuple-t-elle rapidement autour du jeune empereur, jusqu'à sa propre destruction.

Souvent, pour l'œuvre de Camus, les « prières d'insérer », ces petits textes que l'on trouve sur la quatrième page de couverture des livres, ou encore sur une feuille volante destinée aux critiques, sont très éclairants. Pour une bonne raison : c'est que Camus les écrivait lui-même. J'aurai l'occasion d'en citer. Dans le prière d'insérer de *Caligula*, édition de 1944, l'auteur affirme :

« On ne peut être libre contre les autres hommes. Mais comment peut-on être libre? Cela n'est pas encore dit. »

Et, dans un commentaire daté de 1958 :

« A travers Suétone, Caligula m'était apparu comme un tyran d'une espèce relativement rare, je veux dire un tyran *intelligent* dont les mobiles semblaient à la fois singuliers et profonds. En particulier, il est le seul, à ma connaissance, à avoir *tourné en dérision le pouvoir lui-même...* L'histoire, et particulièrement notre histoire, nous a gratifiés depuis de tyrans plus traditionnels : de lourds, épais et médiocres despotes auprès desquels Caligula apparaît comme un innocent vêtu de lin candide. Eux aussi se croyaient libres puisqu'ils régnaient absolument. Et ils ne l'étaient pas plus que ne l'est dans ma pièce l'empereur romain. Simplement celui-ci *le sait et consent à en mourir*, ce qui lui confère une sorte de grandeur que la plupart des autres tyrans n'ont jamais connue. »

Une des premières notes concernant *Caligula* — elle date de janvier 1937 — comporte cette idée qui annonce déjà la grande ambiguïté de *La Chute* :

« Si le pouvoir vous était donné, si vous aviez du cœur, si vous aimiez la vie, vous le verriez se déchaîner, ce monstre ou cet ange que vous portez en vous. »

Dans sa préface à l'édition de la Pléiade, Jean Grenier suggère que Caligula n'est qu'un imitateur de Dieu, à son image tout-puissant, sourd et aveugle, tel que Camus ne cesserait de le dénoncer, d'une œuvre à l'autre.

L'idée de cette « tragédie de l'intelligence » était venue de la lecture de *La Vie des douze Césars*, de Suétone. Camus a mis dans sa pièce beaucoup de faits vrais, ou tout au moins relatés par le biographe latin, comme la scène du mime, ou le concours de poésie. Il garda toujours une sorte d'amitié pour Suétone, et signa de ce nom, en 1946, des billets satiriques, dans *Combat*.

D'où connaissait-il Suétone ? Est-ce sa curiosité pour les écrivains de l'Antiquité ayant des attaches avec l'Afrique du Nord, comme Plotin et saint

Augustin, sujets de son diplôme d'études supérieures? A Bône, l'ancienne Hippo Regius, on a retrouvé les restes d'une inscription gravée en l'honneur de Suétone. Mais il est plus vraisemblable qu'il a rencontré le biographe latin au cours de lectures : *Les Fontaines du désir* de Montherlant, et surtout *Les Iles* de Jean Grenier, qui parlent très précisément de Caligula :

« Voyant qu'on se prépare à tuer une victime sur l'autel, Caligula saisit à pleine main le maillet et assomme le sacrificateur. Un jour il fait tuer tous les inculpés, témoins, avocats d'un procès en criant : Ils sont tous aussi coupables. – Si l'on faisait son testament en sa faveur pour lui plaire il vous faisait empoisonner, disant que sans cela le testament eût été une plaisanterie. Je ne goûtais guère que la couleur de ces histoires dont quelques-unes sont bien plus belles – et n'en voyais pas le sens profond. »

Si l'on pense aux interférences que fait toujours un professeur, en même temps écrivain, entre ses cours et ses écrits, on peut se demander si Camus n'a pas entendu parler pour la première fois de Caligula par Jean Grenier, en classe de philosophie.

Le jeune auteur dramatique trouvait dans Suétone les ingrédients qui étaient selon lui l'essence de la tragédie : « la violence dans les sentiments et la cruauté dans l'action », mais on ignore s'il avait eu connaissance du travail fait par Antonin Artaud, et publié en 1934, sur Héliogabale, autre empereur fou, successeur lointain des douze Césars, « l'anarchiste couronné ». Curieusement, le créateur du Théâtre de la cruauté a fait revivre Héliogabale par un récit, et non par une pièce. Il est vrai qu'il s'agissait d'une commande de l'éditeur Robert Denoël.

On peut trouver aussi, dans *Caligula*, une influence du *Prométhée enchaîné* d'Eschyle, que Camus avait adapté pour le Théâtre du Travail. Caligula, Prométhée, Sisyphe : trois héros qui se heurtent à l'impossible.

Comme pour *L'Etranger* et dans la foulée, si l'on peut dire, puisqu'il s'agit d'une même lettre, Jean Grenier se montre assez critique, quand il lit la pièce en 1941 :

« Le Caligula romantique à la Jules Laforgue du 1er acte ne me plaît pas – désespoir d'amour – le crépuscule – les seins des femmes (qui dans vos 2 mss sont une obsession freudienne), n'est-ce pas quelque peu mièvre et faux? Il se peut qu'au théâtre ce soit différent.

« Sur le Caligula-monstre il y a de belles tirades. Aussi sur le Caligula-Hamlet. Votre Caligula est complexe, peut-être contradictoire, je ne sais pas si ce n'est pas une qualité plutôt qu'un défaut quand il y a du mouvement comme il y en a dans votre pièce. »

Réponse de Camus :

« Pour *Caligula*, c'est évidemment, avant tout, une pièce de théâtre. J'ai beaucoup réfléchi au théâtre. Je crois qu'il demande du mouvement (mais non du désordre comme j'ai pu le faire quelquefois), et des ressorts très simples, presque " feuilleton ". C'est pourquoi je donne à mon Caligula des motifs de révolte très conventionnels. C'est cela sans doute qui vous gêne. Mais cela prouve seulement (si j'ose dire) que l'expression est mauvaise...

« Je vous remercie encore pour votre lettre. Oui, vous avez toujours été sévère pour ce que je faisais. Mais je n'ai jamais souhaité qu'il en fût autrement. Vous m'avez aidé et je ne peux pas dire cela de beaucoup d'hommes. Pour ce coup-ci, votre avis m'a laissé un peu mélancolique. J'ai mis beaucoup d'espoir dans mon travail actuel. Sur quoi donc mettrais-je de l'espoir? »

Après cet aveu, Jean Grenier atténue un peu ses critiques. Mais il ne peut s'empêcher, cette fois, de dire de la pièce :

« ... La seule chose que je n'y aime pas, c'est son côté *Lorenzaccio* (au début surtout). »

Camus réplique que *Caligula* et *L'Etranger* ont plu à Malraux, à qui Pascal Pia avait fait lire la pièce, en mai 1941. Comme Camus ajoute que Malraux « s'était chargé de présenter au moins le roman à Gallimard », cela sous-entend quand même une réticence. Malraux connaissait en outre le peu d'enthousiasme des éditeurs à publier du théâtre, surtout quand l'auteur est un inconnu. Pia disait de son côté qu'à part Edmond Rostand, le théâtre ne s'est jamais vendu en librairie.

Huit mois plus tard, le 10 mars 1942, Jean Grenier revient sur la question du jugement de Malraux :

« Malraux que je viens de voir à Nice aime surtout *L'Etranger* et pense comme moi sur les côtés faibles (romantiques) de *Caligula*. »

Camus n'a cessé de remanier le texte de *Caligula* et encore plus à partir du moment où la pièce a été représentée. Pour lui, un texte théâtral est quelque chose de vivant, de mouvant, que l'on aménage suivant les acteurs, l'espace scénique, le décor. La pièce fut d'abord divisée en trois actes, puis en quatre. Le premier *Caligula* a été écrit de 1938 à 1940. Il existe une version de 1941, celle que Camus voulait faire éditer en même temps que *L'Etranger* et *Le Mythe de Sisyphe,* ce qu'il appelait « Les trois Absurdes ». Cette version a été jouée – traduite en italien – en 1983, à Rome, par le Teatro di Roma, dans une mise en scène de Maurizio Scaparro. Puis, en juin 1984, au Festival d'Angers, où Camus lui-même, vingt-sept ans plus tôt, avais mis en scène un *Caligula* assez différent de cette version primitive. La version de 1941 a été publiée en 1984, dans les « Cahiers Albert Camus », par les soins de A. James Arnold.

La première édition de *Caligula* date de 1944. La pièce est groupée avec *Le Malentendu.* Une seconde édition, la même année, présente *Caligula* seul. Par rapport à la version de 1941, celle de 1944 est plus politique. On sent que l'auteur a vécu l'Occupation. Il insiste sur la dénonciation du totalitarisme.

En septembre 1945, la première représentation entraîne quelques modifications que l'on retrouve dans une nouvelle édition, en 1947. Nouvelles corrections à l'occasion du Festival d'Angers de 1957. La même version, reprise par le Nouveau Théâtre de Paris, a fourni l'édition définitive, qui date de 1958.

Quand il préparait la pièce pour le Théâtre de l'Equipe, l'auteur avait prévu une distribution.

Lui-même aurait été Caligula; Jean Négroni, le seul à avoir fait ensuite une carrière théâtrale : Scipion. Charles Poncet : Cherea. Jeanne Sicard : Caesonia. Tous ces camarades venaient de jouer avec lui les *Karamazov*.

A l'automne 1943, il existe déjà des épreuves d'imprimerie de la pièce. Jean-Louis Barrault s'y intéresse :

« En 1943, Gaston Gallimard me fit parvenir un manuscrit qui m'enthousiasma : c'était *Caligula*. Malheureusement je faisais partie de la Comédie-Française et, malgré mon envie, je ne pus monter la première œuvre dramatique d'Albert Camus. Mais nous fîmes connaissance et j'y gagnai une amitié. »

De son côté, le jeune Jean Vilar, avec la Compagnie des sept, travaille sur les épreuves. Puis le projet est abandonné. Vilar, à l'époque, semble avoir remarqué Camus. Au début de l'été 1944, peu avant la Libération, il organise un cycle de conférences-débats. Sartre inaugure la série le 10 juin. Camus y assiste, ainsi que Jean-Louis Barrault et Cocteau. Il participe à la discussion et il est prévu qu'il doit succéder à Sartre, le 1er juillet.

On peut s'étonner, au passage, que Camus, bien qu'il ait commencé par créer un théâtre populaire, à Alger, ne se soit guère intéressé à Vilar et à son T.N.P. L'apparition de cette forme de théâtre, puis l'épanouissement, dans les années soixante, du « théâtre de l'absurde », avec Ionesco, Beckett, Tardieu, Dubillard, font que le théâtre de Camus apparaît maintenant typiquement comme le théâtre des années cinquante.

Après tant de projets, c'est à Gérard Philipe

qu'il revint de créer *Caligula* et d'en donner une interprétation qui a marqué le rôle. Sans doute parce qu'il avait l'âge du personnage.

« Si Gérard Philipe fut un Caligula déchiré et déchirant, *excessif* comme seule la jeunesse sait et peut l'être, dévoré d'un appétit d'absolu désespéré et inextinguible, c'est qu'en lui il sentait ce Caligula virtuel qui se dissimule dans la pénombre de presque tous les jeunes hommes », écrivent Claude Roy et Anne Philipe dans leur ouvrage consacré à l'acteur.

Le témoignage de Gérard Philipe lui-même est curieux :

« Quand je jouais *Caligula*, de Camus, au théâtre Hébertot, je tournais dans la journée *L'Idiot*, et il y a eu un équilibre certain à ce moment-là entre cette force du mal pure qu'était Caligula, et cette force du bien pure qu'était l'Idiot. Pour supporter la fatigue physique, je mangeais beaucoup, et quant à l'équilibre nerveux, l'opposition des deux rôles m'a aidé. Les deux personnages se complétaient en effet : le Prince du Bien et le Prince du Mal qui, tous deux, se rejoignaient finalement dans une pureté exacerbée. »

La pièce est créée le 26 septembre 1945. C'est un triomphe. Par fidélité aux anciens de l'Equipe, et à leur rêve inaccompli de monter *Caligula*, les décors sont de Louis Miquel et les costumes de Marie Viton. La mise en scène est de Paul Oettly, l'oncle par alliance de Camus.

Au lendemain de la première, l'auteur, loin d'être heureux, se montre désenchanté :

« Trente articles. La raison des louanges est aussi mauvaise que celle des critiques. A peine une ou deux voix authentiques ou émues. »

La pièce est reprise en 1950 par Michel Herbaut. Le 26 mars 1955, Camus en fait lui-même une lecture, au théâtre des Noctambules, soirée impressionnante, car il joue plutôt qu'il ne lit. En 1957, comme je l'ai dit, il mettra *Caligula* en scène au Festival d'Angers et signera aussi la mise en scène de 1958, au Nouveau Théâtre de Paris. Souvent joué en France et à l'étranger, *Caligula* sera le succès le plus durable de Camus au théâtre.

Le Malentendu

(1944)

Le premier projet connu du *Malentendu* date d'avril 1941 et porte pour titre *Budejovice*. En novembre 1942, le titre a changé. C'est *L'Exilé*. Au même moment, le dossier de *La Peste* est intitulé *Les Exilés*. Camus, en ce moment, est en train de vivre son propre exil. Il le rappellera dans le prière d'insérer du *Malentendu* :

« *Le Malentendu* est certainement une pièce sombre. Elle a été écrite en 1943, au milieu d'un pays encerclé et occupé, loin de tout ce que j'aimais. Elle porte les couleurs de l'exil. »

Dans la préface de l'édition américaine de son théâtre, déjà citée, il renchérit :

« Je vivais alors, à mon corps défendant, au milieu des montagnes du centre de la France. Cette situation historique et géographique suffirait à expliquer la sorte de claustrophobie dont je souffrais alors et qui se reflète dans cette pièce. On y respire mal, c'est un fait. Mais nous avions tous la respiration courte, en ce temps-là. Il n'empêche que la noirceur de la pièce me gêne autant qu'elle a gêné le public. »

Par la voix de Martha, Camus dit avec violence

sa nostalgie de la mer et du soleil, son malheur dans un pays aux printemps aigres.

Il ne voulait pas rester longtemps au Panelier, mais la guerre en avait décidé autrement. Après y avoir passé l'été 1942, craignant que l'hiver n'y soit trop rude pour lui, il décide de rentrer en Algérie. Francine part la première, avec l'intention de chercher des postes d'enseignants et un logement à Alger. Elle trouve une petite villa à la Bouzaréah, qui domine Alger à quatre cents mètres d'altitude et où l'air est sain. Camus retient une place sur un bateau qui doit partir le 21 novembre. Mais, le 8, les Alliés débarquent en Afrique du Nord. Le 11, les Allemands envahissent la zone sud de la France. « 11 novembre. Comme des rats! » écrit Camus dans ses *Carnets*. Il ne regagnera pas l'Algérie.

L'hiver sera dur au Panelier. L'exilé souffre du froid. Une paysanne, Amélie Héritier, qui fait le ménage chez Mme Oettly, lui tricote des gants de laine.

Le facteur apporte un jour une carte postale qui vient de Saint-Benoît-sur-Loire. C'est Max Jacob qui lui envoie son horoscope. Le 23 novembre 1942, Jean Grenier avait écrit à Camus :

« Max Jacob qui aime beaucoup *L'Etranger* voudrait savoir votre date de naissance aux fins d'horoscope. »

L'astrologue trouve que Camus est de la même espèce que Xavier de Maistre, Luther, Paracelse, Barbey d'Aurevilly, Clovis Hugues, etc. Il dit aussi :

« Pourrait " faire la bombe ", boire et le reste. Pourrait aussi s'occuper des hautes sciences, de philosophie surtout. »

Ce propos, qui prédit tout et son contraire, est assez idiot. Max Jacob ajoute :

« Je ne sais ce qui fait dire que vous mourrez de mort tragique. »

Le nombre des accidents, des violences, sans parler du fait que l'on était en pleine guerre, permettent de lancer cette prophétie avec une sérieuse probabilité. Elle nous frappe aujourd'hui parce qu'elle s'est réalisée.

En novembre 1943, Camus dit au revoir au Panelier (il y reviendra pour des périodes où sa santé exige du repos), et gagne Paris. Il s'y était déjà rendu, brièvement, en janvier et en juin. En janvier, il avait notamment rencontré Jean Paulhan qui écrivit à Francis Ponge :

« J'ai été content de voir Camus à son passage. »

L'après-midi du 3 juin, au théâtre de la Cité (on avait rebaptisé ainsi Sarah-Bernhardt, pour des raisons raciales), il avait pu assister à la première des *Mouches* et avait fait la connaissance de Sartre. (En juillet, il avait accepté de participer à une défense de Sartre, organisée par le journal *Comoedia*, après l'interdiction des *Mouches*. Mais il avait fait remarquer que *Comoedia* aurait pu commencer par ne pas publier un éreintement de la pièce par le poète Roland Purnal.) Ainsi débute une relation, puis une amitié qui se terminera, en 1952, par une brouille retentissante. Pouvait-on d'ailleurs imaginer deux hommes plus dissemblables par leur origine sociale, leur formation intellectuelle, leur façon d'être et de penser?

Camus devient lecteur chez Gallimard et va partager un bureau, rue Sébastien-Bottin, avec Jacques Lemarchand, un homme qui avait de nombreuses affinités avec lui, et notamment la passion du théâtre. Il se lie bientôt d'une étroite amitié avec Michel Gallimard dont la femme, Janine, avait été sa collègue à *Paris-Soir*.

Le 7 novembre, au seuil de cette nouvelle vie, il a trente ans.

A la même époque, la rédaction de *Combat* clandestin est remontée de Lyon à Paris (alors que le journal continue à être imprimé à Lyon, sous la direction de Bollier, dit Velin. Le 17 juin 1944, l'imprimerie fut attaquée par la milice. Bollier et deux typographes furent tués les armes à la main). Camus, sous le pseudonyme de Beauchard, aide Pia et ses camarades, puis le remplace quand celui-ci devient membre suppléant du Conseil national de la Résistance. Lorsqu'il s'était présenté, Beauchard avait dit modestement qu'il avait fait « déjà un peu de journalisme ». Il vivait alors à l'hôtel Minerve, rue de la Chaise, établissement des plus simples. Un peu plus tard, André Gide, alors à Alger, allait mettre à sa disposition un studio contigu à son appartement, au sixième étage du 1 *bis* rue Vaneau et qui avait été le logement de Marc Allégret, puis de Catherine Gide. Maria van Rysselberghe, « la petite dame », explique tout bonnement dans ses *Cahiers* :

« Nous décidons d'offrir notre appartement aux Groethuysen, dont la concierge, arrêtée par la Gestapo, rend le logis moins sûr, et à Albert Camus le studio de Catherine. Ainsi encadré, l'appartement de Gide sera bien gardé. »

Camus a décrit ce domicile provisoire :

« C'était un atelier avec loggia dont la plus grande singularité tenait dans un trapèze qui pendait au milieu de la pièce. Je l'ai fait enlever, je crois, fatigué que j'étais de voir s'y pendre tous les intellectuels qui me rendaient visite. »

En mai 1945, Gide, la petite dame, Albert et Francine Camus seront réunis dans ce studio, autour d'un poste de radio, pour écouter l'annonce de la capitulation de l'Allemagne et la fin de la guerre en Europe.

Pour l'instant, dans les derniers jours de 1943, Sartre et Simone de Beauvoir donnent rendez-vous à Camus au Flore. « Sartre parla de sa nouvelle pièce et des conditions dans lesquelles il comptait la monter », rapporte Simone de Beauvoir dans *La Force de l'âge*. C'était *Huis clos*. Sartre proposa à Camus de jouer le rôle de Garcin et d'assurer la mise en scène. « Camus hésita un peu et, comme Sartre insistait, il accepta. » Les premières répétitions eurent lieu dans la chambre d'hôtel de Simone de Beauvoir. Les trois autres interprètes, des proches de Sartre, étaient Wanda Kosakiewicz, Olga Barbezat et R. J. Chauffard, qui avait été son élève.

« La promptitude avec laquelle Camus se lança dans cette aventure, la disponibilité dont elle témoignait nous donnèrent de l'amitié pour lui », écrit Simone de Beauvoir.

Huis clos devait constituer le lever de rideau d'un spectacle de tournée organisé en zone sud par Marc Beigbeder et Marc Barbezat, l'éditeur lyonnais de la revue *L'Arbalète* qui publia la pièce, sous le titre *Les Autres*. Mais des difficultés matérielles survinrent et surtout Olga Barbezat, la femme de Marc Barbezat, fut arrêtée par les Allemands. Annet-Badel, directeur du Vieux Colombier, offrit à Sartre de monter la pièce, avec des acteurs professionnels et Raymond Rouleau comme metteur en scène. Camus « envoya à Sartre une petite lettre, charmante, qui les déliait de leur accord ».

Dans ces mois de fin d'Occupation, alors que les Allemands, mieux organisés, frappent leurs coups les plus durs contre les résistants, mille projets s'échafaudent, mille entreprises folles sont lancées, comme des défis à la cruauté du temps. On fonde un prix littéraire, le prix de la Pléiade. Camus et Sartre sont du jury et votent pour *Enrico*, premier roman du jeune chanteur et acteur berbère Mouloudji. Michel et Louise Leiris organisent chez eux une représentation de la pièce de Picasso *Le Désir attrapé par la queue*. Camus assure la mise en scène. La distribution est brillante : une répétition, dans l'atelier de Picasso, rue des Grands-Augustins, permet au célèbre photographe Brassaï de réunir sur la même image Lacan, Reverdy, Picasso, Valentine Hugo, Simone de Beauvoir, Sartre, Camus, Leiris, l'éditeur Aubier. Sur une seconde photo, Brassaï, usant d'un déclencheur automatique, se joint au groupe. On n'avait jamais rien vu de semblable, depuis les portraits collectifs de Fantin-Latour.

Picasso sort d'une armoire secrète un manuscrit de Jarry, celui d'*Ubu cocu* ou d'*Ubu enchaîné*. Il en récite par cœur des passages à Camus et lui dit : « Il faudrait jouer ça! » Quelques mois plus tard, après la Libération, il y aura dans ce même atelier de Picasso d'autres réunions, concernant la lutte contre Franco, et Camus y participera.

Mais surtout, Camus et ses amis préparent activement la sortie au grand jour de *Combat*, pour la Libération qui approche. Camus a dû quitter provisoirement la rue Vaneau, pour des raisons de sécurité, et se cache rue Chalgrin, chez de vieux amis d'Alger, les Raffi.

Et, depuis le mois de mars, on répète *Le Malentendu* au théâtre des Mathurins, dirigé par Marcel Herrand et Jean Marchat.

Le 6 janvier 1935, *L'Echo d'Alger* publie un fait divers dont voici le titre :

EFFROYABLE TRAGÉDIE. AIDÉE DE SA FILLE, UNE HÔTELIÈRE TUE POUR LE VOLER UN VOYAGEUR QUI N'ÉTAIT AUTRE QUE SON FILS. EN APPRENANT LEUR ERREUR LA MÈRE SE PEND, LA FILLE SE JETTE DANS UN PUITS.

Le même jour, *La Dépêche algérienne* titre :

« Un homme, revenant chez lui après une absence de vingt ans, est assassiné et dévalisé par sa mère et sa sœur qui ne l'avaient pas reconnu. »

Dans les deux journaux, le texte de l'article, une dépêche d'agence, est le même. Il commence ainsi :

« Belgrade, 5 janvier. – *La Vreme* rapporte un effroyable meurtre commis dans un petit hôtel de Bela-Tserkva par la tenancière de cet établissement et sa fille, sur la personne de leur fils et frère, Petar Nikolaus.

« Celui-ci, travaillant depuis vingt ans à l'étranger, avait amassé un petit capital dont il voulait rapporter une partie... »

Nous reconnaissons cette histoire. Pas seulement parce que le thème de l'auberge sanglante et celui du fils méconnu tué par les siens sont deux mythes qui, depuis des siècles, hantent la littérature populaire de nombreux pays. (A ce propos, Le Chambon-sur-Lignon n'est pas loin de l'auberge de Peirebeille, dans l'Ardèche, qui est le lieu le plus célèbre où s'est incarné le mythe, au XIXᵉ siècle.) Nous la reconnaissons parce qu'elle est déjà dans *L'Etranger*.

En prison, Meursault trompe son ennui en relisant sans fin « l'histoire du Tchécoslovaque » :

« Entre ma paillasse et la planche du lit, j'avais trouvé, en effet, un vieux morceau de journal presque collé à l'étoffe, jauni et transparent. Il relatait un fait divers dont le début manquait, mais qui avait dû se passer en Tchécoslovaquie. Un homme était parti d'un village tchèque pour faire fortune. Au bout de vingt-cinq ans, riche, il était revenu avec une femme et un enfant. Sa mère tenait un hôtel avec sa sœur dans son village natal. Pour les surprendre, il avait laissé sa femme et son enfant dans un autre établissement, était allé chez sa mère qui ne l'avait pas reconnu quand il était entré. Par plaisanterie, il avait eu l'idée de prendre une chambre. Il avait montré son argent. Dans la nuit, sa mère et sa sœur l'avaient assassiné à coups de marteau pour le voler et avaient jeté son corps dans la rivière. Le matin, la femme était venue, avait révélé sans le savoir l'identité du voyageur. La mère s'était pendue. La sœur s'était jetée dans un puits. J'ai dû lire cette histoire des milliers de fois. »

Meursault pensait que « d'un côté elle était invraisemblable. D'un autre, elle était naturelle. De toute façon, je trouvais que le voyageur l'avait un peu mérité et qu'il ne faut jamais jouer ».

En somme, le héros de *L'Etranger* tire déjà la leçon du *Malentendu*. Car, à peu de chose près (le voyageur n'a pas d'enfant, et on l'endort au lieu de

156

l'assommer), le sujet de la pièce tient dans ce bout de journal lu en prison, lequel ne diffère guère de la dépêche d'agence reproduite dans *L'Echo d'Alger*. Camus a simplement préféré situer l'histoire en Tchécoslovaquie, sans doute parce qu'il ne connaissait pas la Yougoslavie, mais avait fait un voyage à Prague, en 1936, dans une des périodes les plus noires de sa vie, et qu'il a évoquée à plusieurs reprises, nous l'avons vu, principalement dans *L'Envers et l'Endroit* et dans *La Mort heureuse*. Peut-être aussi par une intuition sur le génie spécifique d'un peuple. L'œuvre de Milan Kundera nous a enseigné depuis que la plaisanterie qui tourne mal est une spécialité tchèque.

Ces données, à l'origine du *Malentendu*, rendent discutable l'idée de Sartre *(Un théâtre de situations)* que c'est par timidité que Camus a situé sa pièce en Tchécoslovaquie, de même qu'il a, quant à lui, situé *Huis clos* en Enfer, « pays encore plus inaccessible ». « C'est un moyen de timidité, un recul formel. » Sartre pense que le style aurait suffi à créer le recul. Mais les tristes souvenirs de Prague, l'exil présent, et le fait divers relaté par les journaux algérois, repris dans *L'Etranger*, ancraient trop fortement l'image de l'Europe centrale pour que Camus songeât à situer *Le Malentendu* dans le Paris de 1944.

L'idée originale de la pièce était-elle aussi sombre que le sera l'œuvre achevée? Au début, il parle de « *Caligula* – tragédie – *L'Exilé* (ou *Budejovice*) comédie ». Tchekhov, il est vrai, appelait *La Mouette* une comédie. Camus résume la pièce qu'il est en train d'écrire de la façon suivante : « une histoire de paradis perdu et pas retrouvé ». Mais, l'œuvre terminée, il la qualifie de « tragédie moderne ». Elle est même une tragédie classique qui respecte la règle des trois unités.

Au début aussi, dans ces classifications qu'il affectionne, il range *Le Malentendu* dans le cyle de la révolte. Plus tard, il le rattache à celui de l'absurde.

Si Martha est une figure de révoltée, *Le Malentendu* est bien une illustration de l'univers absurde. On a vu les efforts de Camus, dans *L'Etranger*, pour évacuer le psychologique, même si certains critiques, comme Nathalie Sarraute, ont pu contester qu'il y soit tout à fait parvenu. De même, *Le Malentendu* refuse d'être un théâtre psychologique, ou qui propose la peinture de caractères. C'est un théâtre de situation. « Il y a eu malentendu, dit Martha après son crime. Et pour peu que vous connaissiez le monde, vous ne vous en étonnerez pas. »

Il suffit aux deux aubergistes de rester dans leurs habitudes pour aller tout droit à la catastrophe.

Dans un article contemporain du *Malentendu*, *L'Intelligence et l'Echafaud*, Camus note que la plupart des personnages de notre tradition classique semblent aller tout droit au but qui les attend : la princesse de Clèves vers sa retraite, Julien Sorel vers son exécution, Adolphe vers la solitude. Rien ne vient les distraire de l'essentiel. Cette sorte d'obstination du roman classique français, Albert Camus en donnait une image frappante :

« On dit que Louis XVI, sur le chemin de la guillotine, ayant voulu charger un de ses gardiens d'un message pour la reine, s'attira cette réponse : " Je ne suis pas ici pour faire vos commissions, je suis ici pour vous mener à l'échafaud. " »

Le Malentendu correspond à cette illustration du classicisme.

« Je ne suis pas là pour regarder vos mains, je suis là pour remplir votre fiche », dit Martha au voyageur, dans la version de 1947 (réplique coupée dans la version définitive). Si Martha regardait les mains du voyageur, elle reconnaîtrait peut-être son frère, et le malentendu n'aurait pas lieu. La moindre distraction peut détourner le drame. Mais chacun, limité à son rôle, va vers son destin avec rectitude.

Jusque dans ses titres, qu'il aime courts : *L'Etranger, Le Malentendu, Caligula, La Peste, La Chute, Noces, L'Eté,* Camus semble vouloir marquer que ses livres vont droit à l'essentiel, et que leur propos peut être résumé en un mot.

On s'est interrogé sur le vieux serviteur dont le rôle consiste, en tout et pour tout, à dire non. Représente-t-il Dieu, ou le destin? Camus s'en défend. Si le vieux répond quand Maria, l'épouse, appelle Dieu, c'est peut-être « un malentendu de plus ». Et s'il dit non, c'est qu'il n'a pas envie de l'aider :

« A un certain point de souffrance ou d'injustice personne ne peut plus rien pour personne et la douleur est solitaire. »

Le personnage du vieux serviteur, pas plus que les autres, n'est symbolique.

« Les personnages du *Malentendu* d'Albert Camus ne sont pas des symboles, écrit Sartre, ils sont de chair et de sang : *une* mère et *une* fille, *un* fils qui revient d'un long voyage; leurs expériences se suffisent à elles-mêmes. Et pourtant ces personnages sont mythiques en ce sens que le malentendu qui les sépare peut servir d'incarnation à tous les malentendus qui séparent l'homme de lui-même, du monde, des autres hommes. »

L'auteur des *Mouches* donne ici raison à celui qui a toujours voulu être un créateur de mythes.

Le Malentendu annonce une évolution. On y sent de nouvelles valeurs, prêtes à venir au premier rang. Martha est un être de passion. En héroïne absurde, elle réserve son indifférence à l'avenir et garde la soif d'épuiser tout ce qui est. Quand le malheur est consommé, elle ne se soumet pas :

« Mais moi, qui souffre d'injustice, on ne m'a pas fait droit, je ne m'agenouillerai pas. Et privée de ma place sur cette terre, rejetée par ma mère, seule au milieu de mes crimes, je quitterai ce monde sans être réconciliée. »

Quant à la mère, après le meurtre, elle découvre que « sur cette terre où rien n'est assuré, nous avons nos certitudes ».

Quelle que soit la classification adoptée par Camus, le cycle de la révolte est proche.

Comme pour *Caligula*, Camus n'a cessé de remanier le texte du *Malentendu*, au cours des éditions et des représentations. La première édition est de 1944. La pièce est alors suivie de *Caligula*. L'édition définitive est de 1958. L'auteur a allégé la pièce de phrases trop philosophiques, a rendu le dialogue plus simple et plus tendu. C'est que le ton choisi n'avait pas emporté l'adhésion. Camus le constate dans sa préface à l'édition américaine de son théâtre :

« Le langage aussi a choqué. Je le savais. Mais si j'avais habillé de péplums mes personnages, tout le monde peut-être aurait applaudi. Faire parler le langage de la tragédie à des personnages contemporains, c'était au contraire mon propos. Rien de plus difficile à vrai dire puisqu'il faut trouver un langage assez naturel pour être parlé par des contemporains, et assez insolite pour rejoindre le ton tragique. Pour approcher de cet idéal, j'ai essayé d'introduire de l'éloignement dans les caractères et de l'ambiguïté dans les dialogues. Le spectateur devait ainsi éprouver un sentiment de familiarité en même temps que de dépaysement. Le spectateur, et le lecteur. Mais je ne suis pas sûr d'avoir réussi le bon dosage. »

La pièce est représentée pour la première fois le 24 juin 1944. Le débarquement en Normandie a eu lieu le 6 et, à présent, on se bat pour Cherbourg. Marcel Herrand assurait la mise en scène et jouait le rôle de Jan. Une actrice de vingt ans, Maria Casarès, fille d'un ministre de la République espagnole, était Martha, et c'était le début d'une grande carrière de tragédienne. La distribution comprenait aussi Marie Kalff (la mère), Paul Oettly dans le rôle quasi muet du Vieux, et, pour Maria, Hélène Vercors, dont le mari, Pierre Bourdan, était un des Français qui parlaient aux Français, à la radio de Londres. La générale fut tumultueuse. Elle se déroula devant une salle en grande partie hostile. Maria Casarès, à la fin, vint avec courage faire les annonces traditionnelles. « La pièce que nous avons eu l'honneur d'interpréter est d'Albert Camus. » Elle avait porté tout l'accent sur « l'honneur ». Les chefs de file de la critique collaborationniste, comme Alain Laubreaux, de *Je suis partout*, furent sévères. Ils étaient assez bien informés pour savoir que Camus appartenait à l'autre camp. Mais l'auteur avait senti qu'indépendamment de tout parti pris politique, il y avait dans sa pièce des longueurs et des maladresses qu'il s'efforça ensuite de corriger.

Le Malentendu fut joué aux Mathurins jusqu'au 23 juillet, et fut repris après la Libération, à partir du 18 octobre.

Lettres à un ami allemand

(1945)

Bloqué en France par le débarquement allié en Afrique du Nord et l'invasion allemande de la zone sud, confiné au Panelier, Camus sort de son isolement grâce à Pascal Pia qui se trouve à Lyon, et qui est devenu un des pivots du mouvement clandestin *Combat*, sous les pseudonymes de Pontault, puis de Renoir. On a vu qu'il est entré en relation avec Francis Ponge, qui se trouve dans l'Ain et qui milite pour le Front national, communisant. Par eux, il fait la connaissance d'un résistant, René Leynaud, qui est aussi un poète. Leynaud lui inspire très vite de l'amitié. Né en 1910, à Lyon, il avait été journaliste au *Progrès de Lyon*. Chef régional du mouvement *Combat*, avec Clair pour nom de guerre, il est blessé et arrêté le 16 mai 1944, place Bellecour, enfermé au fort de Montluc, fusillé le 13 juin, avec dix-huit autres prisonniers, dans un bois, près du village de Villeneuve. Son corps fut identifié le 24 octobre. Ses *Poésies posthumes*[1] ont été publiées en 1947, avec une préface de Camus. René Leynaud a représenté pour lui ce que le christianisme pouvait donner de meilleur. Ponge a

1. Gallimard.

écrit de son côté sur Leynaud, dans le tome I du *Grand Recueil*[1].

A Lyon, Camus voit aussi Aragon et Elsa Triolet, qui sont parmi les membres les plus actifs du clandestin Comité national des écrivains. Mais Le Panelier est un endroit trop solitaire, et Albert Camus est trop un nouveau venu en France pour qu'il puisse déjà s'intégrer complètement avec ceux qui luttent, comme il aura l'occasion de le faire un peu plus tard à Paris. Pour l'instant, il écrit divers textes ou articles destinés à la presse de la Résistance. Les plus importants sont les *Lettres à un ami allemand*.

La première *Lettre* parut dans le n° 2 de la *Revue libre*, en 1943. La seconde, qui était signée d'un pseudonyme, Louis Neuville, dans les *Cahiers de la Libération*, en 1944. C'était une revue rattachée au mouvement de résistance Libération-Sud et proche du Comité national des écrivains. La troisième et la quatrième lettre restèrent inédites. Elles étaient destinées à la *Revue libre* et ne purent paraître par suite d'aléas inhérents à la presse et à l'édition clandestines. Après la Libération, au début de 1945, Camus donna la troisième lettre au petit hebdomadaire de gauche *Libertés* et l'ensemble fut publié par Gallimard. (Ceci contrairement à la note de l'éditeur, placée en tête du volume, et qui ne mentionne pas la publication dans *Libertés*.)

Le livre est dédié à René Leynaud. Le résistant lyonnais était un de ceux qui pouvaient le mieux soutenir Camus dans sa recherche de la vérité, car « la vérité a besoin de témoins ». Un éditorial de *Combat*, repris dans *Actuelles I*, et l'émouvante intro-

1. Gallimard.

duction aux *Poésies posthumes* permettent de comprendre à quel point, en un temps difficile, leur relation fut importante. Le nom de Leynaud, en tête des *Lettres à un ami allemand*, donne tout son sens à ces textes, qui opposent, à l'aveugle mystique nazie de la force et de l'Etat, les valeurs pour lesquelles il vaut la peine de vivre, de combattre et de mourir.

Le procédé littéraire qui consiste à écrire une lettre imaginaire à un ami qui ne l'est pas moins, n'est pas nouveau chez Camus. Dans *Alger-Républicain*, et avec un propos tout différent, il est vrai, puisqu'il s'agissait de la censure et de la mise au pas de la presse en France, en 1939, au début de la guerre, il avait écrit une *Lettre à un jeune Anglais sur l'état d'esprit de la nation française*. Cette lettre était d'ailleurs signée d'un nom emprunté au héros de *La Mort heureuse*, Jean Mersault. A la même époque, dans les *Carnets*, on trouve une longue « Lettre à un désespéré ».

Pour en revenir aux *Lettres à un ami allemand*, on remarquera que la troisième est consacrée à une défense de l'idéal européen, en l'opposant à la notion d'Europe telle qu'elle était abusivement employée chaque jour dans la propagande nazie. Rares étaient ceux, à l'époque, qui rêvaient encore, ou déjà, à Florence, Cracovie, Vienne, Prague et Salzbourg comme à « un seul visage qui est celui de ma plus grande patrie ». Quand les *Lettres* ont été publiées en Italie, Camus en a précisé le sens dans une préface :

« Lorsque l'auteur de ces lettres dit " vous ", il ne veut pas dire " vous autres Allemands ", mais " vous autres nazis ". Quand il dit " nous ", cela ne signifie pas toujours " nous autres Français ", mais " nous autres, Européens libres ". »

La quatrième *Lettre* est la plus importante par rapport à l'œuvre de Camus. Placée sous l'invocation d'une phrase de Senancour, l'écrivain préromantique cher à Jean Grenier, elle contient déjà toute la doctrine de *La Peste* et de *L'Homme révolté*. Quant à cette épigraphe tirée d'*Obermann*, on ne peut s'empêcher de se dire à quel point Camus dut être heureux de l'avoir trouvée. En quelques mots d'une langue admirable, de l'absurde jaillit la révolte :

« L'homme est périssable. Il se peut; mais périssons en résistant, et si le néant nous est réservé, ne faisons pas que ce soit une justice! »

La Peste

(1947)

En moins de cinq ans, le jeune écrivain a publié *L'Etranger* et *Le Mythe de Sisyphe*. Il a fait jouer *Le Malentendu* et *Caligula*. Il est le rédacteur en chef de *Combat*, le plus prestigieux quotidien paru à la Libération. Il dirige chez Gallimard une collection qu'il a baptisée « Espoir », dans laquelle il publie Violette Leduc, Colette Audry, Simone Weil, René Char, Brice Parain. Mais s'il a une place au premier rang, aux côtés de Sartre et de Malraux, parmi les intellectuels, le grand public ne le connaît pas encore.

Puis arrive juin 1947. C'est le moment où s'achève l'aventure du premier *Combat*. L'équipe qui s'était groupée autour de Pia et de Camus se disperse. Camus quitte *Combat* le 3 juin. Le 10 juin paraît *La Peste*.

Le classement par genres veut que le roman de Camus soit annoncé, dans le bulletin d'août-septembre 1947 de la N.R.F., qui recense les publications de juin, à la suite de *Livre ouvert*, de Paul Eluard. La notice sur ces poèmes s'achève par une citation :

« Qu'importe le ciel vide je ne suis pas seul. »

Ce qui a permis au rédacteur du bulletin (sans doute Louis-Daniel Hirsch) d'enchaîner :

« Ce dernier vers pourrait être la maxime du docteur Rieux, principal personnage... »

Le succès du roman est immédiat, et immense. Le prix des Critiques, qui lui est décerné, semble voler au secours de la victoire. Il est des ouvrages, ainsi, dont la renommée flambe comme une traînée de poudre. Sartre, en voyage aux Etats-Unis, et qui doit prononcer une conférence à Harvard, au lieu du sujet prévu improvise avec enthousiasme sur *La Peste*.

En septembre 1947, moins de trois mois après la publication, Camus écrit à ses amis Michel et Janine Gallimard :

« *La Peste* en est à 96 000. Elle a fait plus de victimes que je ne pensais. »

Quelques chiffres donnent une idée du démarrage très rapide du roman :

Le premier tirage est de 22 400, le 10 juin 1947.

Première réimpression, en juin : 22 000.

Deuxième réimpression, en juillet : 8 800.

Troisième réimpression, en août : 22 000.

Quatrième réimpression, en septembre : 22 000.

Cinquième réimpression, en janvier 1948 : 33 000.

Sixième réimpression, en septembre 1948 : 8 800.

Septième réimpression, en mars 1949 : 11 000.

Huitième réimpression, en juillet 1949 : 11 000.

Soit, pour les deux premières années, 161 000.

Certains auront peut-être remarqué que tous ces nombres sont des multiples de onze. Cela s'explique par la « passe », usage abandonné depuis, mais qui était appliqué à l'époque. On estimait qu'un dixième des ouvrages était détérioré, perdu ou volé. En conséquence, quand on décidait un tirage de 1 000 exemplaires, on en tirait en fait 1 100. Il y avait cent exemplaires sur lesquels l'auteur ne touchait aucun droit. Quant au premier tirage, s'il est de 22 400, il faut le décomposer en 20 000, plus 2 000 de passe, plus 400 destinés au service de presse.

Actuellement, le tirage de *La Peste*, toutes éditions confondues, tourne autour de cinq millions d'exemplaires. Ce chiffre ne tient pas compte des traductions.

Le roman est en effet bientôt traduit et publié dans de nombreux pays. Dès 1948, il paraît en Argentine, au Danemark, en Finlande, en Autriche, en Angleterre, en Italie – et une autre édition italienne dans le Tessin, à Lugano –, en Hollande, en Suède, aux Etats-Unis. En 1949, en Suisse alémanique, en Allemagne, en Norvège. En 1950, au Japon. En 1952, en Yougoslavie. En 1953, en Israël. En 1955, en Turquie et au Portugal. En 1957, en Espagne et en Pologne. En 1958, en Corée. En 1961, en Inde. En 1962, en Egypte. En 1963, il y a une traduction tchèque, agrémentée, si l'on peut dire, d'une préface du vieux stalinien André Wurmser. En 1965, une traduction slovaque.

Importants pour la première fois, les droits d'auteur permettent à l'écrivain de s'acquitter d'une dette. Quand il était un étudiant pauvre, il avait sollicité un prêt d'honneur pour poursuivre ses études. Il avait reçu 4 500 francs. Il envoie maintenant 60 000 francs à l'Université d'Alger.

Hermann Broch, réfléchissant sur le mythe, à propos de Rachel Bestpaloff, affirme :

« Le mythe est l'archétype de toute connaissance phénoménale dont l'esprit humain est capable. Archétype de toute connaissance humaine, archétype de la science, archétype de l'art, le mythe est donc l'archétype de la philosophie. »

Camus, jugeant ses propres livres et ses personnages, dans ses *Carnets*, semble lui faire écho :

« ... des êtres sans mensonge, donc non réels. Ils ne sont pas au monde. C'est pourquoi sans doute et jusqu'ici je ne suis pas un romancier au sens où on l'entend. Mais plutôt un artiste qui crée des mythes à la mesure de sa passion et de son angoisse... »

Un des livres majeurs, pour lui, est *Moby Dick*, « l'un des mythes les plus bouleversants qu'on ait imaginés sur le combat de l'homme contre le mal ».

« N'en doutons pas, écrit l'auteur de *La Peste*, s'il est vrai que le talent recrée la vie alors que le génie, de surcroît, la couronne de mythes, Melville est d'abord un créateur de mythes... Comme les plus grands artistes, Melville a construit ses symboles sur le concret, non dans le matériau du rêve. Le créateur de mythes ne participe au génie que dans la mesure où il les inscrit dans l'épaisseur de la réalité et non dans les nuées fugitives de l'imagination. »

Développer un mythe en s'appuyant sur un monde concret, bien réel, tel est le projet de *La Peste*. C'est déjà ce que Sartre avait remarqué à propos du *Malentendu*.

Comme la grande baleine blanche, la Peste sera le symbole du mal. Et elle trouvera des capitaines Achab pour la pourchasser, succomber peut-être, et devenir inhumains comme elle. Et aussi des Ismaël, dans leur pureté.

L'histoire, qui se veut réaliste, aussi bien dans son décor, ses péripéties, la description clinique de la maladie et la variété des personnages, raconte comment la peste se déclare non dans une cité imaginaire, mais à Oran, comment la ville sera coupée du monde et livrée à son malheur, et comment quelques hommes sauront, par leur révolte, opposer au mal la seule attitude possible.

La Peste a été le fruit d'une lente maturation : des notes éparses, des lectures, des idées qui germent et, un jour, le romancier sait qu'il tient un sujet et se met au travail. Cela a peut-être commencé par la lecture de la célèbre conférence d'Antonin Artaud *Le Théâtre et la Peste*, prononcée en 1933 à la Sorbonne, publiée en 1934 dans *La Nouvelle Revue Française*, et qui fera partie du *Théâtre et son double*. Un peu plus tard, *Caligula* illustre ce « Théâtre de la cruauté ». L'empereur déplore que son règne ait été trop heureux et n'ait connu « ni peste universelle ni religion cruelle, pas même un coup d'Etat... ». C'est pourquoi il décide :

« Enfin, c'est moi qui remplace la peste. »

Dès 1938, il y a des notes dans les *Carnets*. Il est question de personnages qui ne seront pas tous gardés dans la version définitive. Vers 1941, Camus écrit une *Exhortation aux médecins de la peste* qui frappe par un ton sarcastique qui n'est pas celui du roman. Il publiera ce texte, en 1947, dans la revue *Les Cahiers de la Pléiade*, en compagnie d'un *Discours de la peste à ses administrés* que l'on retrouve dans *L'Etat de siège*. Les deux sont groupés sous le titre de *Les Archives de « La Peste »*. Il eut un moment l'idée de compléter ces *Archives*, puisqu'il note dans ses *Carnets*, en juin 1947 :

« A mettre dans les archives de la Peste :

« 1) Lettres anonymes dénonçant des familles. Le type d'interrogatoire bureaucratique;

« 2) Types d'arrêtés. »

La guerre, en septembre 1939, apporte un sens plus précis au symbole. On lit alors dans les *Carnets* :

« La guerre a éclaté. Où est la guerre? En dehors des nouvelles qu'il faut croire et des affiches qu'il faut lire, où trouver les signes de l'absurde événement?... »

Ce qui est repris, presque mot pour mot, dans un brouillon du roman :

« La peste a éclaté. Où est la peste? En dehors des nouvelles qu'il faut croire et des affiches qu'il faut lire, où trouver les signes du terrible événement?... »

Finalement, il laissera tomber ce fragment, destiné primitivement à faire partie du journal de Tarrou. On remarquera au passage qu'*absurde* a été remplacé par *terrible*. A l'époque où il écrit *La Peste*, l'auteur du *Mythe de Sisyphe* est excédé par l'abus que tout le monde fait du mot *absurde* et commence à éviter de l'employer.

Dans ses notes, Camus pense même, à l'instar de la période appelée « drôle de guerre », à parler de la « drôle de peste ».

Puis viennent la débâcle, l'armistice, l'exil forcé à Oran, qui va durer de la fin de 1940 à l'été 1942. La ville, regardée sans indulgence, va fournir le décor. Nous avons déjà vu qu'au même moment, elle lui inspire *Le Minotaure ou La Halte d'Oran*. Texte satirique, féroce, et où Oran est peint de beaucoup plus près que dans *La Peste*. C'est un bon exemple de deux utilisations d'un modèle unique, par le même auteur. Les deux œuvres n'ont presque rien à voir l'une avec l'autre. L'Oran de *La Peste* et l'Oran du *Minotaure* sont situés au même endroit sur la carte de géographie. Mais ce n'est pas la même ville.

Pendant les années 1941 et 1942, une grande épidémie de typhus fait des ravages en Algérie et, par un hasard étrange, fournit à l'auteur un modèle bien réel. Les victimes sont nombreuses dans les villages et dans les quartiers musulmans. Des zones entières sont interdites, frappées de quarantaine, comme Oran dans le roman. On estime le nombre des personnes contaminées à 55 000 pour 1941 et 200 000 pour 1942, avec une mortalité de trente pour cent. L'écrivain Emmanuel Roblès et sa femme étaient alors enseignants à Turenne, près de Tlemcem. La femme de Roblès fut atteinte par la maladie et Roblès, de passage à Oran, put décrire à son ami, de première main, un cataclysme qui ressemblait fort à la peste. Roblès a peint de son côté les camps pour typhus dans *Les Hauteurs de la ville*.

On peut se souvenir qu'un des anciens noms du typhus est la fièvre pétéchiale. Ce mot vient de l'italien *petecchia* qui a pour étymologie *pestis*, la peste. Les pétéchies sont les taches pourprées qui apparaissent sur la peau, aussi bien dans le typhus que dans la peste.

Autre modèle pour *La Peste*, la France occupée, telle que l'a connue Camus à partir de novembre 1942. Dans la cité coupée du monde par l'épidémie, comme la France l'est du monde libre, on trouve la bureaucratie, les camps, l'isolement, la séparation de ceux qui s'aiment, le rationnement, les trafics, les passeurs clandestins. Bien des détails sont empruntés à l'époque, comme le vain espoir de chercher l'avenir dans de vieilles prophéties, genre Nostradamus ou sainte Odile. Plus généralement, le roman fait le portrait d'une population soumise à la guerre. Camus note dans ses *Carnets*, en 1942, que tous les Français ont l'air d'émigrants. Il va répéter le mot pour décrire les prisonniers de la peste :

« ... avec la misère et les privations, tous ces hommes avaient fini par prendre le costume du rôle qu'ils jouaient déjà depuis longtemps, celui d'émigrants dont le visage d'abord, les habits maintenant, disaient l'absence et la patrie lointaine. »

Une note des *Carnets* montre on ne peut plus clairement que le modèle, c'est le régime de l'Occupation :

« Peste : très important. " C'est parce qu'ils vous ont foutu le ravitaillement et la douleur des séparations qu'ils vous ont eus sans révolte. " »

L'épigraphe du livre, emprunté à Daniel Defoe, n'est pas seulement un hommage à l'auteur du *Journal de l'année de la peste*. C'est une explication pour montrer qu'il faut chercher une transposition dans l'histoire de la peste à Oran et qu'en entreprenant cette description, l'auteur nous parle d'un autre fléau que nous avons très bien connu :

« Il est aussi raisonnable de représenter une espèce d'emprisonnement par une autre que de représenter n'importe quelle chose qui existe réellement par quelque chose qui n'existe pas. »

En 1943, Camus publie un texte, *Les Exilés dans la peste*, dans *Domaine français*, aux éditions des Trois Collines, à Genève. Il s'agit d'un ouvrage collectif, rassemblé par Jean Lescure et qui fut distribué clandestinement en France. Le directeur des Trois Collines était François Lachenal, attaché à la légation suisse à Vichy. *Domaine français* rassemblait des textes d'Aragon, Elsa Triolet, Eluard, Vildrac, Claude Morgan, Sartre, Mauriac, Valéry, Claudel, Michaux, Queneau, Ponge, Paulhan. La préface de Jean Lescure célébrait la liberté. Le recueil se terminait par un poème de Saint-Pol Roux, « mort assassiné en 1940 ». Dans ce contexte, *Les Exilés dans la peste*, que l'on retrouve à peu près dans la deuxième partie du roman, prenait un sens subversif. On ne pouvait rien y voir d'autre qu'une peinture de la France occupée.

Un peu plus tard, c'est le climat qui précède la Libération qui va être reconnaissable dans la peinture des jours où l'on attend la fin de l'épidémie :

« Car ces couples ravis, étroitement ajustés et avares de paroles, affirmaient au milieu du tumulte, avec tout le triomphe et l'injustice du bonheur, que la peste était finie et que la terreur avait fait son temps. Ils niaient tranquillement, contre toute évidence, que nous ayons jamais connu ce monde insensé où le meurtre d'un homme était aussi quotidien que celui des mouches, cette sauvagerie bien définie, ce délire calculé, cet emprisonnement qui apportait avec lui une affreuse liberté à l'égard de tout ce qui n'était pas le présent, cette odeur de mort qui stupéfiait tous ceux qu'elle ne tuait pas, ils niaient enfin que nous ayons été ce peuple abasourdi dont tous les jours une partie, entassée dans la gueule d'un four, s'évaporait en fumées grasses, pendant que l'autre, chargée des chaînes de l'impuissance et de la peur, attendait son tour. »

Les journées qui suivent la libération de Paris vont, elles aussi, amener l'auteur à corriger et à compléter son récit.

Mais la guerre n'est que le premier niveau du symbole, le plus simple, même si elle est pour beaucoup dans le succès du livre où tout le monde reconnaissait, sous les vêtements de la fable, la réalité des années que chacun venait de vivre. On doit élargir l'interprétation. Le mythe, qui part de la terreur séculaire liée au seul nom de la peste, a des significations multiples. Il est d'une richesse presque inépuisable. Camus écrit dans ses *Carnets*, en 1942 :

« Je veux exprimer au moyen de la peste l'étouffement dont nous avons souffert et l'atmosphère de menace et d'exil dans laquelle nous avons vécu. Je veux du même coup étendre cette interprétation à la notion d'existence en général. »

La peste, c'est-à-dire la terreur de la souffrance et de la mort, l'enfermement, l'exil, même s'il s'agit de « l'exil chez soi », la séparation, tel est le lot des hommes. Ils peuvent s'y abandonner, s'avouer vaincus, y voir la main d'un Dieu châtiant on ne sait quel péché, ou bien retrouver leur dignité et leur liberté par la révolte, et la solidarité.

Avec ironie, la conclusion du prière d'insérer, rédigé par l'auteur, montre bien la portée très générale du sujet :

« Histoire fort simple, comme on le voit, et, d'une certaine manière, assez commune. »

Le mot « exil » revient également dans le prière d'insérer. L'un des premiers titres auxquels Camus songeait est *Les Exilés*. On a vu que le titre qu'il a donné à l'extrait publié dans *Domaine français* est *Les Exilés dans la peste*. Dans le roman tout entier, il insiste sur l'idée de séparation. C'est une des épreuves qu'il semble avoir ressenti le plus fortement pendant la guerre. « Ce qui me semble caractériser le mieux cette époque, c'est la séparation », lit-on dans un carnet rouge où il prend des notes pour *La Peste*. Et encore : « Tous sont renvoyés à leur solitude. Si bien que la séparation devient générale... Faire ainsi du thème de la séparation le grand thème du roman. »

Camus remarque dans ses *Carnets* que la littérature des années quarante use et abuse du mythe d'Eurydice. Il en trouve l'explication :

« C'est que jamais tant d'amants n'ont été séparés. »

Dans *La Peste*, on verra une troupe théâtrale jouer *Orphée et Eurydice*, avec le plus grand succès. En décembre 1944, dans un éditorial de *Combat* consacré au problème des prisonniers, Camus insiste sur l'idée de séparation, avec des mots que l'on n'a pas l'habitude de trouver dans un quotidien :

« Il y a cinq ans que des Français et des Françaises attendent. Il y a cinq ans que, dans leur cœur serré, ils luttent désespérément contre le temps, contre l'idée que l'absent vieillit et que toutes ces années sont perdues pour l'amour et le bonheur. Oui, cette époque est celle de la séparation...

« Je ne dirai pas ici ce que je pense vraiment de la séparation. Ce n'est pas le lieu ni le moment d'écrire qu'elle me paraît la règle et que la réunion n'est que l'exception, le bonheur un hasard qui se prolonge... »

Pensée qui le hante. Il écrivait déjà la même chose, fin 1943, ou début 1944, en prenant des notes pour *La Peste* :

« C'est la séparation qui est la règle. Le reste est hasard. »

Il est vrai qu'il ajoutait humoristiquement : « – Mais les gens sont toujours réunis. – Il y a des hasards qui durent toute une vie. »

Il prend la peine de noter aussi, en 1945 :

« 80 % de divorces chez les prisonniers rapatriés. 80 % des amours humaines ne résistent pas à cinq ans de séparation. »

La conception du roman et sa signification ont évolué ainsi à la suite des événements historiques. En même temps, l'auteur cherchait une documentation, réunissant des études historiques, médicales, épidémiologiques qu'il serait fastidieux d'énumérer, aussi bien que des textes littéraires, comme *Il Secondo Libro dell'opere piacevoli*, de Francesco Berni, ouvrage satirique du XVIᵉ siècle qui comporte un éloge de la peste, et une critique de la lâcheté. Dans le très célèbre roman italien de Manzoni *Les fiancés*, les chapitres sur la peste à Milan affectent un ton un peu froid d'exactitude historique qui a peut-être influencé le style du narrateur de *La Peste*, lorsqu'il veut être un chroniqueur notant au jour le jour la suite de faits véritables qui va constituer l'histoire d'Oran pendant le fléau :

« Nous nous sommes seulement efforcés de distinguer et de vérifier les faits les plus généraux et les plus importants, de les disposer dans l'ordre de leur succession réelle, autant que l'exigent la raison

et leur nature même, d'observer leur influence
réciproque et de donner ainsi, provisoirement, et
en attendant qu'un autre fasse mieux, une notice
succincte mais sincère et suivie de ce désastre »,
écrit Manzoni.

Il a consulté aussi le pages de Michelet sur la
peste de 1720, à Marseille. Mais il ne faut pas
oublier les grands ancêtres : Thucydide qui décrit
de façon hallucinante la peste d'Athènes, dans *La
Guerre du Péloponnèse* (il assure même en avoir été
atteint), et Lucrèce qui s'est inspiré de lui, à la fin
du *De natura rerum*. Dans *L'Homme révolté*, Camus
écrit que « ce n'est pas un hasard si le poème de
Lucrèce se termine sur une prodigieuse image de
sanctuaires divins gonflés des cadavres accusateurs
de la peste. »

Sophocle s'inspire peut-être de cette même peste
d'Athènes de 430, dans le saisissant début d'*Œdipe
roi*, où l'on voit le peuple thébain venir supplier
Œdipe de le sauver.

Ami intime de René Char, qu'il va voir à
L'Isle-sur-la-Sorgue, Camus n'a pu ignorer la Fon-
taine-de-Vaucluse toute proche. Ce lieu célèbre
nous renvoie à la Laure de Pétrarque, morte de la
peste noire, le 6 avril 1348, et à la deuxième partie
des *Canzoniere, In morte di Madonna Laura*.

« Le nœud ardent où je fus captif pendant vingt
et une années heure par heure comptées, a été
dissous par la Mort : et jamais je n'ai ressenti de
coup si accablant; et je ne crois pas qu'un homme
puisse mourir de douleur. »

Pétrarque ne manque pas d'évoquer la Sorgue :

« Regarde le grand rocher où la Sorgue a sa
source, et là tu verras quelqu'un qui, seul au

milieu des herbes et des ondes, se repaît de ton souvenir et de sa douleur. »

Le poète n'a jamais pardonné à l'illustre médecin de Montpellier Guy de Chauliac de n'avoir pas su sauver sa bien-aimée.

Quant à l'ami de Pétrarque, Boccace, il nous parle aussi du fléau qui, en cette année 1348, a ravagé toute l'Europe. Camus n'ignorait pas que le *Décaméron* commence par une célèbre description de la peste à Florence. Mais, le moins qu'on puisse dire, c'est que les personnages de Camus ne ressemblent pas du tout à Boccace et ses compagnons. On sait qu'ils étaient dix jeunes gens, trois hommes et sept femmes, qui fuirent Florence et se retirèrent agréablement à la campagne, dans la villa Palmieri, de Fiesole, où ils se récréèrent, passant le temps à écrire dix fois dix nouvelles, le *Décaméron*. Pour parler comme Artaud, « Boccace avec ses deux compagnons bien montés et sept dévotes luxurieuses », attendent tranquillement que la peste se retire, ne semblent pas s'être posé les problèmes de solidarité qui sont ceux du docteur Rieux, de Tarrou, de Rambert ou de Grand. Et s'il y a révolte, dans la conduite de l'aimable Boccace, c'est une révolte égoïste.

Pourtant, à l'aube de l'humanisme, Pétrarque et Boccace témoignent d'une nouvelle attitude devant la vie. Pour la première fois, la vie devient importante en elle-même. Bernard Groethuysen, dans son *Anthropologie philosophique*, estime que, chez Pétrarque et Boccace, « il se forme un ensemble de significations indépendant, dans lequel l'homme arrive à se faire une image de lui-même et de sa vie, tant extérieure qu'intérieure, abstraction faite de toute interprétation cosmique ou religieuse. Cet ensemble de significations, tel qu'il ira se développant par la suite, deviendra d'une importance principale pour la philosophie, la littérature, la politique, l'histoire et l'autobiographie ».

A noter en passant que l'on pardonne aisément son attitude à Boccace, tandis que l'on reproche encore à Montaigne d'avoir été absent de Bordeaux, lorsque la peste y éclate, en juin 1585, et de s'être gardé d'y revenir.

Camus a lu *Le Festin pendant la peste* de Pouchkine, et peut-être aussi le récit de ses démêlés avec les cordons sanitaires, lors du choléra de 1831. En revanche, les terrifiants contes gothiques d'Edgar Poe *Le Masque de la Mort rouge* et *Le Roi Peste* se situent à cent lieues de son propos. Tout au plus a-t-il pu y trouver une leçon de courage donnée par le matelot Legs qui n'hésite pas à attaquer le Roi Peste et les princes de sa famille. Quant au roman de Pierre Mac Orlan, *La Peste*, (1921), il est probable qu'il a ignoré son existence.

Parmi les ouvrages scientifiques qu'il a consultés, il y a un texte ancien, *Le Traité de la peste*, du docteur Manget, qui date de 1722, et un plus récent : *La Peste, épidémiologie, bactériologie, prophylaxie*, par le docteur H. Bourgès[1]. Un de ces livres savants, *La Défense de l'Europe contre la peste et la conférence de Venise en 1897*, a pour auteur un spécialiste des problèmes sanitaires, le professeur Adrien Proust, qui n'est autre que le père de Marcel Proust.

Au début de 1943, une première version est à peu près terminée. Mais la maturation va durer encore des années. Les personnages évoluent. Il y

1. Masson, 1899.

en a même un qui disparaît : Stephan, et cède la place à d'autres : Grand et Rambert. La construction se modifie, prend de l'ampleur, le style trouve cette justesse qui fait deviner l'honnêteté, la pudeur, la haine de toute grandiloquence du narrateur, bien avant que l'on sache qu'il n'est autre que le docteur Rieux. De la conception à la version finale, *La Peste* a occupé l'écrivain pendant sept ans. Les manuscrits de *La Peste*, offerts par les enfants d'Albert Camus à la Bibliothèque nationale, témoignent de ce travail considérable.

Le roman commence sur un ton calme, par un discours modeste, à la respiration tranquille. C'est souvent la marque des grandes œuvres. Elles prennent leur temps :

« Les curieux événements qui font le sujet de cette chronique se sont produits en 194., à Oran. De l'avis général, ils n'y étaient pas à leur place, sortant un peu de l'ordinaire. A première vue, Oran est, en effet, une ville ordinaire et rien de plus qu'une préfecture française de la côte algérienne. »

On songe au début des *Possédés*, de Dostoïevski :

« Ayant entrepris de décrire les événements étranges qui se sont déroulés récemment dans notre ville, où, jusqu'ici, il ne s'était jamais rien passé de remarquable... »

Cette façon, sûrement concertée, de débuter à la manière de nombreux romans du XIXe siècle, qui se présentent d'entrée comme la chronique d'une petite ville, installe le récit dans une sorte de classicisme à partir duquel pourra s'épanouir l'ample mouvement de l'œuvre.

A travers le récit d'un narrateur – le docteur

Rieux – qui s'avance masqué, par « retenue »,
comme il le dit, mais aussi parce que ses réactions
et ses souffrances sont partagées par tous ses concitoyens, et qu'en évitant de dire « je », il a
l'impression de parler au nom de tous, on a
l'histoire de l'apparition, de la flambée et du déclin
de la peste; des portraits de personnages qui incarnent chacun une réponse au malheur, mais sont en
même temps des êtres de chair, qu'on ne saurait
réduire à un principe; et puis, ces épisodes baroques, bizarres qui contribuent eux aussi à donner
la couleur des jours et le goût du temps qui passe.
Par exemple, le vieux qui crache sur les chats
(histoire que Camus a apprise de la bouche de
Pierre Galindo, le frère de Christiane Galindo, à
Oran, en janvier 1941). Ou encore l'asthmatique
qui mesure le temps en faisant passer des pois
chiches d'une bassine à une autre : détail véridi-
que, un vieil avare de Tlemcem employait ce
procédé pour ne pas avoir à acheter de montre.
Ou ce musicien qui a la poitrine faible, mais fait
partie de l'orphéon et risque sa vie pour des défilés
dominicaux.

On ne s'étonnera pas, étant donné le sujet, de
trouver des pages consacrées à la description d'enterrements. C'est une vieille histoire. Le premier
enterrement, dans l'œuvre de Camus, nous l'avons
trouvé en 1933, dans *Devant la morte*. Nous l'avons
noté au passage, comme la manifestation initiale
d'une prédilection de l'auteur pour un tel sujet.
On enterre dans *L'Etranger*, dans *L'Eté*, dans *La
Chute*. Les *Carnets*, en 1946, contiennent également
un long texte bouleversant, une chose vue sûrement, mais écrite comme une nouvelle, et qui est
intitulée *Mort d'un vieux comédien*. C'est l'histoire de

la maladie, de la mort et surtout de l'enterrement au cimetière de Thiais d'un acteur très misérable. Et il finit par écrire, dans *La Chute* : « vivent donc les enterrements! »

Camus aime bien se faire des clins d'œil à lui-même. Le sujet du *Malentendu* apparaît déjà dans *L'Etranger* (le fait divers sur un bout de journal que Meursault lit dans sa cellule). L'empereur Caligula dit qu'il « remplace la peste ». Et *La Peste* fait allusion à *L'Etranger*. Cela se passe chez la marchande de tabac :

« Au milieu d'une conversation animée, celle-ci avait parlé d'une arrestation récente qui avait fait du bruit à Alger. Il s'agissait d'un jeune employé de commerce qui avait tué un Arabe sur une plage.

« Si l'on mettait toute cette racaille en prison, avait dit la marchande, les honnêtes gens pourraient respirer. »

Les noms, dans le roman, semblent avoir été choisis au moment où l'écrivain habitait au Chambon-sur-Lignon, ou après. Rieux vient sans doute de Rioux, qui était un médecin du Chambon. Grand était le nom d'un voisin, un agriculteur avec qui, en ces temps d'Occupation, Camus essayait de faire pousser un peu de tabac. Paneloux est inspiré par le hameau du Panelier.

Au moment de passer en revue ces personnages, une évidence saute aux yeux. Les femmes sont absentes de *La Peste*. Ou, si l'on préfère parler plus élégamment, disons qu'elles y sont peintes « en abîme ». La femme de Rieux part au début et meurt. Celle qu'aime Rambert ne se définit que par la séparation. Quant à celle de Grand, il y a longtemps qu'elle l'a quitté et, du fond des années lointaines, elle lui arrache encore des larmes. Seule présente, la mère de Rieux ne parle pas. On voit sur son visage « tout ce qu'une vie laborieuse y avait mis de mutisme »... « Ainsi, sa mère et lui s'aimeraient toujours dans le silence. Et elle mourrait à son tour – ou lui – sans que, pendant toute leur vie, ils pussent aller plus loin dans l'aveu de leur tendresse. » On retrouve ce que l'on connaît des rapports de l'auteur et de sa mère, et dont j'ai longuement parlé à propos de *L'Envers et l'Endroit*.

Pourquoi cette absence de femmes? Camus l'a voulue, qui note dans ses *Carnets*, en soulignant la phrase : « En pratique : *il n'y a que des hommes seuls dans le roman.* »

Alors qu'il se trouve aux Etats-Unis, en 1946, il arrête de noter ses impressions de voyage pour écrire :

« *Peste* : c'est un monde sans femmes et donc irrespirable. »

Il n'oublie jamais que le thème principal du roman est la séparation. Les femmes n'ont pas leur place dans une ville qui ressemble à une forteresse assiégée. Mais, à travers leur absence, l'amour est évoqué davantage que dans la plupart des œuvres de Camus. Le roman montre combien les lettres, les télégrammes, la mémoire même sont impuissants à lutter contre la séparation. Lorsque Rieux surprend Grand en larmes, il « savait ce que pensait à cette minute le vieil homme qui pleurait, et il le pensait comme lui, que ce monde sans amour était comme un monde mort et qu'il vient toujours une heure où on se lasse des prisons, du travail et du courage pour réclamer le visage d'un être et le cœur émerveillé de la tendresse ».

De tous les personnages, il n'en est qu'un au nom duquel le docteur Rieux estime qu'il ne peut pas parler. C'est Cottard, criminel qui espère que la peste apportera assez de désorganisation pour lui permettre d'échapper à la justice. Cette idée fixe pousse Cottard jusqu'aux extrémités de la folie. L'auteur nous laisse ignorer ce qu'il a commis pour être menacé des rigueurs de la loi. C'est pour nous amener à comprendre que son vrai crime, c'est d'avoir approuvé ce qui faisait mourir des enfants et des hommes.

A l'opposé, le juge Othon, « l'homme-chouette » qui a transformé ses enfants en chiens savants, sera moralement sauvé, avant de périr. La mort de son petit garçon – le passage le plus émouvant du livre – le métamorphose, le rend humain.

Grand est un personnage infiniment touchant. Il oscille perpétuellement entre le sublime et le ridicule. Lui qui voudrait être écrivain, mais ne sait pas trouver ses mots, il ne les trouve pas davantage pour obtenir un meilleur travail, pour garder la femme qu'il aime. C'est un humble. Et c'est avec humilité qu'il fait de son mieux, dans le combat contre la peste :

« Oui, s'il est vrai que les hommes tiennent à se proposer des exemples et des modèles qu'ils appellent héros, et s'il faut absolument qu'il y en ait un dans cette histoire, le narrateur propose justement ce héros insignifiant et effacé qui n'avait pour lui qu'un peu de bonté au cœur et un idéal apparemment ridicule. Cela donnera à la vérité ce qui lui revient, à l'addition de deux et deux son total de quatre, et à l'héroïsme la place secondaire qui doit être la sienne, juste après, et jamais avant, l'exigence généreuse du bonheur. »

Les efforts de Grand, recommençant éternellement la première phrase de son roman, sont burlesques, bien sûr, mais aussi pathétiques. En montrant comment les problèmes sans fin s'accumulent sous la plume de Grand, comment chaque mot crée un nouvel obstacle, Camus se livre à un bel exercice de virtuosité, la démonstration, à son propre usage et à celui de ses confrères, de l'infernale difficulté de l'art d'écrire.

Dans *Moby Dick*, il y a un grand sermon, d'aspect comique, consacré à Jonas et la baleine. Mais sa forme bouffonne n'enlève rien au sérieux du message. Le prédicateur nous signifie que la baleine est une envoyée redoutable de la Toute-Puissance. Dans *La Peste* aussi, on trouve un grand sermon, et même deux, à la limite de la parodie. Les prêches du père Paneloux sont à peine caricaturaux. Le jésuite dit tout ce qu'un prêtre peut bien dire en une telle occasion. Une imperceptible distance fait que le narrateur et le lecteur n'en croient pas un mot. Au cours du livre, l'idée que les horreurs de la peste servent quelque obscur dessein de la volonté divine, et que ce mal nous serait infligé pour notre bien, devient de plus en plus odieuse au docteur Rieux, qui finira par avoir un grand affrontement avec le jésuite :

« Je refuserai jusqu'à la mort d'aimer cette création où des enfants sont torturés. »

On relève aussi une nuance de mépris dans la simple description que fait le narrateur du père Paneloux, juste au moment où un enfant vient de mourir :

« Paneloux s'approcha du lit et fit les gestes de la bénédiction. Puis il ramassa ses robes et sortit par l'allée centrale. »

Malgré ses robes, Paneloux va d'ailleurs se conduire courageusement, et mourir, probablement de la peste, bien que tous les symptômes ne se soient pas déclarés.

« On inscrivit sur sa fiche : " Cas douteux. " »

Ce « cas douteux » ne qualifie peut-être pas seulement la maladie.

Il paraît qu'il y avait à Oran, de 1941 à 1947, un jésuite, le père Pain, qui faisait beaucoup parler de lui. Il peut avoir prêté quelques traits à Paneloux.

Dans les notes de préparation à *La Peste*, un jeune curé perd la foi, ce qui ne sera pas le cas de Paneloux.

A l'occasion de *La Peste*, comme plus tard à propos de *La Chute*, on se demandera si Camus ne se rapproche pas de la morale chrétienne ou même de la foi. Il s'en défendra toujours. A l'occasion d'une causerie devant les dominicains de Latour-Maubourg, en 1964, il soulignera qu'il n'est pas un pessimiste, que ce sont plutôt les chrétiens (et les marxistes) qui le sont :

« De quel droit d'ailleurs un chrétien ou un marxiste m'accuserait-il par exemple de pessimisme... Ce n'est pas moi qui ai inventé la misère de la créature, ni les terribles formules de la malédiction divine. Ce n'est pas moi qui ai crié ce *Nemo bonus*, ni la damnation des enfants sans baptême. Ce n'est pas moi qui ai dit que l'homme était incapable de se sauver tout seul et que du fond de son abaissement il n'avait d'espérance que dans la grâce de Dieu. Quant au fameux optimisme marxiste! Personne n'a poussé plus loin la méfiance à l'égard de l'homme et finalement les fatalités économiques de cet univers apparaissent plus terribles que les caprices divins.

« Les chrétiens et les communistes me diront que leur optimisme est à plus longue portée, qu'il est supérieur à tout le reste et que Dieu ou l'histoire, selon les cas, sont les aboutissants satisfaisants de leur dialectique. J'ai le même raisonnement à faire. Si le christianisme est pessimiste quant à l'homme, il est optimiste quant à la destinée humaine. Eh bien! je dirai que pessimiste quant à la destinée humaine, je suis optimiste quant à l'homme. Et non pas au nom d'un humanisme qui m'a toujours paru court, mais au nom d'une ignorance qui essaie de ne rien nier. »

Le personnage de Rambert, lui, est un journaliste étranger à la ville, et il s'y trouve bloqué malgré lui. Or, il est dans les débuts d'un amour et il a hâte de rejoindre la femme qu'il aime. Il fait tout pour partir. Par lui, nous allons connaître le monde louche des passeurs et des trafiquants, la complication des filières clandestines. Puis Rambert renonce :

« J'ai toujours pensé que j'étais étranger à cette ville et que j'avais rien à faire avec vous. Mais maintenant que j'ai vu ce que j'ai vu, je sais que je suis d'ici, que je le veuille ou non. Cette histoire nous concerne tous. »

Rieux objecte :

« Rien au monde ne vaut qu'on se détourne de ce qu'on aime. »

Le cas de Rambert ajoute une dimension aux problèmes soulevés dans *La Peste*, celui de la place qu'il faut accorder au bonheur. Tarrou fait remarquer que « si Rambert voulait partager le malheur des hommes, il n'aurait plus jamais de temps pour le bonheur. Il fallait choisir ». Cette question, poussée à son paroxysme, sera au centre du drame des *Justes*.

Camus disait qu'il voyait Rambert comme un des jeunes journalistes qu'il avait engagés à *Combat*. Ce garçon ne lui avait pas servi de modèle, puisque le livre était à peu près écrit avant qu'il l'ait connu. Cela voulait dire seulement que maintenant, il visualisait Rambert sous les traits de ce journaliste-là.

Mais quand on en arrive aux deux personnages principaux, Tarrou et Rieux, il est difficile de ne pas penser au couple Pascal Pia-Albert Camus. Avec des différences considérables, bien sûr. *La Peste* est une œuvre où chaque personnage est construit très soigneusement et doit servir à l'économie générale. Mais dans les passages présentés comme extraits des carnets de Tarrou, on reconnaît le goût de la dérision, le parti pris d'insignifiance, bref le nihilisme de Pascal Pia. Une phrase des carnets de Tarrou a été supprimée dans le second état dactylographié du texte, et rétablie ultérieurement. Cette hésitation en dit long. C'est peut-être parce qu'elle était trop ressemblante que Camus l'avait d'abord éliminée :

« La mort n'est rien pour les hommes comme moi. C'est un événement qui leur donne raison. »

C'est Tarrou qui note avec un certain plaisir la laideur de la ville, qui remarque des gens baroques comme le petit vieux qui crache sur les chats, qui recopie des dialogues à la Joseph Prudhomme entendus dans le tramway.

Camus partage souvent avec Tarrou « le parti pris d'insignifiance ». Si Tarrou, arrivant à Oran, rédige dans ses carnets « la description détaillée des deux lions de bronze qui ornent la mairie », Camus, dans ses *Carnets* à lui, écrit, le 20 mars 1941 :

« A propos d'Oran. Ecrire une biographie insignifiante et absurde. A propos de Caïn, l'insignifiant inconnu qui a sculpté les insignifiants lions de la place d'Armes. »

Il sera encore question de ces malheureux lions dans *Le Minotaure ou La Halte d'Oran.*

Ce n'est pas la seule fois où Camus a parlé de l'insignifiance. Il le fait sur un mode grave, dans ses *Carnets*, en 1943, c'est-à-dire à un moment où il travaille à la fois à *La Peste* et à *L'Homme révolté.* Puis il a réécrit ce texte, en le rendant plus ironique, pour *Les Cahiers des saisons* qui l'ont publié en 1959. Il expose, avec une dérision totale et un humour retors, un gigantesque projet d'anthologie qui ne peut rester qu'à l'état imaginaire, car il s'agirait d'une tâche dépassant de loin le *Dictionnaire des idées reçues* de Flaubert, une œuvre à proprement parler infinie. Et pourtant, il semble moins destructeur que Tarrou qui cache sa vérité profonde derrière des propos qui ont l'air de plaisanteries :

« Question : comment faire pour ne pas perdre son temps? Réponse : l'éprouver dans toute sa longueur. Moyens : passer des journées dans l'anti-chambre d'un dentiste, sur une chaise inconfortable; vivre à son balcon le dimanche après-midi; écouter des conférences dans une langue qu'on ne comprend pas; choisir les itinéraires de chemin de fer les plus longs et les moins commodes et voyager debout naturellement; faire la queue aux guichets des spectacles et ne pas prendre sa place, etc. »

(Le balcon du dimanche après-midi avait déjà servi dans *La Mort heureuse* et dans *L'Etranger*.)

Rieux parle de Tarrou comme d'un « homme singulier, mais qu'il sentait fraternel ». Fraternité qui s'exprimera par un geste symbolique, le bain pris ensemble dans la mer.

Tarrou croit tout connaître de la vie, ce qui est une façon de dire qu'il n'en espère rien.

Divergeant tout à fait de celui qui, me semble-t-il, lui a prêté ces traits de caractère, Tarrou est présenté comme le fils d'un magistrat. Toute sa vie est conditionnée par le jour où il a vu son père demander et obtenir une condamnation à mort. Dans cet épisode, on trouve un écho de l'histoire vraie du père de Camus assistant à une exécution capitale, qui est déjà évoquée dans *L'Etranger*, et qui reviendra dans les *Réflexions sur la guillotine*.

Il ne reste plus à Tarrou que le rêve impossible de devenir un saint. Un saint sans Dieu, il s'entend.

Rieux, parce qu'il est le narrateur, mais ne le dit pas, est obligé de faire son propre portrait de façon détournée, « par des moyens de détective », comme le dit Camus dans ses *Carnets*. Par exemple, Rieux cite, « à titre documentaire », le portrait physique que Tarrou a tracé de lui, et il ajoute, d'une façon hypocrite, mais qui peut mettre le lecteur sur la voie :

« Autant que le narrateur puisse en juger, il est assez fidèle. »

Cette subtilité narrative qui fait du docteur Rieux un personnage comme les autres, mais en même temps le narrateur, permet de nuancer à l'infini sa personnalité. Selon les cas, il dit ce qu'il pense avec toute la fermeté nécessaire, ou au contraire il dissimule avec pudeur ses sentiments intimes. A nous de les deviner. Il témoigne au nom de tous, mais sa personnalité, sa singularité percent sous chaque mot. La scène, à la gare, où il dit adieu à sa femme, qui va aller mourir au loin, a la douceur et la tristesse des plus belles pages de Tchekhov, quand le désespoir est fait de paroles d'espérance : « Tout ira mieux quand tu reviendras. Nous recommencerons. » De la même façon, Tchekhov n'a qu'à mettre au futur les phrases que prononcent ses personnages pour en faire des propos désespérés. « Nous nous reposerons! » répète Sonia, à la fin d'*Oncle Vania*.

Le docteur Rieux a en outre la charge d'exprimer et de mettre en actes la position de l'auteur. Une note prise par Camus le dit on ne peut plus clairement :

« L'homme n'est pas innocent *et* il n'est pas coupable. Comment sortir de là? Ce que Rieux (je) veux dire, c'est qu'il faut guérir tout ce qu'on peut guérir − en attendant de *savoir* ou de voir. C'est une position d'attente, et Rieux dit : " Je ne sais pas. " »

Ce pragmatisme, qui laisse de côté toute transcendance et toute recherche de causalité, pour parer au plus pressé, fait penser à ce qu'écrit Stendhal, à propos de la *Peste de Milan*, de Puget. Il critique la façon pleine de componction dont l'artiste a représenté saint Charles Borromée sur ce bas-relief. Pour Stendhal, saint Charles « était jeune et déterminé. Quelle que fût sa pensée sur la bonté de Dieu qui donne la peste ou la laisse arriver, il ne s'arrêtait pas à regarder le ciel; il prêtait secours et administrait les sacrements aux moribonds avec la même ardeur que jadis il intriguait dans le conclave ».

En face de Rieux, il arrive à Tarrou de constater avec lassitude que le mal est trop universel, qu'il gîte même en nous. Chacun porte la peste. Personne n'en est indemne. « ... il faut se surveiller sans arrêt pour ne pas être amené, dans une minute de distraction, à respirer dans la figure d'un autre et à lui coller l'infection. Ce qui est naturel, c'est le microbe. Le reste, la santé, l'intégrité, la pureté, si vous voulez, c'est un effet de la volonté et d'une volonté qui ne doit jamais s'arrêter. L'honnête homme, c'est celui qui n'infecte presque personne, c'est celui qui a le moins de distraction possible. Et il en faut de la volonté et de la tension pour ne jamais être distrait! Oui, Rieux, c'est bien fatigant d'être un pestiféré. Mais c'est encore plus fatigant de ne pas vouloir l'être. C'est pour cela que tout le monde se montre fatigué, puisque tout le monde, aujourd'hui, se trouve un peu pestiféré. Mais c'est pour cela que quelques-uns, qui veulent cesser de l'être, connaissent une extrémité de fatigue dont rien ne les délivrera plus que la mort. »

Si la leçon de *La Peste* reste la révolte, il arrive ainsi que l'on frôle l'abîme. L'auteur a sans doute partagé ces moments de désespoir d'un personnage auquel il s'est particulièrement attaché. C'est ainsi que l'on passe de *La Peste* aux pages amères de *La Chute*.

L'Etat de siège

(1948)

Depuis toujours, Jean-Louis Barrault était frappé par ce qu'avait écrit Antonin Artaud sur le théâtre et la peste :

« Comme la peste, le théâtre est [...] un formidable appel de forces qui ramènent l'esprit par l'exemple à la source de ses conflits. »

Il songea à adapter le *Journal de l'année de la peste* de Daniel Defoe. Après la publication du roman de Camus, il eut tout naturellement l'idée de lui demander un spectacle sur ce thème.

Travaillant en étroite collaboration, Camus et Barrault construisirent un spectacle total, composé de variations sur le thème de la peste, et faisant appel à toutes les formes d'expression dramatique. Il ne s'agissait donc en rien d'une adaptation du roman. Plutôt un *auto sacramental* à la manière de Calderón. L'*auto sacramental*, dans les XVIe et XVIIe siècles espagnols, était une composition dramatique, en une journée, allégorique. L'allégorie, élément essentiel, consistait en la présentation d'idées et de choses, abstraites ou concrètes, incarnées par des personnages. Il était par exemple fréquent de voir apparaître sur la scène des figures telles que la Faute, la Foi, l'Eau... Le sujet principal de l'*auto*, son noyau dramatique, était le mystère de la Rédemption. Théâtre théologique, produit de la Contre-Réforme, l'*auto sacramental* se donnait les moyens d'une grande efficacité dramatique. A l'appel des confréries et des municipalités, des troupes transportaient de ville en ville un dispositif scénique composé de plusieurs charrettes ou d'un char à double plate-forme qui permettaient des actions simultanées.

Tel apparaît bien *L'Etat de siège*, avec son personnage qui incarne la Peste, ses alternances de passages lyriques et de dialogues satiriques, son décor un et multiple à la fois.

Le thème de la pièce est la révolte. Le seul moyen de venir à bout de la peste, c'est de ne pas en avoir peur.

« Du plus loin que je me souvienne, déclare le personnage qui incarne la secrétaire de la Peste, il a toujours suffi qu'un homme surmonte sa peur et se révolte pour que leur machine commence à grincer. »

Encore plus que le roman, de façon plus brutale, la pièce apparaît comme une dénonciation du système totalitaire. La « machine » dont parle la secrétaire, c'est la bureaucratie, la dictature, l'absurde, la terreur. Ecoutez la Peste :

« Sur les cinq continents, à longueur de siècles, j'ai tué sans répit et sans énervement. Ce n'était pas si mal, bien sûr, et il y avait de l'idée. Mais il n'y avait pas toute l'idée... Un mort, si vous voulez mon opinion, c'est rafraîchissant, mais ça n'a pas de rendement. Pour finir, ça ne vaut pas un esclave. L'idéal, c'est d'obtenir une majorité d'esclaves à l'aide d'une minorité de morts bien choisis. Aujourd'hui, la technique est au point. Voilà pourquoi, après avoir tué ou avili la quantité d'hommes qu'il fallait, nous mettrons des peuples entiers à genoux. »

Tout au long de l'œuvre, un mot revient : la logique.

Face à Diego, le héros positif qui vient à bout de la peste, un bouffon, au nom éloquent de Nada, représente la négation absolue. Il semble illustrer le propos d'Antonin Artaud : « Personne ne dira pourquoi la peste frappe le lâche qui fuit et épargne le pillard qui se satisfait sur des cadavres. » L'ordre ancien, qui se remet en place après la disparition du fléau, l'écœure, et tout autant les commémorations, les décorations. Après avoir vécu dans l'abjection, il choisit le suicide. Ses dernières paroles sont :

« Adieu, braves gens, vous apprendrez cela un jour qu'on ne peut pas bien vivre en sachant que l'homme n'est rien et que la face de Dieu est affreuse. »

Dans *La Peste*, une troupe joue, ou plutôt chante, *Orphée et Eurydice*. Et soudain le chanteur, dans le grand duo d'Orphée et d'Eurydice, s'écroule et tombe mort, semant la panique parmi les spectateurs. Le même incident se produit dans *L'Etat de siège*, où l'on trouve une scène de théâtre dans le théâtre.

Le comédien qui tombe des tréteaux, première victime de la peste, était en train de jouer avec ses compagnons « un acte sacré de l'immortel Pedro de Lariba : *Les Esprits* ». Albert Camus s'amuse ici à hispaniser le nom de Pierre de Larivey, auteur français d'origine florentine. Il a écrit une adaptation des *Esprits* en 1940 qui a été représentée en

Algérie en 1946. Il refondra cette adaptation pour le Festival d'Angers, en 1953.

A part cette petite plaisanterie, on peut signaler une autre rencontre. Camus connaissait bien l'œuvre de saint Augustin, qu'il avait étudiée pour son diplôme d'études supérieures. Et Antonin Artaud, dans *Le Théâtre et la Peste*, attire l'attention sur un passage de *La Cité de Dieu* où le Père de l'Eglise compare le théâtre à la peste, et même le trouve pire, « puisqu'il s'attaque non pas aux corps, mais aux mœurs ».

La générale eut lieu le 27 octobre 1948, au théâtre Marigny. Ce fut un échec d'autant plus retentissant que l'on attendait beaucoup de l'association d'un auteur et d'un metteur en scène tous deux au faîte de leur renommée, et que d'autres grands noms étaient associés à l'entreprise : Honegger pour la musique, Balthus pour les décors et les costumes.

La Peste se déroule à Oran. *L'Etat de siège* à Cadix. Le choix de l'Espagne fut reproché à Camus par Gabriel Marcel. Le philosophe catholique estimait que, puisque la pièce dénonçait le totalitarisme, il n'était pas courageux ni honnête de situer l'action en Espagne. Selon lui, les pays de l'Est eussent été mieux indiqués. Camus s'indigna et on peut lire sa réponse dans *Actuelles I*. Il rappelle qu'il ne s'est pas privé de dénoncer les camps de concentration russes. Mais il pense que l'on oublie un peu trop facilement et l'Espagne de Franco, et la France qui a livré à Franco des républicains, dont Luis Companys, le président de la Généralité de Catalogne, pour qu'ils soient fusillés.

Gabriel Marcel s'était étonné aussi que l'auteur de *L'Etat de siège* ait donné un rôle odieux à l'Eglise, alors que, dans *La Peste*, celui du père Paneloux ne l'était pas. La réponse est que les évêques espagnols bénissaient les fusils des exécuteurs, tandis qu'il y a eu des chrétiens, en France, sous l'Occupation, pour mener le juste combat.

Qu'aurait dit Gabriel Marcel s'il avait su que le premier titre envisagé pour *L'Etat de siège*, alors que Camus y travaillait, pendant l'été 1948, à la maison Palerme, qu'il avait louée à L'Isle-sur-la-Sorgue, était *L'Inquisition à Cadix*?

Cette polémique montre à quel point la sensibilité de Camus est à vif dès qu'il s'agit de l'Espagne. A la fois sans doute à cause de ses origines, du côté maternel, et parce qu'il appartient à la génération qui devenait adulte au moment où éclata la guerre civile. « Pour la première fois, les hommes de mon âge rencontraient l'injustice triomphante dans l'histoire. » La réponse à Gabriel Marcel contient ce bel hommage :

« ... Pourrais-je encore vous dire qu'aucun homme sensible n'aurait dû être étonné qu'ayant à choisir de faire parler le peuple de la chair et de la fierté pour l'opposer à la honte et aux ombres de la dictature, j'aie choisi le peuple espagnol. »

A l'époque d'ailleurs, son soutien aux républicains espagnols l'accapare plus que jamais. Depuis les temps lointain de *Révolte dans les Asturies*, L'Espagne ne l'a jamais quitté. De nombreux articles de *Combat* en témoignent. Et aussi la participation, en 1946, à une initiative de Georges Bataille qui compose un ouvrage collectif, *L'Espagne libre*.

Camus en écrit la préface. En 1951-1952, il prend la parole dans plusieurs meetings. Il y participe aux côtés de Breton et de Sartre, ce qui, dans très peu de temps, ne sera plus possible, car l'heure des grandes querelles approche. Il donne aussi des textes à *Solidaridad Obrera*, journal de la C.N.T., le syndicat anarchisant qui subsiste en exil.

L'Etat de siège, malgré l'échec, n'est pas une œuvre que Camus reniait. Il a parlé plusieurs fois de la modifier, et surtout de la monter en plein air, ce qu'il rêvait de faire à Athènes. Dans la préface à l'édition américaine, il écrit :

« *L'Etat de siège*, lors de sa création à Paris, a obtenu sans effort l'unanimité de la critique. Certainement, il y a peu de pièces qui aient bénéficié d'un éreintement aussi complet. Ce résultat est d'autant plus regrettable que je n'ai jamais cessé de considérer que *L'Etat de siège*, avec tous ses défauts, est peut-être celui de mes écrits qui me ressemble le plus. »

On peut laisser le mot de la fin à Jean-Louis Barrault :

« ... Nos échecs même ont un sens puisqu'ils correspondent, dans le genre malheureux, à une vision idéale que nous avons du théâtre.

« C'est ainsi que, parmi les pièces que nous avons montées, je garde une certaine prédilection, sans aigreur, ni entêtement, ni défi, à deux fours : *L'Etat de siège*, de Camus, et *Lazare*, d'André Obey. »

Journaux de voyage

(1946-1949)

Camus avait extrait de ses Cahiers soixante-sept pages concernant son voyage en Amérique du Sud. Il les avait fait dactylographier et les avait rangées dans un dossier spécial. Dans ses Cahiers qui ont été publiés sous le nom de *Carnets*, et dont je parlerai plus loin, une note de Camus indique quelle en était la place primitive :

« Voir journal Am. du Sud juin à août 1949. »

Et il est vrai que ce récit de voyage ne ressemble en rien au reste des *Carnets* où Camus, avant tout, amassait des matériaux pour son œuvre. Aussi parut-il légitime à la famille et à l'éditeur d'Albert Camus de publier à part ce *Voyage en Amérique du Sud*. Il y fut ajouté la partie des *Carnets* qui concerne le voyage en Amérique du Nord, de mars à mai 1946. Là aussi on se trouve devant un journal de voyage. Rares sont les pages d'Amérique du Nord où intervienne le travail en cours, qui est *La Peste*.

A trois ans de distance, les deux voyages ne se ressemblent guère. Lorsque Camus s'embarque, en mars 1946, à bord d'un cargo, *L'Oregon*, à destination de New York, il n'est pas encore célèbre. Ceux qui ont entendu son nom, aux Etats-Unis, pensent à lui comme à un écrivain issu de la Résistance, et à un journaliste, rédacteur en chef d'un journal de gauche. Son voyage a beau être organisé par le service des relations culturelles du ministère des Affaires étrangères, quand il débarque à New York, il est interrogé comme un suspect par les inspecteurs de l'immigration.

Au lendemain de la guerre, l'Amérique, qui nous a libérés, dont la littérature et le cinéma tiennent une place immense, et dont la civilisation, ou ce que l'on en devine, est assez inquiétante, reste pour la plupart une terre à découvrir. Mais les occasions de voyage sont rares. En janvier 1945, Camus a obtenu une mission pour Sartre, en tant qu'envoyé spécial de *Combat*. Il reprochera d'ailleurs à Sartre d'avoir réservé ses articles les plus pimpants au *Figaro* et de n'avoir donné à *Combat* que des papiers techniques et assez ennuyeux.

Maintenant, c'est à lui de découvrir les Etats-Unis. Il reçoit un choc. Beaucoup de choses vont lui plaire, et autant lui déplaire. *Downtown*, il est fasciné par le Bowery, le quartier des clochards, et ses infâmes beuglants, comme le *Sammy's Bowery Follies*, dont le photographe Weegee, à peu près à la même époque, a fixé les images, de quoi faire désespérer de la condition humaine. Chez *Sammy's*, Camus entend « de grosses vieilles actrices, qui chantent les vies ratées et l'amour maternel, trépignant au refrain et secouant spasmodiquement, parmi les rugissements de la salle, les paquets de chair informe dont l'âge les a couvertes. C'est une vieille femme qui tient la batterie, et elle ressemble à une chouette, et certains soirs on a envie de connaître sa vie, à l'un de ces rares moments où la géographie disparaît et où la solitude devient une vérité un peu désordonnée »[1]. Il remarque les salons funéraires et la rue où, dans les vitrines, il n'y a que des toilettes de mariées, mais pas une des mariées en cire ne sourit. Il a une note pour les longues jambes des étudiantes de Vassar. Il verra beaucoup de gens intéressants et nouera des amitiés durables. Il retrouve son ami italien Nicola Chiaromonte, se lie au chroniqueur A.J. Liebling, du *New Yorker*, à Justin O'Brien qui deviendra son traducteur américain et qui, pour l'instant, organise une conférence à l'université de Columbia, avec trois écrivains venus de la Résistance, Camus, Vercors et Thimerais. Jacques Schoeller, fils d'un des dirigeants d'Hachette, lui montre Broadway, et ils s'y font photographier dans une boutique semblable à une baraque de foire, au volant d'une auto en toile peinte. Le directeur des services culturels français n'est autre que Claude Lévi-Strauss qui le pilote dans le Bowery. Un autre guide, charmant, la jeune journaliste de *Vogue*, Patricia Blake, l'emmène au théâtre chinois de Chinatown. Un fourreur, Zaharo, lui prête spontanément son petit appartement qui donne sur Central Park West. Un jeune metteur en scène, Harald Bromley, qui projetait de monter *Caligula*, l'emmène en voiture au Canada, avec une étape dans les Adirondacks.

Il ne le mentionne pas dans son journal de voyage, mais il trouve dans une boîte de New York une chanteuse qui se fait appeler Marianne de France et qui n'est autre que Marianne Oswald,

1. *Pluies de New York*, voir p. 207.

qui avait trouvé refuge pendant la guerre outre-Atlantique. Camus est ému par le souvenir de celle qui fut une des chanteuses du Front populaire, de cette flamme rousse qui criait d'une voix brisée *Anna la bonne*, de Jean Cocteau. Il va se lier d'amitié avec elle, ce qui ne va pas toujours tout seul, car elle a un caractère difficile, et il va l'aider à revenir en France.

Durant son séjour à New York, il accomplit aussi une mission éditoriale, en essayant de régler le contentieux entre Gallimard et les éditeurs avec qui Saint-Exupéry avait traité aux Etats-Unis pendant la guerre.

Avec un plaisir manifeste, Camus écrit à ses amis parisiens qu'ici, on l'appelle le petit Bogart (et, avec son éternel imperméable clair, à la ceinture serrée, il va cultiver cette ressemblance).

Puis, brusquement, il note :

« Ma curiosité pour ce pays a cessé d'un coup. »

Trois ans plus tard, c'est une gloire nationale qui s'embarque à Marseille pour le Brésil. Célébrité encombrante. L'écrivain est accablé d'invitations officielles, de réceptions, sans intérêt, d'un programme de visites plus harassantes qu'enrichissantes. Devant l'assaut des fâcheux et des fâcheuses, il note :

« Je me demande pourquoi j'attire toujours les femmes du monde. »

Il rencontrera quand même quelques écrivains de qualité : Victoria Ocampo, fondatrice de *Sur*, la prestigieuse revue littéraire argentine, et les exilés espagnols José Bergamín et Rafael Alberti. Parlant d'Alberti, il évoque ce qui est arrivé postérieurement à cette rencontre, et cela prouve que Camus a retravaillé le texte de son *Voyage en Amérique du Sud* :

« Rafael Alberti est là [chez Victoria Ocampo] avec sa femme. Sympathique. Je sais qu'il est communiste. Finalement, je lui explique mon point de vue. Et il m'approuve. Mais la calomnie fera le reste et me séparera un jour de cet homme qui est et devrait rester un camarade. Que faire? Nous sommes à l'âge de la séparation. »

Une fois de plus, le mot « séparation », sous sa plume...

Les petits inconvénients des grands voyages, à un autre moment, son humour les aurait surmontés. Ils tournèrent au cauchemar parce qu'il s'était embarqué dans des conditions désastreuses. A bord du *Campana*, puis de Rio à Recife, São Paulo, Montevideo, Buenos Aires, Santiago du Chili, il se sent si mal qu'il se croit atteint de dépression, se dit « en pleine débâcle psychologique », est assailli par des idées de suicide. Il a la fièvre, se plaint d'être grippé, ne tient le coup qu'avec de l'aspirine et de l'alcool. Pendant la traversée, lui qui aime la mer au point d'en avoir fait un de ses mythes les plus personnels – « Grande mer, toujours labourée, toujours vierge, ma religion avec la nuit[1] » –, la trouve menaçante : « Le silence et l'angoisse des mers primitives », note-t-il sous les Tropiques, au crépuscule. A la fin de son périple, au moment de prendre l'avion pour la France, il est obligé de regarder la réalité en face :

1. *La Mer au plus près,* dans *L'Eté.*

« La fièvre augmente et je commence à me demander s'il ne s'agit pas d'autre chose que d'une grippe. »

C'est en fait la plus grave recrudescence de tuberculose qu'il ait jamais connue.

Il se produit un contretemps supplémentaire, au cours de ce long circuit. En juin, avant le départ de Camus, *Le Malentendu* avait été interdit à Buenos Aires, pour athéisme. Du Brésil, Camus fit des déclarations contre le régime péroniste et affirma qu'il ne viendrait pas en Argentine. Puis des problèmes de visa et des difficultés pour la poursuite de son voyage vers le Chili l'obligèrent à passer par Buenos Aires. On envisage un instant qu'il y prononce des conférences. Il manifeste l'intention de parler notamment de la liberté d'expression et refuse toute lecture préalable par la censure. Il n'est plus question des conférences.

On a l'impression que les respectables membres du corps diplomatique et consulaire français qui accueillaient l'écrivain avaient du mal à comprendre qu'il n'accepte pas de laisser ses opinions au vestiaire, sous prétexte qu'il était en voyage officiel. A Rio, alors qu'il va prononcer sa conférence devant une salle bondée, il remarque que l'ambassadeur de l'Espagne franquiste s'est assis derrière la tribune, sur un praticable.

« Tout à l'heure il s'instruira », note Camus dans son journal de voyage.

Les deux voyages sont également très différents quant à l'utilisation littéraire que l'écrivain en a faite. Il ne s'est pratiquement pas servi de sa vision de New York, de la côte Est et du Québec. Il y écrivit seulement un texte pour le magazine *Formes et Couleurs*, intitulé *Pluies de New York* (1947). Il y peint la ville de l'exil, la cité insaisissable, où l'on peut se perdre si on le désire. Une ville qui vous assène des « émotions puissantes et fugitives », mais qu'il faut renoncer à comprendre :

« La pluie de New York est une pluie d'exil. Abondante, visqueuse et compacte, elle coule inlassablement entre les hauts cubes de ciment, sur les avenues soudain assombries comme des fonds de puits... Dans la brume grise, les gratte-ciel devenus blanchâtres se dressent comme les gigantesques sépulcres d'une ville de morts, et semblent vaciller un peu sur leurs bases. Ce sont alors les heures de l'abandon. Huit millions d'hommes, l'odeur de fer et de ciment, la folie des constructeurs, et cependant l'extrême pointe de la solitude. " Quand même je serrerais contre moi tous les êtres du monde, je ne serais défendu contre rien. " »

La traversée de Marseille à Rio, avec une escale à Dakar, apporte des images et des impressions à l'essai *La Mer au plus près*.

Le périple à travers le Brésil, les cérémonies étranges, processions, danses, transes auxquelles on va lui donner la possibilité d'assister vont d'abord lui fournir un texte pour *Livres de France*, en 1951 : *Une macumba au Brésil*, présenté comme un « extrait inédit d'un Journal de voyage ». Puis ils vont être pleinement utilisés dans *La Pierre qui pousse*, la dernière nouvelle de *L'Exil et le Royaume*. On y retrouve la macumba, le condomblé, la pythonisse, l'éprouvant voyage vers Iguape, le lieu de « la pierre qui pousse » et où se déroulent de spectaculaires processions. Autant d'étapes du *Journal de voyage*, qui subissent une transmutation pour devenir un récit mythique, un douloureux parcours initiatique où, après avoir touché le fond de la solitude, le héros retrouve la fraternité.

Les Justes

(1950)

Un chapitre de *L'Homme révolté*, intitulé « Les Meurtriers délicats », est consacré aux terroristes russes de 1905. C'est même à eux, « les sacrifiés de 1905 », que Camus semble donner le dernier mot, à la fin de son livre où il a passé en revue l'histoire universelle de la révolte, et ses déviations. Et ce sont eux, les « Justes ». L'idée de la pièce a pris naissance pendant la longue maturation de l'essai. Ces socialistes-révolutionnaires, que l'on a appelés bien à tort nihilistes, ont vécu dans leur chair le problème fondamental de *L'Homme révolté*, celui du meurtre. Des êtres comme Kaliayev et Dora Brilliant, qui ont inspiré les deux personnages principaux de la pièce, s'y sont déchirés. Ils « ont vécu le destin révolté dans sa contradiction la plus extrême ». Brice Parain, philosophe et ami de Camus, parle des « plus beaux innocents de cette révolution », et évoque « ceux dont l'ambition était moindre que le désir de se dévouer. Plus tendres que Prométhée, leur supplice évoque le sien. Même attente, même débat, même fin atroce. Mais l'enjeu, lui, n'est plus le même. Le Christ est passé par là, et la Russie croit plus au sacrifice qu'à la science ou aux arts ».

Camus voulait d'ailleurs appeler sa pièce *Les Innocents*. Puis il a pensé que ses héros étaient avant tout des justiciers : les justes. S'intéressant à eux à la fois pour sa pièce et pour *L'Homme révolté*, il a même publié leurs témoignages et leurs récits, en 1950, dans sa collection « Espoir » qu'il dirigeait chez Gallimard. Le titre de cette anthologie est *Tu peux tuer cet homme...*, avec en sous-titre : *Scènes de la vie révolutionnaire russe.* Choisis, traduits et présentés par Lucien Feuillade et Nicolas Lazarévitch, préfacés par Brice Parain, il s'agit de quatorze récits tirés de Mémoires, de souvenirs, de documents. A travers ces histoires de meurtres politiques, chaque révolutionnaire semble avoir à cœur d'insister sur les conditions morales et psychologiques, les cas de conscience et les tourments qui sont le sujet même des *Justes* et qui ont permis à Camus de surnommer ces terroristes « les meurtriers délicats ».

L'un d'eux, Savinkov, raconte l'attentat contre le grand-duc Serge. Il trace un portrait infiniment émouvant de Kaliayev, et surtout de Dora Brilliant. Boris Victorovitch Savinkov est lui-même l'une des figures les plus étonnantes, parmi les terroristes de cette génération. Il est en outre un excellent écrivain, auteur de *Ce qui ne fut pas* et *Le Cheval pâle*. Né en 1879, il joua un rôle de premier plan dans l'organisation de combat du Parti socialiste-révolutionnaire. Il monta notamment l'attentat contre le ministre de l'Intérieur Plehve, en 1904. Le chef des terroristes, que tous aimaient et admiraient, était Azev. Quand il devint évident qu'Azev était un agent double, qu'il préparait les attentats, mais livrait ses camarades au général

Gérasimov, chef de l'Okhrana, qu'il avait livré Savinkov (lequel fut condamné à mort, mais réussit à s'évader), ce fut comme la fin du monde. On peut dire sans exagérer que Savinkov en fut détruit à jamais.

Revenu en Russie après 1917, Savinkov occupe des fonctions importantes dans le gouvernement Kerensky. Luttant contre les bolcheviks, il essaie en vain de promouvoir une troisième voie, aussi loin de l'esprit réactionnaire des blancs que du totalitarisme des rouges. Après la prise du pouvoir par Lénine, il participe à plusieurs insurrections antibolcheviques avant de s'exiler. En 1924, des provocateurs l'attirent en Russie. Il est arrêté, condamné à mort, gracié. Il serait mort en 1926, en se jetant d'une fenêtre de sa prison, à Moscou.

Dans le prière d'insérer, qu'il a tenu à signer, Albert Camus indique clairement ses sources et expose ses intentions :

« En février 1905, à Moscou, un groupe de terroristes, appartenant au Parti socialiste-révolutionnaire, organisait un attentat à la bombe contre le grand-duc Serge, oncle du tsar. Cet attentat et les circonstances singulières qui l'ont précédé et suivi font le sujet des *Justes*. Si extraordinaires que puissent paraître, en effet, certaines des situations de cette pièce, elles sont pourtant historiques. Ceci ne veut pas dire, on le verra d'ailleurs, que *Les Justes* soient une pièce historique. Mais tous les personnages ont réellement existé et se sont conduits comme je le dis. J'ai seulement tâché de rendre vraisemblable ce qui était déjà vrai.

« J'ai même gardé au héros des *Justes*, Kaliayev, le nom qu'il a réellement porté. Je ne l'ai pas fait par paresse d'imagination, mais par respect et admiration pour des hommes et des femmes qui, dans la plus impitoyable des tâches, n'ont pas pu guérir de leur cœur. On a fait des progrès depuis, il est vrai, et la haine qui pesait sur ces âmes exceptionnelles comme une intolérable souffrance, est devenue un système confortable. Raison de plus pour évoquer ces grandes ombres, leur juste révolte, leur fraternité difficile, les efforts démesurés qu'elles firent pour se mettre en accord avec le meurtre – et pour dire ainsi où est notre fidélité. »

Les deux figures principales de la pièce sont Dora et Kaliayev. La jeune femme fabrique la bombe que l'homme qu'elle aime va lancer dans la voiture du grand-duc Serge, gouverneur de Moscou. Le terroriste s'y est repris à deux fois. Quelques jours avant l'attentat réussi, il se trouvait déjà sur le trajet du grand-duc. Mais il n'avait pas eu le courage de lancer la bombe, parce que la grande-duchesse, et surtout deux enfants, se trouvaient dans la voiture. Arrêté après son meurtre, et n'attendant que la mort, Kaliayev reçoit en prison la visite de la grande-duchesse qui essaie de le ramener à Dieu, et au repentir. (Cette incroyable rencontre est historique.) Apprenant la nouvelle, Dora et ses amis tremblent qu'il ne se renie. On pense à la parole de Kafka : « Le dialogue est un moyen du mal. » Accepter de discuter avec la grande-duchesse est en effet déjà une compromission. Mais, au dernier acte, la nouvelle de l'exécution rassure les terroristes et les renforce dans leur volonté de sacrifice. A son tour, Dora lancera la bombe.

Les personnages des terroristes présentent des

attitudes très contrastées. Dora et Kaliayev, dans leur soif de sacrifice, mettent certaines valeurs au-dessus de la révolution. L'amour d'abord. Comme certains personnages de *La Peste*, ils déplorent de ne pouvoir oublier le malheur du monde pour céder égoïstement à l'amour et à la tendresse. Et ils pensent que si la bombe avait tué les enfants, la révolution aurait mérité d'être haïe. Boris Savinkov assure que Dora « faisait l'offrande de sa propre vie pour racheter la honte du meurtre ». Kaliayev pense de même. Dans ses *Carnets*, Camus note que pour Kaliayev « le meurtre coïncide avec le suicide... Une vie est payée par une vie ».

Camus ajoute :

« Le raisonnement est faux, mais respectable. (Une vie ravie ne vaut pas une vie donnée.) »

Aux yeux de Kaliayev, « la justice même est désespérante ». Il pressent qu'un jour, elle aura une face hideuse. Car on rêve de justice et on organise une police.

A l'opposé, Stepan préfigure un type de militant qui n'aura qu'une trop nombreuse postérité. Il pense que la fin justifie les moyens et qu'il ne faut pas hésiter à frapper le peuple, pour le sauver. Il a tendance à confondre assassin et justicier. Il annonce un nouveau despotisme. Pour lui, l'honneur n'est qu'un luxe. Annenkov, le chef, penche plutôt du côté de Kaliayev. Voinov, enfin, est celui qui découvre qu'il n'est pas fait pour le terrorisme, et qui a le courage de l'avouer.

A propos des personnages, Camus a précisé que « la forme de cette pièce ne doit pas tromper le lecteur. J'ai essayé d'y obtenir une tension dramatique par les moyens classiques, c'est-à-dire l'affrontement de personnages égaux en force et en raison. Mais il serait faux d'en conclure que tout s'équilibre et qu'à l'égard du problème qui est posé ici, je recommande l'inaction. Mon admiration pour mes héros, Kaliayev et Dora, est entière ».

Et il est vrai qu'une tragédie n'est possible que si les personnages qui s'opposent ont l'un et l'autre raison. Ce n'est pas le cas dans *Les Justes*. Le conflit qui nous importe n'est pas celui entre Kaliayev et Dora d'une part, Stepan d'autre part. Là, notre choix est fait d'avance. Il faut comprendre que le conflit est déplacé. Il se situe à l'intérieur même de l'âme de Kaliayev et Dora, déchirés entre leur exigence révolutionnaire, qui leur commande de tuer, et leur respect de la vie. Entre le malheur du monde et le bonheur personnel.

La pièce est fidèle aux personnages historiques tels qu'ils existèrent, au point de restituer parfois, non seulement leurs idées et leurs actes, mais leurs paroles. Lorsque Kaliayev dit dans la pièce : « Peut-on parler de l'action terroriste sans y prendre part? », lorsque Dora pleure : « C'est nous qui l'avons tué! C'est moi! », ce sont les mots exacts du meurtrier du grand-duc Serge et de celle qui confectionna la bombe.

Camus avait songé à appeler sa pièce *La Corde*. C'est étrange de la part d'un homme qui a tant vécu dans le monde du théâtre, où une superstition universelle interdit que l'on prononce ce mot. Il y renonça d'ailleurs bientôt.

Les Justes ont été créés le 15 décembre 1949, au théâtre Hébertot, dans une mise en scène de Paul Oettly, avec notamment Maria Casarès, Serge

Reggiani, Michel Bouquet. La pièce fut plutôt bien reçue, encore que Camus écrive à un ami : « chaleureusement accueilli par les uns... froidement exécuté par les autres. Match nul par conséquent ». Il se sent blessé par une critique de la revue *Caliban*, dont le directeur est son ami Jean Daniel. Il écrit une réponse dont il a repris une partie dans *Actuelles II* :

« Le raisonnement " moderne ", comme on dit, consiste à trancher : " Puisque vous ne voulez pas être des bourreaux, vous êtes des enfants de chœur " et inversement. Ce raisonnement ne figure rien d'autre qu'une bassesse. Kaliayev, Dora Brilliant et leurs camarades réfutent cette bassesse par-dessus cinquante années et nous disent au contraire qu'il y a une justice morte et une justice vivante. Et que la justice meurt dès l'instant où elle devient un confort, où elle cesse d'être une brûlure, et un effort sur soi-même. »

Et, dans un passage encore plus violent, qu'il n'a pas conservé dans *Actuelles* :

« Saluez, saluez du moins et faites silence devant ces hommes et ces femmes dont la terrible mort vous permet de faire carrière aujourd'hui.

« Car c'est bien au nom d'une justice déshonorée qu'on prétend tout juger à présent. " A quoi destinerons-nous Georges ? " dit la mère. " A la justice ", répond le père qui en a vu d'autres. " C'est une carrière sans aléas et le rapport en est sûr. " Mais cette justice-là, nous sommes quelques-uns à la vomir, et ce n'est pas sans intention que j'ai choisi de faire parler, malgré le risque d'impudeur, ceux qui ont vécu et qui sont morts d'une tout autre exigence. »

Bientôt vont se déchaîner les querelles, autour de *L'Homme révolté*.

On a vu, à propos du *Malentendu*, que Camus refusait le théâtre psychologique, au profit d'un théâtre de situation. Il précise encore ce choix dans un texte de présentation qu'il a écrit à l'occasion d'une reprise des *Justes*, en 1955, par la Comédie de l'Est et qu'il va reproduire dans la préface à l'édition américaine de son théâtre, en 1957 :

« Bien que j'aie du théâtre le goût le plus passionné, j'ai le malheur de n'aimer qu'une seule sorte de pièces, qu'elles soient comiques ou tragiques. Après une assez longue expérience de metteur en scène, d'acteur et d'auteur dramatique, il me semble qu'il n'est pas de théâtre sans langage et sans style, ni d'œuvre dramatique valable qui, à l'exemple de notre théâtre classique et des tragiques grecs, ne mette en jeu le destin humain tout entier dans ce qu'il a de simple et de grand. Sans prétendre les égaler, ce sont là, du moins, les modèles qu'il faut se proposer. La " psychologie ", en tout cas, les anecdotes ingénieuses et les situations piquantes, si elles peuvent souvent m'amuser en tant que spectateur, me laissent indifférent en tant qu'auteur. »

Ces propos catégoriques se trouvent contredits par d'autres, dans lesquels Camus semble établir une subtile distinction entre psychologie et caractère. Il lui arrive alors de déclarer que la situation vaut ce que valent les caractères.

Actuelles I

(1950)

Pour l'essentiel, *Actuelles I* se compose d'articles publiés dans *Combat*. Dès le débarquement, l'équipe du journal clandestin préparait la sortie au grand jour d'un quotidien, pour la Libération. Des maquettes furent dessinées. Camus trouva le sous-titre : « De la Résistance à la Révolution. » L'insurrection parisienne commença le 19 août 1944. L'équipe de *Combat* s'empara de l'ancien immeuble de *L'Intransigeant*, 100, rue Réaumur, où, pendant l'Occupation, les Allemands avaient publié la *Parizer Zeitung*. Le premier numéro de *Combat* sort le 21 août. Il porte le numéro 59, en souvenir des 58 clandestins pour lesquels Velin et ses camarades avaient donné leur vie, Claude Bourdet et Jacqueline Bernard avaient été déportés.

Avec Pascal Pia pour directeur, et Camus pour rédacteur en chef, le tandem d'*Alger-Républicain* se retrouve à la tête d'un journal. Ils sont aussi pauvres qu'à l'époque de leur lutte désespérée contre les gros colons et le Gouvernement général. Faute de moyens, ils renforcent la petite rédaction de la Résistance par de jeunes journalistes, des débutants. C'était de cette façon que Pia avait découvert Camus, à Alger. Georges Altman, qui dirigeait *Franc-Tireur*, dont le marbre était mitoyen du nôtre, au deuxième étage de la rue Réaumur, nous disait :

— Regardez-les! On leur presserait le nez qu'il en sortirait du lait, et ils écrivent comme Royer-Collard!

Le journal bénéficiera pourtant de signatures prestigieuses : Sartre, Simone de Beauvoir, Malraux, et même André Gide. Et encore Bernanos, Georges Bataille, Michel Leiris, Jean Paulhan... C'est que très vite, par sa rigueur, sa tenue intellectuelle et son exigence morale, et aussi par la personnalité de Pia et le rayonnement de Camus, *Combat* attire la plupart des intellectuels (à l'exception des communistes) qui voient en lui une expérience unique dans l'histoire de la presse. Cette originalité, Pia la définissait en déclarant à ses collaborateurs :

— Nous allons tenter de faire un journal raisonnable. Et, comme le monde est absurde, il va échouer.

Ce qui ne manqua pas d'arriver. Plus familièrement, Camus disait aux jeunes journalistes qu'il recrutait :

— Je vous ferai faire des choses emmerdantes, mais jamais de choses dégueulasses.

Les années qui avaient passé avaient apporté aux deux hommes une grande expérience et leur avaient fait traverser des épreuves dont ils avaient tiré la leçon. A *Alger-Républicain*, ils avaient appris à se battre contre les pouvoirs publics et même leurs propres commanditaires. (« Le journal de Front populaire avait été transformé en journal anarchiste », dira en les accusant Jean-Pierre Faure, administrateur délégué d'*Alger-Républicain*). A *Paris-Soir*, ils avaient acquis un professionnalisme certain, mais aussi le dégoût pour une presse de « midinette ». Le mot revient plusieurs fois sous la plume de Camus. Ils associaient la futilité et la vulgarité de *Paris-Soir* au laisser-aller qui caractérisait à leurs yeux la Troisième République. Une des cibles de *Combat* sera l'homme qui symbolise la Troisième et le radical-socialisme : Edouard Herriot. Et, avec lui, les « fausses élites puisqu'elles furent d'abord celles de la médiocrité », les « cœurs tièdes ». On se souvient que, dès 1935, dans une lettre à Jean Grenier, le jeune Camus parle avec mépris de « l'humanisme à la Edouard Herriot ». Et que c'est même parce qu'il croit le retrouver dans la morale des marxistes qu'il hésite à entrer au Parti communiste. Lorsque, au lendemain de la guerre, Pierre Lazareff, un des hommes qui avaient créé la formule de *Paris-Soir*, revient à Paris, après un exil aux Etats-Unis, il se renseigne sur ce qu'il y a de remarquable dans la nouvelle presse. On lui parle de *Combat*. Il demande à voir Camus. Et celui qui avait été son petit secrétaire de rédaction, dans l'immense usine de presse de la rue du Louvre, refuse de le recevoir. Je ne suis pas sûr qu'il ait eu raison, car Pierre Lazareff avait de grandes qualités humaines que l'on ne pouvait ignorer. Il n'était pas seulement « le Napoléon de la merde », comme disait Camus. Mais l'incident en dit long sur ce que celui-ci pensait d'une forme de journalisme qu'il ne voulait pas voir renaître. Sartre, de son côté, devait caricaturer Lazareff dans sa pièce *Nekrassov*, en 1955. Pour que l'allusion soit encore plus claire, son projet était de faire jouer le rôle par Louis de Funès, semblable à « Pierrot les bretelles » par la taille et les colères.

De *Combat* clandestin, enfin, Pia et Camus avaient retenu qu'ils gardaient des devoirs envers un titre pour lequel beaucoup d'hommes et de femmes, rédacteurs, imprimeurs, transporteurs, diffuseurs, agents de liaison, avaient risqué et parfois donné leur vie. Ils ne pouvaient se permettre d'en faire n'importe quoi, et, moins que tout, de l'asservir à l'argent. Cette exigence envers soi-même, l'espoir aussi, vite déçu, que ce serait celle de toute la presse née de la Résistance et de la Libération, constituèrent ce que Camus appelait le « journalisme critique ». Cela impliquait, bien sûr, une constante autocritique. Cela entraînait aussi Camus à reprocher à certains de ses confrères de reprendre un peu trop vite la pente du sensationnel et du sang à la une, la « morale de midinette » qu'il avait cru enterrée avec *Paris-Soir*.

Camus n'a pas jugé bon de recueillir dans *Actuelles* tous ses articles de *Combat*. Aujourd'hui, il est difficile de dire sans se tromper quels éditoriaux sont de lui. Une édition qui prétend les rassembler a été faite au Canada, mais elle est fautive. C'est excusable si l'on sait qu'au début, les éditoriaux n'étaient pas signés. C'était parce que Camus souhaitait que l'éditorial fût une œuvre collective, et que chaque rédacteur puisse en écrire. Certains s'y essayaient. Mais le style de Camus était contagieux et tous imitaient le modèle. Le public sut vite d'ailleurs que l'éditorialiste anonyme de *Combat* était le plus souvent le jeune auteur de *L'Etranger* et du *Mythe de Sisyphe*. A partir de décembre 1944, Albert Ollivier commença à écrire des éditoriaux, en alternance avec Camus. Un peu plus tard, ce furent Pierre Herbart, Raymond Aron, d'autres encore. Les éditoriaux furent alors signés d'initiales. Mais, en février 1945, les initiales disparaissent. On voit combien il est difficile de reconnaître ce qui appartient à chacun.

En fin d'après-midi, Camus discutait du sujet de l'éditorial avec Pascal Pia. Puis il s'enfermait dans son petit bureau pour l'écrire, souvent au crayon, en utilisant du vieux papier à en-tête qui était resté de la *Parizer Zeitung*.

Comme cela arrive dans un petit journal, où tout le monde fait un peu tout, il écrivit aussi d'autres articles, selon les nécessités du moment. Il reprit même un de ces pseudonymes dont il aimait jouer, à *Alger-Républicain*, et signa « Suétone » de petits billets satiriques. Suétone, le biographe de Caligula. Mais, là encore, il ne fut pas seul à écrire des « Suétone ».

Son rôle ne se bornait pas à écrire, et à être le porte-drapeau du journal. L'homme qui avait toujours aimé le travail d'équipe, au théâtre, dans les journaux et dans le sport, était un vrai rédacteur en chef et, dans ses périodes de collaboration avec *Combat*, il passait plusieurs heures par jour dans la rédaction. « ... Au temps où je faisais du journalisme, a-t-il déclaré à la télévision en 1959, je préférais la mise en pages sur le marbre de l'imprimerie à la rédaction de ces sortes de prêches qu'on appelle éditoriaux. » Il était aussi, pour chacun de ses collaborateurs, un ami chaleureux, toujours prêt à rendre service et à prendre sur lui les problèmes des autres. Lorsqu'il a trouvé la mort, un des plus beaux hommages qui lui aient été rendus est un petit livre écrit par des correcteurs et des typographes : *A Albert Camus, ses amis du Livre.*

Quant à Pascal Pia, bourreau de travail, il avait repris le rythme qui était le sien à *Alger-Républicain.* Il restait rivé à son bureau quinze à dix-huit heures sur vingt-quatre, avec, pour ravitaillement, un thermos de café. Il fournissait des idées à tout le monde, relisait et titrait chaque article, indiquait dans quel caractère et dans quel corps il devait être composé. Tout lui passait par les mains, et il ne s'arrêtait que lorsque la dernière page était tombée, au marbre.

Il faut ajouter que l'amitié de Camus et de Pia, qui malheureusement ne survécut pas à l'aventure de *Combat,* semblait extraordinaire. Elle donnait à ceux qui étaient invités à la partager l'impression d'entrer dans la familiarité d'hommes d'une qualité humaine qu'ils ne retrouveraient jamais. Ayant eu le privilège de participer à cette aventure, il est peut-être aujourd'hui de mon devoir d'en apporter le témoignage. Lorsque Camus me proposa de travailler à *Combat,* il me dit :

— Pia est d'accord, bien sûr. Je vais t'emmener le voir.

Ainsi suis-je entré non dans le journal, mais dans un monde où, auprès de ces deux aînés, j'allais tout apprendre, pas seulement un métier, mais aussi ce qu'il faut penser de la vie. C'était un endroit où l'on se sentait bien. Je n'ai jamais retrouvé cela, nulle part. J'étais choqué par ceux de nos camarades qui montraient quelque réserve, qui n'accordaient au journal de Pia et de Camus qu'un peu de leur temps et de leur travail, mais pas leur vie.

Au milieu de la nuit, alors que le journal était

bouclé, il est arrivé que Pia retînt quelques-uns d'entre nous dans son bureau. Et il nous lisait l'édito de Camus qui paraîtrait le lendemain matin. Il nous montrait ce qui, dans un sujet commandé par l'actualité, pouvait passer pour une allusion, un aveu personnel. Ainsi, à propos de la mort de Roosevelt, quelques phrases sur la maladie contre laquelle l'homme politique s'était battu toute sa vie, et que Camus n'avait pu écrire sans penser à la tuberculose qui continuait à le menacer.

J'ai été très déconcerté de lire, sous la plume de Pia, dans *Le Magazine littéraire*, en septembre 1972, des souvenirs sur Camus journaliste qui se terminent ainsi, à propos du moment où Camus s'éloigna de *Combat* :

« Je ne cherchai pas à le retenir. J'ai toujours pensé qu'il y a mieux à faire que de se faire journaliste. Pour Camus, le journalisme n'avait jamais été la conséquence d'un choix, mais simplement un accident. Je crois que rien ne l'intéressait plus que le théâtre, mais je ne saurais l'affirmer. J'ai été son compagnon, non son confident. »

Je sais bien que l'on ne doit pas toute la vérité, sur ses relations intimes avec un ami, aux inconnus qui lisent un magazine. Mais, après tout, rien ne l'obligeait à écrire cet article.

Au passif de *Combat*, il y a cette brouille entre Camus et Pia. A la réflexion, elle est plus étonnante et plus importante que la célèbre brouille entre Camus et Sartre. Celle-là était plus ou moins dans la logique des choses. La première ne fit pas de bruit, étant donné que Pascal Pia était un personnage de l'ombre. Mais pour moi et quelques autres, cette séparation et la fin de *Combat* furent comme la fin du monde. Pour l'expliquer, il faudrait parler de Pia, personnage infiniment complexe, qui est mort en revendiquant « le droit au néant » et en interdisant que l'on écrive sur lui.

Mais, en 1944 et 1945, la petite équipe était tellement cristallisée autour de Camus et Pia que lorsque deux des dirigeants de *Combat* clandestin, Henri Frenay, qui avait été ministre depuis la Libération, et Claude Bourdet, qui revenait de déportation, voulurent reprendre leur place au journal, cela parut impossible. Un arbitrage, rendu par des personnalités de la presse, en fit le constat.

Pourtant, l'histoire de *Combat* et celle de Camus ne se confondent pas. D'abord, Camus conservait ses fonctions de lecteur et de directeur de collection chez Gallimard. (Une anecdote, en passant : un jour que Camus avait demandé au chauffeur du journal, qui conduisait une vieille Peugeot tombant en ruine, de le conduire chez Gallimard, celui-ci prit une direction étrange et s'arrêta finalement devant le café Dupont-Bastille. Il expliqua alors : « Monsieur Camus, j'ai pensé qu'un homme comme vous ne pouvait pas ignorer ce qui se passe actuellement au Dupont-Bastille. C'est le championnat du monde de jeu de dames ! » Ce chauffeur était un passionné des dames et il considérait que les échecs, ce n'était rien du tout.) Mais surtout, sa collaboration fut à éclipses. Le voyage en Amérique du Nord, sa santé, la simple lassitude aussi, furent autant de raisons de s'éloigner. Après septembre 1945, sa collaboration est moins régulière. En novembre 1946, il publie une retentissante série d'articles, *Ni victimes, ni bourreaux*. Ses

Carnets laissent entendre qu'il est découragé et qu'il lui en coûte :

« Déchirement où je suis à l'idée de faire ces articles pour *Combat*. »

Le journal, d'ailleurs, bat déjà de l'aile. Il avait culminé à 180 000 exemplaires, puis le tirage avait baissé. La façon dont il était administré avait toujours relevé d'un certain amateurisme, alors que la compétition, entre les équipes de vente de la nouvelle presse, devenait féroce. La longue grève des imprimeries, en février-mars 1947, lui porte un coup fatal. Fin mars 1947, Pascal Pia, qui, pour la première fois, avait pris quelques jours de vacances, annonça par télégramme qu'il ne reviendrait pas. Camus, à ce moment-là, retourna complètement au journal et en assura la fabrication quotidienne, tandis que diverses tractations se poursuivaient, pour essayer d'assurer l'avenir. Contrairement à Pia, qui penchait pour l'idée romantique de saborder *Combat*, il pensait qu'il valait mieux préserver l'emploi du personnel en trouvant un acheteur honorable. Plusieurs offres furent faites, en particulier par un quotidien de province, *La Voix du Nord*. Le général de Gaulle, qui disait à Malraux : « Vos amis de *Combat*, dommage que ce soient des énergumènes, ce sont les seuls honnêtes », proposa un million de francs de l'époque, sans condition, parce qu'il estimait qu'un journal de cette sorte devait continuer d'exister. Il ajoutait que, tout de même, une chose lui ferait plaisir : que Pia reste directeur. Son don fut refusé. Le journal fut finalement cédé à Claude Bourdet, qui avait des droits moraux sur lui. (Le capital de *Combat* était réparti entre Jacqueline Bernard, Albert Camus, Albert Ollivier, Pascal Pia et Jean

Bloch-Michel.) Le nouveau directeur se fit épauler par un financier tunisien, Henri Smadja, à qui il recéda cinquante pour cent des parts. Celui-ci ne tarda pas à l'éliminer.

Etrange époque que ces deux mois de transition, d'attente. Chaque nuit, l'édition terminée, la petite équipe, Camus en tête, allait enterrer le journal au Tabou ou au Méphisto, les caves de Saint-Germain-des-Prés dont c'était le début. Le 3 juin 1947, Camus signait un dernier article, pour annoncer et expliquer le changement de rédaction. Il concluait ainsi :

« Pour nous, je n'ai pas besoin de dire qu'entrés pauvres dans ce quotidien, nous en sortons pauvres. Mais notre seule richesse a toujours résidé dans le respect que nous portions à nos lecteurs. Et s'il est arrivé quelquefois que ce respect nous soit rendu, cela était et restera notre seul luxe. Il est possible, bien entendu, que nous ayons commis des erreurs pendant ces trois ans (qui ne se trompe pas, parlant tous les jours?). Mais nous n'avons jamais rien abdiqué de ce qui fait l'honneur de notre métier. Parce qu'il est vrai que ce journal n'est pas un journal comme les autres, il a été pendant des années notre fierté. C'est la seule façon de dire ici, sans indécence, avec quels sentiments nous quittons aujourd'hui *Combat*. »

Moins de trois ans plus tôt, dans la chaleur des nuits d'août, alors que Paris était entré dans la bataille, Camus écrivait ses premiers éditoriaux. Il n'a pas retenu le tout premier, celui du 21 août, dans son choix fait pour *Actuelles*. Cet éditorial est intitulé : *Le Combat continue...* Il appelle à regarder plus loin que la Libération :

« Ce ne serait pas assez de reconquérir les

apparences de liberté dont la France de 1939 devait se contenter. Et nous n'aurions accompli qu'une infime partie de notre tâche si la République française de demain se trouvait comme la Troisième République sous la dépendance étroite de l'argent. »

Celui qui figure en tête d'*Actuelles I* date du 24 août. Lyrique, passionné, écrit dans une langue superbe, il pose ce qui était déjà le thème des *Lettres à un ami allemand* et qui ne changera pas, tout au long de l'action journalistique ou militante de Camus :

« Le Paris qui se bat ce soir veut commander demain. Non pour le pouvoir, mais pour la justice, non pour la politique, mais pour la morale, non pour la domination de leur pays, mais pour sa grandeur. »

La morale. Le mot est lâché. L'ambition de *Combat* est de parler de politique avec les mots de la morale, voire de remplacer la politique par la morale. Cela sans naïveté. Camus écrit, le 27 juin 1945 :

« Nous considérons qu'il est aussi sot de dire que la France a plus besoin de réforme morale que de réforme politique qu'il le serait d'affirmer le contraire... Nous avons toujours mis ici l'accent sur les exigences de la morale. Mais ce serait un marché de dupes si ces exigences devaient servir à escamoter la rénovation politique et institutionnelle dont nous avons besoin. »

Un chapitre d'*Actuelles I* est intitulé « Morale et Politique ». Les onze éditoriaux qui le composent tournent autour de ce problème. On sera étonné, dans le troisième, daté du 12 octobre 1944, de voir Camus citer, un peu légèrement, la célèbre formule de Goethe à laquelle il faisait déjà allusion, en 1943, dans son étude sur le roman classique intitulée *L'Intelligence et l'Echafaud* : « Mieux vaut une injustice qu'un désordre. » Dans la foulée, l'éditorialiste traite l'auteur de *Faust* de « faux grand homme ». Goethe, en fait, a dit, dans *Le Siège de Mayence* : « J'aime mieux commettre une injustice que supporter un désordre », ce qui n'est pas tout à fait la même chose. Plus loin, dans le même volume d'*Actuelles I,* il est vrai, il rend quand même un hommage à Goethe : « L'ambition de Bonaparte est la même que celle de Goethe. Mais Bonaparte nous a laissé le tambour dans les lycées et Goethe les *Elégies romaines.* »

Dans ce chapitre, « Morale et Politique », s'inscrit le débat entre Camus et Mauriac sur la justice et la charité. Deux tempéraments et deux philosophies s'y opposent. Et chaque lecteur avait à gagner en réfléchissant sur cet affrontement. Deux choses pourtant contribuèrent à brouiller quelque peu ce débat. D'abord l'épuration elle-même qui, par ses incohérences, parut, comme l'écrit Camus, « non seulement manquée, mais encore déconsidérée ». Et puis le fait que d'autres éditorialistes que Camus et Mauriac, et qui n'avaient pas leur qualité, se mêlèrent à cette passe d'armes dont le niveau subit quelques baisses.

Camus n'avait d'ailleurs pas tardé à se montrer écœuré par l'épuration telle que la pratiquaient les écrivains entre eux. Fin 1944, il écrit à Jean Paulhan :

« Je vous serais reconnaissant de bien vouloir communiquer à nos camarades ma démission du Comité national des écrivains. Je suis trop mal à l'aise pour m'exprimer dans un climat où l'esprit d'objectivité est reçu comme une critique forcément malveillante et où la simple indépendance morale est si mal supportée. »

Il ajoute cet aveu personnel :

« Vous voyez, c'est une première retraite en attendant le grand silence qui, décidément, me tente de plus en plus. »

Et si, dans leur débat, Camus incarne l'exigence de justice et Mauriac l'élan de charité, il n'en était pas tout à fait de même dans la réalité quotidienne.

« Après la Libération, écrira Camus à Jean Grenier, je suis allé voir un des procès d'épuration. L'accusé était coupable à mes yeux. J'ai quitté pourtant le procès avant la fin parce que *j'étais avec lui* et je ne suis jamais plus retourné à un procès de ce genre. Dans tout coupable, il y a une part d'innocence. C'est ce qui rend révoltante toute condamnation absolue. »

Idée qui sera développée dans les *Réflexions sur la guillotine*.

Le dernier texte du chapitre « Morale et Politique » est un éditorial du 8 août 1945. La bombe atomique vient d'exploser sur Hiroshima. Seul de tous les commentateurs, en France, et même en Europe, Camus n'hésite pas à écrire :

« La civilisation mécanique vient de parvenir à son dernier degré de sauvagerie. Il va falloir choisir, dans un avenir plus ou moins proche, entre le suicide collectif ou l'utilisation intelligente des conquêtes scientifiques.

« En attendant, il est permis de penser qu'il y a quelque indécence à célébrer ainsi une découverte, qui se met d'abord au service de la plus formidable rage de destruction dont l'homme ait fait preuve depuis des siècles. »

Tout au long de sa vie, Camus a continué à méditer sur les rapports entre la morale et la politique. A la fin, alors qu'il est parvenu à une philosophie de la mesure, il écrit dans ses *Carnets* :

« La morale mène à l'abstraction et à l'injustice. Elle est mère de fanatisme et d'aveuglement. Qui est vertueux doit couper les têtes. »

Voilà qui nuance tout ce que l'on a pu dire, avec quelque mépris, sur Camus « moraliste ».

Dans un autre groupe d'éditoriaux, rassemblés sous le titre de « La Chair », on trouve un hommage à René Leynaud, dont on venait de découvrir le corps, en octobre 1944. On remarquera surtout une méditation sur la séparation, en décembre, alors que l'on ne sait quand rentreront les déportés, les prisonniers, les travailleurs envoyés en Allemagne. La séparation qui est au cœur de *La Peste* que Camus est en train d'écrire.

Mais comme les choses vont vite! Dans ce journal créé en pleine bataille, Camus constate un jour que l'Allemagne n'est plus une menace, mais un enjeu entre l'U.R.S.S. et l'Amérique. Il sera obligé de dénoncer ce qui, deux ans plus tôt, eût paru impossible chez nous, puisque c'était le sens même de notre combat contre les nazis : un certain racisme réapparaît en France; après les émeutes de Sétif, en Algérie, les Français utilisent la répression collective; et, à Madagascar, la torture. Le monde entier a pris un étrange visage. Le capitalisme est toujours aussi cynique. Mais on n'a plus de doutes sur l'existence de camps en U.R.S.S. L'utopie marxiste admet que tous les moyens sont bons. On croyait sortir de la terreur, elle est toujours là, soit par la menace de guerre, soit par celle du socialisme stalinien. Une politique étroitement nationale est dérisoire, car il n'y a plus d'îles, les frontières sont vaines. Combattre la peur et le silence, refuser clairement le meurtre, travailler pour le dialogue et la communication universelle des hommes, c'est ce que propose, sans illusions, la série intitulée *Ni victimes, ni bourreaux* qui paraît dans *Combat* en novembre 1946. Dans ces articles, le ton a changé. On sent que Camus éprouve le besoin de faire le point. Il a pris du recul sur l'événement quotidien et il va à l'essentiel. On comprend à ce moment pourquoi il met *Actuelles I* sous l'invocation de Nietzsche, en le citant en épigraphe. Nietzsche se demandait comment le christianisme a abouti à une morale qui est une négation de la vie. Camus se pose la même question pour les totalitarismes du XXᵉ siècle, et le stalinisme. Comme Nietzsche, il se sentira plus que jamais anti-idéologue et méfiant envers les excès du rationalisme.

Peu avant d'écrire *Ni victimes, ni bourreaux*, il a rencontré, le 29 octobre 1946, Sartre, Malraux, Koestler et Manès Sperber pour débattre de ces problèmes et essayer d'arriver à une position commune. Dans ses *Carnets*, il résume cette réunion par une formule burlesque :

« Entre Piero della Francesca et Dubuffet. »

Ni victimes, ni bourreaux est déjà écrit dans l'esprit, si ce n'est dans le ton, de *L'Homme révolté*. Le problème numéro un devient celui du meurtre. Que le meurtre soit injustifiable, et la part de l'homme qui n'appartient pas à l'Histoire sera sauvée. Sinon, il ne restera que servitude et terreur.

En novembre 1947, la revue *Caliban*, que dirigeait Jean Daniel, publia de nouveau *Ni victimes, ni bourreaux*. C'est alors qu'Emmanuel d'Astier, ancien ministre du Gouvernement provisoire d'Alger, député progressiste, écrivain et journaliste, attaqua les articles de Camus, d'abord dans *Caliban*, puis dans *Action*. Camus y répondit et a repris ses réponses dans *Actuelles I*. Ce n'était pas la première fois qu'un communiste l'attaquait. Les journalistes Pierre Hervé et Pierre Courtade, en particulier, avaient fait bonne mesure. Ils emboîtaient le pas à la revue soviétique *Novy Mir* qui, en août 1947, appelait Camus « propagandiste de l'individualisme décadent [qui] a fait son entrée dans la littérature européenne en parodiant le croassement sinistre du corbeau allégorique d'Edgar Poe. Il craint que les hommes ne préfèrent la lutte et l'action héroïque à la tour d'ivoire et à la vie végétative ».

A présent, la rupture allait s'appuyer sur des raisons moins abracadabrantes. Camus dénonçait le stalinisme dans les faits, et le rationalisme absolu des marxistes dans les idées.

La réflexion de *Ni victimes, ni bourreaux* va conduire Camus à sympathiser, sans adhérer, avec le Rassemblement démocratique révolutionnaire, qui se constitua en 1948, et où l'on trouvait Sartre et des socialistes. Le R.D.R. voulait d'une part œuvrer pour la paix, car la guerre semblait proche, et d'autre part s'opposer au Rassemblement du peuple français du général de Gaulle. Le journal du R.D.R., *La Gauche*, a publié le texte de Camus intitulé *Le Témoin de la liberté*. C'est une allocution prononcée à la salle Pleyel, le 20 décembre, en présence de l'Allemand Plivier, de l'Italien Carlo Levi, de l'Américain Richard Wright, de Sartre et de David Rousset.

Un peu plus tôt, dans cette même année 1948, Camus, Breton, Emmanuel Mounier, Richard Wright avaient pris fait et cause pour un jeune idéaliste américain, Garry Davis, qui avait déchiré son passeport, campait devant l'O.N.U. et se déclarait « citoyen du monde ». Un personnage un peu folklorique et fragile, comme l'était Garry Davis, ne manquait pas de provoquer moqueries et soupçons. On les faisait partager généreusement à ceux qui le soutenaient. Pour les communistes, drainer des foules et des militants en dehors des partis traditionnels n'a jamais paru une bonne chose. Pour la droite, tout pacifisme fait, volontairement ou non, le jeu de Moscou. Mais le pacifisme de Camus, qui fut une de ses constantes, avait des racines plus profondes. Il fait partie de son refus de la violence, lié lui-même à une réflexion philosophique et politique sur la condition humaine, et sur le monde chargé de terreur qui nous est imposé.

Dans l'Europe de 1948, où chacun essaie de comprendre quel visage aura la seconde moitié du siècle, un dialogue semble encore possible, comme en témoignent ces meetings, ces rassemblements, ces réunions d'intellectuels qui s'efforcent de trouver un langage commun. Bientôt les ponts seront coupés. Après 1951, après *L'Homme révolté*, Camus va se retrouver seul.

De 1948 date aussi un projet de revue, *Empédocle*, que Camus fonde avec René Char. C'est le besoin de serrer les rangs. « Il est peut-être temps que les

" quelques-uns " dont parlait Gide se réunissent. »
Le comité de rédaction d'*Empédocle* comprend
Albert Béguin, Albert Camus, René Char, Guido
Meister et Jean Vagne. Le premier numéro paraît
en avril 1949. Camus y publie de nouveau le texte
de l'allocution déjà paru dans *La Gauche* : *Le
Témoin de la liberté*. La revue meurt après onze
numéros, en juin 1950. Son titre était une allusion
à Nietzsche : « Empédocle met toute sa virulence à
décrire cette ignorance [de l'homme]. »

Le premier volume d'*Actuelles* garde la trace de
la polémique qui avait éclaté entre Camus et
Gabriel Marcel à propos de l'Espagne et de *L'Etat
de siège* :

« ... Vous acceptez de faire silence sur une
terreur pour mieux en combattre une autre. Nous
sommes quelques-uns qui ne voulons faire silence
sur rien. »

Le lecteur qui n'a pas connu Camus journaliste
s'apercevra, à travers les articles d'*Actuelles*, qu'il
était doué d'un tempérament de polémiste, et que
son humour pouvait être corrosif. Mais il décou-
vrira aussi un homme qui a le sens du dialogue. Il
écoute les arguments de son adversaire. Il se
demande s'il ne faut pas s'y ranger. Il n'est jamais
sûr d'avoir raison. Par exemple, parlant devant un
public de chrétiens, il a évoqué en ces termes sa
polémique avec François Mauriac sur la justice et
la charité :

« ... Je n'ai jamais cessé de méditer ce qu'il
disait. Au bout de cette réflexion [...] j'en suis venu
à reconnaître en moi-même, et publiquement ici,
que, pour le fond, et sur le point précis de notre
controverse, M. François Mauriac avait raison
contre moi. »

Dans *Actuelles II*, parlant d'Alfred Rosmer qui fut un témoin de la révolution d'Octobre, il écrit avec modestie :

« Quand on lit de pareils témoignages, quand on voit de quelles luttes et de quels sacrifices certaines vies furent remplies, on peut se demander au nom de quoi ceux qui, comme nous, n'ont pas eu la chance et la douleur, de vivre au temps de l'espoir, prétendaient sur ce point à autre chose qu'à écouter et comprendre. »

Il faut lire aussi le témoignage de Jean Paulhan :

« Des scrupules qui l'agitaient, je donnerai ce seul exemple : lorsque Sartre rompit avec lui publiquement, j'ai vu Camus aller et venir dans son bureau à pas pressés, demandant à tous, se demandant si ce n'était pas Sartre qui avait raison. »

Lui-même, évoquant des polémiques, explique :

« ... J'ai toujours dit carrément mon opinion, et on a pu tirer de cette franchise l'idée que j'étais tout à fait sûr d'avoir raison. Il aurait fallu en tirer les conclusions contraires, à savoir que, si je m'avançais à visage découvert, c'est que j'avais confiance dans la loyauté des autres. »

Il écrit dans ses *Carnets*, en 1945 :

« La liberté c'est pouvoir défendre ce que je ne pense pas, même dans un régime ou un monde que j'approuve. C'est pouvoir donner raison à l'adversaire. »

Pour en revenir à *Combat*, puisque la plupart des textes du premier volume d'*Actuelles* viennent de ce journal, Camus, malgré l'échec, resta fier de cette expérience et en garda un bon souvenir. Pierre Brisson, le directeur du *Figaro*, ayant parlé de

Combat avec une commisération dédaigneuse, Camus répliqua :

« Pendant deux ans, *Combat* a honoré la presse française où je ne vois plus grand-chose d'honorable, voilà ce que je maintiendrai. Nous n'avons tranché de rien, ni distribué la justice avec superbe. Nous avons essayé d'être à la hauteur d'une terrible époque et de ne pas retourner, dans les affaires de presse, aux vomissements de l'avant-guerre. Ceci déjà devrait valoir à notre entreprise une commisération qui ne soit pas méprisante. »

Dans une interview de 1951, à *Caliban*, comme on lui rappelle que *Combat* a disparu, il réplique :

« Non. Il fait la mauvaise conscience de quelques journalistes. »

L'Homme révolté

(1951)

« Je me révolte, donc nous sommes », écrit
Camus dans une formule renouvelée du *cogito*
cartésien. Il lui est arrivé aussi de déclarer : « Si
nous avons conscience du néant et du non-sens, si
nous trouvons que le monde est absurde et la
condition humaine insupportable, ce n'est pas une
fin et nous ne pouvons en rester là. En dehors du
suicide, la réaction de l'homme est la révolte
instinctive... Ainsi, du sentiment de l'absurde, nous
voyons surgir quelque chose qui le dépasse. » Si
l'on ajoute d'autres explications, assez fréquentes
de sa part, sur les étapes successives de son œuvre :
absurde, puis révolte, tout nous renforce dans
l'idée que *L'Homme révolté* fait suite au *Mythe de
Sisyphe*, prolonge sa réflexion, en découle logique-
ment. Mais est-ce bien sûr ? Deux raisons laissent à
penser qu'il n'y a pas continuité d'un essai à
l'autre, mais rupture.

La première est purement philosophique. Sisyphe est seul avec son rocher. C'est un damné.
L'unique révolte qui lui soit permise, dans sa
situation absurde, c'est d'avoir le courage de se
dire heureux. L'homme révolté n'est pas seul,

puisqu'il se révolte contre d'autres hommes, contre tous ceux qui ont décidé de réduire leurs semblables en esclavage. « L'esclave, écrit Maurice Blanchot en commentant Camus, est l'homme qui a déjà réussi – progrès infini – à rencontrer un maître... » Il a quelqu'un contre qui se révolter. Le Non de l'esclave va plus loin que le Oui de Sisyphe. Camus le dit lui-même. Si la révolte est la première évidence, « cette évidence tire l'individu de sa solitude ».

La seconde raison est historique. *Le Mythe de Sisyphe* a beau être écrit en pleine guerre, on n'y sent guère l'influence des événements contemporains. On peut, si l'on veut, y trouver une leçon de stoïcisme pour ces temps de débâcle et d'oppression. Mais c'est surtout un essai théorique. La guerre contre les nazis ne prêtait pas à discussion, car elle était sans ambiguïté. On a vu, à propos de *La Peste*, qu'elle était un combat contre le Mal, contre Moby Dick. *L'Homme révolté* reflète au contraire les troubles de conscience qui se sont imposés dans les années qui ont suivi la guerre. Le monde nouveau, c'est la peur atomique, le stalinisme, la guerre froide, le problème colonial, les cas de conscience posés par les procès d'épuration. Tandis que Camus et Mauriac, de la tribune de *Combat* à celle du *Figaro*, débattent sur la vieille antinomie de la Justice et de la Charité, on découvre qu'au nom de l'Histoire et de la Révolution, des milliers, des millions d'innocents peuvent être anéantis. Camus voit les intellectuels s'engager dans l'historisme, expliquer ou justifier la terreur, les procès de Moscou, voire les camps staliniens, dont on commence à parler. Il ne peut admettre la divinisation de l'Histoire, qui semble prendre le relais de la religion, de façon tout aussi écrasante pour les hommes. En cela, il se démarque de l'existentialisme, ou plutôt des existentialismes. Il déclare, dans une interview à *Servir* :

« L'existentialisme a deux formes : l'une avec Kierkegaard et Jaspers débouche dans la divinité par la critique de la raison, l'autre que j'appellerai l'existentialisme athée, avec Husserl, Heidegger et bientôt Sartre, se termine aussi par une divinisation, mais qui est simplement celle de l'Histoire, considérée comme le seul absolu. On ne croit plus en Dieu, mais on croit à l'Histoire. Pour ma part, je comprends bien l'intérêt de la solution religieuse, et je perçois très particulièrement l'importance de l'Histoire. Mais je ne crois ni à l'une ni à l'autre, au sens absolu. Je m'interroge et cela m'ennuierait beaucoup que l'on me force à choisir absolument entre saint Augustin et Hegel. J'ai l'impression qu'il doit y avoir une vérité supportable entre les deux. »

Aussi le véritable sujet de *L'Homme révolté*, celui qui resurgit à chaque page, est comment l'homme, au nom de la révolte, s'accommode du crime, comment la révolte a eu pour aboutissement les Etats policiers et concentrationnaires de notre siècle. Comment l'orgueil humain a-t-il dévié?

Les contemporains de Camus n'étaient pas mûrs pour admettre ces vérités qui se sont imposées depuis. D'où les violentes polémiques qui accompagnèrent la sortie du livre.

On ne l'a peut-être pas assez remarqué, Camus renonce d'entrée à parler de la révolte qui serait celle d'un homme abstrait et universel, une révolte valable pour tous les temps et tous les pays. Il déclare que le problème dont il parle « semble ne prendre de sens précis qu'à l'intérieur de la société occidentale ». Il dira même parfois « européenne ». Ces frontières vont l'obliger à se battre sur un terrain où il est impossible d'éviter la politique. Dès l'introduction, on voit bien qu'il ne va pas s'en tenir au plan de la spéculation pure. Il n'esquive jamais un raisonnement qui va l'entraîner, à ses risques et périls, vers l'actualité la plus brûlante :

« ... les camps d'esclaves sous la bannière de la liberté, les massacres justifiés par l'amour de l'homme ou le goût de la surhumanité, désemparent, en un sens, le jugement. Le jour où le crime se pare des dépouilles de l'innocence, par un curieux renversement qui est propre à notre temps, c'est l'innocence qui est sommée de fournir ses justifications. L'ambition de cet essai serait d'accepter et d'examiner cet étrange défi. »

Même dans les parties les plus philosophiques de l'œuvre, on revient au grand problème politique du XXe siècle, la justification du crime et de l'asservissement, au nom de l'Histoire. Camus écrit par exemple que Nietzsche « a prévu ce qui allait arriver : " Le socialisme moderne tend à créer une forme de jésuitisme séculier, à faire de tous les hommes des instruments " ».

Les premières ébauches de plans pour *L'Homme révolté* datent de 1943 et l'auteur va travailler à son essai jusqu'en 1951. Un texte écrit en 1943 et 1944, *Remarque sur la révolte*, est très proche du premier chapitre de *L'Homme révolté*, si ce n'est que, bizarrement, le personnage pris comme exemple pour analyser un mouvement de révolte n'est pas un esclave, mais un... fonctionnaire. *Remarque sur la révolte* a paru en 1945 dans un ouvrage collectif, *L'Existence*[1], publié dans la collection « Métaphysique », dirigée par Jean Grenier, collection dont ce fut le seul titre. Les autres auteurs étaient Benjamin Fondane, Maurice de Gandillac, Etienne Gilson, Jean Grenier, Louis Lavelle, René Le Senne, Brice Parain, A. de Waehlens. Ce voisinage, et le titre du recueil, fournirent une excuse – ou un prétexte – à ceux qui prenaient Albert Camus pour un existentialiste. Par exemple, le communiste Jean Kanapa, dans son pamphlet *L'existentialisme n'est pas un humanisme*, traite Camus de fasciste et de valet de la bourgeoisie, en le classant parmi « les existentialistes, les menteurs, les ennemis du peuple, les ennemis de l'homme ». Cela n'est pas d'un très haut niveau, mais donne une idée de la violence des affrontements idéologiques au lendemain de la guerre.

On ne peut dire que les années où Camus travaille à *L'Homme révolté* aient été une période de tout repos où l'essayiste aurait eu le loisir de s'enfermer dans son cabinet de travail, à supposer qu'il en ait eu un. Fin de l'Occupation, libération de Paris, création du quotidien *Combat*, naissance de ses enfants, voyages en Algérie, en Amérique du Nord et du Sud, direction de la collection « Espoir » chez Gallimard, représentations du *Malentendu*, de *Caligula*, de *L'Etat de siège*, des *Justes*, publication de *La Peste*, sans parler de nouveaux problèmes de santé. La vieille maladie se rappelle à lui et, fin 1949, il est obligé d'aller s'installer

1. Gallimard.

pour quelques mois à Cabris, près de Grasse. Il y habite une maison que lui prête Pierre Herbart, un familier de Gide, romancier, résistant, dandy quelque peu aventurier, passionné par la politique, qui a dirigé une revue à Moscou et qui en est revenu, dans tous les sens du terme, qui a été un des éditorialistes de *Combat*. A Cabris, il y a également Roger Martin du Gard à qui Camus porte une particulière estime. Il lui rendra hommage en préfaçant l'édition de la Pléiade des œuvres complètes de l'auteur des *Thibault*. Camus croit pouvoir quitter Cabris fin mars 1950, revient à Paris, mais, dès avril, sa santé l'oblige à un nouveau séjour dans le Midi. Il loue une maison près de Cabris, celle d'Herbart n'étant plus disponible. C'est au cours de ses deux séjours à Cabris et ensuite, en août 1950, alors qu'il poursuit sa convalescence dans un hôtel d'un village des Vosges, Grand-Valtin, à 850 mètres d'altitude, qu'il travaille le plus assidûment à *L'Homme révolté*.

Sur son bureau, à Cabris, il avait mis la photo de Kaliayev, le héros des *Justes*, et aussi, on peut le dire, un des principaux héros de *L'Homme révolté*, cet essai où chacun, dans l'histoire de la révolte, est pesé selon le prix qu'il attache à la vie et à la liberté, sans rien renier de l'idéal de justice.

De retour à Paris, en septembre, il trouve enfin un appartement, 29, rue Madame, où il peut s'installer avec sa famille. Avant, en raison de la crise du logement, il aura connu bien des domiciles provisoires, du « Vaneau » gidien à la Vallée aux Loups, demeure rendue célèbre par Chateaubriand et qui avait été, un siècle plus tard, une maison de repos où Jacques Rigaut, le « feu follet », s'était suicidé. Justement, dans *L'Homme révolté*, Camus rappelle le cri bouleversant qu'a lancé Rigaut à ses amis surréalistes :

« Vous êtes tous des poètes et, moi, je suis du côté de la mort. »

Malgré ces tribulations, il réunit une très importante documentation, avec l'idée d'englober dans son ouvrage un panorama complet de la révolte, aussi bien sur le terrain philosophique qu'en littérature, en art ou dans les faits historiques. Beaucoup plus que *Le Mythe de Sisyphe, L'Homme révolté* appuie son argumentation sur des textes. Camus mobilise toute sa culture. Il se souvient même de son lointain diplôme d'études supérieures sur « néoplatonisme et pensée chrétienne », pour parler du gnosticisme, qui cherche à trouver un compromis entre la mesure grecque et la révolte chrétienne.

Au début de 1951, il est pressé de terminer. Il écrit à René Char, le 27 février :

« Depuis un mois, je suis enfoncé dans un travail ininterrompu. La totale solitude et la volonté d'en finir font que je reste à ma table dix heurs par jour. J'espère en finir avant le 15 mars. Mais l'accouchement est long, difficile et il me semble que l'enfant est bien laid. Cet effort est exténuant. »

En fait, fin juin, il travaille encore à refaire certaines pages.

Le Mythe de Sisyphe posait que le seul problème philosophique sérieux était celui du suicide. *L'Homme révolté* affirme que « le seul problème moral vraiment sérieux, c'est le meurtre ». Autrement dit, cet essai examine en priorité le meurtre considéré dans ses rapports avec la révolte et la révolution. Camus est obligé de remonter jusqu'à ceux dont il a fait les héros de sa pièce, *Les Justes*, les révolutionnaires de 1905, Kaliayev et Dora, pour retrouver ce scrupule. Parlant de ces « meurtriers délicats », le philosophe Brice Parain, proche de Camus, dit qu'ils « ont cru à une révolution qui donnerait tout à l'homme et ne lui prendrait rien. Et maintenant nous en sommes à douter que cette révolution soit jamais possible, parce que ce n'est pas celle-là qui s'est produite, mais une autre qui demande à l'homme, au contraire, toute sa liberté. En échange, peut-être, d'une toute-puissance qui lui viendra plus tard, quand ce sera fini, mais si tard et si incertaine, et payée d'un tel prix, que nous en sommes à craindre, justement, que le remède soit pire que le mal ».

L'essai comporte cinq parties. La première définit l'homme révolté. La seconde étudie la révolte métaphysique, la troisième la révolte historique, la quatrième révolte et art. Enfin la cinquième partie, « La Pensée de midi », conclut avec lyrisme en opposant l'équilibre grec et méditerranéen aux totalitarismes de l'Europe « qui n'aime plus la vie ». C'est un éloge de la mesure. Il y a une antinomie entre justice et liberté, et il faut bien trouver un compromis. Si la justice est absolue, plus besoin de liberté. Si la liberté est absolue, il n'y a plus de justice. Le mal, dans le fond, c'est ce démon de l'absolu, qui a tenté notre orgueil. Le mal, c'est vouloir être Dieu. « Au midi de la pensée, le révolté refuse ainsi la divinité pour partager les luttes et le destin communs. »

L'éloge de l'hellénisme et de la pensée méditerranéenne, opposés à la philosophie allemande, a pu paraître étrange. Camus s'en est expliqué dans une lettre à un lecteur :

« Quant à la pensée méditerranéenne, j'ai seulement réagi contre l'ostracisme dont elle est victime dans l'idéologie européenne des XIXe et XXe siècles. Loin de la mettre au-dessus de tout, je prétends au contraire que l'idéologie allemande, et, en général, la pensée historicienne, l'a délibérément ignorée et que, perdant une de ses racines essentielles, la pensée européenne en est devenue monstrueuse. Mais je ne prétends pas que la pensée méditerranéenne contienne la solution. J'ai écrit textuellement que l'Europe n'avait jamais été que dans cette lutte entre " midi et minuit ". C'est dire que les civilisations du Nord me paraissent aussi nécessaires que celles du Midi. »

Dans sa « Défense de *L'Homme révolté* », il reproche à l'idéologie du XIXe siècle de s'être « détournée du rêve de Goethe unissant, avec Faust et Hélène, le titanisme contemporain et la beauté antique, et leur donnant un fils, Euphorion ».

Marier Faust et Hélène est peut-être le problème de l'Europe. Mais sûrement pas celui de Camus. Il y a bien les Grecs présocratiques. Il y a bien aussi cet éloge de la culture méditerranéenne qu'il formule dès 1937, à la Maison de la culture d'Alger. Mais son autre voie, c'est Dostoïevski et son personnage de Kirilov, c'est le philosophe Chestov, à « l'admirable monotonie », que l'absurde a conduit à la foi. Et, pour corriger ou colorer tout cela, le naturel de Camus, sa simplicité, son don de percevoir immédiatement le bonheur et le malheur, dans le goût de la vie.

En 1946, il avait songé à préparer un numéro spécial sur l'homme méditerranéen, pour la revue *Le Voyage en Grèce*. Il pensait alors que c'est « le seul type d'homme qu'on puisse encore opposer à l'homme russe et à l'homme atlantique entre lesquels on veut nous faire choisir ».

L'Homme révolté, ce grand tour d'horizon historique, littéraire, artistique, philosophique, où défilent toutes les formes qu'a prises la révolte, et toutes ses déviations, ses perversions, a été lu comme un palmarès. Chacun a d'abord été voir si l'on parlait bien ou mal de son penseur préféré, de son héros favori. En simplifiant un peu, en omettant bien des nuances, on peut dire que Camus pense du bien de Prométhée, qui est, mythiquement, le premier révolté; des Grecs en général, et il parle avec sympathie de « l'affreuse tristesse d'Epicure »; du poète philosophe latin Lucrèce; de maître Eckhart, parce que ce mystique, « dans un accès surprenant d'hérésie », a déclaré qu'il « préfère l'enfer avec Jésus que le ciel sans lui »; d'Ivan Karamazov; de Heathcliff, le romantique protagoniste des *Hauts de Hurlevent* (il avait noté dans ses *Carnets* : « *Les Hauts de Hurlevent* un des plus grands romans d'amour parce qu'ils finissent dans l'échec et la révolte – je veux dire dans la mort sans espérance »); de « ce fantôme, Nietzsche, que, pendant douze ans après son effondrement, l'Occident allait visiter comme l'image foudroyée de sa plus haute conscience et de son nihilisme »; de Stirner qui « rit dans l'impasse »; des révolutionnaires russes de 1905, à qui va sa préférence : « Ils élisent, et nous donnent en exemple, la seule règle qui soit originale aujourd'hui : apprendre à vivre et à mourir, et, pour être homme, refuser d'être dieu »; de René Char : en lui offrant un manuscrit de son essai, Camus écrit cette dédicace :

« A vous, cher René, le premier état de ce livre dont je voulais qu'il soit *le nôtre* et qui, sans vous, n'aurait jamais pu être un livre d'espoir. Fraternellement. 1951. »

En 1985, René Char remettra ce manuscrit à la Bibliothèque nationale.

Parmi ceux dont il a mal parlé, on trouve presque tous les écrivains que les surréalistes vénéraient comme les dieux de leur Panthéon. Jarry n'est que la « dernière incarnation, plus singulière que géniale, du dandy métaphysique ». Sade est réduit à l'état d'homme de lettres, et encore : « L'écrivain, malgré quelques cris heureux, et les louanges inconsidérées de nos contemporains, est secondaire. [...] Il a souffert et il est mort pour échauffer l'imagination des beaux quartiers et des cafés littéraires. » Dans son rêve qui exalte « les sociétés totalitaires au nom de la liberté frénétique », Sade est en avance de deux siècles. Camus ne lui trouve qu'une circonstance atténuante : il n'est pas passé à l'acte, rêveur solitaire au fond de ses Bastilles, il n'a tué qu'en imagination. (Georges Bataille, en 1947, avait fait un rapprochement paradoxal entre Camus et Sade, en prenant pour argument que ces deux « moralistes » ont en commun l'horreur du meurtre opéré légalement, c'est-à-dire de la peine de mort.) Les deux divinités majeures du surréalisme, Lautréamont et Rimbaud, sont exécutées dans une même phrase, avant d'avoir droit chacun à un traitement particulier.

Ils nous apprennent « par quelles voies le désir irrationnel de paraître peut amener le révolté aux formes les plus liberticides de l'action ». Le chapitre sur le premier est intitulé « Lautréamont ou La Banalité ». André Breton ne manqua pas d'écrire que ce titre « apparaîtrait à lui seul comme un défi ». Il ne fallait pourtant pas l'entendre forcément ainsi : Camus n'affirmait-il pas, dans un article sur le philosophe Brice Parain : « Oui, nous avons à retrouver notre banalité. La question est seulement de savoir si nous aurons à la fois le génie et le cœur simple qu'il y faut. » Mais on ne peut nier que, montrant comment les *Poésies* débouchent sur une des tentatives nihilistes de la révolte, qui est le conformisme, Camus conclut :

« Lautréamont, salué ordinairement comme le chantre de la révolte pure, annonce au contraire le goût de l'asservissement intellectuel qui s'épanouit dans notre monde. »

Le plus maltraité est sans conteste Rimbaud. Dès l'introduction, il est opposé à Nietzsche qui, de façon exemplaire, a refusé les complaisances de l'absurde pour n'en garder que les exigences. Rimbaud, au contraire, après avoir chanté « le joli crime » et traité la vie de farce, déplore de vivre sans famille à Harrar, et, à l'heure de la mort, crie vers sa sœur : « J'irai sous la terre et, toi, tu marcheras dans le soleil ! »

Dans le chapitre intitulé « Surréalisme et Révolution », Camus évoque une image affreuse :

« Le mage, le voyant, le forçat intraitable sur qui se referme toujours le bagne, l'homme-roi sur la terre sans dieux, porte perpétuellement huit kilos d'or dans une ceinture qui lui barre le ventre et dont il se plaint qu'elle lui donne la dysenterie.

Est-ce là le héros mythique qu'on propose à tant de jeunes hommes qui ne crachent pas, eux, sur le monde, mais mourraient de honte à la seule idée de cette ceinture? »

Pour mesurer l'abîme qui sépare les *Illuminations* et les lettres écrites par le trafiquant du Harrar, Camus trouve une comparaison terriblement dérisoire :

« Sa métamorphose sans doute est mystérieuse. Mais il y a aussi du mystère dans la banalité qui vient à ces brillantes jeunes filles que le mariage transforme en machines à sous et à crochet. »

Qu'importe ensuite que les surréalistes eux-mêmes soient dénoncés pour quelques-uns de leurs propos irresponsables sur le meurtre et le suicide (ce qui n'empêche pas l'auteur de témoigner une certaine estime à André Breton), ces paroles sacrilèges sur Lautréamont et Rimbaud auraient suffi à faire excommunier Camus par un groupe dont toute l'histoire a montré l'extrême susceptibilité et le goût de prononcer des anathèmes et des condamnations.

Un autre groupe est agrémenté d'un pronom possessif qui, loin de signifier un rapprochement, semble au contraire marquer une distance : « nos existentialistes ». Eh bien, « nos existentialistes » sont « soumis eux aussi, pour le moment, à l'historisme et à ses contradictions ».

Si l'on passe à ceux qui font l'Histoire, disons, pour aller vite, que, dans la partie négative du palmarès, on trouve Saint-Just, malgré quelques marques de considération, des nihilistes comme Netchaïev, puis Marx, « prophète de la justice sans tendresse », et Lénine avec qui naît « l'impérialisme de la justice ».

Mais cette classification entre bons et méchants est sans doute un peu simplificatrice. La pensée de midi, qui conclut l'essai, rêve d'une Europe qui « n'exclura rien ». Déjà dans les *Carnets*, en 1943, Camus posait cette idée qu'il ne faut jamais perdre de vue en lisant *L'Homme révolté*, sous peine de commettre une série de contresens :

« Un esprit un peu rompu à la gymnastique de l'intelligence sait, comme Pascal, que toute erreur vient d'une exclusion. A la limite de l'intelligence on sait, de science certaine, qu'il y a du vrai dans toute théorie et qu'aucune des grandes expériences de l'humanité, même si apparemment elles sont très opposées, même si elles se nomment Socrate et Empédocle, Pascal et Sade, n'est *a priori* insignifiante. Mais l'occasion force au choix. C'est ainsi qu'il paraît nécessaire à Nietzsche d'attaquer avec des arguments de force Socrate et le christianisme. Mais c'est ainsi au contraire qu'il est nécessaire que nous défendions aujourd'hui Socrate, ou du moins ce qu'il représente, parce que l'époque menace de les remplacer par des valeurs qui sont la négation de toute culture et que Nietzsche risquerait d'obtenir ici une victoire dont il ne voudrait pas... Et finalement l'expérience de Nietzsche ajoutée à la nôtre, comme celle de Pascal à celle de Darwin, Calliclès à Platon, restitue tout le registre humain et nous rend à notre patrie. »

Camus se souvient aussi, sans doute, qu'il a pratiqué Montherlant, dans sa jeunesse. L'auteur de *Aux fontaines du désir* opposait l'esprit critique, qui choisit, et l'état lyrique « qui est l'état du pur amour, et le pur amour ne peut exclure ». Montherlant ajoutait : « Mais, l'état lyrique dissipé, je redescends parmi les logiciens et, avec eux, dispose le monde dans un autre ordre, – sous toutes réserves. »

Les premiers lecteurs de *L'Homme révolté* ne l'ont pas entendu ainsi. Camus, qui n'a jamais manqué d'ennemis, allait avoir à ses trousses une meute venue de tous les horizons intellectuels et politiques, des surréalistes aux sartriens, de la droite aux communistes. Pour se faire une idée du nombre et de la diversité de ces attaques, il suffit de se reporter au grand dossier « Lettres sur la révolte », qui occupe la moitié d'*Actuelles II*.

Ne parlons pas des communistes, dont les attaques étaient si excessives qu'elles en devenaient insignifiantes. Pour eux, Camus prêche la guerre contre l'U.R.S.S. Un critique italien communiste de grande réputation, Franco Fortini, écrivait par exemple :

« ... l'argumentation de Camus semble être trop souvent à peine une *contribution to the struggle against Communism*, dans le meilleur style koestlérien. Il n'y manque pas non plus une allusion sous-entendue à la guerre " préventive et de libération ", lorsqu'il se pose l'alternative entre le maintien de l'esclavage à l'intérieur de l'Union soviétique et la destruction de cette dernière à coups de bombe atomique. »

Les deux polémiques les plus spectaculaires furent celles qui opposèrent à Camus d'abord André Breton et les surréalistes, ensuite Jean-Paul Sartre et l'équipe des *Temps modernes*.

Avant même que paraisse le livre, une prépublication, dans *Les Cahiers du Sud*, du chapitre sur Lautréamont, provoque une réaction d'André Breton, publiée dans l'hebdomadaire *Arts* du 12 octobre 1951. Breton accuse Camus d'avoir dénigré systématiquement « l'œuvre la plus géniale des temps modernes » et le taxe de conformisme. Camus répond par une lettre au rédacteur en chef d'*Arts* qui paraît le 19 octobre. Breton, assure-t-il, ne l'a pas vraiment lu :

« Et loin que je conclue à l'exaltation du conformisme ou de la résignation, l'essentiel de mon effort est de démontrer que ce nihilisme, dont nous sommes tous solidaires, au moins en partie, est générateur de conformisme et de servitude, et contraire aux enseignements, toujours valables, de la révolte vivante. »

Le 16 novembre, Breton a pris connaissance de l'ensemble de l'essai et il développe son réquisitoire, sous forme d'un dialogue avec le critique Aimé Patri :

« Qu'est-ce que ce fantôme de révolte que Camus s'efforce d'accréditer et derrière quoi il s'abrite : une révolte dans laquelle on aurait introduit " la mesure "? La révolte une fois vidée de son contenu passionnel, que voulez-vous qu'il en reste? »

De nouveau, Camus répond et sa lettre, datée du 18 novembre, est publiée le 23 dans *Arts*. Il y reprend très longuement, point par point, les critiques de Breton et de Patri, notamment sur ce qu'il a dit de Lautréamont, de Sade, de Rimbaud.

« Les armées s'affrontent déjà, les camps de la terreur couvrent de plus en plus vite la surface du monde, les idées et les vertus changent tous les jours de visage, nous sommes seuls enfin, l'air lui-même est livide, et voilà qu'au nom d'une hagiographie de la révolte, un des hommes les plus avertis du drame de l'époque se met à distribuer des certificats de poésie, nie ce qu'il sait, néglige d'étudier ce qu'il combat, ignore la dignité des autres, et insulte comme on rêve. »

Le point le plus important peut-être de la réponse de Camus, est qu'il refuse, contrairement à Breton, de borner sa critique au seul marxisme :

« Il [Breton] voudrait, par exemple, que dans la déchéance où se trouve aujourd'hui le monde, seuls les marxistes fussent coupables; et c'est pourquoi il reconnaît à mon livre le privilège d'être capital, puisqu'il contient une critique du marxisme. Mais ce serait trop beau. Il n'y a pas un bon et un mauvais nihilisme, il n'y a qu'une longue et féroce aventure dont nous sommes tous solidaires. »

Les surréalistes poursuivent la polémique. Breton, toujours dans *Arts*. Puis une plaquette collective, *La Révolte en question*, à laquelle Camus refuse de participer, est publiée aux éditions du Soleil noir. Enfin les surréalistes réalisent un numéro spécial de la revue *La Rue* intitulé « Révolte sur mesure ».

En février 1952, peu de mois après la querelle dans les colonnes d'*Arts*, Camus et Breton se retrouvèrent ensemble à la tribune d'un meeting organisé pour essayer de sauver des syndicalistes condamnés à mort par Franco. Il semble que ce soit Camus qui ait suggéré aux organisateurs d'inviter Breton et que celui-ci ait accepté avec émotion.

Mais d'autres attaques, tout aussi violentes, allaient venir de milieux intellectuels moins bouillants que les surréalistes. Cela peut surprendre aujourd'hui. Il faut se souvenir que l'on était en pleine guerre froide. Merleau-Ponty, dans la préface de son essai *Humanisme et Terreur* (1947), pouvait écrire :

« Beaucoup d'écrivains vivent déjà en état de guerre. Ils se voient déjà fusillés. »

Justement, à cause d'un chapitre de ce livre, paru en prépublication dans *Les Temps modernes* en 1946, consacré aux procès de Moscou de 1937-1938, et en particulier à celui de Boukharine, Camus avait rompu avec Merleau-Ponty, en l'accusant de justifier les procès staliniens et la terreur, au nom « du devoir de comprendre la variété des situations historiques ». Il lui reprochait d'être un « philosophe-spectateur », de compter les coups. Merleau-Ponty avait écrit :

« Le régime de Dreyfus à l'île du Diable, le suicide du colonel Henry, à qui l'on avait laissé son rasoir, celui d'un de ses collaborateurs, faussaire comme lui, à qui on avait laissé ses lacets de soulier, sont peut-être plus honteux dans un pays favorisé par l'histoire que l'exécution de Boukharine ou la déportation d'une famille en U.R.S.S. »

Simone de Beauvoir a raconté, dans *La Force des choses*, une soirée chez Boris Vian, rue du Faubourg-Poissonnière, en octobre 46 :

« Vers 11 heures du soir arriva Camus, de mauvaise humeur, qui rentrait d'un voyage dans le Midi; il attaqua Merleau-Ponty, à propos de son article *Le Yogi et le Prolétaire* (une des prépublications d'*Humanisme et Terreur*); il l'accusa de justifier les procès de Moscou et s'indigna qu'on pût assimiler l'opposition à une trahison. Merleau-Ponty se défendit, Sartre le soutint : Camus, l'air bouleversé, claqua la porte; Sartre et Bost se précipitèrent, ils coururent après lui dans la rue mais il refusa de revenir. Cette brouille devait durer jusqu'en mars 47. »

Suivent des commentaires sur l'évolution du

caractère de Camus où Simone de Beauvoir laisse percer toute sa rancœur.

Selon David Rousset, Camus ne parut au grand meeting du R.D.R., salle Pleyel, le 13 décembre 1948, qu'à la condition que Merleau-Ponty n'y soit pas.

Il faut ajouter que, cinq ans après avoir publié *Humanisme et Terreur*, Merleau-Ponty lisait le rapport sur le travail forcé en U.R.S.S. et en tirait les conséquences :

« Il est probable que le nombre total des détenus se chiffre par millions : les uns disent dix millions, les autres quinze. A moins d'être illuminé, on admettra que ces faits remettent en question la signification du système russe... il n'y a pas de socialisme, quand un citoyen sur vingt est au camp. »

Mais alors que Merleau-Ponty abandonnait le « compagnonnage critique » avec les communistes, Sartre et l'équipe des *Temps modernes* étaient au contraire en train de s'engager de plus en plus dans cette voie. Ils ne pouvaient donc admettre *L'Homme révolté*. Au nom de la vieille amitié, la revue avait fait une prépublication du chapitre sur Nietzsche, en août 1951, mais sans enthousiasme. On était loin du lendemain de la guerre, où Camus et Sartre refusaient simultanément d'entrer à la revue *Esprit* qu'ils jugeaient trop chrétienne, et où Camus était associé au projet des *Temps modernes*.

Le livre paru, il semble bien que Sartre n'ait pas eu envie d'engager une querelle avec l'auteur, tout au moins de lui donner l'ampleur qu'elle prit par la suite. Il choisit Francis Jeanson pour en faire le compte rendu, en pensant qu'il était moins sectaire que d'autres collaborateurs de la revue. La critique de Jeanson fut publiée dans le numéro de juin 1952. Elle était intitulée *Albert Camus ou l'Ame révoltée*. Francis Jeanson soulignait que le livre avait reçu beaucoup d'éloges venant de la presse et des revues de droite. Il reprochait à la révolte de Camus d'être « délibérément statique ».

Dans *La Force des choses*, Simone de Beauvoir a raconté, sans bienveillance excessive, l'histoire de la rupture entre Sartre et Camus :

« ... Sartre le rencontra au Pont-Royal et le prévint que le compte rendu des *Temps modernes* serait réservé, peut-être même sévère; Camus parut désagréablement surpris. Francis Jeanson avait fini par accepter de parler de *L'Homme révolté*; il avait promis de le faire avec ménagement; et puis il se laissa emporter. Sartre obtint qu'il atténuât quelques duretés mais il n'y avait pas de censure à la revue. Camus, affectant d'ignorer Jeanson, adressa à Sartre une lettre à publier où il l'appelait "Monsieur le directeur". Sartre riposta dans le même numéro. Et tout fut fini entre eux. »

Ce numéro 82 des *Temps modernes*, daté d'août 1952, contient trois textes, sous la rubrique « Correspondance » : « Lettre au directeur des *Temps modernes* », par Albert Camus; « Réponse à Albert Camus », par Jean-Paul Sartre; « Pour tout vous dire... », par Francis Jeanson. Camus trouve que l'analyse de Francis Jeanson est de mauvaise foi :

« Par malheur, ce n'est pas à moi qu'alors il n'a pas fait justice, mais à nos raisons de vivre et de lutter, et au légitime espoir que nous avons de dépasser nos contradictions. »

La réponse de Sartre consacre la rupture, et il s'y résigne plutôt facilement :

« Notre amitié n'était pas facile mais je la

regretterai. Si vous la rompez aujourd'hui, c'est sans doute qu'elle devait se rompre. »

Elle insiste sur le côté politique : pour ou contre le communisme soviétique, qui est bien la véritable cause du différend. Elle est souvent ironique, et même blessante :

« Il se peut que vous ayez été pauvre mais vous ne l'êtes plus; vous êtes un bourgeois, comme Jeanson et comme moi. »

Quant à Jeanson, il transformait Camus en statue, pour pouvoir jouer à l'iconoclaste :

« Vous étiez un homme très public, mais avec vous les privilèges du *sacré* : " Albert Camus " par essence, le Grand Prêtre de la Morale absolue, – à tout jamais cette grande voix planant au-dessus des factions, cet honneur en réserve et ce maintien, quelque part, d'une irréductible exigence de gratuité. Bref, il m'a paru que vous étiez *tabou*. Or, je n'aime pas les tabous, et je déteste en moi la tentation parfois de les respecter. »

Emmanuel Berl a écrit, de façon touchante :

« ... Leur polémique ne me donne aucune envie de rire, je plains ceux que ferait rire une rupture d'amitié. Elle constitue un grand malheur et pas seulement pour les amis qu'elle sépare. »

Berl dit qu'il ne comprend pas que Sartre « ne cherche plus à réfuter mais à disqualifier ». Il ajoute :

« Est-il possible de manquer à ce point de respect envers une amitié défunte, mieux : une amitié dont on espère soi-même la résurrection? »

C'est peut-être une vue trop idyllique de cette fameuse amitié. Au-delà de la camaraderie un peu superficielle de Saint-Germain-des-Prés, et des éloges sincères que fit Sartre, à plusieurs reprises, de l'œuvre de Camus, et que j'ai cités à leur place, les deux hommes étaient trop dissemblables. Dans sa biographie de Sartre[1], Annie Cohen-Solal dresse, à la façon des Anciens, un parallèle entre Sartre et Camus qui montre bien que, malgré les apparences, tout les séparait.

Il faut ajouter qu'au moment de la mort tragique de Camus, en janvier 1960, l'article le plus émouvant fut peut-être celui de Sartre, dans *Le Nouvel Observateur* :

« Nous étions brouillés, lui et moi : une brouille, ce n'est rien – dût-on ne jamais se revoir – tout juste une autre manière de vivre *ensemble* et sans se perdre de vue dans le petit monde étroit qui nous est donné. Cela ne m'empêchait pas de penser à lui, de sentir son regard sur la page du livre, sur le journal qu'il lisait et de me dire : " Qu'en dit-il ? Qu'en dit-il EN CE MOMENT ? " »

Harcelé par les attaques, Albert Camus continua à considérer *L'Homme révolté* comme son livre le plus important. Il a déclaré :

« C'est un livre qui a fait beaucoup de bruit mais qui m'a valu plus d'ennemis que d'amis (du moins les premiers ont crié plus fort que les derniers). Je suis comme tout le monde et je n'aime pas avoir d'ennemis. Cependant, je récrirais mon œuvre telle qu'elle est, si j'avais à le faire. Parmi mes livres, c'est celui auquel je tiens le plus. »

J'ai cité un peu plus haut la « Défense de *L'Homme révolté* ». Ce texte, retrouvé parmi ses papiers, n'est pas, comme le titre pourrait le laisser croire, un prolongement des nombreuses polémi-

1. *Sartre*, Gallimard, 1985.

ques qui ont suivi la publication de l'essai. C'est une sorte de post-scriptum au livre (« Post-scriptum » est d'ailleurs le titre auquel il avait d'abord songé), une méditation, presque une confession. Il y raconte son évolution intellectuelle et morale, sous la pression des événements qu'il a vécus, et notamment de la guerre. Et comment cela l'a amené à écrire *L'Homme révolté*. Il voit dans ce livre une tentative pour sortir du nihilisme. Une expérience qu'il a peut-être lui-même dépassée, mais qui a été utile. Malgré la menace de guerre, considérable au moment où il écrit, il pense que chacun doit continuer à essayer de surmonter les contradictions où les hommes s'affrontent, et de donner une forme à notre temps.

Les années ont passé et beaucoup d'illusions ont disparu, notamment la religion de l'Histoire et la peur, si l'on se permet de critiquer les régimes qui se disent socialistes, de se conduire en ennemi des déshérités. On a relu *L'Homme révolté*, en trouvant que c'était Camus qui avait raison. Telle fut, par exemple, la position de ceux qui avaient pris l'appellation publicitaire de « nouveaux philosophes ». On a vu aussi des hommes et des femmes qui avaient cru avec ferveur au stalinisme ou au maoïsme et qui, une fois désabusés, comme ils sont au fond des esprits religieux, sont partis à la recherche d'une nouvelle foi. Beaucoup ont découvert Camus et, non sans excès, en ont presque fait leur Dieu. A travers de nouvelles générations de lecteurs, la querelle Sartre-Camus se perpétue ainsi, alors que la mort les a réconciliés.

Malgré tout l'appareil d'érudition, toutes les références qui l'alourdissent un peu, cet essai garde donc son actualité, se lit toujours d'un œil nouveau. La mesure, dont il fait l'éloge, est le contraire de la résignation. Après toutes les expériences malheureuses de notre siècle, *L'Homme révolté* empêche de perdre courage, et ouvre des portes vers l'espoir.

Carnets

(1935-1959)

A partir de 1935, Albert Camus a tenu des
cahiers. Au double sens du terme, puisqu'il s'agit
de notes sur des cahiers d'écolier. On leur a donné
le titre de *Carnets*[1], pour éviter toute confusion avec
les « Cahiers Albert Camus » où sont publiés des
inédits de l'écrivain et des études sur lui. Camus
avait fait dactylographier et avait corrigé partielle-
ment les sept premiers cahiers, qui vont de mai
1935 à décembre 1953. Les journaux de voyage en
Amérique du Nord et en Amérique du Sud,
comme nous l'avons vu, ont été extraits des *Carnets*
et publiés à part.

Les *Carnets* sont avant tout un instrument de
travail. Camus y note ses projets, des brouillons,
des phrases recopiées au cours de lectures : tout un
matériel que l'on retrouve dans ses livres. Nombreux aussi sont les plans d'ensemble pour son
œuvre. Sauf dans les derniers mois de sa vie, et
sans doute parce qu'il commence alors à se méfier
de sa médiocre mémoire, c'est rarement, et pour
ainsi dire par surcroît, que les *Carnets* prennent
l'allure d'un journal intime. Ces quelques phrases,

1. Gallimard, 3 volumes, 1962, 1963 et 1989.

comme des aveux, n'en sont que plus précieuses, et émouvantes. En août 1937, par exemple, la fièvre qui lui bat aux tempes l'invite soudain à penser au *Journal* de Katherine Mansfield, cet irremplaçable témoignage d'une fille extraordinairement vivante et spontanée, et qui soudain se débat contre la mort. C'est seulement dans les dernières années de sa vie que Camus se parle à lui-même dans ses carnets, de sa petite écriture difficile à déchiffrer.

Malgré tout, les *Carnets* donnent des points de repère et permettent de découvrir comment Camus a vécu bon nombre d'épisodes de sa biographie. Ils permettent de suivre son évolution intellectuelle. Sans être comparables à ce document unique sur la création littéraire que sont les *Carnets* de Henry James, ils nous font assister à l'élaboration de ses livres, de *L'Envers et l'Endroit* à *L'Eté*, et même au-delà. A chaque page, le lecteur a l'impression de participer à l'aventure d'une vie, pleine d'une exigence intellectuelle et d'une volonté créatrice.

On voit comment un jeune homme nietzschéen qui projette pour son œuvre « force, amour et mort sous le signe de la conquête », aboutit à une philosophie de la mesure, la vieille Némésis des Grecs.

A part les journaux de voyage en Amérique du Nord et du Sud, les impressions laissées par les villes, et la croisière en Grèce, vers la fin de sa vie, les paysages se réduisent à quelques phrases, une image, mais souvent saisissante :

« Paris. Les arbres noirs dans le ciel gris et les pigeons couleur de ciel. Les statues dans l'herbe et cette élégance mélancolique. »

« Les roses tardives dans le cloître de Santa Maria Novella et les femmes, ce dimanche matin dans Florence. Les seins libres, les yeux et les lèvres qui vous laissent avec des battements de cœur, la bouche sèche, et une chaleur aux reins. » (Impression utilisée presque mot pour mot dans *Noces*.)

On trouve aussi, dans les premières années, la trace de ces projets sans lendemain comme en fait tout jeune homme qui ne doit compter que sur lui-même. En avril 1938, l'étudiant algérois semble hésiter entre l'agrégation et un départ pour l'Indochine. Il saura bientôt que l'agrégation lui est interdite pour raison de santé. Tout au long des *Carnets*, on suit l'évolution d'une maladie qui ne se laisse jamais oublier, qui reste toujours menaçante, oblige Camus à tout quitter pour des séjours forcés au Chambon-sur-Lignon, à Cabris, dans les Vosges. Une maladie qui finit par être une manière d'être et de penser. Rien ne le dit mieux que cette note de 1943 :

« La sensation de la mort qui désormais m'est familière : elle est privée des secours de la douleur. La douleur accroche au présent, elle demande une lutte qui *occupe*. Mais pressentir la mort à la simple vue d'un mouchoir rempli de sang, sans effort, c'est être replongé dans le temps de façon vertigineuse : c'est l'effroi du devenir. »

Les *Carnets* nous renseignent aussi sur les lectures de leur auteur. En août 1939, par exemple, une série de notes sur la Grèce antique reflètent la préparation d'un voyage que Camus projette, en compagnie de Francine Faure, sa future femme. Voyage qui, étant donné la date, ne pourra bien entendu pas avoir lieu. Mais la plupart des notes sur les lectures sont destinées à préparer un livre. Elles sont particulièrement nombreuses au moment où Camus commence à travailler à *L'Homme révolté*, pour lequel il parcourt le champ de la littérature et de la philosophie, des présocratiques aux post-hégéliens, de l'*Iliade* et des tragiques grecs aux surréalistes, des mystiques russes aux historiens des révolutions, du journal tenu à Rome au XVIe siècle par Jean Burchard à la correspondance de Flaubert. La plupart du temps, il est possible d'identifier ces lectures, ces citations. Mais les *Carnets*, notes prises par Camus pour son travail personnel, ne comportent pas forcément toutes les références et ils posent quelques énigmes qui restent sans solution.

En octobre 1946, Camus se plaint de sa mémoire et se promet de noter plus de choses personnelles. Il est vrai que souvent, dans son œuvre, ses lettres, ses articles, quand il évoque un souvenir, il se trompe. Mais il n'en fait rien et les *Carnets*, après cette date, ne changent pas de caractère. Pourtant, si l'on est un lecteur un peu attentif, ils nous permettent de mieux le connaître. Et d'abord, les appréciations qu'il porte lui-même sur son œuvre. C'est ainsi, nous l'avons vu à propos de *la Peste*, qu'il ne se considère pas comme un romancier, mais comme un artiste qui crée des mythes.

Ces regards critiques ne vont pas sans quelques paradoxes :

« J'ai mis dix ans à conquérir ce qui me paraît sans prix : un cœur sans amertume. Et comme il arrive souvent, l'amertume une fois dépassée, je l'ai enfermée dans un ou deux livres. Ainsi je serai toujours jugé sur cette amertume qui ne m'est plus rien. Mais cela est juste. C'est le prix qu'il faut payer. »

Il parle aussi de son « exténuant combat » contre la tentation du cynisme. Et aussi contre celle du suicide. Les derniers cahiers sont ceux d'un homme souvent déprimé jusqu'à l'angoisse.

Si les *Carnets* nous renseignent sur la genèse de livres que nous connaissons, ils abondent également en projets que leur auteur a abandonnés ou n'a pas eu le temps de mener à bien : essais, théâtre, romans, nouvelles. Il est question, en particulier, en 1944-1945, d'un roman sur la Justice. Plus tard, d'un cycle de l'amour, comme il y avait eu un cycle de l'absurde et un de la révolte. Avec, entre les deux premiers et le troisième, cette œuvre inclassable : *La Chute*.

Nous ne lirons jamais ce que Camus avait à dire sur l'amour, et cela fait regretter encore plus que son œuvre ait été brutalement interrompue. On trouve dans les *Carnets* le projet d'un roman d'amour qui se serait peut-être appelé *Déjanire*. Dans une note, quelques lignes suffisent à faire voir l'héroïne et à la placer dans la vérité romanesque que donne le sentiment de l'instant perdu à jamais :

« J'aurais voulu l'arrêter dans le temps, à ce jour déjà lointain des Tuileries où elle venait au-devant de moi, avec sa jupe noire et sa blouse blanche retroussée sur les bras dorés, les cheveux lâchés, le pied strict et son visage de proue. »

Ce n'est rien, une image. Mais déjà installée dans un roman.

Il arrive enfin que les *Carnets* nous fassent pénétrer au cœur même de la création littéraire, jusqu'au secret ressort qui l'a poussé à écrire, jusqu'au but inavoué de toute son œuvre. Jetant des notes pour une préface de la réédition de *L'Envers et l'Endroit*, qui fut son premier livre, il parle de l'œuvre dont il rêve, et qu'il espère avoir un jour la force d'écrire :

« Je mettrai au centre, comme ici, l'admirable silence d'une mère, la quête d'un homme pour retrouver un amour qui ressemble à ce silence, le trouvant enfin, le perdant, et revenant à travers les guerres, la folie de justice, la douleur, vers le solitaire et le tranquille dont la mort est un silence heureux. »

On revient ainsi toujours au silence de sa mère, cette femme humble et démunie, écrasée par la vie, mais qui n'a pas besoin de paroles pour donner une leçon d'humanité. Le cœur même d'une œuvre que l'on ne saurait tout à fait comprendre si l'on n'écoute pas cette secrète leçon d'amour.

Il faut citer une feuille sur laquelle Camus a noté ses mots préférés :

« Le monde, la douleur, la terre, la mère, les hommes, le désert, l'honneur, la misère, l'été, la mer. »

Je ne vois guère que le silence qui manque. On peut prendre chacun de ces mots, et chercher à quelle œuvre de l'écrivain il s'applique. A vrai dire, chacun d'eux est présent, ou virtuellement présent, du premier en date au dernier de ses écrits. Ils résument tout à fait sinon sa pensée, du moins sa sensibilité.

Les Esprits

(1953)

L'activité théâtrale de Camus, du *Temps du mépris* aux *Possédés*, commence et s'achève par des adaptations. Il y fut poussé soit par les besoins d'une troupe, comme celle du Théâtre du travail, ou celle du Festival d'Angers, soit par admiration personnelle pour une œuvre, comme *Les Possédés*. Souvent aussi, le théâtre fut pour lui un refuge, et les adaptations un travail qui meublait le temps, entre deux périodes de création.

Nous avons déjà eu l'occasion de citer les déclarations de Camus à la télévision en 1959 : *Pourquoi je fais du théâtre*. Il y répond aussi à la question : « Pourquoi adaptez-vous des textes quand vous pourriez écrire vous-même des pièces? »

« ... Quand j'écris mes pièces, c'est l'écrivain qui est au travail, en fonction d'une œuvre qui obéit à un plan plus vaste et calculé. Quand j'adapte, c'est le metteur en scène qui travaille selon l'idée qu'il a du théâtre. Je crois, en effet, au spectacle total, conçu, inspiré et dirigé par le même esprit, écrit et mis en scène par le même homme, ce qui permet d'obtenir l'unité du ton, du style, du rythme qui sont les atouts essentiels d'un spectacle. Comme j'ai la chance d'avoir été aussi bien écrivain que comédien ou metteur en scène, je peux essayer d'appliquer cette conception. Je me commande alors des textes, traductions ou adaptations, que je peux ensuite remodeler sur le plateau, lors des répétitions, et suivant les besoins de la mise en scène. »

C'est dans le même texte qu'il explique qu'il se sent mieux sur un plateau de théâtre que parmi les intellectuels. On comprend pourquoi la période où il signe le plus d'adaptations est celle qui suit *L'Homme révolté*, les années où il est contesté. Il va même travailler, en 1954, à une adaptation cinématographique de *La Princesse de Clèves*, œuvre qu'il a beaucoup pratiquée, ainsi que le prouve son étude en 1943, dans *Confluences* : *L'Intelligence et l'Echafaud*.

Toutefois, *Les Esprits* sont à mettre à part, car ils relèvent d'une période plus ancienne de l'activité théâtrale de Camus. En 1940, alors qu'il était replié à Clermont-Ferrand, avec *Paris-Soir*, il fit la connaissance de Gilbert Gil. Ce jeune acteur avait l'intention de remonter à Paris et d'y mettre en scène des œuvres du théâtre ancien, ce qui était difficile sans les adapter. Il parla des *Esprits*. Camus écrivit même à ses anciens camarades de l'Equipe, à Alger, qui, eux aussi, voulaient reprendre une activité, pour leur parler de son adaptation. Dans cette lettre, datée du 12 novembre 1940, il juge Larivey :

« Le type moyen traduisant sans génie, mais mettant dans la circulation française des thèmes qui le dépassent de beaucoup. »

Si *Les Esprits* sont une réussite, c'est « tout à fait par hasard... En gros : le génie populaire et anonyme servi par un esprit anonyme à force de médiocrité et destiné à servir de source aux grands créateurs qui viendront ».

De source, en effet : il suffit de relire *L'Avare* de Molière. On trouve dans *Les Esprits* jusqu'au célèbre monologue.

Camus justifiait ensuite le traitement qu'il avait fait subir à la pièce :

« Le texte primitif est en français du XVIᵉ siècle, naturellement. Je l'ai transposé en français moderne. La pièce comporte cinq actes, mais cinq actes à la manière de l'époque, c'est-à-dire fort courts. Je les ai réduits à trois assez longs : premièrement en supprimant des longueurs insupportables (la traduction a pu être faite sur des sortes de sténographies des représentations; et les acteurs de la *Commedia* improvisaient et tiraient le texte en longueur si l'inspiration ne venait pas). Toutefois ces coupures additionnées ne font pas deux scènes en tout. Deuxièmement en supprimant les deux premières scènes d'introduction et d'exposition longues et sans fin que j'ai remplacées par un prologue qui dit tout en quarante lignes et qui est plus vif. Troisièmement en supprimant une troisième intrigue amoureuse entre deux personnages qui ne paraissaient presque pas et qui n'offraient aucun intérêt. L'un de ces personnages volait la bourse pour faire réussir son intrigue. Je l'ai fait voler par Frontin... »

Camus continue sa lettre à sa « chère équipe » en parlant de la façon dont doit être jouée la pièce, en donnant des indications pour le décor et les costumes.

Le projet de Gilbert Gil n'eut sans doute pas de suite, pas plus que celui du Théâtre de l'Equipe.

Les Esprits furent joués pour la première fois en 1946, en Algérie, pour les mouvements de culture et d'éducation populaires. On a vu qu'en 1948, dans *L'Etat de siège*, Camus s'amuse à hispaniser ce Florentin devenu champenois qu'était Larivey. Une troupe ambulante annonce qu'elle va jouer « un acte sacré de l'immortel Pedro de Lariba : *Les Esprits* ». Enfin, à l'occasion du Festival d'Angers de juin 1953, Camus remanie son adaptation.

Le Festival d'Angers était dirigé par Marcel Herrand qui avait été metteur en scène, acteur et directeur de théâtre, lors de la création du *Malentendu* aux Mathurins. Pour ce festival 1953, Camus lui donna *Les Esprits* et *La Dévotion à la croix* de Calderón. Miné par un cancer, Marcel Herrand mourut huit jours avant l'ouverture du festival. Camus prit sa relève. Dans l'équipe d'Angers se retrouvaient Jean Marchat, codirecteur des Mathurins, Maria Casarès et Paul Oettly. Les compagnons d'un certain nombre d'aventures théâtrales étaient réunis ainsi une nouvelle fois. Pour *Les Esprits*, Maria Casarès, Serge Reggiani, Paul Oettly récitaient en lever de rideau des poèmes de Du Bellay.

La pièce fut en même temps publiée chez Gallimard. Dans un avant-propos, Camus dit le peu que l'on sait sur Pierre de Larivey, né à Troyes, de parents italiens, à des dates incertaines, et dont on ignore si les pièces, pour la plupart adaptées du théâtre italien, et publiées en 1579 et 1611, ont été jouées. Pour son malheur, Larivey a vécu à une époque où le théâtre subissait une crise grave. A Paris, en 1588, le Parlement interdisait la représentation de toute comédie, édit qui resta en vigueur jusqu'à l'avènement d'Henri IV.

La Dévotion à la Croix

(1953)

La Dévotion à la Croix est, comme *Les Esprits*, une adaptation donnée par Camus au Festival d'Angers de 1953. La première eut lieu le 14 juin, dans l'imposant décor médiéval que présentent les remparts du château. La pièce parut en juillet en librairie chez Gallimard.

Dans l'œuvre de Calderón (1600-1681), *La Dévotion à la Croix*, qui est de 1633, ou peut-être légèrement antérieure, fait partie des comédies religieuses. Elle est sans doute la plus importante de ce genre. Elle fut publiée à Huesca, en 1634, dans un volume de pièces d'auteurs divers. L'action se déroule en trois journées. Chez Calderón, il y a plus d'unité que chez ses prédécesseurs. L'action est davantage centrée sur un personnage principal. Dans *La Dévotion à la Croix*, il s'agit d'Eusebio.

Eusebio aime Julia, ce qui ne plaît pas au père de la jeune fille, le patricien Curcio. Le frère de Julia, Lisardo, se bat en duel avec Eusebio et il est mortellement blessé. En mourant, Lisardo, connaissant la dévotion à la Croix d'Eusebio, qui a le signe divin marqué dans la chair de sa poitrine, demande à Dieu que son adversaire ne puisse mourir sans s'être confessé. Tandis que Julia entre au couvent, Eusebio, pourchassé par Curcio, devient bandit de grand chemin. Toujours au nom de sa dévotion à la Croix, il sauve un prêtre, Alberto, que les brigands avaient fait prisonnier. Et, toujours pour la même raison, alors qu'il a pénétré dans le couvent et va enlever Julia, qui ne demande pas mieux, il se retire dès qu'il voit briller la Croix sur la poitrine de la jeune fille. Dans la troisième journée, Julia, échappée du couvent et habillée en homme, veut se battre contre Eusebio. A son tour, Curcio rejoint le bandit, le combat à mains nues. Dans le corps à corps, il découvre le signe de la Croix sur la poitrine du jeune homme et reconnaît ainsi un fils qu'il a abandonné jadis. Eusebio meurt en pardonnant à son père. Mais Dieu, récompensant sa dévotion à la Croix, le ressuscite, le temps qu'il se confesse à Alberto, tandis que Julia, repentante, n'a plus qu'à retourner au couvent.

Camus, dans le prière d'insérer qu'il a signé, parle des « audaces de pensée et d'expression du plus grand génie dramatique que l'Espagne ait produit. La grâce qui transfigure le pire des criminels, le salut suscité par l'excès même du mal, sont pour nous, croyants ou incroyants, des thèmes familiers. Mais c'est plus de trois siècles avant Bernanos que Calderón prononça, et illustra de façon provocante, dans la *Dévotion*, le " tout est grâce " qui tente de répondre, dans la conscience moderne, au " rien n'est juste " des incroyants ».

Il devait déclarer en outre, dans une interview à *La Gazette de Lausanne*, en 1954 :

« J'aime le côté rocaille de l'écrivain espagnol;

j'ai été séduit par ce style. Pour le traduire, j'ai essayé de retrouver la musique, le tempo de Calderón, de le pasticher en quelque sorte. »

L'idée de l'adaptation venait de Marcel Herrand, « séduit par cet extravagant chef-d'œuvre », et elle lui est dédiée.

Actuelles II

(1953)

Actuelles II rassemble des textes écrits de 1948 à 1953. Ce volume est donc une suite chronologique d'*Actuelles I* qui rassemblait des articles de 1944 à 1948. Mais le monde a changé. Le ton de Camus aussi. Et c'est un tout autre livre. On discernait déjà cette évolution à la fin du premier volume, à partir de la série d'articles intitulée *Ni victimes, ni bourreaux.*

1948 commence sinistrement par l'assassinat de Gandhi. En février, c'est le coup de Prague, les communistes s'emparent de la Tchécoslovaquie. L'Etat d'Israël naît le 17 avril et est immédiatement attaqué par les pays arabes. En juin commence le blocus de Berlin. En septembre, le dirigeant communiste polonais Gomulka est remplacé et emprisonné, sur ordre de Moscou. 1949 marque la victoire définitive des communistes chinois, la condamnation et l'exécution de Rajk, en Hongrie. L'U.R.S.S. annonce qu'elle a la bombe atomique, et, dès janvier 1950, le président américain Truman donne l'ordre de fabriquer la bombe H. Le 25 juin commence la guerre de Corée, qui sera marquée par les interventions américaine et chinoise. En 1951, tandis que cette guerre se poursuit, que le docteur Mossadegh nationalise le pétrole iranien, à Prague Slansky est arrêté et exécuté. Il y a des émeutes au Maroc, en Tunisie, en Egypte. En juillet 1952, le roi Farouk est renversé, le général Neguib le remplace, avec Nasser dans la coulisse. 1953 commence par l'annonce d'un « complot des blouses blanches » à Moscou. Mais le 5 mars, Staline meurt. Les « blouses blanches » sont réhabilitées, Beria liquidé. On peut espérer qu'à l'Est, c'en est fini de la terreur. Mais, en juillet, les ouvriers de Berlin-Est se révoltent et les chars soviétiques interviennent contre eux. Aux Etats-Unis, les Rosenberg sont envoyés à la chaise électrique. Pendant ce temps, pour l'empire colonial français, les choses vont de mal en pis : le Viêt-minh accentue sa pression au Laos, la déposition du sultan du Maroc par le maréchal Juin ne met pas fin aux troubles.

Dans ce monde si lourd de menaces et où, selon son camp, chacun excelle à dénoncer les crimes de l'autre, Camus ne veut plus s'engager dans un parti ou un rassemblement quelconque. La politique quotidienne, surtout à l'échelon de la politique intérieure, ne l'intéresse plus. Il a vu s'évanouir en fumée les rêves de Garry Davis. Les Groupes de liaison internationale dont il s'est occupé en 1949, en relation avec son ami italien Nicola Chiaromonte, qui avait organisé aux Etats-Unis des Groupes Europe-Amérique, lui ont demandé beaucoup de travail et d'énergie, pour peu de résultats. Il se trouve dans une solitude comparable à celle qui était la sienne et celle de Pia, fin 1939, à *Alger-Républicain*. Au moment où le journal était sur le point d'être interdit, où la vérité qu'il essayait de dire gênait tout le monde, y compris ses propres administrateurs, Pascal Pia et Albert Camus avaient signé ensemble une « Profession de foi ». Elle avait d'ailleurs été censurée et ne parut jamais dans le journal. On ne la connaît que parce qu'on en a retrouvé des épreuves. Maintenant, dix ans plus tard, Camus aurait pu reprendre mot pour mot cette « profession de foi » :

« Aujourd'hui où tous les partis ont trahi, où la politique a tout dégradé, il ne reste à l'homme que la conscience de sa solitude et sa foi dans les valeurs humaines et individuelles. On ne peut demander à personne d'être juste au milieu de l'universelle démence. Ceux-là mêmes qui étaient le plus près de nous, ceux-là mêmes que nous aimions, n'ont pas su rester lucides. Mais du moins on ne peut forcer personne à être injuste. Conscients de ce que nous faisons, nous refuserons l'injustice aussi longtemps que nous le pourrons et nous servirons l'individu contre les partisans de la haine anonyme. »

Pourtant, il n'est pas question pour lui de se replier dans quelque tour d'ivoire, ou de voyager, comme semble le lui conseiller Stendhal, qu'il cite dans ses *Carnets* :

« A la chute de Napoléon, l'écrivain des pages suivantes qui trouvait de la duperie à passer sa jeunesse dans les haines politiques se mit à courir le monde. »

Il reste à sauver l'essentiel, son idée de l'homme. Et à dénoncer sans périphrases tout ce qui tente de la détruire ou de l'avilir. « Il faut appeler concentrationnaire ce qui est concentrationnaire, même le socialisme. » Et ne pas oublier Franco quand on condamne Staline.

Après la mort de Staline, des révoltes commencent à éclater dans les pays de l'Est : Berlin-Est, Poznan, la Hongrie. Chaque fois, Camus écrit et parle. Il intervient aussi pour sauver de la prison ou du supplice des Grecs, des Iraniens, des Espagnols. Il s'associe à l'anarchiste Louis Lecoin pour obtenir un statut des objecteurs de conscience.

Les échecs, bien sûr, sont plus fréquents que les succès. Par exemple, Camus lit le livre sur le goulag du polonais Gustav Herling, paru en Angleterre en 1951, mais ne réussit pas à le faire publier en France. Il écrira à Herling, en 1956 :

« J'avais beaucoup aimé votre livre et j'en ai parlé chaleureusement ici. Pourtant la décision a été finalement négative, surtout, je crois, pour des raisons commerciales. J'en ai été personnellement très déçu, et veux vous dire au moins que, selon mon opinion, votre livre devrait être publié et lu dans tous les pays, autant pour ce qu'il est que pour ce qu'il dit. »

Un monde à part, de Gustav Herling, paraîtra finalement chez Denoël... en 1985, un quart de siècle après la mort de Camus!

Plus que jamais, il veut sortir du nihilisme et défendre les valeurs créatrices. Et puis, prendre du recul, essayer de trouver une explication à ces déviations des sociétés modernes, et, puisque la révolution se nie elle-même et aboutit au pire des absolutismes, établir la théorie de la révolte.

Nous avons dit comment a été reçu (mal reçu) *L'Homme révolté*. On s'en rendra encore mieux compte en lisant *Actuelles II*. Le chapitre intitulé « Lettres sur la révolte », qui occupe la moitié du volume, est fait de réponses aux attaques contre *L'Homme révolté*. Réponse à *Arts* concernant l'article d'André Breton qui attaquait Camus à propos de Lautréamont. Nouvelle réponse à ce journal à propos de l'entretien entre André Breton et Aimé Patri. Entretien de Camus avec le journaliste Pierre Berger, ce qui lui donne l'occasion de passer en revue un certain nombre de critiques. Réponse à Marcel Moré, écrivain à l'esprit original qui, dans la revue *Dieu vivant*, avait trouvé que Camus penchait du côté des gnostiques, des cathares et des jansénistes. Lettre à Pierre Lebar, de *L'Observateur*, qui avait approuvé un article, dans *La Nouvelle Critique*, signé par Pierre Hervé, journaliste communiste qui fut un des plus constants insulteurs de Camus. Controverse, plus courtoise, avec *Le Libertaire*, à la suite d'une série d'articles de Gaston Leval qui critiquait le passage du livre sur Bakounine. Sur certains points d'ailleurs Camus donna raison à Leval et corrigea même son texte. Dans la première édition de *L'Homme révolté*, on lisait : « Bakounine a été le seul de son temps à déclarer la guerre à la science, idole de ses contemporains. » Il a remplacé cette phrase, dans les éditions suivantes, par : « Bakounine a été le seul de son temps à critiquer le gouvernement des savants. » Enfin, la grande lettre au « directeur des *Temps modernes* ».

En prélude à ce débat sur *L'Homme révolté*, quatre textes qui sont des rappels à l'ordre. En fin de volume, cinq autres contribuent à définir le rôle et la place de l'artiste dans la société.

« Justice et Haine », tel est le titre général des quatre textes de tête. Le premier, écrit comme préface au livre de Jacques Méry *Laissez passer mon peuple*, évoque la tragique odyssée de l'*Exodus*, ce navire chargé de Juifs cherchant à gagner la Palestine et qui, refoulé par les Anglais, fut condamné à une douloureuse errance. Le deuxième répond à la revue *Caliban* qui avait plus ou moins réduit *Les Justes* à un « décourageant problème de patronage ». La lettre à *Caliban* contenait des passages plus durs que Camus n'a pas retenus dans *Actuelles*, et que j'ai déjà cités. Le troisième rappelle ce que fut la Résistance. C'était déjà nécessaire, en 1951. Le quatrième traite du mensonge et de la haine.

Quant à la dernière partie, elle s'intitule « Création et Liberté ». Tout en insistant sur le problème du rôle de l'artiste, elle comprend des textes par lesquels Camus, rejeté à droite par Sartre et *Les Temps modernes*, entre autres, marque qu'il se situe toujours à gauche. C'est ainsi qu'il prend la défense d'Henri Martin, sous-officier de marine condamné, en 1950, à cinq ans de réclusion pour avoir distribué des tracts hostiles à la guerre d'Indochine. Mais il le fait en se démarquant des *Temps modernes* et en refusant de collaborer à l'ouvrage collectif que sa rédaction prépare et qui paraîtra sous le titre *L'Affaire Henri Martin*[1]. Il décide de boycotter l'Unesco qui vient d'accueillir l'Espagne franquiste. Il rend compte avec sympathie des Mémoires d'Alfred Rosmer, correcteur d'imprimerie, syndicaliste révolutionnaire, pacifiste pendant la Première Guerre mondiale, qui a vécu à Moscou les premières années de la Révolution, a été membre du comité directeur du Parti communiste français, mais est resté proche de Trotski. Rosmer est à ses yeux exemplaire, car il a su, en tant que révolutionnaire, refuser de s'abandonner au confort de « la servitude provisoire ». En outre,

1. Gallimard.

il a refusé de désespérer des ressources de révolte qu'il y a en chaque homme.

Camus recueille aussi une allocution sur la liberté qu'il a prononcée à la Bourse du travail de Saint-Etienne, à l'initiative du Comité de liaison intersyndicale, qui groupait la C.F.T.C., Force ouvrière, la C.N.T. (anarchiste), la F.E.N. et le Syndicat national des instituteurs. Des représentants des syndicats espagnols en exil étaient également présents. Il montre comment la société bourgeoise a fait un usage mystificateur de la liberté, ce qui a autorisé la société révolutionnaire à la supprimer.

Enfin le dernier texte affirme que l'artiste, aujourd'hui, ne peut plus se taire. Il doit défendre les valeurs d'humanité en même temps que les valeurs de création.

Plus encore qu'*Actuelles I*, ce second volume révèle un Camus mordant, laissant libre cours à son tempérament de polémiste. Mais parfois survient une rupture de ton, comme si l'écrivain baissait la voix, pour une confidence, ou mieux comme si, dans la solitude, il ne parlait plus que pour lui-même :

« ... De mes premiers articles jusqu'à mon dernier livre, je n'ai tant, et peut-être trop, écrit que parce que je ne peux m'empêcher d'être tiré du côté de tous les jours, du côté de ceux, quels qu'ils soient, qu'on humilie et qu'on abaisse. Ceux-là ont besoin d'espérer, et si tout se tait, ou si on leur donne à choisir entre deux sortes d'humiliations, les voilà pour toujours désespérés et nous avec eux. Il me semble qu'on ne peut supporter cette idée, et celui qui ne peut la supporter ne peut non plus s'endormir dans sa tour. Non par vertu, on le voit, mais par une sorte d'intolérance quasi organique, qu'on éprouve ou qu'on n'éprouve pas. J'en vois pour ma part beaucoup qui ne l'éprouvent pas, mais je ne peux envier leur sommeil. »

L'Eté

(1954)

Comme *L'Homme révolté*, *L'Eté* se place sous le signe d'Hölderlin. Les deux livres empruntent leur épigraphe au poète allemand. *L'Homme révolté* est un essai, et *L'Eté* un recueil d'essais. Mais les similitudes s'arrêtent là et il n'y a rien de commun entre l'étude historico-philosophique de la révolte, et les textes lyriques et méditerranéens qui composent *L'Eté*. Albert Camus, dans le prière d'insérer, qu'il n'a pas signé, mais qui est de toute évidence écrit par lui, explique qu'ils « reprennent tous, quoique avec des perspectives différentes, un thème qu'on pourrait appeler solaire, et qui fut déjà celui d'un des premiers ouvrages de l'auteur, *Noces*, paru en 1938 ». En effet, les textes de *Noces* ont été écrits de 1936 à 1938, et le premier de ceux qui composent *L'Eté*, *Le Minotaure ou La Halte d'Oran*, est daté de 1939, même s'il a retravaillé cet essai en 1941. Il n'y a donc aucune rupture dans le temps. C'est une preuve de la constance de ce thème solaire qui, pendant de nombreuses années, alimente l'inspiration, et la nostalgie, de l'auteur de *Retour à Tipasa*.

Claude de Fréminville, l'ami des années d'étudiant, avec qui Camus avait fondé les éphémères éditions Cafre, mot formé des deux premières syllabes de leurs noms, s'est interrogé sur le titre : *L'Eté*.

« S'agit-il d'exprimer par sa saison essentielle la Méditerranée vers quoi Camus n'a cessé de se tourner avec fidélité? Ne s'agit-il pas aussi de la saison de la vie qui est celle de Camus désormais? Car il y a chez lui un goût très net de la symbolique, c'est-à-dire, au fond, d'une poésie où le concret et l'abstrait se rejoignent. »

Le premier essai, *Le Minotaure ou La Halte d'Oran*, faillit paraître en 1942, en Algérie. Mais il semble que la censure lui refusa son visa. Ce texte fut publié pour la première fois en 1946, dans la revue *L'Arche*, que dirigeait le poète kabyle Jean Amrouche et que patronnait André Gide. Puis Charlot, l'éditeur algérois des débuts de Camus, l'édita en 1950. Dans *L'Arche* et dans l'édition Charlot, l'essai porte une épigraphe qui sera supprimée dans *L'Eté* :

« "Je l'imagine à la cour du roi Minos, inquiet de savoir quelle sorte d'inavouable monstre peut bien être le Minotaure; s'il est si affreux que cela ou s'il n'est pas charmant peut-être." Un esprit non prévenu (Gide). »

En 1939, Camus connaissait Oran pour y avoir fait quelques visites. Mais il est probable que ce qui est le plus senti dans son essai, on pourrait dire dans son pamphlet, sur cette ville qu'il peint comme dévorée par l'ennui, vient des mois qu'il fut forcé d'y passer, de la fin de 1940 à l'été de 1942, alors qu'il habitait rue d'Arzew, dont les immeubles en arcade avaient été construits par le grand-père de sa femme, Francine.

Parlant de *La Peste*, j'ai déjà eu l'occasion de dire à quel point Oran décrit dans ce roman ressemble peu à l'Oran du *Minotaure*. Dans *La Peste*, Oran est une ville comme une autre, et le chroniqueur a autre chose à faire qu'à noter les petits travers de ses concitoyens. Ou encore, dans ce roman, les citoyens d'Oran sont hissés au-dessus d'eux-mêmes par le malheur et l'isolement, leurs particularités s'effacent et leurs attitudes témoignent pour l'humanité en général. La banalité d'Oran donne une portée universelle à la fable. Le seul personnage qui voit la ville comme Camus dans *Le Minotaure* est Tarrou : comme Camus dans ses *Carnets* et dans *Le Minotaure*, il s'intéresse aux lions de bronze de la mairie, la médiocrité faite lion.

Comme si cela ne suffisait pas, l'auteur dote son essai d'une sorte de héros, un personnage qu'il imagine à Oran, occupé à bâiller et à prononcer quelques phrases pleines de vide. Et ce personnage, c'est Klestakoff, le héros du *Revizor*, dont Gogol s'est plu à faire une nullité.

Au terme de son essai, Camus évoque la grande tentation qui émane de ces pierres, de cette poussière, de cette léthargie. C'est celle du néant. Un instinct profond qui couve en chacun de nous et qui court dans la philosophie des hommes, depuis les sages de l'Inde jusqu'aux épicuriens et aux stoïciens. A moins de partir...

C'est de l'Algérie aussi qu'il est question dans *Petit Guide des villes sans passé*. Alger, Oran, Constantine, y sont célébrées, sur un ton qui parodie un peu les guides touristiques, avec un humour qui ne cherche pas à cacher l'amour. Ce texte est à méditer, car il nous aide à comprendre à quel point, avec quelle profondeur absolue, Camus se sentait un fils de l'Algérie.

Les Amandiers, court texte au ton d'éditorial, est écrit au plus noir de 1940. Il s'agit de ne pas accepter la défaite, et de ne pas se complaire dans le désespoir ou la pénitence. Dans la Vallée des Consuls, à Alger, où Camus a habité au début de 1940, les amandiers, qui se couvrent de fleurs blanches, en une seule nuit, sont une image qui contient une promesse de bonheur. Une phrase des *Amandiers* mérite d'être remarquée :

« Je ne crois pas assez à la raison pour souscrire au progrès, ni à aucune philosophie de l'Histoire. »

C'est déjà toute la pensée qui sera développée dans *L'Homme révolté*. De même, *Prométhée aux enfers*, texte de 1946, préfigure la page de *L'Homme révolté* où il est dit qu'avec cette image de rebelle, les Grecs nous ont donné « le plus grand mythe de l'intelligence révoltée ». Et *L'Exil d'Hélène*, qui date de 1948, est une invocation à la pensée de midi, comme la conclusion de *L'Homme révolté*. L'auteur y exalte déjà le sens de la limite :

« Cette limite était symbolisée par Némésis, déesse de la mesure, fatale aux démesurés. Une réflexion qui voudrait tenir compte des contradictions contemporaines de la révolte devrait demander à cette déesse son inspiration. »

Dans les plans qu'il aimait échafauder dans ses *Carnets*, il notera, en 1950 :

« I. Le Mythe de Sisyphe (absurde). – II. Le Mythe de Prométhée (révolte). – III. Le Mythe de Némésis. »

La Grèce, en ce moment, est pour lui une sorte de patrie idéale, dont il rêve sans avoir jamais pu la visiter. Dans *Retour à Tipasa*, il fait allusion au voyage manqué de l'été 1939.

L'Énigme, petit texte sur les malentendus et les malédictions de la gloire, est plus grave qu'il n'y paraît. Il annonce le mimodrame *La Vie d'artiste*, et surtout la nouvelle *Jonas*, de *L'Exil et le Royaume*.

Le prétexte en est les ragots des journaux parisiens sur les existentialistes, la légende de destructeur que l'on a fabriquée à Camus, à partir d'un seul mot : « absurde ». Il proteste qu'il n'a fait que raisonner sur une idée assez commune et qu'il ne faut pas confondre l'écrivain avec son sujet. Mais là aussi il revient à la Grèce, pour donner en exemple Eschyle. Au cœur de son œuvre, ce n'est pas le non-sens qu'on trouve, mais l'énigme, ce qui est tout à fait différent. L'énigme est « un sens qu'on déchiffre mal parce qu'il éblouit ».

Une version un peu différente de *L'Énigme* a paru en anglais dans *Atlantic Monthly*, en juin 1953, intitulée *What a writer seeks*.

A environ soixante-dix kilomètres d'Alger, Tipasa est un des très rares sites romains où, comme dans les paysages grecs, les ruines antiques, les colonnes, les temples descendent jusqu'à la mer. Camus y allait souvent avec ses amis, en 1935 et 1936. Il écrivit alors *Noces à Tipasa*. Quinze ans plus tard, Tipasa est revisitée. Deux fois, comme l'explique *Retour à Tipasa*. Au cours des brefs voyages qu'il fit en Algérie, après la guerre, il voulait revoir les ruines, sans se douter qu'en fait de ruines, ce sont les siennes propres que l'on découvre, si l'on a l'imprudence de se confronter à sa jeunesse. La première visite le déçoit. Il ne fait pas beau. Le site où l'on pouvait jadis se promener en liberté est entouré de barbelés, clos comme un musée. Mais la seconde fois, ce fut le miracle. Il retrouva Tipasa, enfin ce qu'il était venu y chercher. *Retour à Tipasa* est à juste titre le texte le plus célèbre de *L'Eté*, ce recueil qui, dans les brouillons, s'est appelé un moment *La Fête*.

Pour l'anecdote, on peut ajouter qu'en 1948, Camus emmena son ami Louis Guilloux à Tipasa. L'écrivain breton trouva le ciel trop bleu. Tout cela manquait de brume. Bref, il était déçu, et Camus déçu de sa déception, mais amusé aussi, car il savait bien qu'il fallait prendre Guilloux tel qu'il était, un être libre, qui n'acceptait pas de forcer sa nature, un intransigeant lui aussi.

Quant à lui, ses retours au pays natal ne lui apportent plus que des impressions mitigées. Une lettre à des amis, datée de 1948, montre bien que le bonheur retrouvé à Tipasa est l'affaire d'un instant tout à fait unique et fugitif :

« ... Il ne faut pas revenir aux endroits où l'on a été jeune. C'est l'histoire du temps retrouvé. Les femmes qu'on a connues sont devenues de bonnes mamans bien replètes. Les hommes ont disparu. On ne supporte plus les alcools à l'anis, etc. etc. Et puis cette ville qui était pour moi la ville des plaisirs est devenue celle de la piété. La famille, le vieil instituteur, le vieux professeur, la faculté où... le lycée qui... l'école communale que... Kafka avait raison : le bien est parfois désolant. »

On a parfois besoin de secouer les mythes, même ceux que l'on a soi-même contribué à créer, et que l'on continuera à célébrer officiellement, par exemple dans une préface aux *Iles* ou dans la dédicace du *Discours de Suède*.

La Mer au plus près clôt le volume. L'auteur en parle dans ses carnets comme d'un essai sur la mer, cette mer à laquelle il porte un amour exclusif. Par une antithèse classique, il parlera de sa « haine des montagnes ». Ce sont les pages les plus poétiques que Camus ait écrites, un voyage imaginaire, fantastique, à travers les océans, où il semble rejoindre le célèbre homme libre selon Baudelaire, et encore plus les marins de Melville, ceux de *Moby Dick* et de *Mardi*, dont la navigation est une quête, une errance symbolique. La mer, il avait appris à l'aimer sur les rivages algériens, il avait plusieurs fois rêvé de s'embarquer, mais il s'était toujours produit un contretemps : la maladie quand, dans sa jeunesse, il espérait aller d'Alger à Gabès, sur un caboteur, mais avait dû débarquer en route; la guerre, qui empêcha le voyage en Grèce de 1939. A part une courte visite des Baléares, avec sa première femme, Simone, et les traversées de la Méditerranée, pour aller en métropole, ses vrais grands voyages furent les deux traversées de l'Atlantique, vers l'Amérique du Nord en 1946, et l'Amérique du Sud en 1949. (Plus tard, il fera de la voile en Méditerranée et un périple dans les îles grecques, avec Michel Gallimard.) Ces deux grandes navigations vers les Amériques lui ont fourni une part de son inspiration pour *La Mer au plus près*, mais une part seulement, tant l'imaginaire y est essentiel.

L'Eté parut au début de 1954, dans la collection « Les Essais », comme autrefois *Le Mythe de Sisyphe* et, en 1950, la réédition de *Noces*, en attendant celle de *L'Envers et l'Endroit* qui n'aura lieu qu'en 1958.

La même année, Camus écrivit *Présentation du désert*, texte quelque peu alimentaire qui lui fut commandé pour un album de Walt Disney, *Désert vivant.* Il s'y trouvait en bonne compagnie, puisque les autres collaborateurs de l'album sont Marcel Aymé, Louis Bromfield, François Mauriac, André Maurois et Henry de Montherlant. C'est une belle page, sur un thème cher à l'auteur. Elle peut figurer à côté des essais de *L'Eté* qui, eux aussi, invoquent souvent le désert :

« Le désert lui-même a pris un sens, on l'a surchargé de poésie[1]. »

1. *Le Minotaure ou La Halte d'Oran.*

Un cas intéressant

(1955)

Camus parle de Buzzati et des circonstances dans lesquelles il adapta sa pièce *Un caso clinico*, rebaptisée en France *Un cas intéressant*, dans l'avant-propos qu'il écrivit pour la publication de l'œuvre par *L'Avant-Scène*. Georges Vitaly, qui avait incarné Hélicon dans *Caligula*, en 1945, et emmènera cette pièce en tournée aux Etats-Unis en 1964, demanda à Camus d'adapter l'œuvre de Buzzati pour le théâtre La Bruyère, dont il était le directeur-metteur en scène. Camus, en comparant *Un cas intéressant* à un mélange de *La Mort d'Ivan Illitch* et de *Knock*, rapporte qu'il fit remarquer à Georges Vitaly que « cette belle pièce comportait quelques risques ». Plus carrément, il écrivit à des amis qu'il était en train d'adapter « une pièce italienne, du genre sinistre ». L'adaptation lui prit une quinzaine de jours. L'adaptateur s'était voulu tout à fait fidèle à l'auteur :

« J'ai calqué fidèlement la nonchalance étudiée de son langage, son dédain des prestiges extérieurs... Je n'ai jamais cru, pour ma part, que l'adaptateur dût être le cheval d'un pâté dont l'auteur serait l'alouette. Le cheval, ici, c'est Dino

Buzzati, et nous sommes tous sûrs qu'il a du sang et de la race. »

Un caso clinico fut d'abord une nouvelle, avant d'être adaptée à la scène par Buzzati lui-même, à la demande de Giorgio Strehler, pour le Piccolo Teatro di Milano. Strehler avait déjà monté une pièce en un acte du même auteur, *La Rivolta contro i poveri*.

Il existe une pièce de Boris Vian, *Les Bâtisseurs d'empire*, qui montre une famille fuyant un bruit mystérieux, symbole de la mort. Les personnages escaladent des étages, leur univers et leur nombre se rétrécissent à mesure. A la fin, seul dans une petite pièce sous les combles, le père n'a plus qu'à mourir. *Un cas intéressant* présente juste la situation contraire. L'action se passe dans un hôpital moderne, de sept étages. Les cas bénins sont au septième. En descendant les étages, on trouve des gens de plus en plus gravement malades, jusqu'au rez-de-chaussée, où l'on meurt. Un homme d'affaires, Giovanni Corte, va descendre les sept étages. A chaque fois, on lui donne un bon prétexte pour le changer de chambre. Sans qu'il ait eu le temps de comprendre ce qui lui arrivait, il est perdu. Le symbole est presque trop évident : dans la vie, on ne fait que descendre des degrés.

Dino Buzzati, connu en France pour *Le Désert des Tartares* et pour ses contes, a écrit une douzaine de textes pour le théâtre. Il était aussi journaliste professionnel, depuis 1928. Au *Domenica del Corriere*, supplément illustré hebdomadaire du *Corriere della Sera*, dont il était rédacteur en chef, c'est lui qui choisissait le sujet du dessin de couverture, représentant en général un fait divers bien horrible, une catastrophe, figurés dans le style naïf qui faisait le charme, jadis, du *Petit Journal illustré*. On peut donc dire qu'il était proche de Camus : théâtre, journalisme et allégories. Avec une notable différence tout de même. Buzzati a été un journaliste apolitique. On ne peut dire qu'il a été fasciste, ni antifasciste. Mais *Le Désert des Tartares* et les contes sont, comme *La Peste*, des fictions chargées de symboles, et même de mythes, encore que ceux de Buzzati soient trop soulignés, trop « téléphonés », bref d'un art moins raffiné que ceux de Camus. Si les deux hommes menaient des activités semblables, ils ne se connaissaient pas, et ne se ressemblaient guère. Buzzati était timide, complètement introverti. Très impressionné à l'idée de rencontrer Camus, au moment de la création de sa pièce à Paris, en 1955, il fut heureux de noter :

« Grâce à Dieu, il n'avait pas une tête d'intellectuel; mais de sportif, clair, d'homme du peuple, solide, ironique avec bonhomie, en quelque sorte un visage de garagiste. »

Le modeste Buzzati était tout étonné d'être traité « en collègue ».

L'écrivain italien a évoqué la carrière d'*Un cas intéressant* en Italie et en France, dans des entretiens avec Yves Panafieu, intitulés *Mes déserts*[1]. A Milan, la pièce fut jouée en fin de saison, de sorte qu'il ne pouvait y avoir plus d'une quinzaine de représentations et que l'on n'a pas su si elle a eu du succès ou non.

« Quant à Paris, dans l'adaptation de Camus, que j'ai connu à cette occasion-là, et qui était vraiment un homme exquis, d'une sensibilité et d'une compréhension humaine extraordinaires, *Un*

1. Robert Laffont, 1973.

cas intéressant a eu un grand succès du point de vue de la critique, dans la mesure où celle-ci s'y est intéressée. Il y a eu le critique du *Figaro*, Jean-Jacques Gautier, qui m'a éreinté en disant : " Jamais, de toute ma vie, je n'ai assisté à une chose qui m'ait procuré autant d'angoisse et d'ennui... " Mais cet éreintement était pour moi une immense louange!... »

La pièce n'eut donc pas de succès.

« Il ne pouvait pas y en avoir, explique Buzzati. Et il ne pourra jamais y en avoir. Car c'est une chose qui touche le spectateur et le dérange. Ce n'est pas le drame d'Hamlet qui tue dix hommes... C'est une histoire humaine, très humaine, intelligente, très intelligente, à laquelle participe le corps du spectateur, le petit furoncle, ici, le mal au ventre, ici, la petite douleur, ici, à la rate ou à la nuque, et alors le spectateur se dit : " Mon Dieu! Demain, qui sait?... " »

Buzzati conclut qu'*Un cas intéressant* est « un drame théâtralement erroné. Il dérange. »

A propos de cette pièce, l'écrivain italien se livre aussi à une profession de foi que Camus aurait pu reprendre à son compte :

« ... Le théâtre a toujours été pour moi, et pour tous mes collègues, même s'ils le nient, le suprême but. »

Camus semble lui faire écho quand il déclare :

« J'ai compris qu'à cause de ses difficultés même, le théâtre est le plus haut des genres littéraires. »

La Chute

(1956)

La Chute, « récit », apparaît comme un livre à part dans l'œuvre de Camus. Une rupture. Il n'a cessé de poser un problème à ses lecteurs, d'autant plus qu'au même moment, le style de l'écrivain semblait atteindre un point de perfection. Jamais Camus n'avait si bien écrit. Mais ceux qui avaient suivi son parcours, de l'absurde à la révolte, qui avaient trouvé chez lui une nourriture réconfortante, des raisons d'accepter la vie, une philosophie de la mesure, ne comprenaient plus. Qu'était-il arrivé à Camus? Le jeune écrivain s'était manifesté au lendemain de la guerre, avait été mêlé à tous les mouvements de l'époque, inventant un nouveau ton de journalisme, après avoir participé à la Résistance. Mieux que quiconque, il avait incarné cette courte période qui suivit la Libération et que l'on pourrait appeler, pour reprendre une expression de Malraux, l'illusion lyrique. Puis, après *L'Homme révolté* et l'exaspération des conflits idéologiques, était venu pour lui le temps de la retraite, de la solitude. Il n'est pas interdit de penser que *La Chute* en est le fruit amer.

On remarquera çà et là, dans le récit, des flèches

destinées à ceux qu'il appelle « mes confrères parisiens ». (Expression étonnante, si on y prête attention, car les confrères de Clamence, ce sont les avocats, et il semble bien qu'il s'agisse plutôt de ceux de Camus, les intellectuels, dont il raille la manie de se soulager la conscience en signant des manifestes.) Lorsque Clamence dénonce les philosophes doctrinaires, annonciateurs d'Etats policiers, ou « les humanistes professionnels », ou bien qu'il tourne en dérision « la sûreté et la conviction d'un intellectuel annonçant la société sans classes », on sent que les nombreuses attaques subies par Camus ont laissé des cicatrices. L'examen des brouillons de *La Chute* montre que Camus a supprimé la plupart des sarcasmes qu'il dirigeait contre les intellectuels de gauche. Il a pensé, à juste titre, que trop d'allusions à l'actualité enlèveraient à l'aventure de Clamence ce qu'elle a d'universel.

Il faut citer le court prière d'insérer, que Camus a pris la peine de signer. Il y a déjà là un ton que l'on n'est pas habitué à trouver sous sa plume :

« L'homme qui parle dans *La Chute* se livre à une confession calculée. Réfugié à Amsterdam dans une ville de canaux et de lumière froide, où il joue à l'ermite et au prophète, cet ancien avocat attend dans un bar douteux des auditeurs complaisants.

« Il a le cœur moderne, c'est-à-dire qu'il ne peut supporter d'être jugé. Il se dépêche donc de faire son propre procès mais c'est pour mieux juger les autres. Le miroir dans lequel il se regarde, il finit par le tendre aux autres.

« Où commence la confession, où l'accusation? Celui qui parle dans ce livre fait-il son procès, ou celui de son temps? Est-il un cas particulier, ou l'homme du jour? Une seule vérité en tout cas, dans ce jeu de glaces étudié : la douleur, et ce qu'elle promet. »

La Chute devait être la septième nouvelle du recueil *L'Exil et le Royaume*. Les six premières étaient déjà écrites. Le sujet entraîna l'auteur plus loin qu'il ne s'y attendait. *La Chute* devint un livre indépendant. Terminé après les nouvelles, il fut publié avant, en mai 1956. *L'Exil et le Royaume* ne fut livré aux lecteurs qu'en mars 1957.

Plus que jamais, devant ce récit, on est obligé de penser à l'affirmation de Camus selon laquelle l'auteur contemporain « a renoncé à écrire des " histoires " afin de créer son univers ». C'est le long monologue, ou plutôt le dialogue solitaire, où l'interlocuteur ne répond pas, que tient un homme qui prétend s'appeler Jean-Baptiste Clamence. Ce procédé narratif avait déjà été employé, entre autres, par Victor Hugo, dans *Le dernier jour d'un condamné* et par Dostoïevski dans *Le Sous-sol*. Cette œuvre et *La Chute* ont bien des points communs. Dans l'une comme dans l'autre, un homme s'accuse et, par la même occasion, règle son compte au reste du genre humain. Et, puisque, avec Dostoïevski, l'autre grand maître de Camus est Nietzsche, on peut se souvenir (Camus lui-même l'a fait remarquer) que c'est par la lecture du *Sous-sol* que Nietzsche a découvert Dostoïevski.

Le système du dialogue solitaire fait de Clamence un personnage un peu théâtral. *La Chute* a souvent le ton d'une pièce.

La scène se passe à Amsterdam. Camus avait visité la Hollande en octobre 1954. Il est arrivé à Amsterdam le 6 et en est reparti le 7. Ce serait un peu court s'il s'était agi d'un récit réaliste. Le poète hollandais Sadi de Gorter s'est amusé à relever quelques inexactitudes touchant la capitale des Pays-Bas. Par exemple, la maison de Descartes : ce n'est pas celle d'Amsterdam, mais celle de Leyde qui a été transformée en asile d'aliénés. Les têtes de Maures, sur la façade du 514 Herengracht, ne signifient pas que le propriétaire de cette maison se livrait au trafic d'esclaves. Il est vrai que, depuis *La Chute*, même les Hollandais se sont mis à le croire. « La Hollande est un songe », affirme Camus. Sa description est nimbée de brouillard, de pluie, de nuit. Même le ciel de neige fondue qu'il décrit n'est pas sans faire penser au récit de Dostoïevski que je viens de citer. On sait l'importance de l'écrivain russe pour celui qui allait bientôt adapter *Les Possédés*. Clamence, lui aussi, fait entendre une « voix souterraine ». *De profundis clamavi...* Dans le funèbre chant d'angoisse, on entend l'écho de ce nom : Clamence.

On pense également au clair-obscur des peintres hollandais. Clamence d'ailleurs s'occupe de tableaux, de façon plutôt répréhensible.

Entre Jean-Baptiste Clamence et celui qu'il appelle « cher Monsieur », ou « mon cher compatriote », se déroulent cinq entretiens. Cela rappelle que *La Peste* était divisé en cinq parties.

Jean-Baptiste Clamence commence son récit dans un bar d'Amsterdam, *Mexico-City*, le continue dans une petite île assez sinistre, malgré son village de poupée pour touristes, enfin dans sa chambre où le cloue la fièvre. Mais, cette fois, à travers ce discours grinçant, un peu fou, ce n'est pas la grande injustice faite à l'homme qui est dénoncée. On ne reproche pas à la Divinité aveugle de l'avoir jeté dans un monde où l'on meurt et où l'on n'est pas heureux. C'est l'homme lui-même qui est mis en accusation, dans un réquisitoire implacable. Tous les hommes sont coupables. Ils doivent se résoudre, s'ils ont un peu de conscience morale, à vivre dans le malaise.

Les propos de l'ancien avocat, devenu, au *Mexico-City*, conseiller juridique des truands et des voleurs de tableaux, sont empreints d'ironie, une ironie très corrosive. Mais l'humour en est absent. On a défini l'humour comme la politesse du désespoir. *La Chute* est peut-être un livre désespéré. Mais ce n'est pas un livre poli.

On a souvent dit que la vocation profonde de Camus était celle d'un moraliste. Ce n'est peut-être qu'un malentendu de plus, comme celui qui, à cause du mot absurde, l'avait fait classer parmi les philosophes du néant. N'a-t-il pas écrit : « Nous vivons pour quelque chose qui va plus loin que la morale? » N'a-t-il pas traité la morale de « succédané malheureux et décharné de l'amour »? Bien sûr, on pourrait tirer de *La Chute* un recueil entier d'aphorismes dans la traditon des moralistes français, surtout de Chamfort dont Camus a préfacé une édition des *Maximes* :

« Quand on a beaucoup médité sur l'homme, il arrive qu'on éprouve de la nostalgie pour les primates... Si les souteneurs et les voleurs étaient toujours et partout condamnés, les honnêtes gens se croiraient tous et sans cesse innocents... L'homme est ainsi, cher Monsieur, il a deux faces; il ne peut aimer sans s'aimer... Chaque homme a besoin d'esclaves comme d'air pur... Quand je vois une tête nouvelle, quelqu'un en moi sonne l'alarme... »

Mais si, dans un accès de misanthrophie, il s'était borné à dénoncer ainsi « l'amour propre », comme La Rochefoucauld, la faiblesse de l'homme et sa méchanceté, on pourrait trouver son propos un peu court. *La Chute* va infiniment plus loin. Le narrateur met encore plus d'intelligence et de férocité à se dénoncer lui-même. Il n'y a pas de confession plus pathétique que ces passages où il arrache son masque. Lorsque Clamence dit, avec dérision : « J'avais une spécialité : les nobles causes », on voit derrière lui l'auteur, pris de vertige devant le rôle de juste, de directeur de conscience, de professeur de morale qu'il a assumé les dernières années, et s'interrogeant sur sa propre sincérité. Comme si l'intelligence pouvait être entièrement sincère. Penser, c'est douter et, d'autre part, on a déjà tout dit sur les horreurs qui peuvent traîner au fond de la conscience d'un honnête homme. Mais Camus rejette ces excuses et met au jour « la duplicité profonde de la créature ». A force d'analyse, Clamence débusque toutes les arrière-pensées. Il détruit ainsi le juste qu'il croyait être. Défendre, sans risque, les victimes, n'est qu'une façon d'assurer sa domination. « Comme si mon véritable désir n'était pas d'être la créature la plus intelligente ou la plus généreuse de la terre, mais seulement de battre qui je voudrais, d'être le plus fort enfin, et de la façon la plus élémentaire. »

Clamence parle aussi de son attitude envers les femmes. Ce long passage est un véritable traité du donjuanisme. Le thème de Don Juan fut une des préoccupations constantes de l'auteur. J'ai eu l'occasion de le souligner dans le chapitre sur *Le Mythe de Sisyphe*. Le narrateur de *La Chute* ne ressemble guère au Don Juan du *Mythe* dont les motivations sont purement métaphysiques. Pas davantage à ceux de Molière, Mozart ou Pouchkine. Lui, finalement, il est plus simple.

« Il faut d'abord savoir, dit-il, que j'ai toujours réussi, et sans grand effort, avec les femmes. Je ne dis pas réussir à les rendre heureuses, ni même à me rendre heureux par elles. Non, réussir, tout simplement. »

Il dit aussi :

« A force de recommencer, on contracte des habitudes. Bientôt le discours vous vient sans y penser, le réflexe suit : on se trouve un jour dans la situation de prendre sans désirer. »

Clamence-Don Juan épuise tout le champ du possible. Il essaie d'aimer, d'être amoureux, il goûte de la débauche, et il tente même d'être chaste :

« J'essayai alors de renoncer aux femmes, d'une certaine manière, et de vitre en état de chasteté. Après tout, leur amitié devait me suffire. Mais cela revenait à renoncer au jeu. Hors du désir, les femmes m'ennuyèrent au-delà de toute attente, et, visiblement, je les ennuyai aussi. Plus de jeu, plus de théâtre, j'étais sans doute dans la vérité. Mais la vérité, cher ami, est assommante. »

Déjà, en 1942, on lisait, dans les *Carnets* :

« La femme, hors de l'amour, est ennuyeuse. Elle ne sait pas. Il faut vivre avec l'une et se taire. Ou coucher avec toutes et faire. Le plus important est ailleurs. »

La prise de conscience, de mauvaise conscience devrait-on dire, de Clamence, se matérialise bientôt d'une façon qui appartient presque au domaine du fantastique. Derrière lui, il entend un rire.

Quand il commence à douter de lui-même et à instruire son propre procès, il ne se trouve qu'une excuse, « mais si misérable que je ne puis songer à la faire valoir. En tout cas, voilà : je n'ai jamais pu croire profondément que les affaires humaines fussent choses sérieuses ». Bientôt, même cette excuse ne vaudra plus rien.

S'il est vrai que, comme l'assure Gaston Bachelard, « pour certaines âmes, l'eau est la matière du désespoir », on en trouve une parfaite illustration dans *La Chute*. D'abord à cause d'Amsterdam, et son glauque décor aquatique. Ensuite, par le rôle que, dans le souvenir de Clamence, jouent la Seine et ses ponts. La première fois où il entend rire derrière lui, c'est sur le pont des Arts. Et la fêlure qui va faire basculer sa conscience, c'est une nuit, sur le Pont-Royal, qu'elle se produit. Il voit une jeune femme, penchée sur le parapet. Il la dépasse. Un instant plus tard, il entend le bruit d'un corps qui s'abat sur l'eau. Mais il ne fait rien, il ne donne pas l'alerte. Les jours suivants, il évite de lire les journaux. Cette paresse, poussée jusqu'à la lâcheté, jusqu'à ce que les juristes appellent non-assistance à personne en danger, voilà le crime de Clamence, et pourquoi il ne s'est plus supporté.

Étrange que cet homme qui déclare : « Je ne passe jamais sur un pont, la nuit », ait choisi Amsterdam, la ville aux onze cents ponts.

Je ne pense pas aussi que ce soit par hasard que la personne qui se jette à la Seine et n'est pas sauvée par Clamence soit une jeune femme, et non un homme. Cela sous-entend la vieille idée que la femme a éternellement besoin de protection, d'assistance, qu'elle appelle éternellement au secours et fait un coupable de l'homme qui ne répond pas.

Les dernières lignes du livre évoquent encore la scène du Pont-Royal. Clamence agirait-il de façon différente, s'il lui était donné de la revivre? Il s'en tire par un sarcasme. Et comme, en même temps, il nous fait soupçonner que l'interlocuteur muet auquel il s'est adressé, tout au long, n'est autre que lui-même, le voici renvoyé sans fin et sans recours à l'irrémédiable.

Camus, parti des pages heureuses, solaires, de *Noces*, finit par écrire *La Chute*, sans doute sous l'influence des blessures qu'il a reçues dans les combats, pas toujours à la loyale, des intellectuels parisiens entre eux, mais aussi pour une raison qui tient à l'essence même de sa création littéraire. Sa première expérience fait de lui un homme simple, aimant la vie, la mer, le soleil, « un cœur grec », dira-t-il, proche de la nature et des joies du corps. Dans *Les Muets*, une des nouvelles de *L'Exil et le Royaume*, on peut lire : « L'eau profonde et claire, le fort soleil, les filles, la vie du corps, il n'y avait pas d'autre bonheur dans son pays. » Le jeune Camus est sans doute devenu écrivain pour exprimer, ensuite pour retrouver cette communion primitive, cet accord avec le monde. Mais cette communion s'est refusée à lui, aussi bien dans sa vie que dans l'œuvre qu'il désirait écrire. Il a été conduit à parler de l'autre face du monde : le mal, la mort, la guerre, la violence, l'injustice. Il en a parlé avec autorité. Mais plus on lui reconnaissait cette autorité, plus elle lui pesait. On sent toujours, derrière son discours, la nostalgie du naturel et de l'innocence. *La Chute* exprime la malédiction d'avoir perdu la simplicité, de ne plus pouvoir recevoir de plein fouet le bonheur et le malheur. Camus fait dire à Clamence :

« Oui, peu d'êtres ont été plus naturels que moi. Mon accord avec la vie était total, j'adhérais à ce qu'elle était, du haut en bas, sans rien refuser de ses ironies, de sa grandeur et de ses servitudes. »

Clamence donne une définition de l'Eden : « la vie en prise directe ». Il ajoute : « Ce fut la mienne. » Au passé, bien sûr, puisque l'Eden, par définition, est toujours perdu. Et, vers la fin de son long monologue, la nostalgie lui arrache un cri :

« Oh, soleil, plages, et les îles sous les alizés, jeunesse dont le souvenir désespère! »

On pourrait considérer aussi que *L'Etranger*, et son héros, proche d'une vie élémentaire, corporelle, innocente, correspondent à la vision de l'existence qui était donnée au jeune Algérien Albert Camus. Tandis que *La Chute* et Clamence expriment le désenchantement auquel aboutit un Camus européanisé. L'intellect l'a emporté sur le physique, et il en reste comme l'image d'un paradis perdu. La tyrannie de l'esprit, dans la civilisation moderne, a un effet destructeur.

On a dit que, pour les romanciers américains, la géographie est une morale. De Henry James à Scott Fitzgerald, ils ont montré l'innocence américaine venant chercher en Europe la corruption et la mort. C'est un peu cette idée qui se retrouve chez Camus. Ce n'est guère étonnant, si l'on se souvient que les Français d'Algérie se considéraient comme des pionniers d'un nouveau monde.

Touchés et séduits par la personnalité de Camus, beaucoup de ses lecteurs ont ainsi essayé de le reconnaître dans ses récits. Mais Meursault

dans *L'Etranger*, le docteur Rieux dans *La Peste*,
Clamence dans *La Chute*, ne sont pas Camus.
Seulement des déguisements. Trois métamorphoses
qui montrent ce que la vie, en notre temps, fait
d'un homme qui avait cru pouvoir rester toujours
simple, naturel, sans détour. En particulier, Camus
a doté Clamence de quelques-uns de ses goûts,
celui de la lumière méditerranéenne, celui du
sport, sans oublier la passion du spectacle. Mais
cela n'autorise pas à le prendre pour l'auteur.

Un terme surprend, dès le début de *La Chute* :
juge-pénitent. Clamence était avocat et il dit qu'il
est désormais juge-pénitent. L'idée en est venue à
Camus à propos des existentialistes dont il disait
que, quand ils s'accusaient eux-mêmes, c'était pour
pouvoir mieux accuser les autres. C'est le moment
où Simone de Beauvoir publie son roman *Les
Mandarins*, dont la principale attraction est un
portrait aussi faux que blessant de Camus.

L'ancien avocat Clamence trouve son idée de
juge-pénitent digne de la révolution coperni-
cienne :

« Puisqu'on ne pouvait condamner les autres
sans aussitôt se juger, il fallait s'accabler soi-même
pour avoir le droit de juger les autres. Puisque tout
juge finit un jour en pénitent, il fallait prendre la
route en sens inverse et faire métier de pénitent
pour pouvoir finir en juge. »

Clamence déclare :

« ... Je navigue souplement, je multiplie les
nuances, les digressions aussi; j'adapte enfin mon
discours à l'auditeur, j'amène ce dernier à renché-
rir... Le réquisitoire est achevé. Mais du même
coup le portrait que je tends à mes contemporains
devient un miroir... Alors, insensiblement, je passe,

dans mon discours, du " je " au " nous "... Plus je m'accuse et plus j'ai le droit de vous juger. »

C'est cela, le juge-pénitent.

« Je n'ai plus d'amis, je n'ai que des complices. En revanche, leur nombre a augmenté, ils sont le genre humain. »

Et encore :

« ... Nous ne pouvons affirmer l'innocence de personne, tandis que nous pouvons affirmer à coup sûr la culpabilité de tous. »

Dans une interview[1], Camus expliquait que son propos était de « brosser un portrait, celui d'un petit prophète comme il y en a tant aujourd'hui. Ils n'annoncent rien du tout et ne trouvent pas mieux à faire que d'accuser les autres en s'accusant eux-mêmes ».

Les seuls juges intègres que l'on trouve dans *La Chute* figurent sur un tableau, un panneau volé à un retable de Van Eyck, et dont Clamence s'est fait le receleur.

Ainsi, de *L'Etranger* à *La Chute*, il s'est produit un retournement. Jean Paulhan, qui appelle ces deux livres des « moralités », parle d'une « double histoire parallèle d'un homme qui se juge parfaitement innocent, et d'un homme qui se juge parfaitement coupable ». L'une semble le négatif de l'autre.

On pourrait prétendre aussi que *La Chute* propose une nouvelle image de Sisyphe. Cette fois, son futur est une chute sans fin. Sa nouvelle tâche n'est plus de hisser son rocher, mais d'éprouver à jamais la plongée dans l'abîme.

1. *Le Monde*, 31 août 1956.

Comme de légers nuages annonciateurs de la tempête, quelques phrases, quelques attitudes, dans les livres précédents, peuvent déjà faire penser qu'un Clamence surgira un jour au centre de l'œuvre. (Il est bien entendu plus facile de découvrir cela après coup que sur le moment.) « On est toujours un peu fautif », disait modestement Meursault. Et Tarrou : « Chacun porte la peste en soi. » Dans un article sur Melville, en 1952, Camus parle de « l'irrésistible logique qui finit par dresser l'homme juste contre la création et le créateur d'abord, puis contre ses semblables et contre lui-même ».

Clamence voit ses fins dernières. Et l'on n'a pas manqué de trouver un sens du péché dans les sentiments qu'il affiche. Ajoutons qu'il se livre à quelques railleries envers « les athées de bistrot ». Voilà qui était nouveau, dans l'œuvre d'un écrivain jusque-là incroyant. Camus était-il en train de devenir chrétien? L'éternel mouvement de fuite, qui est tout le sujet de *La Chute*, est-il une fuite devant les hommes, ou devant Dieu? Camus tint à mettre les choses au point. Dans l'interview du *Monde* déjà citée, on lui demande si, comme l'espèrent certains lecteurs, *La Chute* ne marque pas un ralliement à l'esprit, sinon au dogme de l'Eglise. Il répond :

« Rien vraiment ne les y autorise. Mon juge-pénitent ne dit-il pas clairement qu'il est Sicilien ou Javanais? Pas chrétien pour un sou. Comme lui j'ai beaucoup d'amitié pour le premier d'entre eux. J'admire la façon dont il a vécu, dont il est mort. Mon manque d'imagination m'interdit de le suivre plus loin. Voilà, entre parenthèses, mon seul point commun avec ce Jean-Baptiste Clamence auquel on s'obstine à vouloir m'identifier. Ce livre, j'aurais voulu pouvoir l'intituler *Un héros de notre temps*. »

Pour Clamence, le Christ est tellement humain qu'il est comme tous les hommes, pas tout à fait innocent. Et si l'on cherche bien, on trouve la source de sa culpabilité :

« Les enfants de la Judée massacrés pendant que ses parents l'emmenaient en lieu sûr, pourquoi étaient-ils morts, sinon à cause de lui ? »

Lermontov, en créant *Un héros de notre temps*, peignait un romantique. Piotr Verkhovensky, personnage des *Possédés*, comme son modèle Netchaïev, est aux yeux de Dostoïevski « un héros de notre temps ». Et maintenant Clamence. Chaque époque ainsi sécrète et dénonce un personnage.

Bien plus qu'à un chrétien qui se confesse, Clamence fait penser à un patient parlant à son psychanalyste. C'est ce qu'a remarqué l'un d'eux, Masud R. Khan, dans un essai sur *L'Etranger* et *La Chute* intitulé *De la nullité au suicide*[1]. Masud Khan assimile Clamence à ces « patients qui arrivent avec l'intention déterminée d'établir un dialogue et, en fait, ils établissent progressivement une sorte de "communiqué" impérieux relatif à leur espace de vie. En écoutant un patient de ce type, nous constatons que notre rôle et notre fonction sont peu à peu éliminés de par la nature même de la

1. *Nouvelle Revue de psychanalyse*, n° 11, printemps 1975.

communication, de son style et de son contenu ».
Clamence lui-même parle de « trop-plein », et
avoue : « Dès que j'ouvre la bouche, les phrases
coulent. »

Pour Masud Khan, Clamence incarne « la
fonction meurtrière de l'esprit » :

« Un mécanisme diabolique de son esprit ne
l'autorise plus à rester dans cette aire de vulnéra-
bilité, de désarroi et de confiance, aire d'où seule la
conversation peut émaner. L'acte authentique se
transforme en une force compulsive à tuer l'autre
mais, à la différence du meurtre commis par
Meursault, il s'agit d'un meurtre mental, d'un
jugement. Aussi est-il sans limites, accompli sans
bruit et sans effusion de sang, aussi est-il absolu. Il
laisse le meurtrier à la fois pénitent et juge. Partant
de là, il est naturel que la fin soit ou le suicide, ou
l'implication d'un autre avec son élimination
consécutive. »

En effet, à la fin, l'interlocuteur de Clamence
n'existe plus. Il n'est que l'image de celui qui
parle. Par un tour de passe-passe, il est avocat, il
est allé une nuit sur les quais de la Seine, bref c'est
un double. Clamence est seul. A moins que tous les
autres humains ne soient identiques à lui, jusqu'au
cœur de ses culpabilités.

Requiem pour une nonne

(1956)

La genèse de *Requiem pour une nonne* est une longue et assez étrange histoire. Les deux personnages principaux apparaissent, dès 1931, dans deux œuvres de Faulkner. Temple Drake est l'héroïne de *Sanctuaire*. Nancy Mannigoe celle de *Soleil couchant*, nouvelle qui fait partie du recueil *Treize Histoires* et qui doit son titre original, *That Evening Sun*, aux paroles du célèbre *Saint Louis Blues*. En novembre 1931, Faulkner, dans une lettre à sa femme Estelle, parle d'une adaptation qui aurait été faite de *Sanctuaire*. Cette version théâtrale ne semble pas avoir été jouée et on n'en retrouve pas trace. Mais c'est peut-être là l'origine de l'idée qui aboutira à *Requiem pour une nonne*. En décembre 1933, il commence une nouvelle portant ce titre, mais la laisse inachevée.

En août 1949, une étudiante de vingt et un ans, Joan Williams, qui admire Faulkner et se sent une vocation littéraire, lui rend visite chez lui, à Oxford, Mississippi, où elle est introduite par des amis de l'écrivain. Faulkner la revoit à New York, en février. Au cours de cette idylle avec l'étudiante (qu'elle transposera plus tard dans un roman, *The*

Wintering), une idée bizarre s'empare de Faulkner. Il veut absolument écrire une pièce en collaboration avec elle. Il pense comme sujet à celui de la nouvelle inachevée. L'étudiante est complètement affolée. Comment pourrait-elle collaborer, sur un pied d'égalité, avec celui qu'elle considère comme un génie ? Dans le train qui le ramène à Oxford, le 12 février, Faulkner commence à prendre des notes, l'acte d'accusation contre Nancy Mannigoe. Il l'envoie à Joan. Les lettres à Joan, que l'on peut lire dans *Lettres choisies* de Faulkner[1], donnent une idée de leur travail en commun.

« Je te le répète, écrit Faulkner le 21 mars 1950, la pièce est aussi la tienne. Si tu la refuses, je ferai de même. Je n'aurais pas songé à en écrire une si je ne t'avais pas rencontrée... J'ai les notes que tu m'as envoyées : elles sont très bien, au point que je n'ai aucun commentaire à te faire. Maintenant, il faut mettre *tout* sur le papier, même si, une fois écrit, ça doit, bien entendu, être nettoyé, corrigé faute de quoi nous ne serions pas, l'un et l'autre, satisfaits. »

En mai, deux actes sont terminés, mais Faulkner se rend compte qu'il est incapable d'écrire pour le théâtre et envisage de transformer la pièce en roman. Ou plutôt, il pense que *Requiem* sera composé de scènes de théâtre intégrées à un roman.

« J'ai pensé, expliquera-t-il à des étudiants, que c'était la meilleure manière de raconter cette histoire. Que l'histoire de ces gens-là tombait dans le domaine d'un dur dialogue continu pur et simple. Les longs... intermèdes, préfaces, préambules – appelez-les comme vous voudrez – étaient nécessai-

1. Gallimard, 1981.

res pour faire l'effet d'un contrepoint dans l'orchestration, les notes dures du dialogue étaient jouées en opposition avec quelque chose de mystique et le rendaient plus vif, plus efficace à mon avis. Ce n'était pas une expérience, c'était simplement parce que cela me semblait une manière plus efficace de raconter cette histoire. »

Il continuait à dire à Joan que, si elle trouvait que c'était possible, elle pourrait en faire une pièce pour être jouée. En attendant, comme il avait toujours besoin d'argent, il tira un « sous-produit » de son œuvre, comme il le dit lui-même, dans lequel on reconnaît le prologue narratif de l'acte I, que son agent vendit au *Harper's Magazine*, sous le titre de *Un nom pour la ville*. En novembre, Faulkner reçoit le prix Nobel et, le moins qu'on puisse dire, c'est qu'il encaisse alors des commentaires encore plus malveillants que ceux auxquels aura droit Camus, sept ans plus tard. Par exemple, le *New York Times* écrit :

« L'inceste et le viol sont peut-être des distractions communément répandues dans le Jefferson, Mississippi, de Faulkner, mais pas ailleurs aux Etats-Unis. »

Il va à Stockholm, fait un tour en Europe, puis se rend à Hollywood travailler sur un film, retourne à Paris. Malgré ses voyages, l'œuvre est terminée en juin 1951. Que s'est-il passé avec Joan? Le 18 juin, il lui annonce qu'il vient à New York parce qu'un producteur lui propose de monter « ce que je persiste à appeler notre pièce, bien que tu l'aies désavouée ». En fait, c'est une ancienne étudiante de l'université du Mississippi, Ruth Ford, devenue actrice, restée liée à Faulkner, qui avait montré des épreuves au producteur et désirait porter *Requiem* à la scène. Passant sous silence l'épisode Joan, Faulkner n'hésite pas à écrire à Ruth :

« La pièce, le rôle ont été écrits pour toi : il n'y a donc pas besoin de contrat tant que nous n'aurons pas discuté et examiné s'il peut en sortir quelque chose. »

A propos de Ruth Ford, il dira :

« J'admire l'énergie un peu terrifiante qu'elle met dans son ambition à devenir actrice, et j'ai écrit cette pièce pour l'y encourager. »

Il vient à New York, en juillet, pour travailler à l'adaptation avec elle. (Dans le même temps, il écrit à une Suédoise, Else Jonsson, veuve de son traducteur, avec laquelle il s'est lié au moment du Nobel, à Stockholm, pour lui dire que, si l'on joue la pièce en Europe, cela lui fournira un prétexte pour la rejoindre.) Tandis que se poursuit le travail d'adaptation, avec Ruth Ford, le producteur Lemuel Ayers et le metteur en scène Albert Marre, *Requiem pour une nonne* paraît en librairie, le 27 septembre[1]. C'est, selon l'expression d'un spécialiste de Faulkner, « un roman sous forme d'une pièce en trois actes précédés chacun d'un prologue narratif ». Quant à l'adaptation théâtrale, on l'essaye à Cambridge, en novembre, pour la jouer à New York en janvier. Mais le producteur ne trouve pas d'argent. On décide de reporter la création. Pourquoi ne pas la faire à Paris, au théâtre des Champs-Elysées, à l'occasion du Festival « Œuvres du XXe siècle » qui doit se tenir en mai 1952 ? Mais il faudrait avancer quinze mille dollars qui, à supposer qu'on rentre dans ses frais,

1. Random House.

ne pourraient plus être rapatriés de France. Bref, rien ne se fera pour le moment. Plus tard, l'adaptation de Ruth Ford sera jouée à plusieurs reprises, sur diverses scènes du monde. La création à New York n'aura lieu que le 28 janvier 1959. Quant à Joan Williams, sa collaboration littéraire avec Faulkner continue, mais sur d'autres projets. « Les rôles sont inversés, tu ne trouves pas? lui écrit-il le 28 novembre 1951. Je n'ai pas réussi à te convaincre de m'aider à écrire une pièce; et maintenant je semble bien décidé à t'aider à écrire un roman, que tu le veuilles ou non. »

Pendant ce temps, à Paris, Marcel Herrand formait le projet d'adapter l'œuvre de Faulkner pour le théâtre des Mathurins. On sait qu'il mourut en 1953, à la veille du Festival d'Angers, où Camus le remplaça. Camus accepta en outre, à la demande de la direction du théâtre, de reprendre à son compte l'adaptation de *Requiem pour une nonne*.

En novembre 1953, la sœur de Michel Gallimard, Nicole Lambert, qui était alors l'agent de Camus, demande pour lui à Faulkner l'autorisation d'adapter le livre. L'écrivain américain accepte, tout en souhaitant que Ruth Ford soit consultée. Mais les choses traînent et le contrat ne sera signé qu'en février 1955. La première a lieu le 20 septembre 1956, au théâtre des Mathurins. Faulkner, qui a passé ces dernières années à courir le monde, souvent en mission officielle de propagande pour les services culturels de son pays, n'est pas là. Mais il envoie un télégramme à la directrice du théâtre, Mme Harry-Baur :

« Le 10 octobre 1956. Très heureux accueil réservé à ma pièce à Paris je vous adresse mes remerciements à vous-même et à la troupe. William Faulkner. »

Le 4 janvier 1957, il adressa ses vœux à Camus :

« En ce début d'année je vous envoie mes vœux et mes compliments pour votre collaboration à mon œuvre. »

Après la mort de Camus, comme on veut monter la pièce en Pologne, en 1962, et qu'on le consulte pour les droits, ainsi que Francine Camus, il répond :

« La pièce était essentiellement de Camus. J'accepte la proposition de Mme Camus, quelle qu'elle soit. »

Les télégrammes de politesse, dans leur banalité, disent mal ce que Faulkner pensait de Camus. En 1958, alors qu'il est écrivain résident à l'université de Charlottesville, en Virginie, il répond à la question d'une étudiante :

« Je connais très bien Camus et j'ai la plus haute opinion de lui. C'est un homme qui... fait ce que j'ai toujours essayé de faire, c'est-à-dire de chercher, d'exiger, de demander toujours à son âme propre. C'est la raison pour laquelle je dis qu'il est le meilleur des Français vivants, meilleur que Sartre et les autres. Malraux était... il est devenu un obsédé de la politique, mais Camus a été fidèle à ses principes, qui ont toujours été de chercher l'âme, ce qui est à mon avis le premier travail de l'écrivain. Chercher sa propre âme et donner un portrait convenable, vivant, de l'homme devant les problèmes humains. »

Après la mort tragique de Camus, il lui rend hommage dans un article de la *Transatlantic Review* (février 1961) :

« A l'instant même où il s'écrasait contre un arbre, il s'interrogeait, se posait encore les mêmes questions; je doute qu'en cet instant lumineux il ait trouvé les réponses. Je ne crois pas qu'on puisse les trouver. Je crois qu'elles peuvent être seulement cherchées obstinément, sans relâche par quelque chétif représentant de notre absurde humanité. Ceux-là ne sont jamais nombreux, mais il en existera toujours un quelque part et celui-là suffira toujours. »

Quant à Camus, il a plus d'une fois dit son admiration pour Faulkner. Répondant à une enquête du *Hardward Advocate*, en 1951, il affirme :

« Il est, à mon avis, votre plus grand écrivain; le seul, il me semble, qui s'inscrive dans votre grande tradition littéraire du XIXe siècle et un des rares créateurs de l'Occident. Je veux dire qu'il a créé son monde, reconnaissable entre mille et irremplaçable, comme l'ont fait avant lui Melville, Dostoïevski ou Proust. *Sanctuaire* et *Pylône* sont des chefs-d'œuvre. »

On peut s'interroger sur les deux titres cités par Camus. Ce ne sont ni *Le Bruit et la Fureur*, ni *Absalon, Absalon*, ces œuvres majeures, mais *Sanctuaire*, qui est plus facile, volontairement spectaculaire, et *Pylône*, roman en général sous-estimé, bien à tort à mon avis, et un peu à part, qui pose lui aussi le problème de la grâce, mais à travers une histoire de journaliste et d'aviateurs.

Camus a expliqué avec précision la façon dont il a adapté *Requiem pour une nonne*, dans la préface qu'il écrivit pour la traduction française, par Maurice-Edgar Coindreau, du livre de Faulkner. Cette traduction parut en mars 1957, postérieurement à l'adaptation de Camus qui fut éditée en octobre 1956. Pour travailler, Camus utilisa une traduction mot à mot faite pour lui par Louis Guilloux.

On peut trouver bien des points communs à Camus et à Faulkner. L'un et l'autre sont des créateurs de mythes. En 1928, à la question : « Quel livre auriez-vous aimé écrire? » posée par le *Chicago Tribune*, Faulkner répond : « *Moby Dick.* » Une réponse qu'aurait pu faire Camus qui a tant de fois cité le grand mythe de Melville. L'un et l'autre aiment les femmes et respectent l'amour. L'un et l'autre sont attachés à une terre qui connaît la malédiction. Faulkner devant le problème sudiste, comme Camus devant le problème algérien, essaient de préconiser la modération, une voie moyenne. Ils pensent que le temps pourrait être un allié. L'un et l'autre tiendront à ce sujet des propos qui seront mal interprétés et qui leur vaudront de vives attaques. Toutefois, ce n'est pas en pensant à l'Algérie que Camus entreprend de travailler sur le roman faulknérien. On a vu que l'idée de cette adaptation n'est pas de lui et qu'elle remonte à 1953. La guerre d'Algérie ne commence qu'en novembre 1954.

Faulkner et Camus divergent sur un point important, le sentiment religieux. Dans sa préface au roman, Camus explique pour quelles raisons scéniques il a modifié la fin dans laquelle Faulkner exposait longuement « son étrange religion ». On a voulu voir, dans le dernier tableau tel que l'a transformé Camus, et au cours duquel Nancy dit sa foi, le signe qu'il était proche de se convertir. Il s'en est défendu avec énergie. Mais il ne pouvait, sans trahir l'œuvre, faire que Nancy Mannigoe, droguée, prostituée, criminelle, ne devînt, ainsi que l'avait voulu Faulkner, une « nonne », et même une sainte. Après *Requiem pour une nonne*, Faulkner va écrire *Parabole*, œuvre ambitieuse et ratée, où un soldat de Verdun, fusillé pour mutinerie en 1917, devient à la fois le Christ et le Soldat inconnu. Adapter *Requiem*, c'était adapter en quelque sorte une tragédie chrétienne, le moment où, dans l'œuvre de Faulkner, après tant de pages sur la damnation, le destin et le péché, apparaît un sentiment nouveau chez lui, de pardon, de rachat et de foi. La souffrance de Nancy lui apporte la grâce. « Si je traduisais et mettais en scène une tragédie grecque, personne ne me demanderait si je crois en Zeus », fait remarquer Camus.

On a noté aussi que l'adaptation de *Requiem* est contemporaine de *La Chute* et qu'il devait y avoir des correspondances entre les deux. Le sentiment chrétien, justement. Camus a assez dit que Clamence, le héros de *La Chute*, n'était « pas chrétien pour un sou », pour qu'on laisse de côté cette interprétation.

Si l'on se tourne maintenant du côté de Faulkner, on voit qu'il attribue à Camus une quête spirituelle qui n'est pas tout à fait conforme. Faulkner écrit :

« Il disait : "Je ne crois pas que la mort débouche sur une autre vie. Pour moi c'est une porte qui se referme sur nous." Ou plutôt il s'est efforcé de le croire, mais il n'y a pas réussi. Quoi qu'il en eût, il a, comme tous les artistes, passé cette vie, à s'interroger, à se poser des questions auxquelles Dieu seul peut répondre. »

Faulkner pense qu' « aucune œuvre ne peut être de valeur sans une certaine conception de Dieu, appelez-Le du nom que vous voudrez ». Il ajoute :

« C'est pour moi la différence entre Camus et Sartre. »

Aux Mathurins, qui avaient vu, jadis, le demi-échec du *Malentendu*, la pièce, mise en scène par Camus, fut un triomphe, le mot n'est pas exagéré. Dans le rôle de Temple Stevens, une jeune actrice, Catherine Sellers, apparut comme une très grande tragédienne. Camus l'avait découverte alors qu'elle interprétait *La Mouette*, de Tchekhov. Incarnée par elle, Temple était la fragilité sur qui s'abat le malheur.

On joua à bureaux fermés pendant deux ans. Il est arrivé à Camus de remplacer, au pied levé, Michel Maurette, dans le rôle du gouverneur. Le public bouleversé retenait chaque soir son souffle, quand Nancy s'offrait au châtiment, quand Temple, venue chez le gouverneur demander la grâce de Nancy, confessait enfin ses fautes, et attendait à son tour le rachat, l'absolution.

L'Exil et le Royaume

(1957)

L'Exil et le Royaume est un recueil de nouvelles qui, on l'a vu, sont contemporaines de *La Chute*. L'auteur a tenu à le rappeler dans le prière d'insérer, daté de 1957 :

« *La Chute*, avant de devenir un long récit, faisait partie de *L'Exil et le Royaume*. Ce recueil comprend six nouvelles : *La femme adultère*, *Le Rénégat*, *Les Muets*, *L'Hôte*, *Jonas* et *La Pierre qui pousse*. Un seul thème pourtant, celui de l'exil, y est traité de six façons différentes, depuis le monologue intérieur jusqu'au récit réaliste. Les six récits ont d'ailleurs été écrits à la suite, bien qu'ils aient été repris et travaillés séparément.

« Quant au royaume dont il est question aussi, dans le titre, il coïncide avec une certaine vie libre et nue que nous avons à retrouver, pour renaître enfin. L'exil, à sa manière, nous en montre les chemins, à la seule condition que nous sachions y refuser en même temps la servitude et la possession. »

Ces nouvelles étaient en gestation dès 1952. Et on trouve déjà un rapprochement entre les deux mots, l'exil et le royaume, dans une préface écrite en 1949 pour une exposition Balthus, à la galerie Pierre-Matisse, de New York :

« Et sans aucun artifice, par l'art le plus direct et le plus simple, nous remontons à nouveau le cours de la vie, pour déboucher, loin des tumultes, dans ces jardins où Balthus a définitivement installé son royaume, peuplé de jeunes filles et de silences, patrie enfin retrouvée au cœur même d'un interminable exil. »

Le fait que le titre choisi ne soit pas, comme c'est fréquent, celui de l'une des nouvelles, montre la volonté de l'auteur de souligner leur cohérence, leur unité d'inspiration. Et elles sont en effet toutes des histoires où l'exil – moral ou géographique – joue un rôle. Si Camus a ajouté : « et le Royaume », c'est peut-être pour reproduire l'effet de symétrie et d'antithèse de son premier livre, *L'Envers et l'Endroit*. Dans une certaine mesure, d'ailleurs, *L'Exil et le Royaume* est un retour aux sources. Un texte comme *Les Muets* est une évocation du « quartier pauvre » qui a fourni l'inspiration de *L'Envers et l'Endroit*. Il est bien évident qu'en vingt ans, le métier de l'écrivain s'est enrichi. Camus souligne lui-même dans son prière d'insérer qu'il a traité le thème de l'exil en employant six techniques narratives différentes. Mais, en aucun cas, on ne saurait ramener ces nouvelles à des exercices de virtuosité. *La Femme adultère*, par exemple, est une réussite d'un écrivain parvenu au sommet de son art. Et le thème de l'exil lui tient trop à cœur pour qu'il ne lui serve qu'à faire des gammes.

Chassé d'Algérie en 1940, contraint de s'enterrer à Oran en 1941, bloqué dans la métropole en 1942, il a éprouvé très fortement l'exil. Plus que beaucoup d'autres, il y était sensible, à cause de l'amour qu'il avait porté à Alger, à ses quartiers populaires, ses plages, ses plaisirs simples. Plus tard, il aura tendance à appeler exil sa vie difficile au milieu des intellectuels, et la solitude amère où le jetteront les querelles consécutives à *L'Homme révolté*.

La Chute, inséparable de ces nouvelles, donnait l'image d'un exil irrémédiable, auquel Clamence s'était condamné lui-même, par mauvaise conscience. Dans les six histoires, l'exil au contraire débouche sur un royaume. Il faut entendre ce mot dans un sens presque religieux. C'est le royaume ascétique que l'on trouve au bout de la souffrance et du renoncement. C'est le dénuement du nomade dans le désert. Le mot « royaume » revient d'ailleurs spontanément sous la plume de l'auteur, dès qu'il évoque le Sud. Ainsi, dans *La Femme adultère* :

« Depuis toujours, sur la terre sèche, raclée jusqu'à l'os, de ce pays démesuré, quelques hommes cheminaient sans trêve, qui ne possédaient rien mais ne servaient personne, seigneurs misérables et libres d'un étrange royaume. »

A l'extrême de cet idéal de dépouillement, stoïcien ou franciscain, on peut se demander si ce n'est pas l'exil qui est le royaume.

D'après les notes de Camus, on voit que lorsqu'il imagine le voyage dans les oasis du Sud algérien de *La Femme adultère*, il a pour modèle Laghouat. Ses souvenirs étaient récents, d'où le côté choses vues de cette nouvelle. Circulant seul, en voiture, il avait visité les territoires du Sud en décembre 1952. Il était à Laghouat le 14 et le 15. De là, il était parti pour Ghardaïa, la capitale du Mzab.

La rencontre entre la splendeur d'une nuit du Sud et une femme dont la vie est faite de banalité, de grisaille, d'un compagnonnage sans amour, provoque une explosion sexuelle où il y a vraiment deux partenaires. Pas seulement la femme, dont le corps connaît l'extase, mais le ciel qui fait tomber sur elle ses grappes d'étoiles, comme une voie lactée de sperme. Contraste violent avec l'image sinistre qui est donnée des couples. Ils ne se forment, ils ne durent que par peur de la mort. C'est un délire qui prend les hommes « et les jette désespérément vers un corps de femme pour y enfouir, sans désir, ce que la solitude et la nuit leur montrent d'effrayant ». Ceux, fort rares, qui sont capables de dormir seuls « couchent alors tous les soirs dans le même lit que la mort ».

Sans que l'on songe à s'en étonner, tant ce thème hante Camus, de façon ontologique, l'eau est sans cesse présente dans ce récit du désert. Le vent dans les palmiers fait naître « une rumeur de fleuve » qui devient bientôt « sifflement de vagues ». La lumière de l'après-midi devient « liquide ». Janine rêve à l'endroit au-delà du désert, à des milliers de kilomètres au sud, « là où le premier fleuve féconde enfin la forêt ». Enfin « l'eau de la nuit » la submerge.

En 1952, préfaçant *Contre-amour*[1] de Daniel Mauroc, il écrit de même :

« Il faut vivre dans le désert, voilà tout, et le

1. Editions de Minuit.

forcer pour que jaillissent un jour les eaux de la lumière. »

Avant de figurer en tête de *L'Exil et le Royaume*, *la Femme adultère* a été publiée, à tirage limité, en 1954, aux éditions de l'Empire, à Alger, avec douze lithographies de Pierre-Eugène Clairin. Les éditions de l'Empire avaient été fondées, en 1943, par un libraire algérois, Noël Schumann. La nouvelle de Camus devait entrer dans une collection de textes courts, illustrés, à tirage limité. Noël Schumann trouvait que le titre était osé. Camus lui répondit :

« Mon cher ami, s'il porte mon nom, ce titre sera très convenable. »

Le Renégat, lui aussi, subit l'attrait du Sud. Dans ce récit encore plus excessif et paroxystique que *La Chute*, un missionnaire a voulu aller à toute force dans une ville interdite, sauvage, pour enseigner la douceur, le pardon des offenses. Mais ses maîtres l'ont trompé, « avec la sale Europe ». On ne peut pas convaincre les méchants. Jusqu'à ce point de l'histoire, il suffirait d'inverser l'itinéraire, de prendre un axe Sud-Nord, au lieu de Nord-Sud, pour retrouver le thème camusien de l'innocence méditerranéenne venant se briser sur la férocité de Paris. Comme Clamence, le pauvre missionnaire se persuade que « le bien est une rêverie... son règne est impossible ». Il va donc adorer le mal. Il va projeter de tuer le nouveau missionnaire dont la venue est annoncée. Un retournement final, dans sa tête malade, va le jeter de nouveau vers la bonté, la fraternité, la miséricorde. La dernière phrase réduit d'ailleurs à néant ces propos d' « esclave bavard ». La dialectique du bien et du mal, le tourment de l'absolu, puisque seul le mal, et non le bien, peut être absolu, font que ce conte cruel rejoint un des grands thèmes dostoïevskiens.

Les Muets reviennent au contraire au réalisme, au populisme même. C'est le texte le plus proche de *L'Envers et L'Endroit*. On pense aussi à la façon dont Louis Guilloux, devenu après la guerre un ami si proche de Camus, décrit la vie des humbles dans *La Maison du peuple* ou *Le Pain des rêves*. L'action se passe dans une tonnellerie, et l'on se souvient de l'oncle Sintès, tonnelier à Belcourt, qui apparaît si souvent dans les premiers écrits. Il existe une photo d'Albert Camus, à l'âge de six ou sept ans, dans la tonnellerie, au milieu des artisans.

L'Hôte ramène au Sud, ou tout au moins sur les Hauts Plateaux, pas loin « du contrefort montagneux où s'ouvrait la porte du désert ». Un instituteur y vit dans le froid et la solitude. Mais il est né en Algérie. « Partout ailleurs, il se sentait exilé. » Et dans cette vie rude, presque celle d'un ermite du désert, il se sent « un seigneur ». Ainsi reconnaît-on ici l'exil et le royaume. On a intérêt à comparer cette nouvelle à ce qu'écrivait en 1939 Camus des écoles du bled, dans l'article de son enquête *Misère de la Kabylie* consacré à l'enseignement.

L'instituteur s'appelle Daru. J'ai déjà eu l'occasion de souligner avec quel soin Camus choisit les noms de ses personnages. Mais il reste toujours une grande part d'inconscient dans cette fabrication. Chez Daru, il y a peut-être, que ce soit voulu ou non, une assonance avec Camus, une résonance avec Tarrou.

La façon barbare dont l'Arabe prisonnier est attaché par une corde à la selle du cheval du gendarme a sans doute été inspirée par un fait vrai qui s'était produit en 1934 ou 1935. Le Secours populaire avait alors édité des cartes représentant un syndicaliste musulman lié de cette façon à un cheval.

Daru, non-violent, est pris entre les deux communautés qui commencent à s'affronter. Camus a pensé à cette nouvelle en 1952, avant le déclenchement de la guerre d'Algérie. Il l'a terminée en 1956, presque deux ans après le début des hostilités. On ne saurait dire qu'au sujet des événements proprement dits, elle ait été prophétique. Mais elle l'est sûrement en ce qui concerne l'expérience amère qui attendait Camus, à mesure que la guerre se prolongeait, s'étendait, devenait plus cruelle :

« Dans ce vaste pays qu'il avait tant aimé, il était seul. »

Un des essais de *L'Eté*, intitulé *L'Enigme*, traite des rapports de l'écrivain et de son public. Transposé au cas d'un peintre, et raconté avec une fausse innocence, à la manière du *Candide* de Voltaire, c'est le sujet de la nouvelle *Jonas*. A peu près contemporain de *L'Enigme*, un mimodrame, *La Vie d'artiste*, exploite lui aussi le même thème. Il a été publié à Oran, en 1953, dans la revue *Simoun*. Comme dans *Jonas*, il s'agit d'un peintre assiégé par les mondains, les amis, les disciples. Dans une seconde partie, revenu à la solitude, il retrouve la création. Camus confia ce texte au metteur en scène Paolo Grassi, du Piccolo Teatro de Milan, à l'intention de son école de mimes. Les élèves du Piccolo Teatro le jouèrent en 1959.

Jonas, nouvelle très autobiographique, dresse un inventaire à peu près complet de tout ce qui, dans ces années cinquante, rend la vie de Camus impossible. Elle contient une caricature du monde de l'édition, qu'il voit tous les jours de son petit bureau, chez Gallimard : « Moins on lit et plus on achète de livres. » Les lectures que fait Jonas – par épouse interposée, car Louise lit à sa place – lui permettent de donner un coup de patte « aux découvertes contemporaines », autrement dit à l'existentialisme. « Il ne faut plus dire, affirmait Louise, qu'un tel est méchant ou laid, mais qu'il se veut méchant ou laid. » Vérité soutenue à la fois par la presse du cœur et les revues philosophiques, donc universelle et indiscutable. Il y a aussi, dans *Jonas*, un reflet des problèmes familiaux de l'auteur, en pleine crise du logement. Et Jonas, devenu un peintre célèbre, est bientôt envahi, de façon intolérable, par les amis, les disciples qui d'abord lui interdisent de suivre son inspiration, d'invoquer « le caprice, cet humble ami de l'artiste », et finissent, tant ils sont encombrants et égoïstes, par l'empêcher complètement de travailler.

Chaque trait, chaque trouvaille de ce conte – car c'est un conte plus qu'une nouvelle – sonnent si vrai que c'est au détriment de l'effet comique. Il y a trop de douleur derrière les mésaventures de Jonas pour que l'on puisse en rire de bon cœur. Voici comment le talent, le succès, la gloire, tout ce qui devrait faire le bonheur d'un homme et de ceux qu'il aime, tourne en tracas, en malheur. Comment en arrive-t-on là? Comment perd-on à jamais le droit de vivre et de créer en paix? La terrible vérité qui semble apparaître, à la fin, c'est que *solidaire* et *solitaire* sont peut-être un seul et même mot.

On trouve la même formule dans un éditorial de

L'Express, le 8 octobre 1955 : « solitaire et solidaire de sa cité ». Cette fois, il s'agit explicitement de la position de l'écrivain.

La Pierre qui pousse est le seul texte où Camus a recours à l'exotisme. On ne peut en effet parler d'exotisme dans *La Femme adultère*, *l'Hôte* ou *Le Renégat*, malgré l'évocation du Sud et du désert. Pour l'auteur, il s'agit encore de son pays. Mais, cette fois, il transporte son héros dans la forêt tropicale, au bord de fleuves immenses comme la mer, au milieu d'un peuple qui danse jusqu'à en mourir, à l'occasion de cérémonies où la religion révèle son aspect le plus barbare. Camus a utilisé des scènes qu'il a vues lors de son voyage au Brésil, de juin à août 1949. Il a puisé, dans les Journaux de voyage, la plupart des matériaux de cette nouvelle : la *macumba*, l'incident du policier puni, le pénitent qui porte sur la tête une pierre de soixante kilos.

L'exil du protagoniste de *La Pierre qui pousse* prend fin dans la fraternité. Ce personnage, d'Arrast, au détour d'une conversation, laisse entendre qu'il traîne dans son passé quelque chose qui ressemble fort à ce que sera bientôt la faute de Clamence :

« Je puis te le dire, bien que ce soit sans importance. Quelqu'un allait mourir par ma faute. Il me semble que j'ai appelé. »

Il arrive ainsi que ce qui était un simple détail, dans une œuvre littéraire, musicale ou picturale, devienne le thème principal de l'œuvre suivante. Après avoir terminé *La Pierre qui pousse*, Camus se met à écrire une septième nouvelle, qui deviendra *La Chute*.

Réflexions sur la guillotine

(1957)

En 1957 parut, sous le titre de *Réflexions sur la peine capitale*[1], un livre qui était en fait un diptyque. Il se composait de deux essais : *Réflexions sur la pendaison*, par Arthur Koestler; *Réflexions sur la guillotine*, par Albert Camus. Deux textes qui militaient contre la peine de mort. Ils étaient complétés par une introduction et une étude de Jean Bloch-Michel.

Camus et Koestler s'étaient connus à la Libération et, au-delà des débats d'idées, leurs relations à Saint-Germain-des-Prés, avec Sartre, Simone de Beauvoir, Merleau-Ponty, avaient donné lieu à quelques scènes pittoresques dont les Mémoires de Simone de Beauvoir ont gardé la trace. Jean Bloch-Michel, ami de Camus, journaliste et écrivain, avait fait partie de l'équipe de *Combat* pendant la clandestinité et après la Libération.

Le texte de Camus parut en prépublication dans *La Nouvelle Revue Française* en juin et juillet 1957.

Le problème de la peine capitale traverse l'œuvre de Camus, en s'appuyant en général sur un fait

1. Calmann-Lévy.

touchant son père et qui lui a été raconté dans son enfance. On le trouve dans le dernier chapitre de *L'Etranger*. Sur un autre registre, dans *La Peste*, Tarrou évoque avec dégoût son père, magistrat qui allait par métier assister aux exécutions. Dans *Réflexions sur la guillotine*, l'anecdote est évoquée une nouvelle fois, mais sans aucun travestissement romanesque. Le père, un homme simple et honnête, avait voulu assister à l'exécution capitale d'un meurtrier particulièrement odieux. Au retour, il avait vomi. Évoquant ainsi ce Lucien Camus qu'il n'a pratiquement pas connu, l'écrivain note que c'est une des rares choses qu'il sache de lui.

Le meurtre légal et ses modalités, le droit que s'arroge l'État d'ôter la vie sont aussi une préoccupation qui apparaît dans des essais comme *Ni victimes, ni bourreaux* et *L'Homme révolté*. Camus n'ignorait pas pour autant qu'en consacrant un texte à la peine capitale, il allait se faire taxer une fois de plus d'humanitarisme, voire de sensiblerie, et être accusé de se donner bonne conscience à peu de frais. Aussi va-t-il appliquer son argumentation à démontrer que le problème de la peine de mort n'a rien d'académique. C'est au contraire une question d'actualité, rendue urgente par la tendance des Etats à devenir de plus en plus meurtriers.

Avant d'écrire, Camus se livre à une enquête très complète. Il étudie des textes juridiques, historiques, des rapports de médecins. S'il m'est permis d'apporter un témoignage, j'avais eu l'occasion, comme journaliste, de faire parler un ancien assistant des exécuteurs Deibler et Desfourneaux, et je m'étais servi de ses propos dans un roman, *Les Monstres*. Camus s'est inquiété de savoir si les paroles que je rapportais étaient authentiques. Je pus lui garantir qu'elles l'étaient, et il en a retenu des exemples qui montrent de quelle façon la peine suprême avilit ceux qui y collaborent directement.

Partant de l'expérience vécue – ou tout au moins transmise par un récit familial – du spectacle de la guillotine qui ne peut se voir sans nausée, Camus passe en revue les arguments traditionnels des abolitionnistes. La peine de mort, telle qu'elle est pratiquée hors de la présence du public, à l'intérieur des prisons, à la sauvette pour ainsi dire, perd son caractère exemplaire et dissuasif.

N'importe quelle passion, si faible soit-elle, peut faire oublier la peur de la mort, et c'est la passion qui cause le plus souvent les crimes. La torture du condamné qui attend des jours, des semaines, parfois des mois, est finalement sans commune mesure avec la mort, en général brève, qu'il a infligée à sa victime.

Camus rejoint ici un argument avancé par Dostoïevski dans *L'Idiot*. Le prince Muichkine soutient un paradoxe : la torture physique aide à ne pas penser à la mort. Le pire supplice, c'est la certitude de la mort, son attente.

« Figurez-vous l'homme que l'on met à la torture : les souffrances, les blessures et les tourments physiques font diversion aux douleurs morales, si bien que jusqu'à la mort le patient ne souffre que dans sa chair. Or ce ne sont pas les blessures qui constituent le supplice le plus cruel, c'est la certitude que dans une heure, dans dix minutes, dans une demi-minute, à l'instant même, l'âme va se retirer du corps, la vie humaine va cesser, et cela irrémissiblement. La chose terrible, c'est cette *certitude*. Le plus épouvantable, c'est le quart de seconde pendant lequel vous passez la tête sous le couperet et l'entendez glisser. Ceci n'est pas une fantaisie de mon esprit : savez-vous que beaucoup de gens s'expriment de même? Ma conviction est si forte que je n'hésite pas à vous la livrer. Quand on met à mort un meurtrier, la peine est incommensurablement plus grave que le crime. Le meurtre juridique est infiniment plus atroce que l'assassinat. Celui qui est égorgé par des brigands la nuit, au fond d'un bois, conserve, même jusqu'au dernier moment, l'espoir de s'en tirer. On cite des gens qui, ayant la gorge tranchée, espéraient quand même, couraient ou suppliaient. Tandis qu'en lui donnant la certitude de l'issue fatale, on enlève au supplicié cet espoir qui rend la mort dix fois plus tolérable. Il y a une sentence, et le fait qu'on ne saurait y échapper constitue une telle torture qu'il n'en existe pas de plus affreuse au monde. »

Le prince Muichkine conclut son discours en disant :

« Peut-être existe-t-il de par le monde un homme auquel on a lu sa condamnation, de manière à lui imposer cette torture, pour lui dire ensuite : " Va, tu es gracié! ". Cet homme-là pourrait peut-être raconter ce qu'il a ressenti. C'est de ce tourment et de cette angoisse que le Christ a parlé. Non! on n'a pas le droit de traiter ainsi la personne humaine! »

On sait bien que cet homme qui existe peut-être,

« de par le monde », il n'est pas besoin de le chercher très loin. C'est Dostoïevski lui-même, qui fut condamné à mort et qui, le 22 décembre 1849, fut soumis à tout le cérémonial d'une exécution. Et il l'a raconté, à son frère Michel :

« ... On nous a emmenés place Semenovski. Là-bas on nous a lu à tous notre condamnation à mort, on nous a fait baiser le Crucifix, on a brisé nos épées au-dessus de nos têtes, et on a fait notre toilette prémortuaire (chemises blanches). Puis trois d'entre nous ont été mis au poteau pour l'exécution. On nous appelait trois par trois. J'étais au second rang et n'avais donc plus qu'une minute à vivre. »

Un autre argument avancé par Camus est que les principales causes du crime sont la misère et l'alcoolisme, dont l'Etat est largement responsable.

Il en vient ensuite à un point de vue philosophique.

Sans aller jusqu'au « Ne jugez pas » d'André Gide, il assure que « nous venons au monde chargés du poids d'une nécessité infinie ». Il faudrait, en bonne logique, conclure à une irresponsabilité générale. C'est uniquement pour que la vie en société soit possible que l'on postule la responsabilité individuelle. On peut se souvenir qu'il avait constaté, en assistant à un procès en cour de justice, au moment de l'épuration, que, « dans tout coupable, il y a une part d'innocence ». Et, plus tôt, en écrivant *L'Etranger*, n'a-t-il pas peint un condamné qui n'est pas innocent du meurtre dont on l'accuse, mais qui est innocent au sens beaucoup plus général, on pourrait dire total?

Puisqu'il n'y a pas de responsabilité absolue, il ne peut y avoir de châtiment absolu. Ce qui l'entraîne à écrire, en une formule qui prendra toute sa saveur trois mois plus tard :

« Personne ne peut être récompensé définitivement, pas même les Prix Nobel. Mais personne ne devrait être châtié absolument. »

D'ailleurs, la Justice et ceux qui l'administrent sont bien trop faillibles, et l'on ne saurait condamner à une peine sans retour, alors qu'il y a toujours un risque d'erreur.

Mais Camus ne s'intéresse pas outre mesure à l'histoire de la peine de mort à travers les siècles et les civilisations. Son sujet se situe en Europe, au milieu du XXᵉ siècle. Autrefois, dans un monde dominé par la foi chrétienne, le condamné à mort, après son supplice, gardait le droit à la vie éternelle. Le vrai jugement devait avoir lieu dans l'autre monde. Les croyances religieuses empêchaient que le châtiment suprême fût définitif et irréparable. Dans le monde moderne où l'on ne croit plus à l'immortalité de l'âme, le châtiment est définitif, sans un appel possible dans un ailleurs qui n'existe plus.

Ce qui motive l'action de Camus contre la peine de mort, c'est une raison politique. « Depuis trente ans, les crimes d'Etat l'emportent de loin sur les crimes des individus. » Il faut abolir la peine capitale pour « protéger l'individu contre un Etat livré aux folies du sectarisme et de l'orgueil ». L'abolition apparaît à Camus comme « un coup d'arrêt spectaculaire », pour montrer que la personne humaine est au-dessus de l'Etat. Ainsi, elle lui semble nécessaire « pour des raisons de pessimisme raisonné, de logique et de réalisme ».

Les *Réflexions sur la guillotine* s'accompagnent d'un rêve européen, dans lequel Camus englobe l'Est et l'Ouest :

« Dans l'Europe unie de demain, [...] l'abolition de la peine de mort devrait être le premier article du Code européen que nous espérons tous. »

Le Chevalier d'Olmedo

(1957)

En 1957, Camus s'est de nouveau occupé du Festival d'Angers, avec une responsabilité plus totale que lorsque, quatre ans plus tôt, il avait été obligé de remplacer Marcel Herrand au pied levé. Les 21, 23, 26 et 29 juin, on présenta *Le Chevalier d'Olmedo*, de Lope de Vega, adapté et mis en scène par lui. Les 22, 25, 27 et 30 juin, *Caligula*, également mis en scène par lui. Les représentations eurent lieu dans l'enceinte du château. Le Festival d'Angers comportait également *On ne badine pas avec l'amour*, mis en scène par Jean Marchat, dans la cour d'honneur du château du Plessis-Macé, pour le centenaire de la mort de Musset.

L'adaptation du *Chevalier d'Olmedo* fut publiée en 1957. Parmi les quinze cents pièces de Lope de Vega, « le monstre de la nature », comme disait Cervantes, celle-ci est une des plus célèbres. On chante encore en Espagne :

> *Que de noche le mataron*
> *al caballero :*
> *la gala de Medina,*
> *la flor de Olmedo.*

C'est dans la nuit
qu'ils le tuèrent
le chevalier,
l'ornement de Medina
et la fleur d'Olmedo.

Lope de Vega (1562-1635), véritable père du
théâtre espagnol, impose, comme c'est le cas ici, la
structure en trois actes. Il mélange le comique et le
tragique, le précieux et le populaire, et incorpore
les légendes et l'histoire nationales à l'œuvre dramatique. Les refrains populaires, comme celui que
nous venons de citer, tiennent une grande place
dans ce théâtre. Avec *Le Chevalier d'Olmedo*, on
dirait qu'il a écrit, avec deux siècles d'avance, un
drame romantique.

Don Alonso, le chevalier d'Olmedo, vient à
Medina, à l'occasion des fêtes que préside le roi. Il
s'éprend de doña Inès, que voudrait épouser don
Rodrigo. Au cours des fêtes, les seigneurs affrontent
des taureaux et, dans cette corrida, don Alonso
sauve la vie de son rival. Cela n'empêche pas don
Rodrigo de tendre une embuscade à don Alonso,
en pleine nuit, dans la campagne, et de le tuer.

La Célestine de Fernando de Rojas apparaît, en
1499, comme le commencement absolu, l'acte fondateur du théâtre espagnol. Son influence se fera
longtemps sentir. Et on peut lire *Le Chevalier d'Olmedo* comme une subtile transposition de cette
œuvre illustre. Les trois personnages principaux de
la pièce de Lope de Vega sont autant de références
aux trois protagonistes de *La Célestine*. Fabia est
une entremetteuse, comme Célestine. Don Alonso
et doña Inès un couple d'amants tragiques, comme

Calixte et Mélibée. Mais, contrairement à leurs coupables prédécesseurs, ils incarnent l'honneur et la vertu. Au Théâtre de l'Equipe, à Alger, Camus avait monté *La Célestine*, dans l'adaptation de Fernand Fleuret. Il jouait le rôle de Calixte.

La grandeur d'âme, l'amour, le tragique, le bouffon, quel plaisir pouvait offrir *Le Chevalier d'Olmedo*, cette pièce magnifique, à un amateur de théâtre comme l'était Camus! On sent tout le bonheur qu'il a eu de se mettre à son service. Et quel merveilleux apologue! Un homme arrive. Il est beau, il est noble, il incarne une sorte de perfection. C'est plus qu'on n'en peut supporter. On le tue.

On n'a pas manqué d'établir un rapport, peut-être abusif, entre ce destin et celui de l'adaptateur.

Discours de Suède

(1958)

En août 1957, Blanche Knopf, la femme de
l'éditeur américain de Camus, se trouvait à Stockholm. On parlait déjà du prix Nobel qui serait
décerné à l'automne. Parmi les bruits qui couraient, elle entendit que le lauréat pourrait bien
être Albert Camus. Elle vint à Paris peu après et
rencontra Camus au Ritz. C'était une habitude,
pour Blanche Knopf, qui fut un personnage original de l'édition internationale, de convoquer ses
auteurs au Ritz, et de converser avec eux, sur un
canapé, au beau milieu du grand salon. Elle parla
à Camus du bruit qui courait à Stockholm et ils en
rirent tous les deux.

Le 16 octobre, alors que l'écrivain déjeunait
dans un restaurant de la rue des Fossés-Saint-
Bernard, dans le cinquième arrondissement, en
compagnie de son amie américaine Patricia Blake,
celle qui, jeune fille, l'avait piloté dans New York,
on vint lui dire que la radio annonçait qu'on
donnait pour certain, à Stockholm, qu'il allait
avoir le Nobel. Ce n'était peut-être pas tout à fait
une surprise. Il est bien possible que l'éventuel
lauréat ait été discrètement sondé pour savoir

quelle serait sa réaction au cas où... N'allait-il pas refuser le prix?

Il me semble me souvenir que j'avais rencontré Francine Camus qui m'avait dit, à moitié sérieuse :

— Pourvu qu'il ne refuse pas!

C'était le cri du cœur de quelqu'un qui n'avait jamais eu d'argent et avait connu de nombreuses difficultés matérielles. Et cela se passait bien entendu avant l'annonce officielle.

Le jeudi 27, la presse suédoise révélait que l'Académie royale aurait définitivement fixé son choix sur l'écrivain français. A midi, M. Anders Osterling, secrétaire perpétuel de l'Académie suédoise, confirmait la nouvelle. Albert Camus était couronné « pour son importante œuvre littéraire qui met en lumière les problèmes se posant de nos jours à la conscience humaine. » M. Osterling ajoutait :

« Il existe un engagement moral authentique qui le pousse à s'attaquer avec hardiesse, et de toute sa personne, aux grandes questions fondamentales de la vie. »

L'après-midi, l'ambassadeur de Suède à Paris, M. Ragnar Kumlin, se rend chez Gallimard pour annoncer officiellement au lauréat l'attribution du prix :

« Comme le héros cornélien, vous êtes un homme de la Résistance, un homme révolté qui a su donner un sens à l'absurde, et soutenir, au fond de l'abîme, la nécessité de l'espoir, même s'il s'agit d'un espoir difficile, en rendant une place à la création, à l'action, à la noblesse humaine dans ce monde insensé. »

Le lauréat répond :

« Je vous remercie et je vous prie de transmettre mes remerciements à l'Académie royale de Suède qui a bien voulu distinguer d'abord mon pays et ensuite un Français d'Algérie. »

Camus allait avoir quarante-quatre ans le 7 novembre. Dans l'histoire du Nobel, on ne trouve qu'un lauréat plus jeune, Kipling, couronné à quarante-deux ans. Camus exprima le regret que le prix n'ait pas été plutôt attribué à Malraux. L'auteur de *La Condition humaine* lui adressa d'ailleurs ses félicitations.

A Alger, les journalistes se précipitent chez la mère de l'écrivain, à Belcourt. Lui-même lui avait téléphoné. Il devait écrire au poète Armand Guibert :

« Oui, dans ce moment où l'excès d'honneur qu'on me faisait m'embarrassait, je m'aidais d'une pensée qui a toujours été mon réconfort. Je me retournais vers Alger. Là-bas se trouve ce que je devais penser de ce qui m'arrivait, de savoir que ma mère en était heureuse... »

Il écrit aussi à Louis Germain, l'instituteur de l'école communale de la rue Aumerat qui avait jadis, de façon exemplaire, presque légendaire, reconnu l'intelligence exceptionnelle d'un enfant, et l'avait aidé à faire son chemin.

« J'ai laissé s'éteindre un peu le bruit qui m'a entouré tous ces jours-ci avant de venir vous parler de tout mon cœur. On vient de me faire un bien trop grand honneur que je n'ai ni recherché ni sollicité. Mais, quand j'ai appris la nouvelle, ma première pensée, après ma mère, a été pour vous. Sans vous, sans cette main affectueuse que vous avez tendue au petit enfant pauvre que j'étais, sans votre enseignement et votre exemple, rien de tout cela ne serait arrivé. Je ne me fais pas un monde de cette sorte d'honneur. Mais celui-là est du moins une occasion pour vous dire ce que vous avez été et êtes toujours pour moi, et pour vous assurer que vos efforts, votre travail et le cœur généreux que vous y mettiez sont toujours vivants chez l'un de vos petits écoliers qui, malgré l'âge, n'a pas cessé d'être votre reconnaissant élève. »

Cette lettre est du 19 novembre. Le mois suivant, c'est à Louis Germain que sera dédié le *Discours de Suède*.

Après l'annonce du prix, Camus va prendre un verre avec quelques anciens de *Combat*, réunis chez Jacqueline Bernard. Avec ironie, il nous annonce : « Voilà le discours que je vais faire à Stockholm. » Et il improvise une courte parodie de *L'Ecclésiaste* : « Tout vient de la poussière et tout retourne à la poussière... », en employant bien entendu un mot plus vigoureux. Discours nihiliste d'un homme blessé, même s'il y entrait une part de jeu, et qui aurait bien étonné les humanistes qui l'avaient couronné.

Au retour de Stockholm, le 22 janvier 1958, il accepte une invitation des républicains espagnols, sous l'égide des Amitiés méditerranéennes. L'allocution qu'il a prononcée devant eux a été reproduite en mars dans *Preuves*, sous le titre de *Ce que je dois à l'Espagne* :

« Dans la vie d'un écrivain de combat, il faut des sources chaleureuses pour venir combattre l'assombrissement dont j'ai parlé et le dessèchement qu'on trouve dans la lutte. Vous avez été et vous êtes pour moi une de ces sources et j'ai toujours trouvé sur mon chemin votre amitié active, généreuse. »

346

S'il cherche ainsi, comme instinctivement, la compagnie de ses plus fidèles amis, c'est que le Nobel, comme il était à prévoir, déclenche de nouvelles tempêtes. Ses amis se réjouissent bien sûr, mais les ennemis, qui ne lui ont jamais fait défaut, se réjouissent aussi. Le choix de l'Académie suédoise ne se porte-t-il pas d'ordinaire sur « une œuvre terminée », comme allait l'écrire Jacques Laurent dans *Arts*, et sur un écrivain dont les livres illustrent, d'une façon ou d'une autre, les valeurs universelles, ce qu'il est facile de traduire par la morale la plus conventionnelle? Longtemps après, en 1984, George Steiner, dans un de ces articles qui reviennent périodiquement mettre en question le prix Nobel, ne voulait pas dire autre chose, en écrivant, dans le *New York Times Book Review* :

« Le choix, en 1957, du jeune Camus auréola une personnalité littéraire et un style de vision symbolique de l'idéal de Stockholm. »

Certes, les deux Nobel français encore vivants, Martin du Gard et Mauriac, adressaient un chaleureux « salut des anciens au nouveau », dans *Le Figaro littéraire*. Le premier écrivait :

« Dans ces mornes jours d'aujourd'hui, où les hommes de mon âge sentent autour d'eux s'épaissir les ténèbres et sont tentés, chaque matin davantage, de se détacher d'un monde de bagarreurs, où se multiplient les motifs de découragement et de honte, et où ils ont trop souvent l'impression que rien ne les concerne vraiment plus, bienvenue soit la bonne nouvelle qui nous arrive du Nord, et qui, un moment, illumine notre pénombre! Albert Camus a le prix Nobel!

« Mon cœur d'ami est en fête. Un prix Nobel, je n'ai pas oublié combien ça fait plaisir. Et j'ai pour

Camus la plus attentive, la plus confiante affection... »

Martin du Gard, comme Camus l'avait fait, parle de Malraux, « dont le génie fulgurant, le verbe abrupt et prophétique, les foulées imprévues, imprévisibles, ont longtemps tourmenté, fasciné, déconcerté le jury de Stockholm... »

Par ailleurs, l'auteur des *Thibault* devait faire part à Camus de son expérience, lui donner quelques conseils. Qu'il donne à son discours « un accent grave, confidentiel, très personnel, sous une forme accessible à tous ».

François Mauriac, qui avait reçu le prix Nobel cinq ans plus tôt, en 1952, rend hommage à son ancien adversaire des polémiques sur la Justice et la Charité. Comme ce temps de la Libération paraît lointain !

« Le prix Nobel est le plus souvent la récompense d'une œuvre et d'une vie. En couronnant Albert Camus, encore dans toute la force de sa jeunesse, l'Académie de Stockholm a voulu sans doute non seulement honorer un écrivain que nous admirons tous, mais une conscience.

« Quelle que soit la réponse que chacun de nous donne à la question qui nous est posée, à ce moment tragique de notre histoire, il n'est rien de pire que de feindre de ne pas l'entendre comme font tant d'autres écrivains. Camus, lui, l'a entendue et il a répondu. C'est cette jeune voix, à laquelle toute une génération fait écho, qui a conquis, j'imagine, le jury du prix Nobel. »

De son côté, William Faulkner, Prix Nobel 1950, télégraphiait dans un français approximatif, mais chaleureux :

« Je salue l'âme qui constamment se cherche et se demande. »

En même temps, les adversaires de droite et de gauche donnaient de la voix. *Combat*, oubliant qu'il avait été le journal de Camus, laissait écrire par un industrieux de la poésie que les petits pays aiment les « parfaits petits penseurs polis ». Et, dans *Paris-Presse*, on avait la tristesse de lire, sous la plume de Pascal Pia :

« On n'eût pas envisagé de couronner l'auteur de *L'Etranger* et de *Caligula*, qui s'ingéniait à mettre en évidence l'absurdité de la condition humaine. On eût craint alors que cet auteur ne versât dans un nihilisme définitif. Mais d'autres ouvrages sont venus, qui ont dissipé toute inquiétude à cet égard. Dès *La Peste*, se manifestait chez Camus le désir de surmonter les contradictions que le sentiment de l'absurde rendait insupportables. Visiblement, l'écrivain ne désespérait plus de réconcilier l'homme et le monde. L'homme exemplaire suggéré par lui allait désormais moins ressembler à un révolté qu'à un saint laïque.

« Ce tour d'esprit ne pouvait que recommander Albert Camus à la sympathie des jurés du prix Nobel. Citoyen du monde, pacifiste, signataire de pétitions généreuses, adversaire déclaré de la peine de mort, Albert Camus, tel que le définissent ses récents ouvrages et prises de position, ne saurait déplaire à Stokholm où, comme on l'a vu quand la Finlande et la Norvège voisines furent envahies, l'amour obstiné de la paix l'emporte toujours sur tout autre sentiment. »

Cet article a au moins le mérite de nous éclairer sur le point où les idées de Pia, nihiliste et désespéré, et celles de Camus ont divergé. Devant l'absurde, qui fut leur point de départ commun, ils ont fini par avoir des positions diamétralement opposées. C'est vrai que Camus « ne désespérait plus de réconcilier l'homme et le monde ». Tandis que Pia écrivait, dans sa critique de *La Chute* :

« Ma sagesse doit porter un nom banal : la lassitude, probablement. »

Et, dans une des dernières lettres que j'ai reçues de lui :

« *Acta est fabula*, mais la chute du rideau est vraiment un peu trop lente. »

Dans un essai de Maurice Blanchot qui s'appelle, avec simplicité, *L'Amitié*, on trouve la réponse la plus pertinente à ceux qui profitèrent du Nobel pour dire que l'œuvre de Camus était terminée :

« Il a souvent éprouvé une sorte de malaise, parfois de l'impatience, à se voir immobilisé par ses livres; non seulement à cause de l'éclat de leur succès, mais par le caractère d'achèvement qu'il travaillait à leur donner et contre lequel il se retournait, dès qu'au nom de cette perfection l'on prétendait le juger prématurément accompli. »

Le 7 décembre, au soir, Camus et sa femme prirent le Nord-Express, à la gare du Nord. Ils étaient accompagnés de Claude et Simone Gallimard, Michel et Janine Gallimard, Blanche Knopf et un Suédois de Paris, le traducteur Carl-Gustav Bjurström. Il y eut un arrêt à Copenhague et une réception aux éditions Gyldendal. Après une seconde nuit de train, le groupe arriva à Stockholm le lundi 9, au matin. Dès 11 h 30, Camus donna une conférence de presse à l'ambassade de France.

Il faisait déjà nuit, à 15 heures, le lendemain,

quand, dans l'ancienne salle de concert, rose et or, en présence de la famille royale, se déroula la cérémonie de remise des prix Nobel. Camus avait revêtu un habit loué dans une maison spécialisée, *Au Cor de chasse*, rue de Buci. Il se tenait sur l'estrade en compagnie des autres lauréats : Daniel Bovet, Prix Nobel de médecine, sir Alexander Todd, chimie, Chen Ying Yang et Tsung Dao Lee, physique. Chacun à leur tour, ils descendirent de l'estrade et s'approchèrent du roi Gustave VI qui leur remettait le prix.

Puis ce fut, à l'Hôtel de Ville, le banquet officiel, toujours en présence de la famille royale. C'est là que Camus prononça son discours de remerciement. La soirée s'acheva par un bal.

Le jeudi 12, un débat à l'université de Stockholm donna lieu à un incident. Un étudiant algérien prit Camus à partie. C'est en lui répondant que l'écrivain prononça des paroles qui donnèrent lieu à toutes sortes d'interprétations plus ou moins mal intentionnées. Ces paroles étaient pourtant fort simples :

« J'ai toujours condamné la terreur, je dois condamner aussi un terrorisme qui s'exerce aveuglément, dans les rues d'Alger par exemple, et qui un jour peut frapper ma mère ou ma famille. Je crois à la justice, mais je défendrai ma mère avant la justice. »

Peut-être, en improvisant cette formule, Camus se souvenait-il de Maître Eckhart, qu'il avait cité dans *L'Homme révolté* et qui assurait qu'il préférait l'enfer avec Jésus que le ciel sans lui, ou encore Stavroguine qui enseigne à Chatov que, si l'on prouvait mathématiquement que la vérité est en dehors du Christ, il aimerait mieux rester avec le Christ plutôt qu'avec la vérité? Il est vrai que Stavroguine n'est pas sincère. Mais Dostoïevski, lui, l'est tout à fait quand il écrit à Natalia von Vizine :

« Mon credo est très simple, le voici : croire qu'il n'y a rien de plus beau, de plus profond, de plus digne d'amour, de plus raisonnable, de plus viril et de plus parfait que le Christ, et non seulement qu'il n'y a pas, mais – je me le dis souvent avec un amour jaloux – qu'il ne peut rien y avoir. Bien plus, si l'on me prouvait que le Christ est hors de la vérité et s'il était réel que la vérité est hors du Christ, j'aimerais mieux rester avec le Christ qu'avec la vérité. »

L'Association des Algériens en Suède fit savoir que le jeune homme qui avait provoqué l'incident n'était pas un de ses membres et ne faisait partie d'aucun groupe nationaliste.

Selon la tradition, le 13 décembre, jour de la Sainte-Lucie, des jeunes filles couronnées de bougies allumées vinrent apporter le petit déjeuner au lit au lauréat, comme cela se fait dans chaque famille suédoise. Pour la Sainte-Lucie, également, il y eut une réception à l'Hôtel de ville, et Camus fut invité à déposer la couronne de bougies sur la tête d'une jolie blonde incarnant la sainte. L'écrivain français, accueilli au début avec quelque réserve, avait en peu de jours conquis le public suédois.

Le *Discours de Suède* avait été pour lui une occasion de définir sa conception de l'art et du rôle de l'artiste dans la société. Il « ne peut se mettre aujourd'hui au service de ceux qui font l'histoire :

il est au service de ceux qui la subissent ». Une conférence, *L'Artiste et son temps*, prononcée le 14 décembre à l'université d'Uppsala, complète cette profession de foi en expliquant que l'art n'est pas un luxe mensonger.

Actuelles III

(1958)

La guerre d'Algérie commence à la Toussaint 1954. Quand elle s'achève, en 1962, Albert Camus a disparu depuis plus de deux ans déjà. Nul n'a le droit de dire comment il aurait réagi lors du dénouement. La lecture d'*Actuelles III* ne nous autorise qu'un seul commentaire : voilà quelle était sa position au printemps de 1958. Rien de plus. Mais on peut imaginer son sentiment devant les bains de sang des derniers temps, les assassinats aveugles, tant d'innocents sacrifiés, dans chaque camp. Et, pour lui-même, un exil définitif.

Plus la guerre durait, plus les positions dans le monde politique et intellectuel métropolitain, se durcissaient. Quiconque essayait de prêcher sinon la réconciliation, tout au moins le dialogue, n'était pas écouté, pas même entendu. C'est pourquoi on se mit à reprocher à Camus de ne rien dire, de ne pas prendre parti. Ou bien on montait en épingle, en la détachant de son contexte, la formule sur la justice et sa mère qu'il avait dite à Stockholm, au moment du prix Nobel, en répondant à un jeune militant algérien. Même un ami de Camus, comme

Emmanuel Berl, parle de son silence, et va entre-
prendre de le justifier :

« Camus, en outre, souffre plus qu'un autre du
drame algérien; son silence même le prouve. Si les
jurés du prix Nobel ont voulu marquer leur sympathie à cette situation, en même temps que leur
estime pour les œuvres et la personne de Camus –
je leur en sais gré.

« Il me paraît stupide qu'on reproche ce
mutisme à Camus – ou plus exactement la discré-
tion et la dignité de ses dernières nouvelles. Assez
nombreux sans lui, ceux qui " montent sur les
cercueils pour parler de plus haut ". »

C'est pour prouver qu'il ne restait ni silencieux
ni inactif qu'il publia, en 1958, *Actuelles III*. Il y
rassemblait la plupart de ses écrits sur l'Algérie, de
l'enquête sur la misère de la Kabylie, en 1939, à
son appel pour une trêve civile et à ses protesta-
tions contre l'arrestation de son ami libéral Jean de
Maisonseul. C'était peine perdue : *Actuelles III*
aussi passa à peu près inaperçu.

Il faut ajouter que le livre était prêt quand se
produisirent les événements du 13 mai 1958, suivis
de la prise du pouvoir par de Gaulle et de la chute
de la IVᵉ République. Peu avant, le 5 mars,
Camus et le général de Gaulle s'étaient rencontrés
pour un échange de points de vues sur l'Algérie.
Camus se contenta d'ajouter une note introductive
à son livre, pour faire allusion à ces bouleverse-
ments et expliquer que la parution d'*Actuelles III*
lui paraît toujours souhaitable, et qu'il veut contribuer à la définition de l'avenir de l'Algérie. Il
écrivit cette note le 25 mai.

Rassemblés en ordre chronologique, les textes
d'*Actuelles III* résument fidèlement la pensée et

l'action de Camus en ce qui concerne l'Algérie. Ils permettent de suivre son évolution. En outre, ces écrits nous apprennent encore aujourd'hui beaucoup de choses sur la réalité algérienne. Camus souligne à plusieurs reprises, comme l'un des maux dont souffre son pays, l'ignorance et l'indifférence des Français de la métropole. L'enquête de 1939 sur la Kabylie, les articles de 1945 sur la famine et le dénuement auraient dû ouvrir les yeux. L'avenir était inscrit dans ces drames.

D'autres grands écrivains, avant lui, avaient enquêté sur la situation coloniale, avaient dénoncé les abus et les injustices : Gide en Afrique noire, Malraux en Indochine. Mais il existe une énorme différence entre eux et Camus. Celui-ci a été obligé d'affronter les problèmes d'un pays qu'il ne visitait pas en enquêteur, mais qui était sa terre natale. Les déchirements de l'Algérie l'atteignaient dans sa chair.

« Vous me croirez sans peine si je vous dis que j'ai mal à l'Algérie, en ce moment, comme d'autres ont mal aux poumons », écrit-il, en 1955, au militant socialiste musulman Aziz Kessous.

Le premier texte retenu par Camus, *Misère de la Kabylie*, incite à se reporter à ses débuts de journaliste, à *Alger-Républicain*. J'en ai parlé dans le chapitre sur *L'Étranger*. Pascal Pia a raconté[1] comment il connut et embaucha Camus, en septembre 1938 :

« Le maigre budget prévu pour la rédaction ne permettait ni d'embaucher autant de journalistes

---

1. *Fragment d'un combat, 1938-1940, Alger-Républicain*, par Jacqueline Lévi-Valensi et André Abbou, « Cahiers Albert Camus », Gallimard.

qu'il en eût fallu, ni d'attirer de bons professionnels. Force m'était de recruter des débutants et de
pourvoir à leur apprentissage. Sans me targuer de
la moindre perspicacité, je dois dire que Camus
m'apparut sur-le-champ comme le meilleur collaborateur que je pouvais trouver. Il ne disait rien
d'insignifiant, et cependant il était clair qu'il s'exprimait tout uniment. Ses propos, sur quelque sujet
que ce fût, dénotaient à la fois de solides connaissances générales et un acquis impliquant plus
d'expérience que n'en ont d'ordinaire les hommes
de son âge (il avait tout juste vingt-cinq ans). Je
n'ai pas eu à soupeser sa candidature à un emploi
de rédacteur. Je l'ai immédiatement invité à travailler avec moi. »

Pia poursuit son témoignage en faisant le point
sur les opinions politiques auxquelles était parvenu
à l'époque le nouveau journaliste. C'est important,
car tout le Camus que nous connaissons est déjà là.
Il ne changera guère :

« Aussi n'était-ce pas en dévôt d'extrême gauche que Camus entra dans la rédaction d'*Alger-
Républicain*. Il ne nourrissait plus d'illusions sur la
moralité des organisations politiques, mais ses
déceptions ne l'avaient cependant pas conduit à
l'acceptation de l'ordre établi. Autant que j'aie pu
en juger, ses sympathies allaient désormais aux
libertaires, aux objecteurs de conscience, aux syndicalistes à la Pelloutier[1], bref à tous les réfractai-
res. Je ne pense pas qu'il ait surestimé l'influence
réelle de l'anarcho-syndicalisme dans les années 30

1. Fernand Pelloutier, au début du siècle, avait tenté d'arra-
cher les masses ouvrières à l'influence socialiste, en prônant un
syndicalisme libertaire.

(elle n'a eu alors d'importance qu'en Espagne, avec la F.A.I.), mais si restreinte qu'ait été cette influence, ceux qui s'efforçaient de l'étendre lui inspiraient certainement beaucoup plus de respect que les marxistes assermentés. En tout cas, lui ne s'était pas renié. Ce qu'il a écrit dans *Alger-Républicain* ne lui a été dicté par personne. »

(Ce témoignage invite à une réflexion. De septembre 1938 au début de 1947, après quoi ils cessèrent de se voir, Pia et Camus se seront connus pendant moins de neuf ans, ce qui est bien peu. Il y a une telle richesse dans leurs échanges, et dans les actions accomplies en commun, qu'on a du mal à croire que ce temps fut si court. Comment oublier que, sous l'Occupation, le bruit, heureusement faux, ayant couru que Pia avait été arrêté, Camus monta aussitôt un commando pour le délivrer? Et comment oublier les nuits, à *Combat*, où Pia nous retenait parce qu'il avait besoin de parler de Camus, avec la voix du cœur?)

Au moment où il entre à *Alger-Républicain*, Camus ne semble guère intéressé par le métier de journaliste. Ou peut-être, puisqu'il le prétend dans une lettre à Jean Grenier, adapte-t-il son propos à son correspondant qui, en tant qu'universitaire, doit nourrir quelques préjugés contre le journalisme :

« Je fais du journalisme (à *Alger-Républicain*) – les chiens écrasés et du reportage – quelques articles littéraires aussi. Vous savez mieux que moi combien ce métier est décevant. Mais j'y trouve cependant quelque chose : une impression de liberté – je ne suis pas contraint et tout ce que je fais me semble vivant. On y trouve aussi des satisfactions d'une qualité assez basse : mais tant pis. »

En fait, il va se passionner pour ce métier, se battre de toutes ses forces pour *Alger-Républicain* et *Le Soir-Républicain*, inventer à *Combat* un journalisme doté d'une conscience morale inconnue jusqu'alors. Il aimera aussi dans ce métier le travail d'équipe. Mais il aura des moments de lassitude, de désintérêt qui le tiendront éloigné des salles de rédaction. J'ai cité, à propos d'*Actuelles I*, l'opinion paradoxale exprimée un jour par Pascal Pia, écrivant que, pour Camus, le journalisme n'a été qu'un « accident ».

Camus signe bientôt des articles. Et pas seulement de son nom. Pour faire nombre, d'autres fois pour accentuer le côté satirique de ses propos, il devient Zaks, Néron, Irénée, Jean Mersault, Marco, L'Objecteur de conscience, Demos, Vincent Capable primeuriste, Les Conformistes conscients et résolus, Pétrone, Suétone.

Misère de la Kabylie, enquête qui parut du 5 au 15 juin 1939, est l'action la plus retentissante de Camus à *Alger-Républicain*. Elle dépasse en importance les articles qu'il écrivit à l'occasion de trois procès à résonances politiques : l'affaire Hodent, jugée par le tribunal correctionnel de Tiaret, en mars 1939, où, à travers un agent technique accusé d'escroquerie, et innocent, on essayait de mettre en cause les réformes sociales de 1936 et l'Office du blé; l'affaire du cheik El Okbi, ouléma accusé d'avoir inspiré le meurtre du grand muphti d'Alger, et que les comptes rendus d'audience du jeune journaliste contribuèrent à faire acquitter, en juin 1939 (depuis, deux Algériens qui ont été des dirigeants du F.L.N., Mohamed Lebjaoui et Amar

Ouzegane, ont assuré que le cheik El Okbi était bien l'instigateur du meurtre; Camus, d'ailleurs, tout en dénonçant les irrégularités de l'instruction et la fragilité de l'accusation, ne s'était pas engagé à fond dans cette affaire, comme il l'avait fait pour Hodent); enfin, en juillet 1939, l'affaire des « incendiaires » d'Auribeau, douze ouvriers agricoles du Constantinois qui avaient refusé l'embauche, pour protester contre des « salaires insultants » de 4 à 8 francs par jour, et qui, sous prétexte que quelques gourbis avaient brûlé au même moment, avaient été condamnés aux travaux forcés comme incendiaires.

Pour le Gouvernement général, la guerre fut une bonne occasion de tordre le cou à ce journal gênant. Pour Pia et Camus, une épreuve de courage et de caractère. Les administrateurs qui auraient pu défendre le journal étaient mobilisés au loin. La location de la ligne télégraphique avec la métropole fut suspendue. Des censeurs militaires se mirent à éplucher chaque ligne et, la seule consolation des journalistes était de leur jouer quelques tours, en proposant à leurs ciseaux une interview de Dieu le Père, une provinciale – non signée – de Pascal. Ou bien encore un extrait de *La guerre de Troie n'aura pas lieu*, de Giraudoux, pour se donner le plaisir de voir le censeur supprimer un texte de celui qui était alors commissaire à l'Information du gouvernement français. Sans parler de faux aphorismes idiots, attribués à André Maurois ou quelque autre écrivain célèbre. Cela n'empêchait pas que l'on organisait l'asphyxie d'*Alger-Républicain*. Pour tenter de survivre, Pia et Camus le remplacèrent par *Le Soir-Républicain*, paraissant sur deux pages et diffusé seulement dans l'agglomération d'Alger. Camus assume alors le titre de rédacteur en chef. Pia avait trouvé par hasard un petit stock de papier journal. Mais quand ce stock serait épuisé, le journal cesserait de paraître. Cela rendait ses rédacteurs encore plus intransigeants. Parfois le journal sortait sans visa. La police recevait un ordre de saisie, mais arrivait trop tard. Le 9 janvier 1940, le journal fut définitivement suspendu, par arrêté du gouverneur général. La mesure fut notifiée à la personne d'Albert Camus, le 10 janvier, par le commissaire divisionnaire Bourrette, chef de la police spéciale départementale d'Alger. Branle-bas administratif superfétatoire. Il ne restait plus de papier pour le lendemain.

Certains administrateurs du journal rendirent Camus, encore plus que Pia, responsable de la ligne « anarchiste » qu'avait prise le journal et qui avait abouti à son interdiction. Il ne fut pas loin d'être considéré comme un naufrageur volontaire.

Le titre *Alger-Républicain* reparut en 1943, après le débarquement allié en Afrique du Nord. Mais il allait bientôt tomber sous la coupe du Parti communiste.

Après la fin du journal, Camus fut obligé de quitter l'Algérie. On s'était arrangé pour qu'il ne trouve pas de travail. Il fut convoqué par le commissaire de police de son quartier qui, pour l'accabler, lui montra son dossier, puisque bien entendu il était fiché. Camus s'amusa à compléter ce dossier en y ajoutant quelques méfaits qui avaient échappé aux renseignements généraux.

La seconde partie d'*Actuelles III*, « Crise en Algérie », regroupe des articles parus dans *Combat* en mai 1945. Camus était revenu en Algérie en avril, pour la première fois depuis l'été 1942. Il revoit sa mère. Il rencontre Gide qu'il n'avait encore jamais vu, si l'on en croit le témoignage de la vieille amie de Gide, Mme Van Rysselberghe. (Camus, lui, croyait se souvenir qu'il avait vu Gide pour la première fois dans son appartement de la rue Vaneau. Mais sa mémoire lui joue souvent des tours.) Il parcourt tout le pays, même les oasis du Sud. Les articles qu'il rapporte ne sont pas une nouvelle version de *Misère de la Kabylie*. Cette fois, la situation est pire. Il a trouvé un pays en proie à la famine, manquant des objets de première néces-sité. D'ailleurs des troubles éclatent quelques jours après son départ. Le 16 mai, c'est le soulèvement de Sétif, accompagné de massacres d'Européens, et noyé dans le sang. Camus essaie d'expliquer à l'opinion française que les musulmans, trop sou-vent dupés, ne revendiquent plus l'assimilation. Ils demandent que l'on reconnaisse une nation algé-rienne, liée à la France, mais ayant ses caractéris-tiques propres. Cette politique est alors incarnée par Ferhat Abbas qui vient de créer un parti, « Les Amis du Manifeste ». Camus accorde sa sympathie à Ferhat Abbas et à son parti, dont le programme fédéraliste était tout à fait modéré, si l'on pense à la suite.

A la lecture de cette enquête, le ministre de l'Intérieur, Adrien Tixier, auprès de qui travaillait Robert Jaussaud, un vieil ami de Camus du temps d'Alger, fit proposer à l'écrivain une mission gou-vernementale pour préparer des réformes en Algérie. Camus refusa en disant qu'il était un journaliste et non un homme de gouvernement.

Les textes qui viennent ensuite ont été écrits après le début de la rébellion. D'abord la *Lettre à un militant algérien* apporte un soutien à un ancien collaborateur de Ferhat Abbas, Aziz Kessous, qui avait lancé un journal, *Communauté algérienne*, pour essayer de créer un nouvel état d'esprit, au-delà de la haine qui s'était emparée des deux peuples cohabitant si mal sur le sol algérien. Mais c'était trop tard. La guerre gagnait du terrain. Même après la Toussaint de 1954 qui marque le début de l'insurrection, on avait mis quelque temps avant de prendre les choses au sérieux. Si l'on recherche, par exemple, les traces d'un bref voyage que Camus fit à Alger, fin février 1955, on ne trouve, dans la presse locale, que des comptes rendus de sa visite au R.U.A., le vieux Racing Universitaire d'Alger dont il gardait les buts autrefois.

Camus se mit à penser que Pierre Mendès France, s'il revenait au pouvoir, pourrait apporter une solution à la crise algérienne. Contribuer à le ramener à la tête du gouvernement fut une des principales raisons de son retour au journalisme actif et de son entrée à *L'Express*. Sous le titre de *L'Algérie déchirée*, on trouve, dans *Actuelles III*, une série d'articles parus dans *L'Express*. L'ensemble de la contribution de Camus à ce journal a fait depuis l'objet d'une publication, préparée par Paul Smets[1].

L'entrée de l'ancien éditorialiste de *Combat* dans un journal dont la rédactrice en chef était Françoise Giroud lui valut des sarcasmes de la part de

1. « Cahiers Albert Camus », Gallimard, 1987.

France-Observateur. Françoise Giroud n'avait-elle pas été formée à l'école de *Paris-Soir* qu'avait si catégoriquement condamné Camus? En galant homme, il se déclara solidaire de la rédactrice en chef de *L'Express*.

« A l'occasion de ma collaboration à *L'Express*, écrit-il le 4 juin 1956, le journal *France-Observateur* ayant essayé, sans perdre une minute, de m'opposer à Mme Françoise Giroud, je me suis solidarisé avec elle, comme je devais, dans une lettre où je précisais en même temps pourquoi je ne pouvais au contraire écrire dans *France-Observateur*. On me répond aussitôt que je suis un vilain et un orgueilleux, reproche très à la mode dans les milieux de la gauche communisante, vouée, on le sait, à l'humilité. Cet orgueil, il est vrai, serait particulier aux écrivains (pour qui on a visiblement beaucoup de mépris dans ces milieux), les journalistes de *France-Observateur* et leurs amis composant au contraire, à eux tous, une odorante botte de violettes. Tel est aujourd'hui le niveau des discussions dans notre collège philosophique et social. Nous sommes chez la concierge qui trouve que l'artiste du troisième est décidément bien fier avec son monde et que ça ne lui portera pas bonheur. »

En janvier 1956, il retourne à Alger. Ses amis Jean de Maisonseul, Charles Poncet, Louis Miquel, Emmanuel Roblès et d'autres libéraux demandent l'abrogation du statut colonial, l'élimination des gros colons, une table ronde des divers courants algériens. Ils restent en contact avec les musulmans. Des comités se forment, groupant des membres des deux communautés. Un des musulmans qui participe à ce dialogue est Amar Ouzegane, ancien syndicaliste et ancien communiste.

Ouzegane avait bien connu Camus au moment de son passage au parti. Il deviendra un des chefs du F.L.N. et sera arrêté. Camus témoignera en sa faveur. Après l'indépendance de l'Algérie, Ouzegane sera ministre. En fait, dans le groupe des libéraux, les musulmans, comme Ouzegane et Lebjaoui, ne disent jamais à leurs amis européens qu'ils sont déjà des dirigeants du F.L.N. Ils laissent croire qu'ils ont seulement des contacts. Pour les libéraux européens, la trêve civile est un dernier espoir. Pour les musulmans – mais ils le dissimulent soigneusement – ce n'est qu'un épisode tactique.

(Si j'ai cité l'intervention de Camus pour faire libérer Ouzegane, je n'énumérerai pas les nombreuses autres interventions en faveur des militants arrêtés ou condamnés. Pour lui, de telles actions, motivées tantôt par un sentiment de justice, tantôt par simple humanité, allaient de soi.)

Après plusieurs rencontres, les libéraux décident d'organiser une réunion, le 22 janvier. Cela ne va pas sans péripéties : la municipalité a refusé de louer la salle des fêtes. Ils choisissent le Cercle du progrès, place du Gouvernement, en bordure de la Casbah. Endroit dangereux. La place est envahie par des O.A.S., et les combattants du F.L.N. peuvent sortir à tout instant de la Casbah pour un affrontement. Les ultras ont fabriqué de fausses cartes d'invitation, ce qui oblige à changer toutes les cartes, à la dernière minute. Ouzegane a dit qu'il se chargeait du service d'ordre. Les libéraux comprendront, au cours de la séance, que ce service d'ordre est fourni par le F.L.N. Emmanuel Roblès préside. Tandis que, dehors, des manifestants hurlent des menaces de mort et lancent des pierres contre les fenêtres, Camus lit son *Appel pour une trêve civile en Algérie.* Ferhat Abbas arrive en retard. Camus s'interrompt et les deux hommes se donnent l'accolade. C'est un moment d'espoir. Camus ne sait pas que Ferhat Abbas n'a osé venir qu'après s'être couvert du côté du F.L.N. Ahmed Francis est là aussi, et le cheik El Okbi que Camus avait défendu lors de son procès, en 1939. Malade, le vieil ouléma s'était fait porter sur une civière.

Dans la presse algérienne, seul Edmond Brua, ami d'autrefois, écrivit dans *Le Journal d'Alger* un compte rendu qui soutenait Camus :

« En dehors de toute position politique, Albert Camus a lancé hier un pathétique appel pour la protection des civils innocents. »

Tel était le titre de l'article. Et Brua écrivait :

« On veut croire que si les manifestants qui, massés sur la place du Gouvernement, poussaient des cris hostiles pendant qu'Albert Camus parlait au Cercle du progrès, devant une salle archicomble, avaient pu entendre ses paroles, ils auraient eu honte de leurs cris et auraient, avec l'assistance, longuement acclamé le grand écrivain, leur concitoyen. Car l'appel de Camus se situait sur un plan où il est impossible que les hommes dignes de ce nom ne puissent pas le rejoindre, quelle que soit leur position politique. »

Pendant ce bref séjour, plusieurs attentats furent projetés contre Camus. Une vieille amie, qui d'ailleurs ne partageait pas du tout ses idées, lui écrira :

« Tous voulaient vous tuer. »

Jacques Soustelle, gouverneur général de l'Algérie, demanda que Camus vienne le voir avant de retourner à Paris. Il se déclara prêt à étudier un projet sérieux.

Cette histoire de l'*Appel pour une trêve civile*, où malheureusement les libéraux européens firent un peu figure de dupes, a été racontée avec beaucoup d'honnêteté et de précision par un des principaux acteurs, un ami de Camus depuis toujours, Charles Poncet.

Une des conséquences de l'action des libéraux a été l'affaire Maisonseul. Peintre, architecte, élève de Le Corbusier, urbaniste, rebâtisseur d'Orléansville après le tremblement de terre de 1954, Maisonseul fut arrêté et emprisonné pour des motifs des plus vagues. On voulait, en fait, porter un coup d'arrêt aux efforts des libéraux et montrer qu'il n'y avait pas de place pour eux entre les deux camps qui s'affrontaient chaque jour de façon plus impitoyable. Camus se déclara de façon retentissante solidaire de Maisonseul. L'affaire, qui avait débuté le 27 mai 1957 par l'arrestation de l'architecte, prit fin le 10 juillet sur une ordonnance de non-lieu. Après cela, Camus comprit qu'entre le terrorisme et la répression, il n'y avait plus de place pour une troisième voie et qu'on allait s'enfoncer dans la guerre. Ses amis libéraux et lui-même se retrouvaient bien seuls. Comme le héros de la nouvelle *L'Hôte*, ils devenaient suspects à la fois aux musulmans et aux Européens. Camus, lorsqu'il était attaqué par les intellectuels parisiens, en était blessé, sans doute. Mais il le fut bien plus profondément quand les coups vinrent des gens d'Algérie, Français ou Arabes, sa famille. Il commença à garder le silence, ou tout au moins à éviter la moindre parole qui puisse avoir une conséquence sur ce qui se passait là-bas, puisque désormais on ne s'exprimait plus que par des actes sanglants. Il rédigea encore un texte, qui figure en conclusion d'*Actuelles III* et qu'il a intitulé *Algérie 58*. C'est un résumé de ce qu'il pense alors et, sans qu'il le sût, un testament.

Les Possédés

(1959)

Parlant des *Possédés*, en 1955, à l'occasion d'un hommage collectif de Radio-Europe à Dostoïevski, Albert Camus déclare : « J'ai rencontré cette œuvre à vingt ans et l'ébranlement que j'en ai reçu dure encore, après vingt autres années. » Tout au long de sa vie, Dostoïevski a été une lecture constante. En 1937, pensant à *Caligula*, il se propose de lui donner un titre emprunté à l'écrivain russe : *Le Joueur*. En mai 1938, au Théâtre de l'Equipe, il monte et joue *Les Frères Karamazov*, dans l'adaptation de Jacques Copeau : il est Ivan Karamazov, et a confié dans une interview que cela avait été son rôle préféré :

« J'ai aimé par-dessus tout Ivan Karamazov. Je le jouais peut-être mal, mais il me semblait le comprendre parfaitement. Je m'exprimais directement en le jouant. C'est là mon emploi, du reste. »

Et Jean Grenier, qui assistait à une représentation, renchérit en disant à Camus qu'Ivan « lui convenait, étant l'intelligence sans Dieu et sans amour ».

Camus lit le *Dostoïevski* de Gide qui, pour les

Français, a été la première introduction sérieuse à une œuvre jusque-là mal perçue, et il le cite dans *Le Mythe de Sisyphe*. Il lit également les commentaires de Chestov dans *Les Révélations de la mort*, *Le Pouvoir des clés*, *Philosophie de la tragédie*. Chestov, qui paraît proche d'Ivan Karamazov, rappelle notamment :

« Dostoïevski et Nietzsche n'écrivent pas pour répandre leurs convictions parmi les hommes et pour instruire leur prochain : mais ils cherchent eux-mêmes la lumière... Ils s'adressent au lecteur ainsi qu'à un témoin. »

Les rencontres avec l'auteur des *Possédés* sont nombreuses dans l'œuvre de Camus. Jean Grenier a fait remarquer que lorsque Dostoïevski parle de « conscience », il entend une situation analogue à celle dans laquelle se trouvera Meursault, le héros de *L'Etranger :* « la conscience d'une puissance totale de l'homme à l'intérieur d'un monde aveugle, disons absurde ».

Un chapitre du *Mythe de Sisyphe* est consacré à l'un des personnages des *Possédés*, Kirilov, et à sa théorie du « suicide logique » (expression que Dostoïevski emploie pour la première fois dans le *Journal d'un écrivain*). L'absurde, qui conduit Kirilov au suicide, « rebondit dans d'autres personnages qui engagent eux-mêmes de nouveaux thèmes absurdes ». Ainsi, deux créatures de Dostoïevski, Stavroguine et Ivan Karamazov, « font dans la vie pratique l'exercice des vérités absurdes ».

L'Homme révolté, dans le chapitre sur « La Révolte historique », fait un sort au « chigalevisme ». Chigalev est ce conjuré des *Possédés* qui est persuadé que tous les créateurs de systèmes sociaux n'ont dit que des bêtises. Lui est arrivé à une conclusion radicale :

« Parti de la liberté illimitée, j'aboutis au despotisme illimité. »

Au bout de son raisonnement, Chigalev propose :

« Un dixième de l'humanité possédera les droits de la personnalité et exercera une autorité illimitée sur les neuf autres dixièmes. Ceux-ci perdront leur personnalité et deviendront comme un troupeau; astreints à l'obéissance passive, ils seront ramenés à l'innocence première et, pour ainsi dire, au paradis primitif où, du reste, ils devront travailler. »

On ne saurait mieux décrire le système qui, au cours du XXe siècle, allait s'instaurer sur une très grande partie du monde. Ici, Dostoïevski est prophète. Et Camus, lorsqu'il commente le « chigalevisme », en 1951, et subit les attaques de tous ses anciens amis, a le triste privilège d'être un des seuls lucides, à une époque où les yeux ne se sont pas encore ouverts. Dostoïevski écrit son roman dans l'épouvante devant l'avenir de la Russie. Presque un siècle plus tard, quand Camus travaille à son adaptation, l'œuvre a pris une effrayante actualité. Une actualité qui n'en finit pas. De nos jours, on pourrait lire dans Dostoïevski l'annonce du terrorisme qui ravage le monde occidental. Quelques étudiants remuent des idées, comme dans *les Possédés*, et cela finit en Brigades rouges, Action Directe ou Fraction Armée Révolutionnaire, dont les bombes font trembler les Etats.

Dès 1947, Camus, consignant dans ses *Carnets* des notes pour *Les Justes* et *L'Homme révolté*, va rencontrer quelques révolutionnaires russes qui sont à la source des *Possédés* : Bakounine, dont les

idées sont caricaturées à travers Pierre Stepanovitch Verkhovensky; Netchaïev qui organise le
meurtre de l'étudiant Ivanov, comme, dans le
roman, Pierre Stepanovitch va machiner celui de
Chatov; Sprechner qui fut un des modèles de
Stavroguine; Pissarev qui affirmait qu'une « paire
de bottes vaut mieux que Shakespeare », propos
que Camus, dans son adaptation, mettra dans la
bouche de Pierre Stepanovitch :

« Quant à Shakespeare, nos paysans qui vont
aux prés n'en ont pas besoin. Ils ont besoin de
bottes, voilà tout. »

Est-ce son admiration pour Jacques Copeau et le
fait d'avoir joué jadis son adaptation des *Frères
Karamazov* qui a décidé Camus à s'attaquer aux
Possédés? Il a pu tout simplement être tenté par
l'extraordinaire puissance dramatique du roman.
Dans le prière d'insérer de la pièce, il explique que
les personnages de Dostoïevski « n'ont pas seulement la stature des personnages dramatiques, ils en
ont la conduite, les explosions, l'allure rapide et
déconcertante. Dostoïevski, du reste, a, dans ses
romans, une technique de théâtre : il procède par
dialogues, avec quelques indications de lieux et de
mouvements. L'homme de théâtre, qu'il soit
acteur, metteur en scène ou auteur, trouve toujours
auprès de lui tous les renseignements dont il a
besoin ».

Interviewé par Pierre Dumayet, dans l'émission
de télévision *Lectures pour tous*, Camus a insisté, à
peu près dans les mêmes termes, sur ce côté
théâtral du roman de Dostoïevski.

L'écrivain russe en était conscient. Il écrit, à
propos de Stavroguine :

« J'ai noté tout ce caractère non en raisonnements, mais en scènes, en action; j'espère que cela donnera un personnage. »

Malgré le foisonnement du roman, on est bien proche de la règle classique des unités. Le suicide de Kirilov, le meurtre de Chatov, l'incendie du quartier, l'assassinat de Maria et de son frère, la sinistre scène d'amour entre Stavroguine et Lisa, le lynchage de la jeune femme, le suicide de Stavroguine, tous ces événements se déroulent en quelques jours. Merejkovski, puis Vlatcheslav Ivanov et, après eux, toute la critique russe, appellent les grandes œuvres de Dostoïevski des « romans-tragédies ». On comprend qu'ils aient tenté de nombreux dramaturges.

En 1913, Nemirovitch-Dantchenko, cofondateur, avec Stanislavski, du Théâtre d'Art de Moscou, écrivit une adaptation des *Possédés* centrée sur le personnage de Stavroguine, et intitulée d'ailleurs *Nicolas Stavroguine*. Dostoïevski semblait l'y autoriser en affirmant dans ses *Carnets* : « Tout est contenu dans le caractère de Stavroguine. Stavroguine est tout. » C'est le seul personnage pour lequel il n'ait pas eu besoin – ou si peu – de modèles empruntés à la réalité, mais qu'il était « allé chercher dans son cœur ». L'ennui, pour Nemirovitch–Dantchenko, c'est que, lorsqu'il écrivit sa pièce, *Les Possédés* étaient amputés du chapitre qui explique tout, celui qui s'intitulait « Chez Tikhone » et que l'on a appelé ensuite « La Confession de Stavroguine ». Ce chapitre aurait dû se situer au milieu du roman. La revue *Le Messager russe* eut peur de cette confession où Stavroguine va raconter à l'évêque Tikhone comment il a violé une petite fille, puis l'a laissée se pendre, et refusa de la publier, bien qu'elle explique tout le comportement ultérieur de ce héros luciférien. Le début des *Possédés* avait paru de janvier à novembre 1871. Le chapitre « Chez Tikhone » devait paraître en décembre. Sa suppression accabla l'auteur qui mit un an à recomposer la fin de son roman. Les lecteurs du *Messager* durent attendre les livraisons de novembre et décembre 1872. Quant au chapitre censuré, il fallut, pour le lire, changer de siècle, et parvenir en 1923 !

Camus, au moins, connaissait le secret de Stavroguine et son adaptation utilise non seulement le roman, mais « La Confession de Stavroguine » et aussi les *Carnets* de Dostoïevski. Il écrit sa pièce en 1957 et 1958. Mais, depuis 1953, il prend des notes dans un carnet qui est aujourd'hui en possession de Catherine Sellers, inoubliable interprète du rôle de Maria Lebiadkine. Dans ce carnet, par exemple, il transcrit une réflexion de Nicolas Berdiaeff :

« Chatov, Verkhovensky, Kirilov, ce sont autant de fragments de la personnalité désagrégée de Stavroguine, des émanations de cette personnalité extraordinaire qui s'épuise en se dispersant. L'énigme de Stavroguine, le secret de Stavroguine, tel est le thème unique des *Possédés*.

Camus note aussi :

« Thèse de Dostoïevski : les mêmes chemins qui mènent l'individu au crime mènent la société à la révolution. »

Ou encore :

« Verkhovensky : "La force la plus importante de la révolution, c'est la honte d'avoir une opinion." »

Emmanuel Berl a souligné avec pertinence que le personnage de Stavroguine change du tout au tout selon que l'on connaît ou non sa « Confession ». Le sens philosophique du roman aussi :

« ... Jusqu'à la Confession, Stavroguine reste un personnage incompréhensible : il incarne à la fois l'absurdité du monde et la réaction de l'homme à cette absurdité. Demi-dieu auquel nul n'oserait dire : Mon semblable... La Confession, malgré ce qu'elle a d'affreux, réduit la distance entre lui et nous. Il devient l'homme de son crime; ce crime le range quand même dans le tout-venant de l'humanité. »

En cela Stavroguine n'est pas un héros de l'absurde et de la révolte, comme en a créé Camus. Il est bien un personnage de Dostoïevski.

Berl fait aussi une remarque sur l'adaptation de Camus :

« Tikhone a raison de dire que Stavroguine supporterait la réprobation et même le pardon de ceux qui liraient son récit, mais non leurs rires que, sans doute, il susciterait; car la perversité de son aventure n'empêchait pas sa sordidité. Camus, si fidèle, a coupé cette réplique tellement importante; d'ailleurs, j'aurais fait comme lui; pour moi aussi, un Stavroguine ridicule est impossible à mettre en scène, et même à imaginer. »

L'adaptateur n'a pas retenu davantage une intuition de Lisa qui va dans le même sens :

« Je dois vous avouer que déjà en Suisse, l'idée s'est enracinée en moi que vous aviez sur la conscience quelque chose d'horrible, de boueux, de sanglant... et qui, en même temps, vous rendait terriblement ridicule. Gardez-vous bien de me le révéler si c'est vrai : je rirais de vous, je me moquerais de vous toute votre vie... »

On n'en finirait pas de comparer le roman et

l'adaptation. Bien entendu, il ne faut jamais perdre de vue que Camus était tenu par la contrainte de la longueur. Et son adaptation est un modèle du genre. Intense, d'une force dramatique qui ne se relâche jamais, elle semble insurpassable. Mais il est tentant de regarder de près ce qu'il a conservé, ce qu'il a sacrifié. Un seul exemple :

Quand Stavroguine confesse son crime à Tikhone, il dit, comme dans le roman, que pensant que la petite Matriocha était en train de se pendre, il contemplait, sur un géranium, le cheminement d'une minuscule araignée rouge. Le rouge est, chez Dostoïevski, la couleur symbole du sang et de la luxure. Et ce cheminement de l'araignée, c'est une manière d'arrêter le temps, au moment où s'accomplit la mort de l'enfant, et que le crime de Stavroguine est scellé.

Mais Camus a laissé tomber une autre araignée. Lisa, après sa nuit avec Stavroguine, lui dit :

« Il m'a toujours semblé que vous me conduiriez quelque jour dans un endroit habité par une monstrueuse araignée, de la taille d'un homme, et que nous passerions toute notre vie à regarder l'araignée en tremblant de peur. Et que c'est à cela que se réduirait notre amour. »

Là aussi, l'araignée abolit le temps, pour plonger les personnages dans un éternel présent, fait d'horreur existentielle. On pense aussi à Svidrigaïlov, personnage de *Crime et Châtiment*, qui, dans le roman et surtout dans les *Carnets de « Crime et Châtiment »*, semble une première incarnation de Stavroguine. Dans les *Carnets*, Svidrigaïlov affirme :

« Qu'est-ce que le temps ? Le temps n'existe pas ;

le temps c'est des chiffres, le temps est le rapport de l'être au non-être. »

Un peu plus loin, Dostoïevski, dépeignant ce personnage, note :

« Croit à la vie future, AUX ARAIGNÉES, etc. »

C'est l'écrivain qui met les majuscules.

Camus a très bien compris cet étrange rapport araignées-temps, puisqu'il note :

« Svidrigaïlov de *Crime et Châtiment* : une petite chambre enfumée, avec des araignées dans les coins et voilà toute l'éternité. »

Dans le chapitre V de *L'Idiot*, le prince Muichkine parle d'un homme qui purge douze ans de prison, c'est-à-dire qui est immergé dans un temps immobile. Et il éprouve le besoin de préciser :

« Toutes ses connaissances se limitaient à une araignée et à un arbuste qui croissait sous sa fenêtre. »

L'adaptateur a travaillé en partant de la traduction de Boris de Schlœzer, publiée dans la Pléiade. Cette traduction ne s'intitule pas *Les Possédés*, titre sous lequel le roman a été connu en France, mais *Les Démons*. Camus a préféré garder l'ancien titre. D'ailleurs la discussion reste ouverte. Par exemple, l'écrivain autrichien Heimito von Doderer, voulant placer son plus grand roman, l'œuvre de sa vie, sous le signe de Dostoïevski, l'a intitulé *Die Dämonen*. Une excellente commentatrice de Dostoïevski, Nina Gourfinkel, note, dans *Dostoïevski notre contemporain*[1] :

« En russe, le titre du roman est littéralement : *Les Démons (Bessy)*. En français, on le traduit tantôt par *Démons*, tantôt par *Possédés*. Nous préfé-

1. Calmann-Lévy, 1961.

rons la seconde traduction, parce qu'elle rend le son évangélique que comporte le mot *Bessy*, tiré du slavon. D'ailleurs, Dostoïevski insiste moins sur les " démons " que sur les " porcs possédés ". »

Démons ou possédés, il n'est pas facile de se faire une opinion, même en lisant ce que dit l'auteur lui-même. En exergue de son roman, il a placé un poème de Pouchkine : « Nous sommes perdus, qu'allons-nous faire, le démon nous entraîne à travers champs... » Puis un second exergue reprend, dans l'Evangile selon saint Luc, l'épisode bien connu des pourceaux. Jésus délivre un possédé. Les démons qui s'étaient emparés de son corps supplient Jésus de leur permettre d'entrer dans un troupeau de pourceaux. Il accepte. Les démons entrent dans les pourceaux et le troupeau se précipite dans un lac et se noie. Vers la fin du livre, Stépan Trophimovitch, qui va vers la conversion, cite ce passage de saint Luc. Et il lui vient une comparaison. Le malade, c'est la Russie. Et les démons qui demandent eux-mêmes à entrer dans les pourceaux, ce sont tous les personnages du livre, Pierre Stepanovitch, « et les autres avec lui, et moi peut-être le premier, moi en tête. Nous nous précipiterons comme des fous furieux du haut du rocher dans la mer, et nous périrons tous. Tant mieux car nous ne sommes bons qu'à cela. Mais le malade sera guéri et il s'assiéra "aux pieds de Jésus..." et tous le regarderont avec étonnement... ». Quand Dostoïevski est encore en train de faire les plans de son roman, en octobre 1870, il expose son projet à son ami, le poète Apollon Nikolaévitch Maïkov, dans des termes légèrement différents. Il lui raconte la parabole des pourceaux et ajoute : « C'est exactement ce qui s'est passé chez nous : les démons sont sortis de l'homme russe pour entrer dans les Netchaïev, les Serno-Soloviévitch (deux frères révolutionnaires), etc. Ceux-ci se sont noyés ou se noieront sûrement, et l'homme guéri est assis aux pieds de Jésus... Tel est, si vous voulez le savoir, le thème de mon roman. Il s'intitule : *Les Possédés*; c'est la description de l'entrée des démons dans le troupeau de porcs. »

Ainsi les personnages du roman sont tantôt désignés comme les démons, tantôt comme les pourceaux dans lesquels ses sont réfugiés les démons, et cela permet de justifier un titre comme l'autre. On peut ergoter à l'infini. J'aurais tendance à penser que Camus a simplement voulu rester fidèle au titre sous lequel il avait aimé ce livre depuis sa jeunesse.

L'adaptation, si elle avait été jouée intégralement, aurait fait cinq heures de spectacle. Camus la ramena à vingt-trois personnages, et sept tableaux. La continuité est assurée par la présence d'un personnage, Anton Grigoreiev, qui est en même temps narrateur. Mais le rôle de ce narrateur « courtois, ironique et impassible » ne se borne pas à nous permettre de ne pas perdre le fil de l'histoire. Emporté par le tourbillon des événements qui se précipitent, dans le roman, le narrateur donne l'étrange spectacle d'un chroniqueur incapable de dominer le temps. « Quel dommage qu'il faille mener le récit au galop et qu'on n'ait pas le temps de décrire! » s'écrie-t-il (à moins que ce ne soit Dostoïevski lui-même qui, à ce moment, lui ait confisqué la plume pour faire cette réflexion). Dans la pièce de Camus, le narrateur est surtout un ironiste, pour qui l'humour est une façon de porter un jugement sur les personnages et leur idéologie.

La pièce, créée le 30 janvier 1959, tint l'affiche jusqu'en juillet. Le jour de la centième, Camus fit une farce à Michel Bouquet qui jouait le rôle de Pierre Stepanovitch Verkhovensky. Tout au long d'une scène, Bouquet était censé se servir des verres de vodka, en fait de l'eau. Camus mit de la vodka véritable dans la bouteille. Bouquet bientôt fut complètement ivre et les grandes théories destructrices de Pierre Stepanovitch se perdirent en bredouillements.

On trouve, dans les *Souvenirs et Propos* de Roger Blin[1], un détail sur Camus en tant que metteur en scène :

« J'aimais bien Camus et son adaptation du texte de Dostoïevski était très belle. C'était une très grosse affaire. Il y avait une distribution énorme et j'avais accepté parce que je ne jouais qu'une scène. Je tenais le rôle de l'Evêque Tikhone. Je devais pousser une espèce de cri et Camus m'avait embauché pour la façon particulière que j'avais de pousser ce cri. »

En juillet, on joue *Les Possédés* à la Fenice, le célèbre théâtre de Venise, où Camus assure lui-même la mise en place. En octobre, c'est à Lausanne. A la fin de novembre, alors qu'il s'était retiré à Lourmarin pour travailler – il y a séjourné à trois reprises au cours de cette année qui fut la dernière de sa vie –, il se rendit à Marseille pour rejoindre la troupe qui continuait sa tournée.

Dans ces derniers jours de son existence, Camus pense plus que jamais au théâtre et estime sans

1. Gallimard, 1985.

doute que là est sa véritable vocation, le lieu où il trouve le bonheur.

« J'ai traduit *Othello*, mais je n'ai jamais osé le mettre en scène, je n'en suis encore qu'à mon baccalauréat théâtral... Shakespeare, c'est l'agrégation! » a-t-il un jour déclaré.

En fait, il avait osé puisque, on s'en souvient peut-être, il répétait *Othello* avec le Théâtre de l'Equipe quand la guerre a éclaté. Après la réussite des *Possédés*, il pense que le moment est peut-être venu de passer l'agrégation, et il entreprend de remanier son *Othello* de 1936.

Au moment où il disparut, il était bien près de réaliser son rêve. Il était en négociations avec André Malraux, alors ministre d'Etat chargé des Affaires culturelles, pour prendre le théâtre Récamier. D'après une lettre qu'il écrit le 28 décembre 1959, une semaine avant sa mort, les choses semblaient faites, et les crédits débloqués. Il menait en même temps des pourparlers avec Michel Gallimard pour monter sa propre compagnie. Il venait aussi d'accepter de faire partie du jury du Festival de Cannes, ce qui, tel qu'on le connaît, ne s'explique que par le souci de voir beaucoup de films, comme le font la plupart des metteurs en scène et auteurs de théâtre, dans la nécessité où ils sont de connaître le plus possible d'acteurs, pour leurs distributions.

Puisque sa dernière œuvre achevée est l'adaptation des *Possédés*, on peut se rappeler qu'il avait écrit :

« Il y a de grandes chances pour que l'ambition réelle de nos écrivains soit, après avoir assimilé *Les Possédés*, d'écrire un jour *La Guerre et la Paix*... Ils gardent l'espoir de retrouver les secrets d'un art universel qui, à force d'humilité et de maîtrise, ressusciterait enfin les personnages dans leur chair et dans leur durée. »

Ses rêves de théâtre ne l'empêchaient pas de méditer une telle œuvre. Le roman *Le Premier Homme* qu'il venait d'ébaucher, aurait peut-être été ce livre-là.

Essais critiques

(1932-1959)

Dans les *Carnets*, en 1949, figure un projet de volume d'essais critiques. Le plan, à vrai dire, est très limitatif :

« Chamfort + *L'Intelligence et l'Echafaud* + Agrippa d'Aubigné + Préface aux *Chroniques italiennes* + Commentaires sur le *Don Juan* + Jean Grenier. »

D'Aubigné, les *Chroniques italiennes* et *Don Juan* sont d'ailleurs restés à l'état de notes. En 1951, il est cette fois question d'un recueil d'essais philosophiques :

« Philosophie de l'expression + commentaire 1er livre *Ethique* + réflexions sur Hegel (leçons sur philosophie de l'histoire) + essai Grenier + commentaire *Apologie de Socrate*. »

Si Camus a écrit sur Brice Parain et sur *Les Iles*, de Jean Grenier, les essais sur Spinoza, Hegel et Platon ne seront jamais que des projets.

Malgré cela, les articles de critique littéraire et philosophique de Camus sont très nombreux. Depuis le premier texte qu'il ait publié, *Un nouveau Verlaine*, alors qu'il n'avait que dix-huit ans, jusqu'à la préface à l'édition allemande de René

385

Char qui parut en 1959, peu avant sa mort, des revues d'Afrique du Nord à la rubrique des livres d'*Alger-Républicain*, de préfaces en contributions à des ouvrages collectifs ou à des numéros spéciaux de revues, il n'a guère cessé de parler des écrivains et des philosophes qui lui importaient et de traiter des questions que pose la littérature. Il va même jusqu'à faire œuvre de traducteur, pour les *Poèmes*[1] du catalan Joan Maragall (en collaboration avec Pierre Pages), et pour les légendes de l'album de James Thurber *La Dernière Fleur*[2].

Cette activité critique ininterrompue autorise à étudier l'ensemble de ses articles.

La plupart des écrivains dont s'est occupé Camus ont cherché, comme lui, dans leur art, une façon d'assumer ou de dépasser l'absurde : Melville, Dostoïevski pour les romanciers du passé; Raymond Queneau, Francis Ponge et Brice Parain pour ses contemporains; Kafka qu'il étudie dans *Le Mythe de Sisyphe*; Malraux et Faulkner qu'il adapte au théâtre. Ses articles nous renseignent aussi sur ses amitiés, sur les influences qu'il reconnaît ou revendique. Il est amusant de découvrir au passage qu'il fut un des premiers critiques de *La Nausée*, en 1938, en attendant que Sartre entreprenne à son tour d'expliquer *L'Etranger*.

J'ai déjà parlé des quatre articles publiés en 1932, dans *Sud*, avec pour sujets Verlaine, Jehan Rictus, Bergson et la musique. Camus n'a que dix-huit ans.

Un peu plus tard, à *Alger-Républicain*, où il est un journaliste très polyvalent, il ouvre un « Salon de

1. *Cheval de Troie*, nos 2-3, 1947.
2. Gallimard, 1952.

lecture » qu'il inaugure, le 9 octobre 1938, par une critique de *Marina di Vezza*, d'Aldous Huxley, et par une déclaration de principe :

« Un journal qui se veut au service de la vérité la sert dans tous les domaines et ne saurait négliger les œuvres de l'esprit. De tous les buts qu'une chronique littéraire peut se proposer, celui-ci est à la fois le plus modeste et le plus ambitieux. »

Malgré ce noble propos, le « Salon de lecture » ne parlera pas que des œuvres immortelles au public d'*Alger-Républicain*. Par une servitude inhérente aux quotidiens, ce sera plutôt le tout-venant et l'on peut s'étonner aujourd'hui de voir que Camus a dû s'intéresser à Claude Farrère, même si l'actualité lui donne d'autres jours l'occasion de découvrir Nizan et Jorge Amado et de parler de Giono et de Bernanos.

Le « Salon de lecture » rend également compte des revues, des conférences et de l'activité intellectuelle en général. Il signale, par exemple, le 28 novembre 1938, la disparition de l'hebdomadaire de gauche *Vendredi*.

Je crois qu'il n'est pas inintéressant de recenser rapidement ces articles pour montrer la diversité de genre – et de niveau – des ouvrages.

Le 10 octobre, bien que l'article ne porte pas de signature, c'est sûrement Camus qui parle des *Camarades*, le roman d'Erich Maria Remarque. Le 11, il fait l'éloge de *La Sève des jours*, de la poétesse Blanche Balain, qui appartenait au Théâtre de l'Equipe, et dont il devait préfacer un recueil.

La critique de *La Nausée* (20 octobre) lui permet pour la première fois d'affirmer sa différence en face de la philosophie sartrienne, et surtout de montrer combien les sensibilités des deux écrivains s'opposent. J'ai eu l'occasion de le noter à propos de *Noces* :

« Le héros de M. Sartre n'a peut-être pas fourni le vrai sens de son angoisse lorsqu'il insiste sur ce qui lui répugne dans l'homme, au lieu de fonder sur certaines de ses grandeurs des raisons de désespérer. »

Dès les nouvelles du *Mur* (12 mars 1939), malgré des réserves sur *Intimité* dont l'obscénité lui paraît gratuite, il reconnaît la grandeur et la vérité de l'œuvre de Sartre, car, en deux livres, on peut déjà parler d'une œuvre.

Camus et Sartre vont tomber d'accord lorsqu'ils commenteront *La Conspiration*, de Paul Nizan. L'article de Camus, daté du 11 novembre 1938, suggère que le procès de la jeunesse, que fait l'auteur, est celui de sa propre jeunesse :

« On n'est jamais si bien irrité que par soi-même. Cette colère, dont les accents résonnent tout au long du roman, c'est contre Nizan à vrai dire que Nizan la retourne, ou du moins contre certaines de ses erreurs de jeunesse. »

Sartre, qui était l'ami de Nizan depuis le lycée Henri-IV et Normale supérieure, ne dit pas autre chose :

« On aime à retrouver, derrière ces héros dérisoires, la personnalité amère et sombre de Nizan, l'homme qui ne pardonne pas à sa jeunesse... »

Le 23 octobre, un compte rendu de l'*André Gide* de Jean Hytier, ouvrage publié d'ailleurs par les éditions Cafre, c'est-à-dire par Albert Camus et Claude de Fréminville.

Le 2 novembre, Camus parle des *Salopards*, de René Janon. Le 22, des *Fables bônoises* d'Edmond Brua. Il s'agit de ces textes en langage cagayous qui faisaient la joie de Camus, et dont j'ai pu évoquer l'influence sur certains dialogues de *L'Etranger*, et aussi sur un récit de bagarre qui figure dans *Noces*.

Le 3 janvier 1939, *Commune Mesure*, de Renaud de Jouvenel, et *Lettre aux paysans sur la pauvreté et la paix*, de Giono, qui est la première en date des plaquettes dans lesquelles l'écrivain de Manosque va exprimer ses idées pacifistes. Le 15, ce n'est pas exactement de la critique, mais le compte rendu d'une conférence qu'était venu donner Jules Romains sur *L'Auteur et ses personnages*. Le 16, critique de *Caroline ou Le Départ pour les îles*, de Félix de Chazournes.

Le « Salon » du 21 est consacré à la littérature nord-africaine : *La Cage ouverte*, par Gabriel Audisio, *Trois Contes de la Musaraigne*, par Françoise Berthault, *Le Long des oueds de l'Aurès*, par Claude-Maurice Robert. Cette chronique est complétée, le 24, par une étude sur deux revues africaines : *La Revue algérienne*, et *Aguedal*, de Rabat. Le 28 janvier paraît une critique du *Quartier Mortisson*, de Marie Mauron.

Le 5 février, c'est *L'Equinoxe de septembre*, de Montherlant, un auteur dont il a toujours reconnu qu'il avait influencé ses débuts. Le dernier chapitre de l'*Equinoxe* s'intitule : « La France et la morale de midinette. » C'est peut-être là que Camus a pris ce mot qu'il emploie à plusieurs reprises, notamment quand il arrive à Paris, en 1940 : « Sentir à *Paris-Soir* tout le cœur de Paris et son abject esprit de midinette. »

Le 18 février, il groupe dans un même compte rendu trois livres de femmes : *Pour la victoire*, de Dolores Ibarruri, la Pasionaria, *Dernier Vol*, de l'aviatrice américaine Amelia Erhart, *Femmes soviétiques*, d'Hélène Isvolski. Le 19, il parle d'une conférence du romancier Claude Farrère sur le Japon et la Chine. Le 5 mars, dans le numéro même où il commence à écrire sur l'affaire Hodent, encore un triplé de livres nord-africains : *Périples des îles tunisiennes*, par Armand Guibert, *Introduction à l'étude de l'Islam*, par Abder-Ahman Ben El Haffaf, *Du bled à la côte*, par Aimé Dupuy.

Le nom d'Armand Guibert allait être de nouveau cité, le 15 juillet, pour des poèmes, *Oiseau privé*, qui ramènent Camus au cœur même de la sensibilité méditerranéenne. Armand Guibert, fondateur à Tunis des éditions « Les Cahiers de Barbarie » (1934-1937) et *Monomotapa* (1938-1939), directeur avec Jean Amrouche du supplément littéraire de *La Tunisie française* (1939-1942), poète et traducteur de poètes, contribua à faire connaître en France l'espagnol Lorca et le portugais Pessoa. Il témoigne pour « une race empêchée de choisir et placée au milieu de beautés si pressantes qu'elle ne peut se résoudre à chercher ce qui surpasse cette splendeur et lui donne un sens ». Cette poésie imprégnée de mystique, au sens large, engage le critique d'*Alger-Républicain* à évoquer Plotin et ces dieux souffrants que sont Orphée, Dionysos ou Isis. Après novembre 1942, tandis que Camus était bloqué en France et sa femme en Algérie, Armand Guibert, qui vivait alors à Lisbonne, leur servit d'intermédiaire pour leur permettre de correspondre.

Le 28 mars, compte rendu de *Forêt vierge*, du romancier portugais Ferreira de Castro, qui était traduit par Blaise Cendrars, et de *L'Exploration du Sahara*, de Henri-Paul Eydoux. Le 9 avril, *Bahia de tous les saints*, le roman qui allait faire connaître l'écrivain brésilien Jorge Amado. Dix ans plus tard, au cours de son voyage en Amérique du Sud, Camus visitera Bahia.

Le 16 avril est consacré au roman d'aventures, représenté par *Aranga*, de Gabriel de Saint-Georges, *Baudouin des mines*, de O.P. Gilbert, et *Chez Krull*, de Simenon.

Le 23 avril, *Le Pot aux roses*, de P.H. Michel, *L'Amour de soi-même*, de Guy Mazeline, *Les Navires truqués*, de Jacques Baïf.

Le Pain et le Vin, d'Ignazio Silone, le 23 mai, marque la première rencontre, à travers un roman, de Camus et de l'écrivain et militant socialiste italien. En 1948, Nicola Chiaromonte, antifasciste italien que Camus avait hébergé à Oran en 1940, et qui resta un de ses meilleurs amis, lui fit rencontrer Silone. Chiaromonte était rédacteur en chef de *Tempo presente*, dont le directeur était Silone. De 1953 à 1957, Camus et Silone, dont les positions politiques étaient proches, collaborèrent tous les deux à une petite revue d'esprit libertaire, *Témoins*, fondée par J.P. Samson et Robert Proix.

Le même jour, un compte rendu de *La Galère*, d'André Chamson, un des romans les plus connus de l'écrivain cévenol, est une occasion d'évoquer le 6 février 1934.

Le 25 juin, le « Salon de lecture » est consacré à des ouvrages de critique : *Constantin Léontieff*, de Nicolas Berdiaeff, *Henri Heine*, d'E. Vermeil, *Présentation de Swift*, d'Armand M. Petitjean. Le 4 juillet, on trouve deux auteurs qui collaboreront à *Combat* après la Libération. Le premier est Bernanos, à propos de *Scandale de la vérité*. Quand Bernanos revient en France, après son exil au Brésil, Camus lui rend hommage et lui ouvre les colonnes de son journal. Le second est Albert Ollivier, qui vient de publier son étude sur *La Commune*. Ollivier sera un important collaborateur de *Combat* et, un moment, ses éditoriaux alterneront avec ceux de Camus. Mais les deux hommes étaient de tempérament opposé et on ne peut dire qu'il y ait eu beaucoup de sympathie entre eux.

La chronique du 24 juillet est consacrée une nouvelle fois à l'édition algérienne, avec *Coplas populaires andalouses*, de Léo-Louis Barbes, *Quinta pugneta*, de Jean Lavergne, et *Keboul*, d'A.E. Breugnot.

Alger-Républicain disparaît. Camus gagne Paris et travaille à *Paris-Soir*, de la façon la plus modeste. Mais Georges Boris, qui dirige l'hebdomadaire de gauche *La Lumière*, le remarque, et il publie un article de lui, le 5 avril 1940, moins d'un mois après son arrivée à Paris. Cet article commente une polémique qui avait été déclenchée par François Mauriac à propos des héritiers de Barrès. Mauriac n'avait pas tort de chercher une postérité à Barrès. Sans parler de lui-même, il pouvait citer Montherlant, Malraux, Aragon et Drieu la Rochelle. Ces écrivains avaient retenu quelque chose du romantisme barrésien et de Barrès professeur d'énergie. Et peut-être aussi du dandy égotiste d'*Un homme libre* et du *Culte du moi*. Cette idée de Mauriac parut saugrenue à ceux qui se sentaient proches du second Barrès, le nationaliste de la Ligue des patriotes, celui qu'Henri Lavedan avait malencontreusement appelé « le littérateur du territoire ». Camus, dans un autre texte, estime en passant que Barrès a, comme Chateaubriand, « tiré du français de nouveaux accents ». Mais il n'est pas loin de le ranger parmi les littérateurs. Dans le domaine de l'individualisme, comme dans celui du patriotisme, il n'a été qu'un esthète. Et Camus lui oppose les disciples cités par Mauriac, surtout Montherlant et Malraux, qui « ont transformé en une exaltante règle de vie l'éthique que lui-même n'avait magnifiée que sur le papier ». Opinion qui demande à être révisée aujourd'hui, après les révélations sur Montherlant où celui-ci n'apparaît plus comme un homme d'action, mais comme l'habile et cynique metteur en scène de sa propre légende.

La chronologie rapproche ensuite deux textes importants. *Jean Giraudoux ou Byzance au théâtre*[1] donne à Camus l'occasion d'exposer sa conception du théâtre. C'est presque un manifeste. Giraudoux, qui fait chatoyer sur la scène les jeux d'une intelligence sophistiquée, est à l'opposé de ce que Camus attend du théâtre : la fatalité et le destin. En déplorant que le théâtre français ne soit représenté que par Giraudoux, le jeune critique semble, à cette date, ignorer Claudel. Ou bien est-ce un oubli volontaire? Il le cite pourtant, en 1937, dans le manifeste du Théâtre de l'Equipe. Et plus tard, en 1955, dans une conférence sur l'avenir de la tragédie, prononcée à Athènes, il mentionnera « l'admirable *Partage de midi* ». Quant à *L'Intelligence et l'Echafaud*, essai écrit en juillet 1943, à l'occasion du numéro spécial de la revue *Confluences* sur les problèmes du roman, c'est une brillante et profonde description du roman classique français. Et, comme toujours, quand un écrivain fait le portrait d'un autre écrivain, ou d'une époque,

1. *La Lumière*, 10 mai 1940.

voire d'un genre, c'est de lui-même qu'il nous parle. L'intelligence, la rigueur, la passion contenue, l'obstination, la pureté du langage mise au service de la lutte contre le destin, ce sont des traits que Camus aurait pu s'appliquer à lui-même, et sans doute le savait-il. Ses idées sur le roman sont d'ailleurs complétées dans un autre texte, l'introduction qu'il écrivit en 1944 pour une édition des *Maximes*[1] de Chamfort. (En 1949, il prendra Chamfort comme sujet des conférences qu'il donne à Rio de Janeiro). Et sa conception essentielle de l'art se trouve dans son étude sur Oscar Wilde, *L'Artiste en prison*[2], qui date de 1952. L'art est « le grand cri où le génie fait resplendir le malheur de tous ».

L'étude sur *Pierrot mon ami*, qui ne fut pas publiée, démêle les composantes dont le mélange insolite fait l'art de Queneau. Pierrot, le lunaire héros de ce roman, est lui aussi, à sa manière, un étranger. Ce n'était pas à Camus de le dire. Mais il est bien évident qu'il a reconnu en Queneau un écrivain qui, avec des moyens très différents des siens, tente lui aussi de décrire l'absurdité du monde :

« *Pierrot mon ami* serait un roman policier où rien n'est expliqué. »

Dans *Le Parti pris des choses*, de Francis Ponge, Camus reconnaît « une œuvre absurde à l'état pur ». C'est par une lettre du 27 janvier 1943 adressée à l'auteur qu'il s'en explique. J'ai déjà eu l'occasion d'évoquer les relations entre Camus et

1. Monaco, Incidences.
2. Falaize, 1952, en préface à la *Ballade de la geôle de Reading*.

Ponge. Pendant l'Occupation, alors que Camus se trouvait au Panelier, près du Chambon-sur-Lignon, un manuscrit du *Mythe de Sisyphe* fut communiqué à Francis Ponge par Pascal Pia. Il s'ensuivit un véritable dialogue dont la lettre de Camus sur *Le Parti pris des choses*, et le chapitre intitulé « Pages bis », dans *Proèmes* de Ponge, nous laissent la trace écrite. Ponge reproche au Camus du *Mythe de Sisyphe* d'être trop en quête d'absolu, de ne pas se contenter du relatif, d'oublier la notion de mesure :

« L'individu tel que le considère Camus, celui qui a la nostalgie de l'*un*, qui exige une explication claire, sous menace de se suicider, c'est l'individu du XIXe ou du XXe siècle dans un monde socialement absurde. C'est celui que vingt siècles de bourrage idéaliste et chrétien ont *énervé*. »

Il ne faut pas oublier que, quand il écrit ces lignes, en 1943, Ponge est communiste.

Camus répond que la position définie dans le *Mythe* est provisoire. Lui aussi croit que le bon nihilisme conduit au relatif et à l'humain. Mais il renvoie son compliment à Ponge. Il trouve chez lui, malgré ses dénégations, une nostalgie de l'absolu :

« Vous avez choisi le vertige du relatif, selon la logique absurde. Mais la nostalgie du maître mot, de la parole absolue, transparaît dans tout ce que vous faites. »

Ponge réplique :

« Il n'est pas tragique pour moi de ne pas pouvoir expliquer (ou comprendre) le monde. D'autant que mon pouvoir poétique (ou logique) doit m'ôter tout sentiment d'infériorité à son égard. Puisqu'il est en mon pouvoir – métalogiquement – de le *refaire*. Ce qui est seulement tragique, c'est de constater que l'homme se rend malheureux à ce propos. »

Après la Libération, les querelles entre *Combat* et l'organe communiste *Action*, dont Ponge devient un des principaux collaborateurs, vont rendre les rapports des deux hommes difficiles. On en trouve un exemple, si on lit la *Correspondance*[1] de Jean Paulhan et Francis Ponge. On y voit qu'en 1956, la collaboration de Camus à un numéro d'hommage à Ponge de la *N.R.F.* pose de sérieux problèmes de part et d'autre. Toute la diplomatie de Paulhan n'est pas de trop pour arranger les choses.

Dans les *Cahiers du Sud*, en avril 1943, sous le titre de *Portrait d'un élu*, Camus parle du *Portrait de Monsieur Pouget*[2], de Jean Guitton, ce beau livre consacré à un humble prêtre lazariste, vieux et presque aveugle.

« Il y a toujours quelque chose d'émouvant dans l'hommage qu'un homme rend à un autre homme. Mais qui pourrait se vanter de définir ce sentiment si prenant qui lie certains esprits par les liens du respect et de l'admiration. C'est une parenté quelquefois plus solide que celle du sang. Bien pauvre en effet qui n'a pas eu cette expérience, heureux qui, l'ayant eue, s'y est abandonné. »

On sent, dans ces phrases, quelque chose qui dépasse la simple critique littéraire et touche à une

1. Gallimard, 1986.
2. Gallimard, 1941.

expérience personnelle, une allusion à ce que Camus a dû éprouver à un moment pour Jean Grenier, peut-être aussi pour Pascal Pia.

Il faisait suivre son article d'une note commandée par l'époque, et dépourvue d'ambiguïté :

« *Le Portrait de Monsieur Pouget* a été écrit avant la guerre. Depuis l'armistice, au contraire, M. Guitton a publié des écrits et des articles auxquels je n'apporterais pas la même approbation. » C'est-à-dire qu'il soutenait Pétain.

A noter que Jean Guitton s'est intéressé aux deux philosophes choisis par Camus pour son diplôme d'études supérieures. Il est l'auteur d'un ouvrage intitulé *Le Temps et l'Eternité chez Plotin et saint Augustin.*

Le philosophe Brice Parain (1897-1971) est un des personnages les plus originaux et les plus attachants que Camus ait connus chez Gallimard, où l'un et l'autre dirigeaient des collections et appartenaient au comité de lecture. C'est chez Parain, à Verdelot, en Seine-et-Marne, qu'il trouva refuge, en juillet 1944, quand la Gestapo était sur la trace des résistants de *Combat.* D'origine paysanne, Parain avait connu la terrible expérience de Verdun, avait séjourné en Russie et avait vu de près le communisme russe. Pensant que la plupart des maux de l'époque venaient du mensonge, il s'est demandé si le langage n'était pas un instrument trop imparfait pour exprimer la vérité. Il était en avance sur les linguistes modernes, et il resta toujours un franc-tireur. On pourrait résumer sa pensée en parodiant le début du *Mythe de Sisyphe* : « Il n'y a qu'un problème philosophique vraiment sérieux : c'est le langage. » Camus écrit son texte sur Parain dans *Poésie 44.* En 1947, il publie un livre de lui, *L'Embarras du choix*, dans la collection qu'il dirige, « Espoir ». En 1950, Parain préface, dans la même collection, le recueil d'écrits de terroristes russes de 1905, *Tu peux tuer cet homme*, ouvrage qui ramène aux sources des *Justes* et de *L'Homme révolté*. Sans aucun doute, Camus apprécie chez Parain l'homme qui traque la vérité dans le logos platonicien, dans la nature et les fonctions du langage, mais qui est aussi l'auteur d'un *Essai sur la misère humaine*. Double démarche d'un savant qui, avec une ingénuité comparable à celle du prince Muichkine, est toujours resté un cœur pur.

Après la Libération, la célébrité de Camus lui vaut d'être sollicité pour des préfaces. Il n'a accepté que pour des œuvres qui l'avaient touché parce qu'elles portaient témoignage, ou parce qu'il éprouvait une estime particulière pour l'auteur. Il a préfacé ainsi un livre sur la Résistance, *Combat silencieux*[1] d'André Salvet, les *Poésies posthumes*[2] de René Leynaud, *Laissez passer mon peuple*[3] de Jacques Méry, *Devant la mort*[4] de Jeanne Hénon-Canone, *La Statue de sel*[5] d'Albert Memmi, *Contre-amour*[6] de Daniel Mauroc, *Moscou sous Lénine*[7] d'Alfred Rosmer.

Une note de lecture sur *La Vallée heureuse*[8] de Jules Roy, dans la revue *L'Arche*, et un texte sur

1. France-Empire, 1945.
2. Gallimard, 1947.
3. Le Seuil, 1947.
4. Siraudeau (Angers), 1951.
5. Corrêa, 1953.
6. Editions de Minuit, 1952.
7. Editions de Flore, 1953.
8. Edmond Charlot, 1947.

Emmanuel Roblès, en 1959, dans *Simoun*, montrent que Camus n'a jamais cessé de se sentir solidaire des écrivains originaires comme lui d'Afrique du Nord. Au lendemain de la guerre, Edmond Charlot, l'éditeur des débuts de Camus, s'installa à Paris et publia plusieurs de ces écrivains, ce qui fait que l'on parla un moment d'une « école d'Alger ». Jules Roy a évoqué Camus dans *Etranger parmi mes frères*[1] et dans *A propos d'Alger de Camus et du hasard*[2]. Emmanuel Roblès, que nous avons plusieurs fois rencontré dans la vie de Camus, notamment à propos de *La Peste*, a partagé ses options et celles des libéraux, pendant la guerre d'Algérie, au moment de la tentative pour une trêve civile.

Camus a écrit sur *La Maison du peuple*[3], de Louis Guilloux, en 1948. Ce texte servit de préface à une réédition du livre en 1953. Camus devait d'autant mieux le connaître qu'*Alger-Républicain* le publiait en feuilleton. Mais, comme on sait, le journal fut interdit, et les lecteurs algérois n'eurent jamais la fin de *La Maison du peuple*. Guilloux était le meilleur ami de jeunesse de Jean Grenier. Ils s'étaient rencontrés, adolescents, à la bibliothèque municipale de Saint-Brieuc. Guilloux connaissait également Pascal Pia qui l'avait aidé à corriger les épreuves du *Sang noir*. Ami de Gaston Gallimard, il hantait les couloirs des éditions et y logea même un moment, dans ce qu'il appelait « une chambre de bon ». Camus était donc fatalement amené à le connaître, ce qui se produisit au lendemain de la guerre, en 1946. Dès cette année, Camus consigne

1. Stock, 1982.
2. Le Haut Quartier, 1982.
3. Grasset, 1927.

dans ses *Carnets* une phrase qui résume toute l'attitude de Louis Guilloux :

« Guilloux. La seule référence, c'est la douleur. »

Homme libre, au point d'en être bohème, toujours, selon sa propre expression, « comme l'oiseau sur la branche », Guilloux ne pouvait que lui plaire. Et aussi son œuvre. *La Maison du peuple, Le Pain des rêves* sont parmi les plus beaux témoignages sur la vie, les espoirs et les luttes des pauvres gens. *Le Sang noir* est peut-être la seule œuvre romanesque française de l'entre-deux-guerres qui soit parente des grands romans russes. Et Guilloux, d'instinct, prenait toujours la route juste, devant tous les problèmes politiques, sociaux, humains, moraux qui se sont posés aux hommes de sa génération.

En 1947, alors que Camus et Jean Grenier voyageaient ensemble à travers la Bretagne, Louis Guilloux fit découvrir à Camus la tombe de son père, le zouave Lucien Camus, enterré dans le carré militaire du cimetière de Saint-Brieuc, depuis 1914. C'était à la demande de Camus et par l'intermédiaire de Jean Grenier que Louis Guilloux avait cherché la tombe de Lucien Camus.

En route pour Saint-Brieuc, Camus et Jean Grenier avaient voulu visiter le château de Combourg. Ils avaient demandé à voir la chambre de Chateaubriand. On leur avait dit : « La chambre du comte, ou celle de l'auteur? » François-René n'est, en effet, que le vicomte!

Simone Weil, Camus ne l'a pas connue. Mais la découverte de ses écrits, au lendemain de la guerre, fut pour lui une rencontre importante. Jeune femme de santé fragile, Simone Weil avait quitté sa chaire de professeur pour se faire ouvrière d'usine et ouvrière agricole. Pendant la guerre civile, elle gagna l'Espagne, pour se ranger du côté des républicains. Obligée de fuir la France, sous l'Occupation, elle s'est laissée mourir de privations, en Angleterre, pour partager le sort des Français les plus défavorisés. Elle était devenue chrétienne, mais sans adhérer à une Eglise. Camus publia, dans sa collection « Espoir », une grande partie des manuscrits qu'elle avait laissés. Le premier est *L'Enracinement* (1949) qui porte en sous-titre : « Prélude à une déclaration des devoirs envers l'être humain ». Camus a écrit deux textes à propos de ce livre. L'un était destiné au bulletin de la N.R.F. de juin 1949. L'autre est un brouillon de préface.

Dans le numéro d'hommage que *La Nouvelle Revue Française* consacra à André Gide, en 1951, Camus a retracé l'histoire de ses rapports avec l'œuvre gidienne d'abord, avec l'homme ensuite, des jours d'Alger où l'oncle Gustave Acault, le boucher de la rue Michelet, lui donna à lire, un peu prématurément, *Les Nourritures terrestres*, jusqu'à l'année 1945 où, Gide lui ayant prêté un studio, ils se mirent à voisiner, rue Vaneau.

« J'avais seize ans lorsque je rencontrai Gide pour la première fois. Un oncle qui avait pris en charge une partie de mon éducation, me donnait parfois des livres. Boucher de son état, et bien achalandé, il n'avait de vraie passion que pour la lecture et les idées. Il consacrait ses matinées au commerce de la viande, le reste de sa journée à sa bibliothèque, aux gazettes et à des discussions interminables dans les cafés de son quartier.

« Un jour il me tendit un petit livre à couver-

ture parcheminée en m'assurant que " ça m'inté-
resserait ". Je lisais tout, confusément, en ce temps-
là ; j'ai dû ouvrir *Les Nourritures terrestres* après avoir
terminé *Lettres de femmes* ou un volume des *Pardail-
lan*. »

Pour cette première fois, « le rendez-vous était
manqué ». C'est un peu plus tard, avec les *Traités*,
avec *Tentative amoureuse*, qu'il s'enthousiasme pour
Gide. Il adapte à la scène *Le Retour de l'enfant
prodigue*. « Avec tout cela, pourtant, il ne fut pour
moi ni un maître à penser, ni un maître à écrire ; je
m'en étais donné d'autres. » Et on se souvient de la
note ironique sur Gide, le corps et le désir, dans
Noces. Mais la mort sereine de Gide lui inspire une
grande admiration. « Le secret de Gide est qu'il
n'a jamais perdu, au milieu de ses doutes, la fierté
d'être homme. Mourir faisait partie de cette condition qu'il avait voulu assumer jusqu'au bout. »

(Il y aurait à dire à propos d'*assumer*, parce que
c'est un mot que Gide employait souvent, en
faisant sonner la double consonne, avec sa diction
héritée du Vieux Colombier. Consciemment ou
non, c'est ce mot gidien qui vient sous la plume de
Camus, résumant à lui seul son hommage.)

A propos de Gide, le 23 octobre 1938, dans
Alger-Républicain, Camus avait rendu compte du
livre que lui a consacré Jean Hytier[1]. Professeur à
la faculté des lettres d'Alger, Jean Hytier a fait
partie du comité de direction de la revue *Rivages*.
En 1939, Camus et Fréminville publièrent, dans
leurs éphémères éditions Cafre, son essai sur *L'Iran
de Gobineau*.

Comme son vieux compagnon André Gide,

1. Edmond Charlot.

Roger Martin du Gard avait distingué Camus parmi les écrivains de la nouvelle génération : « Celui qu'on peut ensemble admirer et aimer. » L'auteur de *Confidence africaine* a demandé que ce soit Camus qui écrive la préface de l'édition de ses œuvres complètes, dans la Pléiade. Camus a aussi collaboré à l'hommage dans *Le Figaro*, au moment de sa mort, en 1958. Il voit en Martin du Gard le seul romancier de sa génération que l'on puisse placer dans la lignée de Tolstoï. Avec une notable différence : cette œuvre est habitée par le doute, ce qui la rend actuelle.

Réfléchissant sur Camus, après l'accident, Emmanuel Berl remarquait :

« ... Je n'ai connu aucun écrivain plus exempt de vanité; le seul qui m'ait paru l'être au même degré, c'est Roger Martin du Gard; leur amitié tenait sans doute à cette vertu tellement rare et qui leur était commune. Le prix Nobel l'avait augmentée au lieu de la réduire. La première phrase que Camus m'ait dite, quand je le félicitai, ça a été : " Il ne faudrait surtout pas que cela froisse Malraux. " Il l'a d'ailleurs dite à la radio, elle sortait, réellement, de son cœur. »

Dans ce dialogue entre les classiques et la littérature d'aujourd'hui, Camus en revient toujours à Melville et à Dostoïevski. Il a publié une étude sur Melville dans un ouvrage collectif, *Les Ecrivains célèbres*[1], publié sous la direction de Raymond Queneau. Sur Dostoïevski, à côté des pages du *Mythe de Sisyphe* et de *L'Homme révolté*, de l'adaptation des *Possédés* et des commentaires qu'il a pu en faire, un court texte, *Pour Dostoïevski*, écrit en 1955

1. Mazenod, 1952.

et destiné à une émission de Radio-Europe, a son importance. C'est un résumé saisissant de la signification que prend aux yeux de Camus l'œuvre du romancier russe et des multiples leçons qu'il y trouve :

« Pour moi, Dostoïevski est d'abord l'écrivain qui, bien avant Nietzsche, a su discerner le nihilisme contemporain, le définir, prédire ses suites monstrueuses, et tenter d'indiquer les voies du salut. Son sujet principal est ce qu'il appelle lui-même " l'esprit profond, l'esprit de négation et de mort ", l'esprit qui, revendiquant la liberté illimitée du " tout est permis ", débouche dans la destruction de tout ou dans la servitude de tous. Sa souffrance personnelle est d'y participer et de la refuser à la fois. Son espérance tragique est de guérir l'humiliation par l'humilité et le nihilisme par le renoncement. »

Puisqu'on parle des grands classiques, il est bien évident que Camus, par ses affinités espagnoles, ne pouvait pas ne pas écrire un jour sur Cervantes. Il le fait dans un article du *Monde libertaire*, de novembre 1955 : *L'Espagne et le Donquichottisme*. Il évoque d'abord Alphonse VI qui, en 1085, ayant pris la mosquée de Tolède aux Arabes et découvrant que c'était grâce à une trahison, rendit la mosquée et la reconquit par les armes. C'est la folie de l'honneur. Il cite ensuite Unamuno répondant à ceux qui déploraient que l'Espagne contribue peu à la découverte scientifique : « C'est à eux – les autres nations – d'inventer. » Ce qui est la folie de l'immortalité. Camus ajoute :

« Dans ces deux exemples, aussi bien chez le roi guerrier que chez le philosophe tragique, nous rencontrons à l'état pur le génie paradoxal de l'Espagne. Et ce n'est pas étonnant qu'à l'apogée de son histoire, ce génie paradoxal se soit incarné dans une œuvre elle-même ironique, d'une ambiguïté catégorique, qui devait devenir l'évangile de l'Espagne et, par un paradoxe supplémentaire, le plus grand livre d'une Europe intoxiquée pourtant de son rationalisme. Le renoncement hautain et loyal à la victoire volée, le refus têtu des réalités du siècle, l'inactualité enfin, érigée en philosophie, ont trouvé dans Don Quichotte un ridicule et royal porte-parole. »

Don Quichotte, souligne Camus, ne se résigne jamais. Il se bat toujours pour les malheureux. Il se battra jusqu'au jour où, comme l'écrit Cervantes, « la bêche et la houe s'accorderont avec l'errante chevalerie ».

En 1959 paraît une nouvelle édition des *Iles*, de Jean Grenier. Elle est précédée, cette fois, d'une préface d'Albert Camus. Déjà, en mars 1949, l'ancien lycéen d'Alger avait eu l'occasion de rendre un bref hommage à son maître : trois minutes à la radio, à l'occasion du prix du Portique que venait de recevoir Jean Grenier. Dans la préface pour *Les Iles*, il faut peut-être prêter particulièrement attention à une phrase :

« A la fin, le maître se réjouit lorsque le disciple le quitte et accomplit sa différence, tandis que celui-ci gardera toujours la nostalgie de ce temps où il recevait tout, sachant qu'il ne pourrait rien rendre. »

Elle nous invite à évoquer comment, depuis *Les Iles*, les deux penseurs ont suivi des voies opposées. Camus, vers la révolte et finalement les cris de *La Chute*. Jean Grenier vers une contemplation plus indifférente, taoïste et secrètement chrétienne.

Comme le philosophe Jules de Gaultier (qui touchait de près Jean Grenier et Louis Guilloux, à cause de son duel manqué avec Georges Palante, qui provoqua le suicide de celui-ci, modèle de Georges Saillan dans *Les Grèves* et de Cripure dans *Le Sang noir*), il pensait que le monde n'est pas un problème à résoudre, mais un spectacle à regarder.

Un des derniers commentaires littéraires écrit par Camus est probablement la préface à l'édition allemande des *Poésies* de René Char[1]. L'homme et l'œuvre n'ont cessé de prendre une place croissante dans le cœur et l'esprit de Camus. Dans une lettre au journaliste Pierre Berger, il parle de « Char que j'aime comme un frère ». Il n'hésite pas à déclarer, dans une interview au *Diario* de São Paulo :

« René Char est le plus grand événement dans la poésie française depuis Rimbaud. De nos jours, c'est le poète qui en France élève le plus haut son chant et qui communique la plus grande richesse humaine. Et quand on parle de poésie, on est près de l'amour, cette grande force que l'on ne peut remplacer par l'argent qui est vil, ni par cette malheureuse chose qu'on appelle la morale. »

Comme il parlait un jour devant moi de son peu de goût pour la poésie contemporaine, je lui fis remarquer que pourtant il aimait celle de Char. Il répliqua :

— Mais Char, c'est un classique.

Les *Feuillets d'Hypnos*, écrits en 1943 et 1944, enfouis en juillet 1944, lors du départ de Char pour Alger, dans le mur intérieur d'une maison à demi démolie de Céreste, retrouvés à son retour,

1. Fischer Verlag, 1959.

ont été publiés par Camus, en 1946, dans sa collection « Espoir ». Ils lui sont dédiés.

En 1965, un éditeur de Genève, Edwin Engelberts, a publié à cent exemplaires un ouvrage intitulé *La Postérité du soleil*. Camus et Char y sont associés. Le texte de Camus accompagne trente photographies d'Henriette Grindat sur le Vaucluse. Il date de 1952. L'*Itinéraire*, par René Char, qu'annonce la page de titre, comprend un texte sur Camus, écrit en janvier 1965 : *Naissance et jour levant d'une amitié*, l'histoire du livre et un poème intitulé *De moment en moment*. Il a été, écrit Char, « choisi par Camus alors que, parcourant le Vaucluse tous deux, il me demanda d'ouvrir avec ce poème *La Postérité du soleil*. »

J'ai essayé de suivre Camus pas à pas. Les écrits dont il a jalonné sa vie ne sont bien sûr qu'une partie de lui-même. Il y a la vie privée dont je n'ai dit que ce qui est nécessaire pour comprendre l'œuvre. Mais ce qu'un écrivain a de plus privé, n'est-ce pas son œuvre justement? C'est quand il écrit qu'il diffère des autres hommes, abandonne son moi domestique et social, pour laisser la parole à un moi plus profond.

Lorsqu'on passe ainsi ses livres en revue, on ne peut s'empêcher de penser à la date où tout va s'arrêter brutalement. On fait malgré soi le décompte du temps qui reste, et du nombre d'œuvres. Plus j'approchais du terme de cette étude, plus je redoutais d'en arriver au jour où, de façon très brutale, j'ai appris la mort de mon ami.

Le 4 janvier 1960, une dépêche d'agence tombe sur les téléscripteurs des journaux :

« Albert Camus a trouvé la mort aujourd'hui dans un accident de voiture près de Sens. »

C'est un peu avant 14 heures que l'accident s'était produit, au Petit-Villeblevin, près de Villeneuve-la-Guyard. Michel Gallimard, qui revenait du Midi avec Janine et Anne Gallimard, et avait pris Camus au passage, à Lourmarin, perdit la vie lui aussi dans le choc qui désintégra la Facel Vega.

Après la mort de Camus, René Char écrivit le poème *L'Eternité à Lourmarin* :

« ... Avec celui que nous aimons, nous avons cessé de parler et ce n'est pas le silence. Qu'en est-il alors? Nous savons, ou croyons savoir. Mais seulement quand le passé qui signifie s'ouvre pour lui livrer passage. Le voici à notre hauteur, plus loin, devant... »

Introduction   9

Les premiers écrits   15
Le Temps du mépris   33
Révolte dans les Asturies   49
L'Envers et l'Endroit   55
Noces   65
La Mort heureuse   73
L'Etranger   91
Le Mythe de Sisyphe   121
Caligula   135
Le Malentendu   149
Lettres à un ami allemand   163
La Peste   167
L'Etat de siège   195
Journaux de voyage   201
Les Justes   209
Actuelles I   217
L'Homme révolté   237
Carnets   261
Les Esprits   267
La Dévotion à la Croix   271
Actuelles II   275

L'Eté   283
Un cas intéressant   291
La Chute   295
Requiem pour une nonne   311
L'Exil et le Royaume   321
Réflexions sur la guillotine   331
Le Chevalier d'Olmedo   339
Discours de Suède   343
Actuelles III   355
Les Possédés   371
Essais critiques   385

DU MÊME AUTEUR

Aux Éditions Gallimard

LE RÔLE D'ACCUSÉ, *essai.*

LES MONSTRES, *roman.*

LIMELIGHT *(Les Feux de la rampe)*, *roman.*

LES EMBUSCADES, *roman.*

LA VOIE ROMAINE, *roman.*

LE SILENCE, *nouvelles.*

LE PALAIS D'HIVER, *roman.*

AVANT UNE GUERRE, *roman.*

UNE MAISON PLACE DES FÊTES, *nouvelles.*

CINÉ-ROMAN, *roman.*

LE MIROIR DES EAUX, *nouvelles.*

LA SALLE DE RÉDACTION, *nouvelles.*

UN AIR DE FAMILLE, *récit.*

LA FOLLIA, *roman.*

LA FIANCÉE DE FRAGONARD, *nouvelles.*

LE SILENCE. Nouvelle édition en 1984, *nouvelles.*

IL TE FAUDRA QUITTER FLORENCE, *roman.*

LE PIERROT NOIR, *roman.*

ALBERT CAMUS, SOLEIL ET OMBRE, *essai.*

LA MARE D'AUTEUIL, *quatre histoires.*

PASCAL PIA OU LE DROIT AU NÉANT, *essai.*

PARTITA, *roman.*

REGARDEZ LA NEIGE QUI TOMBE. Impressions de Tchékhov, *essai.*

LA MARCHE TURQUE, *nouvelles.*

TROIS HEURES DU MATIN SCOTT FITZGE-RALD, *essai.*

QUELQU'UN DE CE TEMPS-LÀ, *nouvelles*.
LES LARMES D'ULYSSE.

Aux Éditions Pierre Horay

ISCAN.

Aux Éditions Seghers

CLAUDE ROY.

Aux Éditions Autrement

PRAGUE.

Aux Éditions Villa Formose-Marrimpouey

VILLAS ANGLAISES À PAU, *en collaboration avec Anne Garde*.

Impression Brodard et Taupin
à La Flèche (Sarthe),
le 25 septembre 1999.
Dépôt légal : septembre 1999.
1er dépôt légal dans la collection : mars 1991.
Numéro d'imprimeur : 6704W.

ISBN 2-07-038366-0 / Imprimé en France.